송명신언행록 2
宋名臣言行錄
Song Ming Chen Yan Xing Lu

지은이

주희(朱熹, 1130~1200) _ 시호는 文公이며 字는 元晦, 호는 晦庵. 남송의 대 유학자이며 성리학의 집대성자이다. 原籍은 江東의 徽州 婺源縣(현재의 江西省)이지만 福建 南劍州에서 출생하여 후에는 주로 福建의 建寧府(현재의 武夷山市)에서 활동하였다. 19세이던 高宗 紹興 18년(1148)에 진사과에 합격했으며, 知南康軍 · 浙東提擧常平茶鹽公事 등을 역임하였다. 『四書集注』, 『伊洛淵源錄』, 『近思錄』, 『資治通鑑綱目』, 『朱子語類』 등 수많은 저서가 있다.

이유무(李幼武, 생존연대 불명) _ 字는 士英으로 江西 吉州 廬陵縣 출신이다. 주희의 外孫으로서 남송시대 전반기(四朝) 名臣들의 嘉言懿行을 輯錄하여, 『皇朝名臣言行續錄』(8권), 『四朝名臣言行錄』(上下 각 13권), 『皇朝道學名臣言行外錄』(17권)을 저술하였다.

엮고옮긴이

이근명(李瑾明, Lee, Geun-myung) 서울대학교 동양사학과와 동 대학원 졸업(문학박사). 현재 한국외국어대학교 인문대학 사학과 교수로 재직 중이다. 주요 저서로 『왕안석 자료 역주』(HUiNe, 2017), 『남송시대 복건 사회의 변화와 식량 수급』(신서원, 2013), 『사료로 보는 아시아사』(공저, 위더스북, 2014), 『아틀라스 중국사』(공저, 사계절, 2007), 『송원시대의 고려사 자료』1 · 2(공저, 신서원, 2010), 『동북아 중세의 한족과 북방민족』(공저, 동북아역사재단, 2010) 등이 있다.

송명신언행록 宋名臣言行錄 2

1판 1쇄 인쇄 2019년 2월 19일 **1판 1쇄 발행** 2019년 2월 25일

지은이 주희 · 이유무 **엮고옮긴이** 이근명 **펴낸이** 박성모 **펴낸곳** 소명출판
등록 제13-522호 **주소** 137-878 서울시 서초구 서초동 1621-18 (란빌딩 1층)
대표전화 (02) 585-7840 **팩시밀리** (02) 585-7848
이메일 somyong@korea.com **홈페이지** www.somyong.co.kr

ISBN 979-11-5905-347-4 94820
ISBN 979-11-5905-345-0 (전 4권)

값 29,000원 ⓒ 한국연구재단, 2019

이 번역도서는 1999년도 정부재원(교육인적자원부 학술연구조성사업비)으로 한국연구재단의 지원에 의하여 연구되었음.

송명신언행록

宋名臣言行錄

2

주희 · 이유무 지음 | 이근명 엮고옮김 |

소명출판

◆ 일러두기

1. 이 책은 『宋名臣言行錄』(朱熹·李幼武 撰)을 발췌·번역한 것이다.
2. 번역의 底本은,
   1) 朱熹, 『五朝名臣言行錄』(『前集』, 朱子全書本, 上海: 上海古籍出版社, 合肥: 安徽教育出版社, 2002),
   2) 朱熹, 『三朝名臣言行錄』(『後集』, 朱子全書本, 上海: 上海古籍出版社, 合肥: 安徽教育出版社, 2002),
   3) 李幼武, 『宋名臣言行錄 五集』(『續集』·『別集』·『外集』, 宋史資料萃編本, 臺北: 文海出版社, 1967)이다.
3. 譯註를 붙이는 데 있어 다음과 같은 서적들을 참고하였으나 일일이 附記하지 않았다.
   1) 『宋史』(標點校勘本, 北京: 中華書局)
   2) 『中國歷史大辭典 宋史卷』(上海辭書出版社, 1984)
   3) 譚其驤 主編, 『中國歷史地圖集 第六冊 宋·遼·金時期』(地圖出版社, 1982)
   4) 龔延明, 『宋代官制辭典』(北京: 中華書局, 1997)
   5) 臧勵龢 等編, 『中國古今地名大辭典』(上海: 商務印書館, 1931)
   6) 史爲樂, 『中國歷史地名大辭典』(北京: 中國社會科學出版社, 2005)
   7) 『アジア歴史事典』全10卷(東京: 平凡社, 1962) 등

　이 책은 남송의 대 유학자 주희(朱熹, 1130~1200)와 그의 외손자인 이유
무(李幼武, 생존연대 불명)에 의해 편찬된 책이다. 주희는 두말할 나위 없이
성리학의 집대성자인 주자를 가리킨다. 뒤에 나오는 해제(『宋名臣言行
錄』의 編纂과 後世 流傳)에 적혀 있듯, 이 책은 주희와 이유무가 직접 저술한
것은 아니다. 각종 서적에 기록되어 있는 내용 가운데 편찬 취지에 맞는
것을 가려 뽑아 모은 것이다. 그 각종 서적이란 것도 대단히 다채로워서,
관사찬 사서(史書)로부터 문집, 필기사료(筆記史料), 행장(行狀)과 일기, 어록
등에 이르기까지 실로 각양각색이라 하여 지나침이 없을 정도이다.

　주희는 북송 시대에 살았던 명신들의 행적 가운데 후세의 귀감이 될
만한 것을 가려서 두 권의 책(『五朝名臣言行錄』과 『三朝名臣言行錄』)으로 엮었
다. 그리고 그의 외손자였던 이유무가 그 뒤를 이어 대략 남송 시대에 활
동한 인물들의 행적을 세 권의 책(『皇朝名臣言行續錄』, 『四朝名臣言行錄』, 『皇朝
道學名臣言行外錄』)을 만들었고, 후일 이것이 주희의 저서에 덧붙여져 마치
하나의 책인 양 전해지게 된 것이다. 주희와 이유무 저술 사이의 터울도
수십 년에 달하고, 또 두 사람의 저술은 그 성격이나 완성도 면에서 상당
한 차이가 있다. 그럼에도 불구하고 두 저술이 하나로 묶여 『송명신언행
록』이라 명명되고, 그것이 후세에 전해지게 되었던 것이다.

처음 주희가 이 책을 만든 목적은 '세상의 교화'를 위해서였다. 하지만 유의해야 할 점은 '세상의 교화'라 할 때 그 대상은 독서인층 내지 사대부에 국한되어 있었다는 점이다. 한번 쭉 훑어보면 단번에 알 수 있듯, 이 책 가운데 일반 백성의 일상생활에 참조가 될 만한 내용은 거의 없다. 농민들의 가정생활이나 생산 노동은 물론이려니와, 도시민의 일상생활에 관련된 내용도 없다. 언행의 주인공이 '명신(名臣)'일 뿐만 아니라, 그 채록된 언행의 내용 또한 사대부들의 행동에 귀감이 될 만한 것들뿐이다. 우선 '명신'이라 해도 거의 대부분 재상이나 부재상 등 고위 관료가 태반이다. 재상이나 부재상 등이 아니라면 적어도 대간관(臺諫官)이나 명장(名將) 정도는 되어야 입전(立傳)의 대상이 된다. 또한 후세에 귀감이 될 만한 언행이라는 것도, 남다른 치적이라든가 올곧은 정치주장의 피력, 혹은 관직생활에 있어서의 청렴 결백 등이 대부분이다.

사실 그 시각이나 관심 대상이 이렇듯 독서인 내지 사대부층을 향하고 있다는 점은 비단 이 책에만 그치지 않는다. 주희를 위시한 송대 성리학자들의 교화나 훈도 자체, 철저히 독서인층을 대상으로 한 것이었다. 성리학에서 향당(鄕黨) 질서의 순화를 위해 도입한 질서인 향약(鄕約)까지도 그 구체적 행동 규약을 보면 사실 일반 백성은 관심 대상이 아니다. 오로지 향촌의 지도자인 독서인과 사인(士人)만이 향약 덕목의 적용 대상이었다.

이 책에서 입전하고 있는 인물, 즉 명신은 재상이나 부재상, 명장 등의 고위 관료가 주류를 점하고, 그 수록 내용 역시 정치적 행적이 대부분이다. 따라서 주희에 의해 창안(創案)된 '언행록'이란 장르는, 기전체나 편년체 등과는 다른 또 하나의 역사 서술 형식이란 평가를 받아왔다. 명신, 즉 조야에서 높은 명망을 얻고 있는 인물만을 입전하고 있으므로,

그 수록 내용(언행)이 한 시대의 역사 사실을 빠짐없이 포괄할 수는 없다. 또 명신의 행적이라 해도 그것이 귀감이 될 만한 것이 아니라면, 그 역사적인 비중이 아무리 크다 할지라도 제외시킨다는 입장을 취하고 있다. 이를테면 어느 시대 명신이 아닌 재상이 주도한 일로서 대단히 역사적으로 중요한 사안이로되 바람직스럽지 아니한 것이 있을 수 있다. 그러한 경우라면 그 권신의 정책에 대해 비판적 입장에 서있는 인물이 명신으로 선정되는 것이고, 그 명신의 언행을 통해 해당 내용에 대한 평가와 서술이 진행되는 것이다. 마찬가지로 명신의 행적으로서 귀감이 될 만한 것은 아니로되 역시 중요한 사안이라면, 그것에 대해 비판적 입장에 선 다른 명신의 항목에서 서술되는 경우가 많다.

이러한 연유로 '명신언행록'은 시대의 역사 전개를 새로운 시각과 기준에 의해 재구성한 역사서라 할 수 있다. 따라서 주희는 『오조명신언행록』과 『삼조명신언행록』의 편찬을 통해 '언행록체'라는 새로운 형식의 역사 서술 체례를 만들었다는 평가를 받아왔던 것이다. 뿐만 아니라 주희는 『자치통감강목(資治通鑑綱目)』의 저자이기도 하다. 그리고 『자치통감강목』은 '강목체(綱目體)'라는 새로운 역사 서술의 효시였다. 또한 그는 『근사록(近思錄)』의 편찬을 통해 학술사의 새로운 지평을 연 학자였다. 주희는 중국 역사상 가장 중요한 철학자 가운데 한 사람이었지만, 동시에 역사학자로서도 결코 무시할 수 없는 입지를 가지고 있는 인물이라 할 수 있다.

주희는 자신의 저서(『五朝名臣言行錄』과 『三朝名臣言行錄』) 서문에서 교화의 목적으로 저술하였다고 술회하고 있지만, 그렇기 때문인지 그 내용 가운데는 다소 과장된 내용이 적지 않다. 아니 때로 동일 인물의 행적으로서 전후의 서술이 모순된 경우도 적지 않다. 또 중국적 과장 내지 수사(修辭)의 경향이 지나친 내용도 여기저기서 산견된다. 이를테면 어느 명신의 청렴을 강조하는 내용이 수록되어 있지만, 동일 인물 행적으로 뒷부분에 그것과 정면으로 배치되는 것이 등장하는 사례 등이 그것이다. 때로 강직하고 엄정한 행적을 강조하다가 그 뒷부분에는 그와 전연 어울리지 않는 내용을 부주의하게 소개하는 경우도 있다. 나아가 과연 청렴함이나 관대함으로 보아야 할지, 아니면 무신경이나 무관심으로 해석해야 할지 모를 정도의 내용이 등장하는 수도 있다.

더 흥미로운 것은 상투적인 과장과 수사적 서술이다. 이러한 경향은 청렴이나 강직, 부모나 군주에 대한 충효, 덕정(德政)의 시행 등을 강조하는 부분에서 두드러진다. 이를테면 부모 상을 당하여 슬픔으로 수척해졌다든가, 혹은 하도 슬프게 통곡하여 주변 사람들이 눈물을 훔쳤다든가 하는 내용 등이 그것이다. 군주에 대한 걱정과 충정 때문에 병을 얻었다는 내용도 여기저기에 등장한다. 또 내외의 압력과 악조건을 이기고 황정(荒政)을 효과적으로 펼쳐 수십만의 생령(生靈)을 구조하였고, 그래서 목숨을 건진 사람들이 그 은혜에 감복하여 울며 고향으로 떠나갔다는 기록도 적지 않다. 나아가 어느 명신이 임기가 만료되어 이웃 지방으로 전근가는 것을 두 지방 백성들이 가로막으며, 그 선정을 흠모한 나머지 서로 자기네 지방장관이라고 우겼다는 내용이 두어 차례나 나오는 대목에 이르러서는 실로 어안이 벙벙해질 정도이다.

이러한 상투적 과장 내지 수사적 서술은 대외 관계에서 더욱 두드러지게 나타난다. 그러한 서술 경향은 대외전쟁이나 사신의 접대, 외교적 절충 등을 가리지 않고 빈번히 등장한다. 이를테면 서하나 거란, 금과의 전쟁 장면을 보면 대단히 기이하면서도 이해 못할 대목이 적지 않다. 송 측의 군대가 외국과 전쟁을 벌여 패전할 때는 통상 몇 가지 불운이 겹쳤기 때문이라 적고 있다. 또는 효과적으로 전투를 수행하다가 갑작스레 사소한 계기로 말미암아 무너지는 듯 적는 경우도 많다. 도대체 왜 송측의 군대가 패전을 맞이하게 되는지 이해하지 못할 기술 태도를 보이는 것이다.

또한 거란이나 금측의 사신을 맞이할 때 명신들은 대단히 중후한 군자라든가, 혹은 사직과 군주를 온 몸으로 지키기 위해 충정을 불사르는 우국지사와 같은 모습으로 묘사되고 있다. 외국 사신은 이러한 명신을 경애와 흠모의 대상으로 우러러 보았다고 한다. 한 걸음 더 나아가 명신이 외국 사신을 이적(夷狄)으로 대하지 않아 그들로부터 감동을 샀다고 말하기도 한다. 때로는 거란이나 금의 조정에서, 도리로써 그들을 회유하고 선무하여 마침내 신의를 모르는 금수와 같은 그들을 설복시켰음을 소개하기도 한다. 또 '송조의 황제는 남북의 백성 모두를 불쌍히 여기므로 거란과 전쟁을 애써 회피하는 것이다'라고 말하기도 한다.

나아가 전연(澶淵)의 맹약 당시 송이 거란에 커다란 은혜를 미쳤다는 내용도 도처에 등장한다. 당시 송의 군사력이 거란을 압도하는 상태였고 거란 군대가 고향을 멀리 떠나와 거의 무너지기 직전 상태였지만, 그것을 공격하지 않고 짐짓 맹약을 체결해 주었다는 것이다. 또 맹약의 체결 이후에는 일부 신하들이 돌아가는 거란 군대를 공격하여 궤멸시키자 하였지만, 진종이 그걸 만류하여 마침내 거란 군대가 탈 없이 귀환할 수 있었다고 한다. 사실 1004년 전연의 맹약은 송조로서 어쩔 수 없어 막대한 대가의 지급을 조건으로 거란의 남침을 막은 것이었다. 거란의 남침 소식이 전해지자 송 조정은 가위 공포의 분위기에 휩싸여 버렸다. 그래서 진종에게 강남이나 사천으로 도망가자고 권유하는 인물도 적지 않았다. 그런데 명신의 언행에서는 이러한 사실 관계가 완전히 송조의 편의대로 도치되어 버리는 것이다. 심지어 정강(靖康)의 변(變), 즉 북송의 멸망 이후에는 더 심각한 인식이 등장하기도 한다. 즉 고려·발해·몽골 등에 사신을 보내게 되면, 그들이 송조의 덕(德)을 흠모하여 부모와 같이 우러르고 있기 때문에, 다투어 원군을 내어 송을 도와 줄 것이라 말하기도 하는 것이다. 사실 이러한 중국 전통 사서의 자아도취적 기술은『송명신언행록』이나 송대의 저작에만 국한되는 것이 아니다. 정도의 차이는 있을지언정 이러한 소아병적 자기중심 태도는 사서(史書)나 문집, 그리고 이른바 명신이나 범용한 관료를 가리지 않고 공통적으로 드러나는 현상이기도 하다.

이렇듯『송명신언행록』은 '교화'란 목적 아래 저술된 책이기 때문에 그 서술 내용에는 문제점과 약점이 적지 않다. 이 책을 토대로 송대의 역사상, 혹은 송대 지식인의 모습을 재구성하는 것에는 상당한 주의가 필요하다. 다만 주희와 이유무가 이 책을 편찬할 때 의거하였던 서적 가운데 상당수가 현재는 전해지지 않고 망실된 상태이다. 그리하여 원 저작이 사라진 관계로 현재 이 책에서만 보이는 내용 내지 항목도 제법 많다. 이러한 점을 고려하면 사료적 가치란 면에서는 상당한 중요성을 띠고 있다고 하겠다.

이 책은『송명신언행록』가운데 일부의 내용을 발췌하여 역주한 것이다. 번역 대상 내용의 선별에 있어서는 가능한 한 상투적이고 의례적인 것은 제외하고, 송대의 역사상 이해에 효용이 되는 항목을 택한다는 자세를 취하였다. 역주는 내용을 매끄럽게 이해할 수 있도록 가능한 한 상세하게 붙이려 하였다. 그러나 기본적으로 이 책은 일반 독자가 읽기에는 너무도 난삽하고 지리한 내용으로 되어 있다. 필시 중국사 연구자, 그것도 송대사 내지 중국 중세사 전문가가 아니면 독서에 엄두를 내기 힘들 것이라 여겨진다. 어쩌면 송대사 전공자라 해도 전체의 내용을 차분히 읽어내려 가기는 힘들지도 모른다. 이 책에서 한글 전용 원칙을 취하지 아니하고 한자를 병용한다거나, 혹은 역주에서 대단히 전문적이면서도 세밀한 내용이나 고증을 가한 것도 그러한 이유에서였다.

이 책의 번역에는 많은 시간과 노력이 소요되었다. 특히 후반부(『속집』, 『별집』, 『외집』)는 한적본 이외에 근대적 배인본(排印本)도 부재한 상태라서 구두점 찍기부터 시작하여야 되었다. 중국과 일본에는 『송명신언행록』이란 명칭의 번역서 내지 편역서가 몇 종류 존재하지만, 그 모두 주희 편찬 부분에 대한 것일 뿐이다. 이유무가 편찬한 부분에 대한 번역은 이 편역서가 그 최초의 시도라 할 수 있다.

이 책의 번역 작업을 시작하게 된 것은 서울대 동양사학과에 재직하셨던 이성규 선생님의 권유와 도움 때문이었다. 이성규 선생님은 이 책의 번역에 대해서 뿐만 아니라 역자가 지금껏 공부를 해 오는 데 있어 많은 도움을 베풀어 주셨다. 온후한 인격과 세심하고 따뜻한 지도에 깊은 감사와 존경을 표한다.

2019년 2월
편역자 씀

송명신언행록 2__ 차례

송명신언행록 전체 차례

송명신언행록 후집

宋名臣言行錄 後集

권3

文彦博

　문언박이 어렸을 적의 일이다. 어느 날 다른 아이들과 더불어 擊毬[1]를 하는데 공이 구멍 속으로 들어가서 꺼낼 수 없게 되었다. 그러자 문언박이 그 구멍에 물을 부음으로써 공이 떠오르게 하였다.

　다음은 司馬光이 어릴 적 이야기이다. 그가 아이들과 어울려 장난치고 있는데 그만 한 아이가 커다란 물 항아리에 빠져 버렸다. 다른 아이들은 놀라 달아나 버렸고 빠진 아이는 도저히 구할 길이 없었다. 이때 사마광이 돌맹이를 들어 물항아리를 깨트려서 그 아이를 구해냈다.

　이러한 일들을 보고 사람들은 문언박과 사마광 두 인물의 지혜가 비범함을 어렸을 적부터 알 수 있었다.(『邵氏聞見錄』)

1　말을 타고 공을 몰아가는 운동. 擊鞠·擊踘·擊掬라고도 한다. 당송 시대에 유행하였다.

문언박은 知益州로 있을 때 연회를 열고 노는 것을 좋아했다. 한 번은 鈐轄²의 관사에서 연회를 열고 밤이 이슥하도록 끝나지 않자, 병사들이 갑자기 마굿간을 부수고 그 나무를 불쏘시개 감으로 쓰는 것이었다. 그 기세가 하도 험악하여 아무도 제지할 수 없었다. 軍校가 찾아와 이러한 바깥의 동향을 보고하자 座客들은 두려워 떨었다. 하지만 문언각은,

"참 날씨 한번 춥구먼. 마굿간이라도 부수어 불쏘시개 감을 찾을 만 하겠도다"

라고 태연히 말하고는, 아무 일 없다는 듯 술을 마셨다. 그러자 병졸들의 기세도 누그러져서 變亂으로 발전하지 않을 수 있었다.(『涑水記聞』)

樞密直學士³인 明鎬가 貝州⁴의 兵變⁵을 진압하러 나섰지만 한참이 지나도록 반란군의 근거지인 패주를 함락시키지 못하고 있었다. 인종은 근심스러운 나머지 兩府에 그 진압의 방도를 자문하자, 參知政事인 문언박이 나서서 자신이 직접 가서 전투를 독려하겠다고 하였다.

慶曆 8년(1048) 正月 丁丑에 문언박을 河北宣撫使로 임명하여 여러 장수들의 패주 공략을 감독하도록 하였다. 그런데 당시 樞密使인 夏竦은 明鎬를 싫어하여, 그가 상주하여 청하는 것이라면 모조리 방해하며 혹

---

2   兵馬鈐轄의 簡稱. 지역의 주둔군 사령관.
3   正3品의 差遣. 殿閣의 學士로서 황제의 자문에 응하는 소임을 지녔으나, 점차 侍從官이 外任의 帥臣으로 나갈 때 부여되는 帶職으로 쓰였다.
4   河北東路의 중앙부에 위치, 오늘날의 河北省 淸河縣 인근.
5   仁宗 慶曆 7년(1047) 11월에 발생하여 이듬해 閏正月까지 지속된 비교적 큰 규모의 兵變. 貝州에 주둔하는 禁軍인 宣毅軍의 小校 王則이 州吏 張巒과 卜吉을 謀主로 하여 일으켰다. 王則은 擧兵 이후 東平郡王을 자칭하고 得聖이라 改元하였다. 이 兵變에는, "且俗妖怪 嘗言釋迦佛衰謝 彌勒佛當持世"(『宋史紀事本末』 권49, 「貝卒王則之叛」)라 하듯, 당시 河北과 京東(山東) 일대에 비교적 널리 유포되어 있던 미륵신앙이 중요한 토대로 작용하였다.

시라도 그가 공을 세울까 우려하는 정도였다. 이러한 사정을 알고 있는 문언박은 상주하여, '향후 토벌작전 과정에 필요한 제반 조치들은 조정으로부터 특별한 재가를 받지 않고도 재량껏 시행할 수 있도록 해 달라'고 요청하였고, 인종은 이를 허락하였다. 그리하여 閏正月 庚子의 새벽 무렵 마침내 패주를 함락시키고 王則을 사로잡았다.

최초 문언박은 패주에 도착하고 나서 明鎬와 더불어 여러 장수들의 전투를 독려한 후 距闉[6]을 쌓아 패주성을 공략한다는 방법을 취하였다. 하지만 열흘이 지나도록 아무런 효과가 없었다. 그러던 차에 병졸인 董秀와 劉炳이, 성벽 아래로 땅굴을 파서 공격하는 것이 어떻겠느냐고 물어왔다. 문언박은 이를 허락하였다. 패주성은 남쪽으로 御河에 맞닿아 있었다. 董秀 등은 밤을 틈타 이 어하의 江岸에서부터 몰래 땅굴을 파기 시작하였다. 파낸 흙은 강물에 떠내려 보냈으며, 낮이 되면 작업을 그치고 땅굴 속에 숨어 있었기 때문에 성 위에서는 알지 못하였다. 이렇게 한지 한참만에 땅굴은 성 안쪽의 군사훈련장 쪽으로 통하게 되었다. 동수 등은 땅굴을 완성하여 맞은 편 출구를 헤진 옷가지로 막아둔 다음 보고하였다. 이에 문언박은 결사대 200명을 선발하여 지휘관으로 하여금 거느리게 하였다. 선발된 병사들은 銜枚[7]하여 땅굴 속으로 들여보내기로 하였다. 그런데 이들을 거느리는 지휘관으로 帳前虞候 楊遂가 자청하여 나섰다. 양수는 선발된 병사들을 점검하고 나서,

"병사들 가운데 병들어 기침하는 자가 몇 사람이 있어서 이들은 데리고 갈 수 없습니다. 교체하여 주십시오"

라고 요청하여 들어주었다.

---

6 적의 성 안을 정찰하거나 혹은 공략하기 위하여 그 성벽 가까이 쌓은 土山.
7 떠들지 못하도록 군사들의 입에 하무(가는 나무 막대기)를 물리는 것.

楊遂가 거느리는 병사들은 땅굴로 해서 안으로 잠입한 후, 성에 올라 수비병들을 죽이고 긴 밧줄을 내려뜨려 밖에 있는 병사들을 끌어올렸다. 그러자 성 안의 반란군들은 놀라 우왕좌왕하다가 소의 등짐에 불을 붙여 돌진시켰다. 성 위로 오른 병사들은 이 소를 막아내지 못하고 상당수가 다시 퇴각하였다. 양수는 이미 전투의 와중에서 몸에 십여 군데나 베인 상처가 있는 상태였으나 창을 들고 달려드는 소를 찌르니 마침내 소가 달아났다. 결국 반란군은 무너져 흩어졌고, 그 우두머리인 王則과 張巒, 卜吉 등의 무리는 성밖의 포위를 뚫고 인근 마을로 도망쳤다. 관군이 이들을 추격하여 에워쌌다. 王則은 그때까지도 꽃 장식을 한 두건을 머리에 쓰고 있었는데 군사들이 다투어 이를 빼앗으려 하였다. 이를 보고 部署[8]인 王信은 왕칙이 죽을 경우 누가 누구인지 분별이 안 될 것을 우려하여, 자신의 몸으로 왕칙의 위를 덮쳐서 마침내 그를 생포할 수 있었다. 張巒과 卜吉은 병사들에 의해 살해되어 그 사체를 찾을 수 없었다. 문언박은 생포한 왕칙을 北京 大名府에서 斬하였다. 그러자 하송이 상주하여, '사로잡았다는 반란의 우두머리 왕칙이 진짜가 아닌지도 모릅니다'라고 말하여, 문언박은 그 사체를 수레에 실어 京師로 보냈다. 왕칙의 사체는 시장 바닥에서 살이 저며졌다. 董秀와 劉炳은 功으로 內殿崇班[9]에 제수되었다.(『涑水記聞』)

문언박이 知永興軍으로 재직하고 있을 때의 일이다. 당시 起居舍人이었던 母湜은 鄮 출신이었는데 仁宗 至和 年間(1054~1056)에 상주하여,

---

8　都部署의 別稱. 都部署는 一軍의 총사령관. 당시 王信은 高陽關都部署都虞候象州防禦使의 직함을 지니고 있었다(『長編』권161, 仁宗 慶曆 7년 12월 壬人 참조).
9　7品의 武臣 寄祿階

'陝西 地方의 鐵錢이 백성들에게 불편하니 일체 폐지해 달라'고 청하였다. 조정에서는 이 요청을 들어주지 아니하였으나, 섬서 지방 사람들 대다수가 이러한 사실을 알게 되었다. 그리하여 철전을 가지고 있는 사람들은 다투어 이로써 물건을 사려 했으나 장사치들은 철전을 받으려 들지 않았다. 長安 一帶는 이로 인해 커다란 소동이 벌어져서 주민들은 대부분 점포를 닫아걸었다. 이에 휘하의 관리들이 撤市를 금하고 철전유통을 강제하자고 주장하자, 문언박이 말했다.

"그렇게 하면 오히려 의혹만 부풀릴 뿐이다."

문언박은 비단의 行[10]에 속해 있는 상인을 불러 자신의 집에 있는 비단 수백 필을 내어주며 매입하게 하고는,

"대금은 모두 銅錢은 말고 철전으로만 치르도록 하게"라고 말했다. 그러자 사람들이 모두 철전을 폐지하지 아니한다는 것을 알게 되었고, 철시도 자연히 끝나 동요가 사라지게 되었다.(『涑水記聞』)

재상인 문언박이 인종을 뵈며 말했다.

"일찍이 폐하께서, '搢紳[11]들이 지나치게 奔競[12]을 일삼고 있도다. 이

---

10 동업조합. 行에 등록된 점포는 行鋪 혹은 行戶라 칭해졌다. 行에는 行頭(혹은 行首, 行老) 數人이 있어 行을 대표하여 정부 측과 접촉하거나 혹은 行內의 업무를 지휘하고 조직하였다. 국가권력은 行頭를 경유하여 각 行에 등록되어 있는 行戶에게 필요한 물자를 할당하여 供應토록 하였다. 이를 行戶의 祗應이라 한다. 북송 중엽 祗應은, "京師供百物有行 雖與外州軍等 而官司上下須索 無慮十倍以上. 凡諸行陪納猥多 而賽操輸送之費 復不在是. 下逮稗販貧民 亦多以故失職"(『長編』 권244, 神宗 熙寧 6년 4월 庚申)이라 하듯 심각한 문제를 노정하고 있었다. 王安石의 免行錢法은 行戶의 祗應을 폐지하는 대신 免行錢을 징수한 것이었다.

11 허리의 紳帶에 笏을 끼우는 신분이라는 의미로서 관료를 말한다. 縉紳이라고도 칭한다.

12 選人이 磨勘을 경유하여 京官으로 승진하는 것을 改官이라고 한다. 改官의 정원은 매년 달라지지만 대략 100명이나 120명이었다. 改官을 위해서는 상급 관료의 연대보증과 추천이 필요했다. 이러한 보증인을 擧主라 하고 그러한 추천을 保擧라 불

를 억제하지 아니한즉 풍속을 도탑게 할 수 없다'라고 말씀하시는 것을 들은 적이 있습니다. 이를 위해서는 공손하고 겸허한 인재를 발탁해가는 것이 좋겠습니다. 그리한다면 위로의 승진만을 노리는 인물들이 스스로 부끄러움을 알게 될 것입니다.”

이어 그는 王安石과 韓維, 張瓌를 추천하였고 이들은 모두 요직에 발탁되었다. 한편 당시 龐籍이 樞密使로 있었는데, 문언박은 그와 협의하여 군대를 줄이기로 하였다. 그리하여 허약한 병사를 내보내 일반민으로 만든 것이 6만 명에 달했으며, 급여의 절반을 줄여 지급하게 된 자 또한 2만 명이나 되었다.

御史인 唐介가, 문언박이 권력을 전횡하며 자신의 파벌을 만들어 가고 있다는 것, 그리고 외척과 은밀히 기맥을 통하고 있다는 사실을 들어 공박하였다. 이에 인종은 노하여 二府의 대신들을 부른 다음 그 자리에서 당개로 하여금 다시 발언하게 하였다. 당개는 더욱 격렬한 어조로 문언박을 탄핵하였다. 이에 樞密副使인 梁公適이 당개를 꾸짖으며 御殿에서 물러나게 하였다. 당개는 어사대로 보내져 문책을 받게 되었다. 그러자 문언박은 홀로 남아 있다가 두 번 절하고 말했다.

“御史가 정무의 得失이나 관원의 소행에 대해 발언하는 것은 당연한 직무입니다. 원컨대 그에게 죄를 주지 마십시오.”

하지만 당개는 결국 좌천되었고 문언박도 재상의 직위에서 물러났다. 그 후 문언박은 다시 재상 직위에 오르며 맨 먼저 당개를 추천하여

렸다. 擧主는 保擧한 피추천인이 추후 과오를 범할 경우 연대책임을 져야만 했다. 이러한 규정으로 인해 選人들은 擧主를 확보하기 위해 여러 경로로 치열하게 운동하는 것이 불가피했는데 이러한 경쟁 내지 운동을 奔競이라 한다.

중앙의 요직에 오르게 하였다.

神宗 熙寧 2년(1069) 문언박이 추밀사로 있을 때 陳升之가 재상으로 임명되었다. 하지만 문언박이 중신인 까닭에 詔勅을 내려 진승지의 지위를 문언박의 아래에 두게 하였다. 이에 문언박이 말했다.

"개국 이래 추밀사의 지위가 재상보다 위에 있었던 적이 없습니다. 일찍이 曹利用만이 王曾과 張知白의 위에 있다가[13] 마침내 禍亂[14]을 만난 바 있습니다. 臣은 文臣이고 따라서 조금이나마 의리를 압니다. 감히 朝著[15]를 문란시키지 못하겠습니다."

신종은 그의 말에 따랐다.(『溫公日錄』)

慶州[16]의 군대가 變亂을 일으켜 이 문제를 二府에서 의논하게 되었다. 문언박이 말했다.

"조정의 정책은 민심에 합치되도록 조용하고 진중함을 최우선적인 원칙으로 삼아야 합니다. 한 편의 말만을 들어서는 안 됩니다. 폐하께서는 즉위 이래 성심을 기울여 통치의 안정을 기해 오셨습니다. 그럼에도

---

13 眞宗 乾興 元年(1022)의 정황을 가리킨다. 이때의 사정과 관련하여 『宋史』에서는, "舊制 樞密使雖檢校三司兼侍中尙書令 猶班宰相下. 乾興中 王曾由次相爲會靈觀使 利用由樞密使領景靈宮使 時重宮觀使 詔利用班曾上議者非之.(권290, 「曹利用傳」)"라 적고 있다.

14 曹利用(971~1029)은 眞宗 景德 元年(1004) 澶淵의 盟 당시 거란 군영에 사자로 파견되어, 거란의 割地 압력을 뿌리치고 적은 액수의 歲幣 제공을 조건으로 和約을 성공시킨 인물이다. 이 공적을 바탕으로 속속 승진하여 후일 樞密使와 同平章事의 직위에까지 오른다. 그런데 在位가 오래 지속되면서 위세를 부리다 황제 주변의 환관과 貴戚으로부터 원한을 사서, 마침내 從子인 曹汭의 犯法에 연루되어 知隨州로 좌천되었다. 이후에는 다시 景靈宮錢의 私貸가 발각되어 유배 도중에 자살하고 만다. 이에 대해서는 『宋史』권290, 「曹利用傳」을 참조.

15 朝臣의 列位. 조정에 있어 百官의 차례. 朝列이라고도 한다. 여기서 著는 位次의 의미.

16 永興軍路 서북부에 위치. 오늘날의 甘肅省 環縣.

민심이 안정되지 아니하는 것은 개혁 때문입니다. 국초 이래의 법도가 더 이상 실행되어서는 안 될 무슨 커다란 잘못이 있는 것이 아닙니다. 다만 약간의 문제가 생겼는데 미처 손보지 못했을 따름입니다."

곁에 있던 왕안석이 말했다.

"이렇게 개혁하는 까닭은 백성들에게 해로운 것을 없애기 위해서입니다. 어찌하여 개혁을 해서는 안 된다는 말씀입니까? 만일 만사가 어그러지고 무너져서 저 옛날의 西晉처럼 된다면 이야말로 더 큰 난리가 될 것입니다."

왕안석은 문언박의 발언이 자신을 지목하고 있다는 사실을 잘 알고 있었기 때문에 그처럼 강력히 반발하였던 것이다.

문언박이 判大名府로 있을 때[17] 汪輔之란 인물이 신임 運判[18]으로 임명되어 왔는데 그 사람됨이 조급하기 이를 데 없었다. 汪輔之는 처음 문언박에게 인사차 가서 명함을 올렸다. 그때 문언박은 청사에서 일을 처리하고 있었는데, 왕보지의 명함을 보고는 보는둥 마는둥 그대로 책상 위에 놓아두고 아무 말 없이 집안으로 들어갔다. 그리고는 한참만에 다시 나왔다. 왕보지는 그동안 지루하게 기다렸건만 문언박은 그를 보고 간단하기 짝이 없게 예의를 표하며 말했다.

"집사람이 잠시 머리를 감으라 하더이다. 내 그만 運判이 오신 것을 깜빡했소이다. 양해해 주시오."

왕보지는 몹시 기가 죽었다. 또 감사가 도착하게 되면 府에서는 반드

---

17 文彦博은 神宗 熙寧 7년(1074) 4월 判大名府로 轉任된다(『續資治通鑑長編』 권252, 丙戌).
18 轉運司의 次官인 轉運司判官의 略稱. "詔諸道轉運司指揮所屬州府"(『長編』 권19, 丙辰)라고 규정되어 있는 만큼 제도상 大名府 내지 知大名府는 그 지휘를 받아야 했다.

시 사흘 동안 연회를 베풀어 주는 것이 관례였지만 문언박은 일부러 이 것도 하지 않았다. 그 뒤 왕보지는 공문을 내어 아무 날에 府의 창고를 감찰하겠다고 알려왔다. 通判이 이 사실을 문언박에게 말했으나 그는 대답하지 않았다. 당일이 되자 문언박은 집안에서 잔치를 열고 무슨 일 이든 절대 알리지 말라 일렀다. 왕보지는 감찰을 위해 都廳[19]에서 기다 리고 있었다. 그에게 서리가 다가와 말했다.

"侍中[20]께서 집안에서 잔치를 열고 있기 때문에 창고의 열쇠를 달라 청할 수 없습니다."

왕보지는 노하여 架閣庫[21]의 자물쇠를 부수고 들어갔으나 종내 감찰 할 도리가 없었다. 이에 왕보지는 은밀히, '문언박이 정무를 돌보지 않 는다'고 상주하여 고발하였다. 神宗은 왕보지가 올린 상주문에 批答[22] 을 붙여 문언박에게 내려보냈다. 거기에는,

"侍中은 국가의 重臣이오. 그런 까닭에 수고스럽지만 北京 大名府의 守護를 맡아 달라 한 것이오. 자잘한 잡무에는 신경 쓰지 말도록 하오. 왕보지는 하급 관원이면서 감히 이와 같이 무례히 굴었으니 장차 적절 히 조치하도록 할 것이오"

라고 쓰여 있었다. 문언박은 이를 받고 아무 말을 하지 않았다.

---

19 尙書省 및 府州軍의 廳舍. 徽宗 宣和 3년(1121)이후에는 僉廳으로 改名된다. 이와 관 련하여 趙與時의『賓退錄』에서는, "祖宗時 諸郡皆有都廳. 至宣和三年 懷安軍奏 '今尙 書省公相廳改作都廳 內外都廳 并行禁止 欲將本軍都廳以僉廳爲名.' 從之. 且命諸路依 此"(卷1)라 기록하고 있다.

20 당시 文彦博은 河東節度使守司徒兼侍中의 寄祿階를 지니고 있는 상태였다. 이에 대 해서는,『續資治通鑑長編』권252, 神宗 熙寧 7년 4월 丙戌 참조.

21 송대에 도입되는 檔案(공문서) 보존창고. 중앙 및 지방의 각급 관아에 모두 개설되 어 있었다. 이와는 별도로 수도 東京에 金耀門文書庫라는 최고 문서보관 기구가 별 도로 개설되어, 각 架閣庫에서는 일정 시기가 지난 문서 등을 金耀門文書庫로 이관 하여 보관하였다.

22 帝王이 臣僚의 上奏文 말미에 적는 可否의 勅答.

그 후 언제인가 문언박은 路의 監司들을 불러 모으고 말했다.

"내 늙고 어리석어 아무런 임무도 수행하지 못하고 있구료. 여러분들이 너그러이 봐 주시길 바라오."

이 말에 감사들은 모두 송구스러워하며 겸연쩍어 했다. 그리고 난 후 문언박은 御批[23]를 꺼내어 왕보지에게 보여주었다. 왕보지는 이를 보고 두려워 떨며 도망치듯 돌아가서, 관내 순찰을 핑계로 밖으로 나갔다. 얼마 후 왕보지는 파면되었다.

아, 신종이 大臣들을 예우하고 小人들의 기세를 억누르는 것이 이와 같았던 것이다. 진실로 聖君이라 할진저.(『邵氏聞見錄』)

神宗 元豊 5년(1082) 문언박은 太尉[24]로서 西京留守에 임명되었다. 당시 富弼은 司徒로 관직에서 은퇴한 상태였다.[25] 문언박은 唐 白樂天의 九老會[26]를 동경하여, 洛陽에 거주하던 원로 대신들 가운데 나이도 많고 덕망도 높은 이들을 모아 耆英會라 命名하였다. 당시 낙양의 풍속은 관직의 高下보다는 나이를 더 중시하고 있었다. 문언박은 資聖院에 큰 건물을 짓고 이름하여 耆英堂이라 하였다. 그리고 복건 출신인 鄭奐으로 하여금 耆英會 회원들의 초상화를 그려 기영당 안에 걸어 두게 하였다.

---

23 帝王이 上奏文 말미에 자신의 의견을 붙이는 것. 批答.
24 太尉는 三公官의 하나로서 親王이나 재상·使相에게 부여되는 加官이자 寄祿階.
25 司徒 역시 太尉 및 司空과 마찬가지로 三公官의 하나로서 親王이나 재상·使相에게 부여되는 加官이자 寄祿階.
26 唐 武宗 會昌 5년(845) 당시 白居易와 胡杲·吉皎·劉眞·鄭據·盧貞·張渾 7인은 연로하여 洛陽에 退居한 상태였다. 이들은 2월 24일 尙齒의 모임을 만들고 각각 賦詩를 지어 그 일을 기념하였다. 그 해 여름 李元爽과 僧 如滿이 역시 은퇴하고 낙양에 돌아왔다. 그리하여 도합 9인이 尙齒之會를 조직하고 姓名과 나이를 기록한 다음 그 모임의 형상을 그림으로 그려 '九老圖'라 題하였다. 이 관련 내용은 白居易의 「九老圖詩序」에 기록되어 있다. 후일 '九老會' 내지 '九老圖'는 老境에 은퇴하여 還鄕한 사람들의 聚會를 가리키는 대명사처럼 사용된다.

그 때 부필의 나이는 79세였고, 문언박과 司封郎中 席汝言은 모두 77세, 朝議大夫 王尙恭은 76세, 太常少卿 趙丙과 秘書監 劉几, 衛州防禦使 馮行己는 모두 75세, 天章閣待制 楚建中과 朝議大夫 王愼言은 모두 72세, 太中大夫 張問과 龍圖閣直學士 張燾는 모두 70세였다. 또한 당시 宣徽使 王拱辰[27]이 北京留守로 재직 중이었는데 문언박에게 편지를 보내어 기영회에 입회하고 싶다는 의사를 피력하였다. 그의 나이는 71세였다. 이밖에 유독 司馬光만은 아직 나이가 70세가 되지 않은 상태였으나, 문언박이 평소 그 사람됨을 높이 사고 있었던 까닭에 唐九老會의 狄兼謨故事[28]를 따라 입회를 요청하였다. 하지만 사마광은, '한참 후배로서 감히 문언박이나 부필의 뒤를 이어 기영회에 참여할 수 없다'는 이유로 사양하였다.[29] 문언박은 들어주지 않고 鄭奐으로 하여금 은밀히 사마광의 초상화를 그리게 하였다. 또 정환을 北京으로 보내어 왕공진의 초상화도 그려 오게 했다. 이렇게 하여 기영회의 회원은 모두 13명이 되었다.

문언박은 낙양의 留守인지라 妓女들과 악단을 거느리고 부필의 집으로 가서 첫번째 회합을 가졌다. 부필 집에서의 회합에서는 바깥 사람들에게 술과 양고기 안주만을 돌리고 회원들이 밖으로 나가지는 않았다. 그 이후의 회합은 순서대로 차례를 정하여 주관하기로 하였다. 당시 낙양에는 이름난 정원이라든가 古刹이 많았다. 호수나 하천, 대나무 밭, 수풀, 그리고 정자 등의 빼어난 경치를 지닌 곳도 허다하였다. 이러한 경개

---

27   王拱辰에 대해서는 본서 1책, 335쪽, 주35 참조.
28   白居易가 九老會를 조직할 당시 胡杲는 89세, 吉皎는 86세, 鄭據는 84세, 劉眞은 82세, 盧眞은 81세, 張渾은 74세, 白居易는 74세였다. 다만 狄兼謨와 盧貞은 아직 70이 되지 않은 상태였으나 그 聲望을 고려하여 九老會에 소속시켰다고 한다. 이에 대해서는, 『白氏長慶集』 권37 「胡吉鄭劉盧張等之賢皆多年壽予亦次焉偶於弊居合成尙齒之會七老拙相顧旣醉甚歡靜而思之此會稀有因賦七言六韻以記之傳好事者」 참조.
29   司馬光(1019~1086)은 元豊 5년(1082) 당시 64세였다.

좋은 곳에서 회합을 갖는데, 여러 회원들은 모두 머리와 눈썹이 성성한 백발이었다. 이러한 원로들이 衣冠을 壯麗히 갖추어 입고 연회를 열어 회합할 때마다, 낙양의 주민들은 이들을 빙 둘러싸고 바라보았다.

이밖에 문언박은 또 同甲會를 조직하였다. 당시 郎中 司馬旦과 太中 程珦, 司封 席汝言은 모두 丙午年(1006) 출생이었다.[30] 이 동갑회의 회원도 마찬가지로 초상화를 그려 資聖院에 걸어 두었다. 그 후 사마광은 몇 사람과 더불어 眞率會[31]를 조직하였다. 진솔회에서는 규약을 정하여, 회합 때마다 술은 다섯 순배, 음식은 다섯 가지 이상을 넘기지 않기로 하였다. 다만 채소 반찬은 제한을 두지 않았다. 그런데 楚正議가 음식의 숫자를 넘겨서 이 규약을 어겼으므로 다음 차례의 연회 개최권을 박탈하였다. 이러한 것은 모두 낙양의 태평스러움을 보여주는 성대한 일들이었다.

또 낙양의 주민들은 자성원에 문언박의 生祠를 지었다. 사마광은, 神宗이 문언박을 判河南府로 파견하며 지은 싯귀에서 따서, '玘瞻堂'이란 이름의 편액을 만들어 그 生祠에 걸어 두었다.[32] 그 안에는 흙으로 빚은 문언박의 像이 모셔져 있었는데, 의관을 갖추고 칼을 들고 있는 모습이 매우 장엄하였다. 낙양의 주민들은 이 生祠를 매우 엄숙히 모셨다.(『邵氏 聞見錄』)

元祐 年間(1086~1094)의 초엽 哲宗의 나이가 아직 연소한 까닭에 문언박을 平章軍國重事[33]로 삼고 程頤를 崇政殿說書[34]로 발탁하였다.[35] 그런데

---

30   文彦博(1006~1097) 역시 丙午生이다.
31   『避暑錄話』에서는 이 眞率會의 결성 경위에 대해, "司馬文正公在洛下 與諸故老時游 集 相約酒行果實食品皆不得過五 謂之眞率會"(권上)라 전하고 있다.
32   玘瞻堂의 건설 경위에 대해서는 司馬光, 『傳家集』권71, 「玘瞻堂記」를 참조할 것.

정이는 철종에게 師道로써 임하며 侍講을 할 때에도 늘 안색을 엄하게 하고 이어 諷諫[36]한다는 방식을 취했다. 이러한 연유로 철종은 정이를 두려워하였다. 반면 문언박은 철종에게 공손하기 이를 데 없는 자세를 보였다. 進士를 唱名[37]할 때에도 종일토록 곁에서 모시고 서 있었다. 철종은 이러한 문언박을 보고,

"太師께서는 조금 쉬시지요"

라고 말해도 그는 머리를 조아리며 사양하고 선 채 물러가지 않았다. 당시 그러한 문언박의 나이는 90살이었다.

이러한 대조적인 모습에 누군가 정이에게 말했다.

"그대의 폐하를 대하는 태도는 좀 심한 게 아니오? 나이든 文潞公[38]도 저처럼 공손하지 않소? 사람들이 그대를 보고 예의를 갖추지 않는다고들 말하고 있소이다."

이에 정이가 대답하였다.

---

33 원로 重臣을 대우하는 官衙으로 位次는 재상보다 높다. 통상 六日一朝하여 大典禮나 大刑政 및 侍從官 이상 고급 관료의 進退 등에 대해 자문하였다.

34 황제에게 經史를 講讀하는 관직으로 職掌은 侍講·侍讀과 동일하다. 그 職任과 관련하여 『宋史』에서는, "掌進讀書史講釋經義備顧問應對 學士侍從有學術者爲侍講侍讀 其秩卑資淺 而可備講說者 則爲說書"(권162, 「職官志」 2 「崇政殿說書」)라 적고 있다.

35 程頤(1033~1107)는 이때 처음으로 관직에 나아가는 것이었다. 哲宗 元祐 元年(1086) 程頤가 55세의 나이로 崇政殿說書에 발탁되는 저간의 사정에 대해 『宋史』에서는, "治平元豊間 大臣屢薦 皆不起. 哲宗初 司馬光呂公著共疏其行義曰 伏見河南府處士程頤 力學好古 安貧守節 言必忠信動遵禮法. 年踰五十 不求仕進 眞儒者之高蹈 聖世之逸民. 望擢以不次 使士類有所矜式. 詔以爲西京國子監教授 力辭 尋召爲秘書省校書郎 旣入見 擢崇政殿說書"(권427, 「정이전」)라 적고 있다.

36 婉曲한 말로 간언하는 것.

37 殿試이후 皇帝가 급제한 進士를 呼名하여 召見하는 것. 唱名에 대해 『事物紀原』에서는, "『宋朝會要』曰 '雍熙二年三月十五日 太宗御崇政殿試進士 梁顥首以程試上進 帝嘉其敏速 以首科處焉. 十六日 帝按名一一呼之 面賜及第. 唱名賜第 蓋自是爲始"(「學校貢擧部·唱名」)라 기록하고 있다.

38 문언박은 仁宗 嘉祐 3년(1058) 潞國公에 봉해졌다.

"文潞公은 仁宗과 英宗, 神宗을 모셨던 大臣입니다. 그러니 연소한 폐하를 섬기는 것에 공손하지 않을 수 없는 것입니다. 하지만 나는 布衣의 선비로서 폐하의 師傅가 되었습니다. 어찌 감히 엄격하지 않을 수 있겠습니까? 나와 문로공의 처지는 이렇듯 다릅니다."

識者들은 이 말이 참으로 옳다고 여겼다.(『邵氏聞見錄』)

趙槪

趙槪가 知洪州로 재임할 때 휘하 서리의 가운데 鄭陶와 饒奭이라는 자들이 있었다. 이들은 州의 행정을 장악하고 멋대로 불법 행위를 자행하였는데, 전임 知州들은 이들을 제지하지 못했다. 또 홍주에는 歸化兵이란 이름의 군대가 있었다. 이 귀화병은 모두 과거 도적 행위를 하여 유배되었다가 군대로 편입된 자들이었다.

어느 날 서리 饒奭이 홍주의 토호 胡順之와 공모하여 다음과 같은 유언비어를 만들어 지주인 조개를 움직이려 했다.

"귀화병들에게 지급되는 쌀이 조악하여 원성이 자자하다. 미질이 좋은 것으로 바꾸어 주지 아니하면 變亂이 생길 것이다."

조개는 이러한 말을 듣고 일소에 붙이고는 아무 반응을 보이지 않았다. 그러다 마침 귀화병 하나가 容州의 방비에 차출되었다가 도망쳐 와서 夜禁[39]을 위반한 사건이 발생했다. 조개는 그 병사를 즉시 斬刑에 처하여 군대의 기강을 세웠다. 또 서리 鄭陶를 잡아들이고 그의 부정 행위를 밝혀내어 조정에 보고하였다. 또 요석은 歙州로 전출시켰다. 이러한 조치로 인해 온 홍주 관내가 두려워했다.(「神道碑」)

다음은 王洙의 이야기이다.

"조개와 구양수는 함께 館閣에 있으며 起居注를 撰修하게 되었다. 조개는 성격이 중후하며 과묵하였기 때문에 구양수는 내심 그를 가볍게 여겼다. 그러다 구양수는 知制誥로 승진하였다. 이 무렵 한기와 범중엄이 中書에 있었는데, 조개에게 문장력이 없다고 여겨 天章閣待制[40]로 좌천시켰다. 하지만 조개는 이를 담담히 받아들이며 아무런 불만을 표시하지 않았다. 이후 한기와 범중엄이 지방으로 나간 다음에야 비로소 조개는 다시 知制誥로 발탁되었다.

바로 그때 구양수의 甥姪인 張氏가 구양수의 조카인 歐陽晟에게 시집갔다가 다른 사람과 간통한 사건이 발생했다. 사건은 발각되고 난 후 점차 확대되어 구양수까지 거기에 연루되기에 이르렀다. 구양수는 당시 龍圖閣直學士河北都轉運使[41]의 직위에 있었다. 그런데 한기와 범중엄을 싫어하는 무리들은 모두 이 스캔들로 말미암아 구양수에게 처벌이 가해지게 하기 위해서,

"구양수가 생질과 간음하였다"고 떠들어댔다.

이에 인종은 노하여 엄한 처벌을 지시하였고 관원들은 누구 한 사람 감히 이러쿵 저러쿵 말하고 나서지 못하였다. 이러한 상황에서 조개가 上書하여 말했다.

39　야간 통행금지.

40　閣待制의 하나로서 職名. 侍從官의 標志로서 실제 직무는 없고 文臣의 差遣에 덧붙여지는 貼職이다. 品位는 從4品으로 知制誥보다 낮다.

41　여기서 龍圖閣直學士는 職名이고 河北都轉運使가 실제의 職任인 差遣이다.

"구양수는 문장력으로 폐하의 近臣이 된 인물입니다. 閨房의 애매한 일로써 섣불리 모욕을 주어서는 안 됩니다. 臣은 평소 구양수와 뜸한 사이였고 그 또한 臣을 가벼이 대해 왔습니다. 그러니 신이 구양수와의 사사로운 정의 때문에 그를 두둔하는 것은 아닙니다. 다만 신이 걱정하는 것은 조정의 위신일 따름입니다."

이러한 상주문이 올라가자 인종은 불쾌히 여겼고, 다른 사람들은 모두 두려워하였으나 조개 자신은 평상시처럼 담담한 모습을 보였다. 그후 구양수는 마침내 그 사건에 연루되어 知制誥知滁州로 좌천되었다. 그리고 조개에게도 집정이 넌지시 귀띔하여 지방관으로의 전출을 요청하라고 알려 주었다. 이에 따라 조개도 知蘇州가 되어 나갔다가 親喪을 당해 관직을 떠나게 되었다.

이후 조개는 服喪을 마치고 翰林學士에 제수되었는데 상주문을 올려, '구양수가 선배이므로 그보다 앞서 승진할 수는 없습니다'라고 하며 사양하였다. 이러한 상주문은 결국 받아들여지지는 않았지만 당시인들은 이를 참 아름답다 여겼다.(『涑水記聞』)

吳奎

神宗이 정부에 지진이란 변고가 일어난 까닭에 대해 물었다. 曾公亮이 대답했다.

"陰이 盛한 까닭입니다."

"누가 陰이오?" 신종이 물었다.

"신하는 군주의 陰이오, 자식은 아비의 陰이며, 아내는 지아비의 陰이오, 夷狄은 中國의 陰입니다. 陰이 성하여 지진이 일어난 까닭을 잘 새겨야 할 것입니다."

신종이 다음으로 吳奎에게 물으니, 오규가 대답하였다.

"다름 아니라 소인의 무리가 창성하기 때문입니다."

신종은 이 말에 매우 불쾌해 했다.(『溫公日錄』)

다음은 언젠가 韓琦가 한 말이다.

"오규는 참으로 탁월한 식견이 있는 인물이다. 과거 천하에서 모두 왕안석이야말로 반드시 태평을 이끌 인재라고 여기고 있을 때, 오규만은 홀로 반대하며 자신이 알고 있는 바를 이렇게 말했었다. '왕안석은 독선적이며 남의 말을 잘 듣지 않는 성격이니 그가 커다란 권한을 갖게 되면 안 된다'라고. 훗날 진정 그가 말한 바대로 되었다."(『魏公別錄』)

오규는 본디 같은 고향 출신인 王彭年과 아주 친했으며 그를 칭찬하여 장차 고관이 될 것이라고 하였다. 그러다 그가 京師에서 客死하자, 오규는 그 長子로 하여금 장사를 주관하게 한 후 그 집안을 두루 보살펴

주었다. 이어 왕팽년의 딸 둘을 시집보냈으며, 그 인척 가운데 빈궁한 자들에 대해서는 혼인까지 시켜준 것이 몇 사람이나 되었다. 또 2,000만 전을 내어 고향인 北海縣에 전토를 매입하여 '義莊'[42]이라 부르고, 가난한 친척이라든가 친구들을 구휼하는 용도로 사용하게 했다. 이러다 보니 오규가 임종할 때가 되어서는, 집안에 아무런 재산이 남아 있지 않아서 자식들은 거주할 가옥조차 없었다. 아아, 참으로 의리에 도타운 君子라 할진저.(「墓誌銘」)

張方平

張方平이 睦州의 通判으로 있을 때의 일이다. 당시 西夏의 趙元昊는 반란을 일으키려 작정은 하였으나 아직 행동에 옮기지는 않고 있었다. 그는 반란을 위해 우선 송 측에 방자하기 짝이 없는 國書를 보내왔다.[43] 송 조정을 격노시킴으로써 자신이 큰 명성을 얻고자 함이었다. 아울러 송이 이에 대한 견책으로 국교를 단절한다면 이를 기화로 서하의 部衆

---

42 대지주나 유력자가 宗族 성원에 대한 救濟의 목적으로 설치한 장원. 仁宗 시기 范仲淹이 蘇州에 10餘 頃의 田地를 사둔 후 그 租米로 불우한 宗族의 衣食이나 혼인, 葬事의 비용에 충당토록 하고 義莊이라 불렀던 것에서 시작한다. 이후 范仲淹의 范氏義莊을 典範으로 하여 각처에 義莊이 성행하게 되었다.

43 仁宗 寶元 2년(1039) 正月에 보내온 國書를 말한다. 李元昊는 이에 앞서 寶元 元年(1038) 10월 西夏를 건국하고 稱帝한 상태였다. 이 國書에서는 稱臣은 하지만 동시에 宋側에 대해 "冊爲南面之君"을 요구(『長編』 권123, 仁宗 寶元 2년 正月 辛亥)하고 있다. 稱帝의 사실을 인정하라고 요구했던 것이다.

들을 자극하려는 의도를 지니고 있었다.

이러한 정황에서 장방평이 말했다.

"우리 조정이 眞宗 景德 年間(1004~1007) 거란과 盟約[44]을 체결한 이래 天下는 군사적으로 대비하는 것을 잃어버려, 장수들은 병법을 모르고 병사들은 전투를 모르며 백성들은 전쟁의 수고로움을 알지 못한지 무려 30년이나 되었습니다. 이러한 판국에 만일 갑자기 전쟁이 벌어지면 반드시 장수들이 패배하고 병사들이 죽어 넘어지는 근심이 생길 것입니다. 게다가 전쟁이 길어져 백성들이 지치게 되면 또한 여기저기서 반란이 일어나는 뜻밖의 사태가 생길 것이 분명합니다. 그러한 즉 서하가 방자히 구는 것을 참고 견디며 그저 그들이 하자는 대로 해주어 조원호로 하여금 반란을 일으키지 못하도록 하는 것이 좋습니다. 그리고나서 시간을 벌어서 그 사이에 훌륭한 장수를 발탁하고 병사들을 연마시키며 성채를 견고히 하고 병기들을 보수하여 전쟁에 대비를 하도록 해야 합니다. 만일 그들의 뜻대로 해주더라도 조원호가 끝내 반란을 일으키게 된다면, 그 전쟁의 명분이 사라져서 저들의 관료나 병사들이 조원호를 옳다 여기지 않을 것이기 때문에, 쉽게 우리에게 승리를 거두지는 못할 것입니다. 서하는 작은 나라이므로 전쟁을 일으켜서 3년 동안 결정적인 승리를 거두지 못하게 된다면, 그들은 무너지거나 혹은 그렇지 않더라도 그 기세가 필시 꺾일 것입니다. 이를 기다려 우리가 그 뒤를 온전히 제압하는 것이 필승의 방도입니다."

그런데 당시 사대부들은, 천하가 전성기의 국면을 맞고 있었던 것과 조원호가 작은 세력의 적이라는 사실을 보고, 거의 전부가 군대를 일으

---

44 景德 元年(1004)년에 체결한 澶淵의 盟을 가리킨다.

켜 조원호를 주멸해야 한다고 생각하였다. 오직 장방평과 吳育만이 다른 생각을 갖고 있었다. 여타 사람들은 심각한 통찰이 없이 그 두 사람의 주장을 두고 무사안일주의의 생각이라 공박하였다. 이렇게 하여 마침내 서하와 전쟁을 벌이기로 결정되어 천하는 일대 소동에 빠져 들었다. 이에 장방평은 서하를 평정하기 위한 10가지 방책을 상주하였다. 그 대략적인 내용은 다음과 같았다.

"변경 지역에 있는 서하와의 접경지대는 1,000리에 달하므로 우리의 군대는 분산된 반면 적은 병력을 집중시킬 수 있습니다. 따라서 우리가 설사 수십만의 군대를 주둔시키더라도 적이 접근하여 전투가 벌어지게 되면, 우리는 늘 하나의 군대로써 열을 맞아 싸우는 형국이 되어버립니다. 이는 우리가 반드시 지게 되는 방략입니다. 이렇게 패배한 다음에 전열을 추스린다면 군대는 힘겨워지고 또 경비는 경비대로 엄청나게 들 것입니다. 이러한 방략은 절대 취해서는 안 되는 길입니다.

대신 백성들의 힘이 재충전되기를 기다려 重兵을 河東 일대[45]에 주둔시켜야만 합니다. 그리고 형세를 살피는 것입니다. 적들은 반드시 延州와 渭州[46]로부터 공략해 올 것이기 때문에, 夏州[47]에 있는 적들의 근거지에 대한 방비는 소홀해질 것이 분명합니다. 우리 군대는 이 틈을 노려서 麟州와 府州[48]로부터 강을 건넌다면 채 열흘이 되지 않아서 夏州에 도달할 수 있을 것입니다. 이야말로 병법에서 말하는 이른바, '저들이 반드시 구원병을 보내야만 하는 곳을 공격하는 것'이며 形格勢禁[49]의

---

45 황하의 동부와 太行山脈 以西 지역. 황하가 오르도스 지역을 감돌아 남으로 흘러내려 渭河와 합류한 후 東行하는 河流의 동부, 山西省 일대를 가리킨다.
46 延州는 永興軍路 북부에 위치, 오늘날의 陝西省 延安市. 渭州는 秦鳳路의 中東部에 위치, 오늘날의 甘肅省 平涼市. 延州와 渭州 공히 西夏와의 접경 남부에 위치한다.
47 永興軍路 북쪽에 위치한 西夏의 거점도시. 오늘날의 陝西省 橫山縣 서쪽에 위치
48 麟州와 府州 공히 河東路의 서북단에 위치, 오늘날의 陝西省 紳木縣의 북부와 府谷縣.

길인 것입니다.”

재상인 呂夷簡은 이를 보고 宋綬에게 말했다.

“그대가 능히 국가를 위해 좋은 인재를 추천하였도다.”[50]

하지만 장방평의 獻策은 종내 사용되지 못하였다.(「墓誌銘」)

조원호가 반란을 일으키게 되자 禁軍들은 모두 서쪽 서하와의 접경지
대로 동원되었다. 각 지방의 군대 또한 건장한 자들만 가려져서 중앙으로
차출되니 지방에는 아무런 군사적 방비가 없게 되어 버렸다. 이에 조정에
서는 弓手[51]를 이전보다 더 징발하라고 명령하였다. 이 무렵 장방평은 睦
州에 있었는데 이러한 상황에 직면하여, 8가지 사안에 대한 건의서를 상
주하였다. 이후 조정으로부터 지침이 내려와서, 陝西와 하동·京東西路
에 사자를 파견하여 弓箭手[52]를 入墨[53]하여 宣毅軍과 保捷軍으로 편입시
키게 하였다. 이에 장방평은 곧바로 다시 상주문을 올려, 그렇게 해서는
안 됨을 강력히 주장하였으나 받아들여지지 않았다. 이때 刺字하여 동원
된 병사는 20여만 명이나 되었는데, 그 대부분은 시정의 잡배들로서 전연
전쟁에서의 이용이 불가능하였다. 더욱이 宣毅軍은 방자하기 이를 데 없
어서 가는 곳마다 도적이 되었다. 이로 인해 백성들은 커다란 피해를 입게

---

49 형세가 拒止됨. 즉 행동을 자유로이 할 수 없게 됨. 여기서 格은 拒止의 의미.

50 張方平은 宋綬와 蔡齊의 추천으로 茂材異等科를 통해 入仕하였다. 이에 대해서는 『宋史』
권318, 「張方平傳」을 참조.

51 縣尉의 지휘를 받아 치안질서 유지의 임무를 수행하는 職役. 盜賊의 捕捉과 관내 경
비를 주임무로 하였다. 통상 鄕村 中等戶가 差充되었다.

52 河東路 및 陝西路의 연변지대에 배치되었던 鄕兵. 閑田을 지급하는 조건으로 蕃漢
의 邊民들을 모집한 것이다. 2頃이 給田되었을 경우 甲士 1인을 차출하며, 3頃이나
2頃半이 지급되었을 경우에는 戰馬 1필까지 함께 차출하였다. 군사적 부담과는 별
도로 조세도 납부하였지만 折變과 科徭는 면제되었다.

53 얼굴에 刺字하는 것. 송대 병사들은 도망 방지를 위해 모두 入墨해야만 했다.

되었으며 국가의 재정도 고갈되어 갔다. 이렇게 되자 識者들은 장방평의 말을 따르지 않았던 것을 한스러워하였다.(「墓誌銘」)

　조원호가 반란을 일으키자 陝西의 四路에 군대를 배치하고 夏竦을 總帥로 삼았다. 그런데 夏竦은 長安에 머물며 戰場에 나서려 하지 않았다. 그는 精兵과 勇壯들을 모두 휘하에 거느렸으며 邊境의 四路에서 전투를 위해 이동할 때에도 모두 자신의 결재를 받도록 하였다. 하지만 戰場은 멀리 떨어져 있어 일일이 통제가 안 되었기 때문에 四路 군대의 패전에 대해 직접 總帥에게 책임을 물을 수 없었다.

　이에 知制誥 장방평은 諫官이 되어 다음과 같이 말했다.

　"自古로 元帥로서 직접 적에 맞서지 않은 사람이 없습니다. 齊桓公이나 晉文公과 같은 이는 비록 覇主였으나 친히 군대를 이끌고 戰場에 임했습니다. 또 휘하의 장수들이 패전하게 되면 元帥는 모름지기 그 책임을 져야만 합니다. 諸葛亮이 大將軍이었을 때 馬謖이 패전하자 右將軍으로 강등된 바 있습니다. 이는 古今의 通義입니다. 현재 하송은 長安에 느긋이 머물며 적과 맞서려 하지 않으며, 諸路의 패전 또한 일체 책임을 지지 않고 있습니다. 그러니 總帥의 이름만 있을 뿐 總帥로서의 內實은 없는 것입니다. 바라건대 四路의 패전 책임을 물어 처벌을 가하고 總帥職에서 해임하시기 바랍니다. 연후에 四路의 帥臣들로 하여금 스스로 방어의 계책을 세우게 하고, 다른 路와 관련된 일이 생기면 서로 연락하여 적절히 구원하도록 하십시오. 그러는 편이 事勢에 도움이 될 것입니다."

　조정은 이 말에 따라 하송을 知別州로 강등시켰다. 四路가 각각 방어에 임하였던 것도 모두 이러한 장방평의 上言에서 비롯된 것이었다.(『龍川志』)

慶曆 元年(1041) 서하와의 사이에 전쟁이 벌어진 것도 어언 6년째가 되어 仁宗은 이미 전쟁을 싫어하게 되었다. 서하 또한 전쟁으로 피폐해져그 백성들이 농경과 유목을 하며 휴식을 취할 수 없었다. 서하에는 당시베가 만여 필이나 있어 조원호는 이를 송조에 바치고 강화를 청하고자하였지만 전연 방도를 구하지 못하고 있었다. 이때 장방평이 분연히 상소하여 말했다.

"폐하께서는 天地의 부모와 같으신 존재입니다. 어찌 저 개 돼지나 승냥이와 같은 서하와 승부를 가리려 하십니까? 원컨대 올해의 郊赦[54]를 계기로 하여 폐하께서 그 허물을 스스로에게 돌리고 신의를 베푸사, 저들이 잘못을 반성할 수 있는 길을 열어 주시기 바랍니다. 또 변방의 관원들에게지시하여 저들이 조공을 바치려 한다면 막지 말게 하옵소서. 만일 그럼에도 저들이 뉘우치지 않는다면, 이는 우리 송조를 노하게 하고 저들 스스로가 잘못을 범하는 것이니 천지의 귀신이 반드시 저들을 誅滅할 것입니다."

이를 보고 인종은 기뻐하며 말했다.

"이것이야말로 짐의 마음이로다."

그리고 장방평에게 명하여 그 상주문을 中書에 제출하게 하였다. 재상인 呂夷簡은 그것을 읽고나서 두 손을 맞잡고 절을 하며 말했다.

"公이 이렇게 말한 것은 사직의 福이오."

그리하여 이 해에 장방평의 말대로 서하에게 開諭하는 敕書가 내려졌고, 이듬 해에는 조원호가 비로소 항복을 청해왔다.[55](「墓誌銘」)

---

54 南郊와 北郊의 大祀 이후 罪過를 대사면하는 것.
55 西夏側이 宋에 遣使하여 和議를 제의한 것은 仁宗 慶曆 3년(1043) 正月의 일이었다. 『續資治通鑑長編』 권139, 慶曆 3년 正月 癸巳 참조. 宋-西夏 사이의 和約은 慶曆 4년(1044) 10월, 서하가 송에 대해 稱臣하고 그 대신 송이 서하에 세폐로 絹 13만 필과 銀 5만 냥, 茶 2만근을 지급한다는 내용으로 최종 타결되었다.

前三司使인 王拱辰이 하북 일대에 소금 전매제를 시행하자고 주장하여 법은 완성되었으나 아직 시행되지는 않고 있는 상태였다. 장방평이 인종을 알현하고 말했다.

"하북 지방에 이중으로 소금 전매제를 시행하는 까닭은 무엇이옵니까?"

인종이 놀라 말했다.

"무슨 말이오. 이제 처음이지 이중으로 시행하는 것은 아니오."

"後周 世宗이 하북 일대에 소금 전매제를 시행하면서 그 위반자를 즉시 사형에 처하는 등 단호한 조치를 취한 바 있습니다. 이에 후주 세종이 北伐[56]에 나서자 하북 일대의 주민들이 길을 가로막고서, '소금 전매 부과금을 兩稅에 편입하여 그 비율에 따라 고루 할당하고 소금유통에 대한 단속은 철폐해 달라'고 눈물로써 호소했었습니다. 이에 후주 세종이 그것을 허락하였습니다. 현재의 兩稅鹽錢이 바로 그것입니다. 그러니 어찌 이중으로 소금 전매제를 시행하는 것이 아니겠습니까?"

인종은 잘못을 깨닫고 말했다.

"卿이 재상에게 말해서 즉시 파기하도록 하시오."

"현재 법은 비록 공포되지 않았으나 주민들 모두 장차 소금 전매제를 시행할 것이라는 사실을 알고 있습니다. 마땅히 폐하께서 직접 조령을 내려 파기해야 할 듯합니다. 관료로 하여금 조치하게 해서는 안 됩니다."

인종은 크게 기뻐하며 장방평에게 은밀히 그 조령을 만들라고 명하여 이를 반포하였다. 그러자 하북 일대의 주민들은 모두 몰려나와 澶州

---

56 後周 世宗 顯德 6년(959)에 취해진 燕雲十六州의 탈환을 위한 작전을 말한다. 당시의 북벌은 이 해 4월 16주 가운데 남으로 돌출한 益津關과 瓦橋關 이남(關南)의 瀛州·莫州 2주를 탈환하고, 이어 燕雲十六州의 중심인 幽州(燕州, 현재의 北京)를 향해 북상하려는 찰나 世宗이 臥病하여 중단되고 만다. 이후 世宗은 6월 수도인 開封에 귀환한 직후 39세의 나이로 病沒하였다.

에서 그 詔書를 공손히 맞이했다. 그리고나서 불교와 도교의 종교행사를 7일 동안이나 개최하여 인종의 은혜에 보답하였다. 또한 그 詔書를 北京 大名府에 새겨 두었는데 오늘날에 이르도록 주민들은 그 아래를 지날 때마다 머리를 조아리며 눈물을 흘린다고 한다.(「墓誌銘」)

御史中丞 자리가 비었다. 曾公亮은 왕안석을 임용하고자 하였으나, 장방평은 강력하게 왕안석을 써서는 안 된다고 반대하였다.(「墓誌銘」)

신종은 王安石을 요직에 발탁하려고 마음 먹고 그에 대한 大臣들의 생각을 물어보았다. 그 결과 다투어 왕안석을 칭찬하였다. 당시 장방평은 承旨[57]로 있었는데 그만 홀로 반대하며 이렇게 말했다.

"왕안석은 거짓되이 말하면서도 잘 둘러대고 거짓되이 행동하면서도 고집을 피웁니다. 그러니 그를 요직에 쓰게 되면 반드시 천하가 어지러워질 것입니다."

이로부터 왕안석은 장방평을 깊이 원망하게 되었다.(『涑水記聞』)

장방평이 知陳州로 있을 무렵은 막 條例同[58]를 설치하고 新法을 시행해 가던 때였다. 대략 그 목적은 재정을 충실히 하고 군사력을 강하게 하는 데 있었다. 장방평은 京師에 들렀다가 신종을 하직하며 신법의 해로움에 대해 강력히 공박하였다. 그 언사는 격하기 이를 데 없는 것이었다. 그가 말했다.

---

57 翰林學士承旨의 簡稱. 內制의 修撰과 황제의 자문에 응하는 職任을 맡는다.
58 왕안석을 발탁한 후 新法의 시행을 위해 설치되는 制置三司條例司의 簡稱. 條例司에 대해서는 본서 1책, 308쪽, 주 49 참조.

"물이란 것은 배를 떠받치는 바탕이 되기도 하지만 또 한편으로는 배를 뒤엎는 요인이 되기도 합니다.[59] 그리고 전쟁이란 불과 같아서 적절히 거두지 않으면 스스로 타버리게 됩니다.[60] 만일 신법을 그만두지 아니하면, 그 끝에는 반드시 배를 뒤엎고 스스로 타버리는 근심이 있을 것입니다."

평소 장방평을 높이 사고 있던 신종은, 이러한 말을 심하다 여기지 아니하고 말했다.

"좀 더 곁에 머물러 줄 수 없겠소?"

"臣은 이미 중앙에서 물러났으니 임지로 가야지요."

신종은 매우 슬픈 기색을 지었다.(「墓誌銘」)

거란에 歲幣로 금과 비단, 기타 여러 물품을 보낼 때에는 二府의 대신들을 불러 살펴보게 하는 것이 관례였다. 신종 熙寧 年間(1068~1077) 宣徽使[61]로 있던 장방평 또한 여기에 불려졌다. 이 때 다른 사람들이 말했다.

"중국의 天子가 夷狄에게 貢物을 제공하는 것은 치욕입니다. 더욱이 폐하께서는 뛰어난 무용을 지니고 계시니 한 번의 전쟁만으로도 거란을 제압할 수 있을 것입니다."

이러한 분위기에서 장방평만이 홀로 말했다.

"폐하께서는 도대체 송과 거란이 도합 몇 차례나 싸워서 또 그 가운데 몇 차례나 우리가 승리했다고 생각하십니까?"

그 자리에 있던 사람 兩府의 대신 여덟 사람 중 그 누구도 알지 못했다. 신종이 다시 장방평에게 물어 그가 대답하였다.

59　백성이 社稷의 存亡을 결정짓는 根本이란 의미이다. 『荀子』에서, "傳曰. '君者舟也 庶人者水也 水則載舟 水則覆舟.' 此之謂也"(「王制」)라 말했던 것에서 유래한다.
60　『左傳』隱公 4年條에 나오는 말. 원문은, "夫兵 猶火也. 弗戢 將自焚也"이다.
61　勳臣이나 外戚에게 우대의 의미로 부여되는 加官. 位次는 樞密使와 樞密副使 사이였다.

"송과 거란은 크고 작은 것을 합하여 총 81차례 전쟁을 치루었습니다. 그중 張齊賢이 지휘했던 太原의 전투[62] 단 한 차례만 우리가 승리했을 뿐입니다. 이러할진대 폐하께서는 和平과 전쟁 가운데 어느 쪽이 낫다고 생각하십니까?"

신종은 그의 말을 참으로 옳다고 여겼다.(『談叢』)

왕안석이 집권한 이래 銅禁[63]을 해제하였다. 그러자 간사한 무리들은 날마다 동전을 녹여 그것으로 여러 물건들을 만들고, 또 변방의 關所[64]라든가 무역항의 市舶司[65]에서는 동전을 해외로 반출하는 것을 다시는 제지하지 아니하였다. 이로 인해 중국내의 동전은 날로 줄어들고 서방과 남방·북방의 세 오랑캐 땅에는 동전이 수없이 쌓여 갔다. 이에 장방평은 동금해제의 폐해를 강력히 지적하며, 다음과 같이 왕안석에게 詰問하였다.

"銅禁 정책은 개국 이래 수대에 걸쳐 국가를 보위하고 백성을 이롭게

---

62 太宗 雍熙 3년(986)에 있었던 전투, 즉 이른바 '雍熙北伐' 당시 知代州로서 보병 2,000명을 이끌고 쇄도하는 遼軍의 진격을 막아낸 것을 가리킨다. 그런데 본문에 나오는 張方平의 발언에는 상당한 착오와 과장이 있다. 당시 張齊賢이 거란의 군대를 맞아 전투를 벌인 장소는 代州城 인근으로서 太原과는 상당한 거리가 있는 곳이었다(『宋史』 권265, 「張齊賢傳」). 또한 이밖에 太宗 太平興國 3년(978) 3월 北漢의 정벌에 앞서 河東路 忻州 石嶺關에서 郭進이 遼軍을 대파하였던 것이라든가, 혹은 太宗 太平興國 4년(979) 9월 劉廷翰이 滿城에서 남하하는 遼의 군대를 대파하였던 것 등, 송-거란 간의 전투에서 宋이 승리를 거둔 사례는 적지 않다.

63 銅錢의 해외 반출을 금지하는 것. 神宗 시기, 즉 熙寧·元豊 연간을 제외한 宋代 전시기에 걸쳐 시행되었다. 銅禁과 관련하여 宋初에는, "銅錢闌出江南·塞外及南蕃諸國 差定其法 至二貫者徒一年 三貫以上棄市 募告者賞之"(『宋史』 권180, 「食貨下二」)라 규정되었으며, 仁宗 시기에는 "銅錢出外界 一貫以上 爲首者處死"(『續資治通鑑長編』 권132, 仁宗 慶曆 元年 5월 乙卯)라 하는 정도로 강화되었다.

64 險隘한 요충지에 세워진 국경 관리사무소.

65 외국 무역을 관리하는 관청. 외국 무역상의 중국 내항 및 중국 상인의 해외 도항 등을 관할하였다. 외국 상인이 입항하면 세금을 징수한(抽解) 다음 무역에 필요한 증명서를 발급하였으며, 중국 상인의 해외도항시에도 증명서를 발행하였다.

하던 훌륭한 제도였소이다. 그런데 이를 하루아침에 없애 버리는 것은 그 뜻이 대체 어디에 있는 것이오?"(「墓誌銘」)[66]

高麗의 사신이 南京 應天府를 지날 때 응천부의 知府는 반드시 그 사신을 送迎해야만 했다. 응천부 지부로 있던 장방평이 말했다.

"臣은 일찍이 二府의 宰執으로 재직한 바 있습니다. 그런데 어찌 陪臣[67]을 위해 몸을 굽힐 수 있겠습니까?"

조정에서는 이에 다만 少尹[68]만을 파견하라고 하였다.(「墓誌銘」)

---

66 王安石의 新法 시기에는 銅禁, 즉 동전의 해외 반출 금지를 해제하고 每貫 당 50文의 세금만 징수하였다. 또한 銅器의 제작과 유통도 전면적으로 허용하였다. 이렇게 銅禁 해제라는 대담한 정책이 시행되자 이에 대한 격렬한 반대가 빗발쳤다. 그 반대의 중심에 서 있는 인물이 바로 본문에 등장하는 張方平이었다. 그는 銅禁의 해제가 동전의 해외 유출과 동전의 錯毀(동전을 녹여 銅器를 만드는 것)를 불러 일으켜 錢荒(동전의 부족으로 말미암은 사회 혼란)을 초래할 것이라 주장하였다. 하지만 왕안석은 銅禁(동전의 해외 반출 금지와 銅器 제작 및 유통 금지)만으로는 문제를 본질적으로 해결할 수 없다고 판단하였다. 동전의 해외 유출이나 銅器의 유통이 시장의 수요에 따른 것이므로, 그러한 미봉적인 제약으로는 동전 부족 현상을 해소할 수 없다고 여긴 것이다. 실제로 이러한 銅禁에도 불구하고 중국의 동전이 주변 각국으로 흘러 들어가는 것은 도저히 막을 수 없었다. "朝廷務懷宋四夷 通緣邊互市 而邊吏習於久安 約束寬弛致中國寶貨錢幣日流於外界. 比年縣官用度旣廣 而民間貿易致不通 方羌戎爲叛 指日待誅 姦人出入邊關 蕩然無禁"(『續資治通鑑長編』 권132, 仁宗 慶曆 元年 5월 乙卯)이라 하는 사례가 그러한 정황을 잘 보여준다. 그래서 왕안석은 銅의 생산량을 대대적으로 증대시키고 동전을 增鑄하여 시장에 공급함으로써 문제를 해결하고자 하였다. 이에 따라 神宗 시기 동전 주조량 및 銅 채굴량은 이전과 비교할 수 없을 정도로 증대되었다. 동전의 연간 주조량은 神宗 시기 해마다 증대되어 원풍 연간 역대 최고치를 보였다. 구체적으로 熙寧 7년(1074)부터 元豐 8년(1085)까지의 10년 동안 동전주조액은 연평균 450만 貫에 달하였다. 이러한 수치는 宋初의 太祖 開寶 5년(976)부터 太宗 太平興國 7년(982)까지의 연평균 주조액 7만 관은 물론, 眞宗 大中祥符 9년(1016)부터 仁宗 慶曆 8년(1048)까지의 연평균 주조액 100만 관에 비교해도 월등한 것이었다(高聰明, 『宋代貨幣與貨幣流通研究』, 河北大學出版社, 2000, 103쪽 참조). 또한 銅 채굴량 역시 眞宗 시기에 비교하면 약 5배, 仁宗 시기에 비교하면 약 3배 정도로 급증하였다.(高聰明, 『宋代貨幣與貨幣流通研究』, 91쪽 참조)

67 諸侯의 臣僚. 당시 고려의 國王이 宋 황제에게 朝貢을 바치며 稱臣하고 있었기 때문에, 송조의 입장에서 볼 때 고려의 使者는 天子의 陪臣이 된다.

68 주부의 副職, 보좌관.

권4

胡宿

胡宿이 宣州의 通判으로 있을 때 무고하게 살인죄로 잡혀 갇힌 자가 있었다. 심리가 끝나 법에 의거하여 장차 사형에 처해지게 되었는데, 호숙은 아무래도 사건이 의심스러웠다. 그래서 죄수를 불러 심문해 보았다. 하지만 죄수는 매 맞을 것이 두려워 아무 말도 하지 못하는 것이었다.

호숙은 죄수를 돌려보낸 후 옷 매무새를 바로하고 집무실에 앉아 골똘히 생각에 잠겼다. 그러다가 잠깐 선잠에 빠졌는데 꿈 속에서 어떤 사람이 나타나,

"오씨 성을 가진 사람이다"라고 말하는 것이었다.

호숙은 서둘러 그 죄수를 부른 다음 주변 사람들을 물리치고 다시 심문하였다. 죄수가 대답했다.

"저는 다만 밭에 가려고 나섰는데 縣의 서리들이 다가와서 다짜고짜

붙잡아 관청으로 끌고 갔습니다요. 저는 아무런 까닭을 모르겠습니다."

호숙은 재판 문서를 가져다 살펴보며 샅샅이 파헤쳐 보았다. 그 결과 피살자의 아내가 오씨 성을 가진 남자와 간통하였고, 그 오씨 성의 남자가 남편을 죽이고 나서 여자와 짜고는, 아무 관계 없는 사람에게 죄를 뒤집어 씌워 고발한 것이었다. 호숙이 성심을 다해 일을 처리하는 것이 모두 이와 같았다.(胡宗愈 撰, 「行狀」)

入內都知[1] 楊懷民이, 휘하의 궁궐 호위병사 가운데 하나가 밤에 몰래 대궐에 잠입하였다가 인종을 놀라게 한 죄에 연좌되어 和州의 都監[2]으로 좌천되었다. 그런데 양회민이 권력을 휘두른 것이 오래였던 까닭에 그의 위세가 내외에 널리 퍼져 있어, 얼마 후 다시 불려져 예전의 직책으로 복귀하였다. 이 때 호숙은 知制誥로 재직하고 있었는데, 양회민을 입내도지로 복귀시킨다는 辭頭[3]를 되돌려 보내고 그 임명장의 초안을 작성하지 않았다. 그리고 호숙은 말했다.

"궁궐 호위병사의 잘못된 행동에는 양회민이 연좌되어 마땅하다. 준엄한 처벌을 받아 주살되지 않은 것만 해도 다행으로 생각하여야 한다. 어찌 다시 폐하의 근신으로 복귀할 수 있단 말인가?"

이로 인해 양회민의 복귀는 철회되었다.(歐陽脩 撰, 「墓誌銘」)

涇州의 병사들이 급여가 지급되지 않자 나쁜 말을 퍼트리며 반란을

---

1   궁중 환관의 관할 부서인 入內內侍省의 장관. 정식직함은 入內內侍省都知로서, 都知 혹은 侍省都知 등으로 簡稱되기도 했다.
2   州府의 都監은 해당 지역의 군사를 총괄하는 직책. 兵馬都監의 簡稱.
3   여기서 辭頭란 인사 명령의 諭旨. 知制誥와 中書舍人은 이에 의거하여 制勅을 起草하며, 辭頭가 부적절하다 판단되는 경우 起草를 거부할 수 있었는데 이를 '封還' 혹은 '封駁', '封繳'이라 칭했다.

일으키려 하였다. 이에 2명을 斬刑에 처하고 4명을 墨刑[4]에 처하자 반란의 기운은 가라앉았다. 그리고 나서 호숙에게 사안의 처리를 맡겨, 三司의 서리들이 제 때에 급여를 지급하지 않은 것에 대해 처벌을 가하게 하였다. 하지만 三司使인 包拯이 서리들을 감싸며 보내주려 하지 않았다. 이를 보고 호숙이 말했다.

"涇州의 병사들이 방자하고 제멋대로인 것은 진정 잘못입니다. 그렇다 해도 급여란 것은 병졸들의 온 관심이 집중된 문제인데 무려 85일간이나 미루고 지급하지 않았다니, 어찌 그러고도 三司가 처벌을 받지 않을 수 있겠습니까? 하지만 폐하께서는 포증이 近臣인 까닭에 그것에 대한 책임 추궁을 하지 않으셨습니다. 이는 말하자면 法을 굽혀서 은혜를 베푸신 것이라 할 수 있습니다. 그럼에도 포증은 반성하기는커녕 공공연히 폐하의 명령을 거부하고 있습니다. 臣은 삼가 천자의 위신이 서지 않고 기강이 무너져 가는 것은 아닌가 우려스럽습니다."

이에 포증은 놀라서 즉시 서리를 보냈고 그리하여 사건 처리를 진행시킬 수 있었다.(「行狀」)

---

4   이마에 罪名을 刺字하는 형벌.

蔡襄

범중엄이 知饒州로 좌천되었다. 그러자 余靖은 상소하여 그 좌천의 잘못을 논박하였으며 尹洙는 범중엄과 함께 좌천시켜 달라고 청하였다. 한편 구양수는 서한을 보내 司諫高若訥의 잘못을 책망하였다. 이들 모두 좌천되었다. 이에 蔡襄은 「四賢一不肖詩」[5]를 지어 이 일들을 기록하였다. 여기서 '四賢'이란 범중엄·여정·윤수·구양수를 말함이고 '不肖'란 고약눌을 말한 것이었다. 이 시는 경사 일대에 전파되어 士人들이 다투어 이를 적어 남에게 전하였으며, 심지어 장사치들은 서예작품으로 만들어 저자에서 팔아 상당한 이익을 남기기도 하였다. 거란의 사자 또한 은밀히 이를 사서 가지고 갔다.[6] 그 후 張中庸이 거란에 사자로 갔을 때, 幽州[7]의 館舍에서 「四賢一不肖詩」 가운데 구양수를 기린 시가 벽에 걸려있는 것을 보았다고 한다.(『政要』)

御史인 呂景初·吳中復·馬遵이 재상 梁適을 공박했던 일로 인해 해임되어 다른 관직으로 옮겨지게 되었다. 당시 채양은 知制誥로 있었는데 이들을 다른 직위에 보임한다는 사령장의 초안 작성을 맡게 되었지만, 그는 그 辭頭를 되돌려 보내고 초안을 작성하지 않았다. 이후에도 관직의 임명이 있을 때마다 적당한 기용이 아니라 생각되면 여러 차례

---

5   范仲淹·余靖·尹洙·歐陽脩·高若訥에 대해 각각 1首씩을 읊은 것으로, 『端明集』 권1에 수록되어 있다.

6   채양의 「四賢一不肖詩」는 이후, "泗州通判陳恢 尋上章乞根究作詩者罪 左司諫韓琦劾恢越職希恩, 宜重行貶黜 庶絶姦諛 不報"(『續資治通鑑長編』권118, 仁宗 景祐 3년 5월 戊戌)와 같은 파장을 불러일으키기도 하였다.

7   燕雲十六州의 중심 도시인 燕州. 遼의 南京析津府.

나 사두를 되돌려 보냈다. 하지만 인종은 그를 더욱 신뢰하며 이렇게 말했다.

"자식이 이와 같을진대 그 모친의 현숙함을 가히 알겠도다."

인종은 특별히 冠과 배자[8]를 하사하여 총애를 보였다.(「墓誌銘」)

채양의 정치는 치밀하면서도 명료하였다. 특히 복건에서는 자신이 복건 출신인지라 그 풍속을 잘 알고 있었다. 그는 복건에 부임하자 賢者를 예우하고 학문을 장려하였으며 큰 해악들을 제거해 나갔다. 그 이전 복건 사람들은 학문을 좋아하였으나 다만 詩賦만을 통해 과거에 응시하였다. 채양은 周希孟 선생을 찾아내 經學을 가르치게 한 바, 그 학생들이 늘 수백 명에 달하였다. 그는 친히 학당에 찾아가 경서의 내용을 가지고 문답을 하는 등 솔선을 보였다. 또한 隱士인 陳烈을 찾아가 스승의 예를 갖추었으며, 향리에서 덕행으로 명성이 자자했던 陳襄과 鄭穆에 대해서도 겸양을 다해 모셨다.

그리고 복건의 풍속은 葬事를 중시하고 불교를 신봉하고 있었다. 그래서 장사를 치르고 손님들을 접대할 때 모든 능력을 다해 사치스럽게 하여야만 효성스럽다 여겼다. 그렇지 아니한 즉 스스로 깊이 부끄러이 여겼으며 뿐만 아니라 향리에서도 흉보았다. 그리하여 간사한 무리나 무뢰배 등이 이를 기회로 음식을 배불리 먹고 게다가 재물을 획득하기도 하였다. 喪家에 찾아오는 사람도 끝이 없어서 때로는 수백 명, 수천 명에 달하기도 했다. 이러한 까닭에 어버이가 임종하면 쉬쉬 감추고 울음소리도 죽였다가, 재산을 팔아 장례 치를 준비를 갖춘 연후에야 비로

---

8   帔子. 저고리 위에 입는 소매 없는 덧옷.

소 장례식을 거행하는 경우도 있었다. 그래서 유력자들은 그 다급함을 이용하여 남의 田土나 가옥을 헐값에 사들였으며, 가난한 사람들은 계약서를 쓰고 돈을 빌렸다가 종신토록 그 빚을 갚느라 고생하였다. 채양은, '어찌 이보다 더 큰 폐해가 있겠는가?'라고 말하고, 즉시 명령을 내려 호사스런 장례를 금지시켰다.

또한 복건에서는 무당들이 병을 치료한답시고 독약을 잘못 써서 사람을 죽이는 예가 많았다. 채양은 이에 대해서도 단호한 금지령을 내렸다. 그리고 주민 가운데 총명한 자를 뽑아 의약을 가르친 후 이들로 하여금 질병을 치료하게 하였다. 또 가르침에 잘 따르지 않는 젊은이들에 대해서는 중요한 덕목을 정리하여 五戒를 만들고 이로써 훈도하였다.

이와 같은 채양의 정치가 한동안 행해지자 복건 사람들은 크게 편안해 하였다. 그러다 그가 다른 곳으로 떠나자 복건인들은 관아로 몰려가서 채양을 위한 德政碑를 세워 달라고 청하였다. 이에 대해 서리가 그것이 법으로 금지되어 있다고 알려주었다. 그러자 그들은 물러나와 관아와는 무관하게 주민들의 힘만으로, '우리 백성들에게 蔡公의 은덕을 잊지 말게 하라'고 그의 선정을 기려서 돌에 새겨 후대에 전했다.(「墓誌銘」)

王素

王素가 知成都府로 있을 때의 일이다. 과거 成都府에서는 衙前[9]이 해마다 酒坊錢을 납입하여 이것으로써 公使庫[10]의 비용을 충당하였다. 그런데 점차 공사고 비용은 늘어나는 반면 절약을 모르게 되어, 아전들은 날로 부담이 늘어 견딜 수 없게 되었다. 이에 왕소는 일체의 비용을 절감시켜서 전체의 절반을 줄였다. 또 四川 지방에서는 오직 鐵錢만이 유통되었는데 해마다 그 주조량을 늘려갔던 연고로 심한 인플레 현상이 일어나 상거래 자체가 지장을 받을 정도가 되었다. 이러한 상황에 직면하여 왕소는 10년간 철전의 주조를 정지시켰다. 그 결과 물가가 정상상태로 되돌아 갔다. 그리고 利州路에 기근이 발생하자, 왕소는 당국의 창고를 개방하여 구제활동을 전개하였다. 이로 말미암아 백성들은 타지로 유망하지 않았다. 때마침 조정으로부터 상황을 묻는 조칙이 내려와서 왕소는 구제의 실태를 보고하였다. 인종은 여러 차례나 그의 기근구제 치적을 칭찬하였다. 왕소의 정치는 민심을 편안히 하는 데 주안점을 두었다. 그리하여 사천 일대의 사람들은 그의 치적을 정리하여 『王公異斷』이란 책자를 만들었다.(「墓誌銘」)

왕소는 구양수와 함께 기회가 있을 때마다 仁宗 앞에서 富弼을 칭찬하였다. 따라서 부필이 재상으로 될 수 있었던 데에는 왕소가 상당한 힘

9　差役의 하나. 州의 官衙에 나가 관아의 물품을 관리하며 그 運送을 담당하였다. 또 場務와 창고 · 驛館 · 河渡 · 綱運 등을 주관하였다. 衙前役 처리 과정에서 관리의 소홀 등으로 물품에 손상이나 결손이 발생하면 배상해야만 했다. 따라서 差役 가운데 부담이 여타 職役에 비교할 수 없을 정도로 커서 재산이 가장 많은 1等戶를 差充하였다. 하지만 행정에 서투른 民戶는 衙前役을 담당하다가 파산하는 경우가 비일비재하였고 이로 인해 많은 사회 문제가 야기되었다. 『文獻通考』에서, "先是 三司使 韓絳言, '害農之弊 無甚差役之法 重者衙前 多致破産 次則州役 亦須重費. 向聞京東有 父子二丁將爲衙前 其父告其子云. 吾當求死 使汝曹免凍餒. 自經而死. 又聞江南有嫁其 祖母及與母析居 以避役者. 此大逆人理 所不忍聞. 又有鬻田産于官戶 減其戶等者 田歸 官戶不役之家 而役幷增于本等戶"(권12, 「職役考」 1)라 하는 것은 그러한 실상을 잘 보여준다.

10　公使庫에 대해서는 본서 1책, 264쪽, 주 72 참조.

이 되었다고 할 수 있다. 그래서 부필이 재상이 되었을 때 知開封府로 있던 왕소는, 부필이 자신을 兩府로 끌어 줄 것을 기대하였다. 하지만 자신의 뜻대로 해주지 않자 그는 부필을 헐뜯었다.

그러다 지방관으로 나가기를 희망하여 知定州가 되었다가 知益州로 옮겼다. 그 후에는 다시 知開封府로 되돌아왔다. 그러나 중앙의 요직으로 진출하지 못한 것에 대해 점점 더 불만을 지니게 되어 귀찮고 번잡한 일들을 싫어하게 되었다. 그리하여 개봉부의 정무는 소홀히 한 채 밖으로 연회나 열며 돌아다녔다. 왕소의 성품은 교만하면서도 사치스러워 定州와 益州에 있을 때에도 뇌물을 좋아한다는 풍문이 나돌았다. 또한 사람됨에 지조가 없어 사대부들로부터 업수이 여김을 받았다. 개봉부에는 散從官[11]으로 馬千과 馬淸이란 인물들이 있었는데, 이들은 도적들을 잘 단속하고 체포하여 그 공적으로 하급 관원에까지 올랐다. 개봉부에서도 이들의 활동에 크게 의지하고 있었다. 그런데 누군가 왕소에게, '이 두 사람은 바깥에서 제 멋대로 위세를 부리고 부정한 이익을 탐한다'고 말하였다. 왕소는 조정에 상주하여 이들을 멀리 내쫓아 버렸다. 그러자 京師에서는 도적이 빈발하지만 그것을 단속하고 체포할 도리가 없었다. 이후 臺官[12]이, '왕소가 무능하다'고 말하고 본인 또한 지방관으로의 전임을 희망하여, 조정에서는 그를 해임하였다.(『涑水記聞』)

---

11 州의 役人인 承符直·人力當直·散從直·步奏官 등 공무 보조원의 총칭.
12 御史臺官의 簡稱.

劉敞

劉敞이 거란에 사자로 가게 되었다.[13] 그는 평소 거란의 지리와 路程에 대해 잘 알고 있었는데, 거란인들이 길을 안내하며 古北口로부터 멀리 1,000여 리나 돌아 柳河에 도착하게 했다. 이에 유창이 물었다.

"松亭으로부터 곧바로 柳河로 향하면 훨씬 가까워서 며칠이 안 돼 中京에 도착할 수 있다. 왜 그 길을 놓아두고 이리로 왔는가?"

본디 거란인들은 언제나 이렇게 우회로를 택해 가면서 사자들에게 자국내 地勢의 험준함을 과시하고자 했다. 사자들이 어떻게 지리를 알겠는가 하는 생각을 했던 것인데, 유창으로부터 이러한 불의의 질문을 받자 매우 당혹해했다. 그리고 겸연쩍어 하면서 사실대로 고했다.

"公의 말씀대로입니다."

당시 거란 내 順州의 산 속에 말처럼 생긴 이상한 짐승이 있었는데, 호랑이나 표범을 잡아 먹고 살았다. 거란인들은 그 짐승의 이름을 알지 못하여 유창에게 물으니, 그가 대답했다.

"그것이 이른바 駁이란 짐승이다."

그리고 그 모양새와 울음소리 등을 말해 주었는데 그 말대로였다. 이에 거란인들은 더욱 탄복하였다.(「墓誌」[14])

유창이 揚州의 知州가 되었다.[15] 전임 揚州 知州는 政事가 가혹하여

---

13 仁宗 至和 2년(1055) 8월의 일이다. 당시 그는 北朝皇太后生辰國信使의 직함을 띠고 있었다(劉攽, 『彭城集』 권35, 「故朝散大夫給事中集賢院學士權判南京留司御史臺劉公行狀」 참조).

14 『歐陽脩全集』 권35, 「集賢院學士劉公墓誌銘」을 말한다.

吏民들이 모두 불안해 하였는데, 그가 부임하여 관대하고 簡要한 政事
를 펼치자 백성들이 크게 기뻐하였다.

　이어 山東의 鄆州 知州로 轉任[16]되었는데, 당시 鄆州는 정치 상황이
엉망이어서 市邑에서 공공연히 약탈이 행해지는데도 제지가 없었고
또 獄訟이 수개월씩이나 지체되는 일조차 있었다. 유창은 부임한 이래
관련 문서들을 파헤쳐 獄訟들을 신속히 처리해 갔다. 이로 인해 며칠이
안 되어 모든 안건들이 해결되었다. 이어 政令을 발포하여 법의 엄정한
시행과 賞罰을 명확히 규정하고, 서리들로 하여금 그 규정을 철저히 집
행토록 하였다. 그 결과 한 달여 만에 境內가 조용해졌으며 도적들도 모
두 자취를 감추게 되었다. 한번은 관원이 공무차 壽張縣으로 가는 도중
돈 주머니 하나를 잃어버리는 일이 생겼다. 그런데 그것을 주운 사람이
감히 그것을 감추어 자기 것으로 삼지 못하고 耆長[17]에게 알렸으며, 耆
長은 이것을 보관하고 있다가 얼마 후 관원에게 되돌려 주었다. 또 한
번은 저녁 때 邑內에서 누군가 물건을 떨어뜨렸는데 아침에 되어 다시
그 자리에 가보니 그대로 남아 있었다.

　이에 앞서 京東西路 일대에는 오래도록 가뭄이 계속되어 麥類가 제대
로 자라지 못하고 있었다. 鄆州는 게다가 蝗害까지 겹친 상태였다. 그런
데 유창이 부임하여 境內로 들어서자 비가 내렸고, 도임 며칠 후에는 메
뚜기들이 저절로 鄆州 바깥으로 날아가서 풍년이 들었다.(「行狀」[18])

15　仁宗 嘉祐 2년(1057) 3월의 일이다(劉攽, 『彭城集』권35, 「故朝散大夫給事中集賢院學
　　士權判南京留司御史臺劉公行狀」참조).
16　仁宗 嘉祐 3년(1056) 4월의 일이다(劉攽, 『彭城集』권35, 「故朝散大夫給事中集賢院學
　　士權判南京留司御史臺劉公行狀」참조).
17　鄕役의 하나. 鄕村의 1등호나 2등호를 差充하였다. 弓手를 거느리고 향촌 내 치안의
　　유지의 책임을 맡았으며, 아울러 戶等簿(五等丁産簿)의 編造, 戶等의 부여 등에 참
　　여하였다.

당시 士大夫들은 虛名을 탐하여 관직에의 除授가 내려지면 사양하는 것이 관례였고, 또 사람들은 그것을 두고 無慾하다고 칭찬하였다. 따라서 짐짓 사양하게 되면 결국 官爵은 관작대로 받으며 이익을 챙기고 또 명성도 높아져 갔다. 그래서 사양이 끝없이 계속되기도 하여 혹은 4, 5차례에 이르기도 하고 7, 8차례에 달하기도 하였다. 이러한 풍조에 대해 天子는 너그러이 용납할 따름이었다. 심지어 이러한 풍조가 布衣의 선비에까지 미쳐, 福州의 陳烈 등 또한 관직을 제수받자 사양하였고 이에 대해 粟帛을 하사하자 그 역시 사양하였다. 유창은 이러한 사양의 풍조가 僞善을 지니고 虛名을 구하는 것이며 위로는 天子를 기만하고 아래로 백성들을 迷惑하는 것인 만큼 그냥 방치하여 조장하면 안 된다고 판단하였다. 그래서 다음과 같이 上言하였다.

"모든 관직에 대해 故事 및 옛 典範에 의거하여 한 번만 사양할 수 있는 것, 혹은 두 번까지 사양할 수 있는 것, 그리고 절대 사양을 용납하지 않는 것 등을 규정함으로써 향후의 혼란을 방지토록 해야 합니다."(「行狀」)

유창이 長安을 다스리자[19] 豪民猾吏 등이 더 이상 농간을 부리지 못하게 되었으며 良民들이 生業에만 전념할 수 있게 되었다. 당시 長安에는 엄청난 재산을 지닌 大姓 范偉라는 자가 있었는데, 거짓으로 과거의 武功縣令 范祚가 자신의 祖父라고 꾸미고 여기에 范祚가 武功縣令에 除授받은 黃勅[20]까지 입수하여, 50년 동안이나 差役을 면제받고 있는 상

---

18 劉攽, 『彭城集』 권35, 「故朝散大夫給事中集賢院學士權判南京留司御史臺劉公行狀」을 말한다.

19 劉敞은 英宗이 즉위한 이후인 嘉祐 8년(1063) 4월 知永興軍으로 부임하였다가 4개월 만인 嘉祐 8년 8월 中央官으로 소환된다(劉攽, 『彭城集』 권35, 「故朝散大夫給事中集賢院學士權判南京留司御史臺劉公行狀」 및 『歐陽脩全集』 권35, 「集賢院學士劉公墓誌銘」 참조).

태였다.[21] 그동안 西夏와의 전쟁이 벌어져 여러 물자의 공출이 행해졌고 이로 인해 下戶들은 온갖 시달림을 받았지만 范偉는 아무 부담을 지지 않았다. 또 그는 范祚의 묘를 파헤쳐 자신의 祖母와 合葬하고, 거짓으로 祖母가 范祚의 繼室이라고 말하기도 했다. 당시 雷簡夫란 인물이 處事의 신분으로 관직에 등용되었는데 그가 제법 문장 실력이 있었다. 范偉는 그에게 돈을 주고 墓碑銘을 짓게 하여 마침내 그 거짓을 그럴 듯하게 꾸며대기까지 하였다. 이후 范偉는 이를 기화로 公卿 사이에 드나들며 府縣의 약점을 캐내 이로써 수많은 범법 행위를 저질렀다. 그 죄로 인해 徒罪와 流罪[22]까지 받았지만 그는 그때마다 뇌물로 贖刑을 받았다. 長安 사람들은 그러한 范偉의 거짓과 범행을 잘 알고 있었지만 그 보복이 두려워 아무 말을 못하는 상태였고, 서리들 또한 그 뇌물을 받고 모든 잘못을 덮어주었다. 유창은 부임한 이래 그 실상을 파헤쳐서 范偉의 자백을 받아냈다. 그러자 長安 사람들은 모두 환호하며 유창이 神明스럽다고 찬탄하였다. 그런데 마침 그때 조정으로부터 大赦令이 내려졌고 유창 역시 장안을 떠나 轉任하게 되었다. 결국 范偉는 술수를 부려 유창이 파헤친 調書를 변조하였다. 이후 獄訟은 다섯 차례나 계속되었으며 심문한 증인만 400~500명에 달하였고, 무려 2년간이나 끌었다. 그러자 조정에서는 御史를 파견하여 조사하도록 하였으나 范偉의 變造 사실을 뒤집지 못하였고, 범위는 끝내 몇 차례 大赦를 거치며 감형되어 단지 杖刑을 받는 것으로 종결되었다. 장안 사람들은 이를 두고 모두 한스러워했다.(「行狀」)

---

20 皇帝의 詔書. 詔書는 황색 용지(黃麻紙)에 쓰이기 때문에 이렇게 불렸다.
21 官戶, 즉 品官의 家口는 差役과 科配 등의 면제 대상이었다.
22 徒罪는 일정장소에 구금하고 강제노동을 가하는 것(징역형), 流罪는 邊遠 地方에 보내 勞役에 처하는 刑罰.

권5

唐介

　唐介가 河北東路 莫州 任丘縣의 知縣이 되었다.[1] 任丘縣은 거란행 國信使가 왕래하는 길목에 위치해 있어서 언제나 使者들의 번다한 요구에 시달리고 있었다. 또 下屬들은 이를 기화로 姦利를 추구하고 있었는데, 이전까지 縣에서는 그저 고개를 숙이고 요구대로 들어주며 감히 맞서지 못하는 상태였다. 당개는 부임하여 규정을 만들고 미리 물자를 조달해둔 다음, 使者가 이를 때마다 자신이 직접 驛門에 나가 철저히 법령에 규정된 범위 내에서만 필요 물자를 지급하였다. 또 그 물자는 사용 후 반환하도록 하였고 毁失한 경우에는 公文을 보내 보상토록 하였다. 이에 따라 왕래하는 자들이 모두 가혹한 요구를 하지 않게 되어 上下가

1　仁宗 寶元 2년(1039)의 일이다(劉摯, 『忠肅集』 권11, 「唐質肅神道碑」 참조).

모두 편하게 여겼다. 또 관내 湖塘의 물이 해마다 넘쳐서 11개 촌이 피해를 보았지만, 湖塘이 환관에 의해 관리되고 있었던 까닭에 州縣에서는 그 위세를 두려워하여 감히 아무 말도 하지 못하였다. 당개는 백성들을 동원하여 高陽縣으로부터 10여 리에 걸쳐 제방을 쌓아 湖塘을 막아버렸고, 이에 따라 홍수의 근심도 사라지게 되었다.(「神道碑」)

　張堯佐는 진사과에 급제한 이래 승진을 거듭하여 屯田員外郞, 知開州에 이르렀다. 그런데 그 姪女가 仁宗이 총애를 받아 脩媛[2]이 되면서 더욱 승진이 빨라져 하루아침에 宣徽使·節度使·景靈宮使·群牧使의 四使가 除授[3]되었다. 이에 御史 당개가 상소하여 唐代 楊國忠의 사례[4]를 들며 仁宗에게 간언하였지만 받아들여지지 않았다. 그러자 당개는 諫官인 包拯 및 吳奎를 위시한 7인과 연대하여 간언하는 한편 御史中丞[5]에게 요청하여 百官들이 집합한 자리에 나가 糾覈하려 했다. 이같은 움직임 끝에 결국 張堯佐에게 수여되었던 宣徽使 및 景靈宮使 둘은 취소되고, 당개에게는 용감한 발언을 칭찬하는 뜻으로 六品服이 특별히 지급되었다.
　그런데 그 얼마 후 張堯佐가 다시 宣徽使에 제수되어 孟州 知州로 임

2　仁宗 연간의 中盤 寵愛를 받던 張貴妃를 가리킨다. 張堯佐는 그 伯父였다. 당시 張貴妃의 총애 및 權勢에 대해 『宋史』에서는, "長得幸 有盛寵 妃巧慧多智數 善承迎 勢動中外. 慶曆元年 封淸河郡君 歲中爲才人 遷脩媛. 忽被疾曰. 妾姿薄 不勝寵名 願爲美人. 許之. 皇祐初進貴妃. 後五年薨 年三十一. 仁宗哀悼之 追冊爲皇后 諡溫成"(권242, 「張貴妃傳」)이라 적고 있다.

3　정식 직함은 淮康軍節度使·群牧制置使·宣徽南院使·景靈宮使였다(『宋史』 권463, 「張堯佐傳」). 이 가운데 景靈宮使란 在京의 宮觀인 景靈宮을 명목상 관할하는 祠祿官이다.

4　唐 玄宗이 楊貴妃를 총애하여 그 再從 오빠인 楊國忠을 重用하다가 國事를 그르쳐 마침내 安祿山으로 하여금 양국충의 제거(君側의 간신 제거)를 명분으로 난을 일으키게 했던 사실을 가리킨다.

5　文武百官의 잘못을 糾察하는 기관인 御史臺의 장관.

명되었다. 당개는 이를 보고 동료들에게 말했다.

"이는 선휘사를 수여하기 위해 孟州 지주의 이름을 빌린 것에 불과하다. 우리가 잠자코 있어서야 되겠는가?"

하지만 동료들은 주저하며 선뜻 동조하지 않았다. 당개는 무슨 일이 있든 혼자서라도 싸우기로 결심하였다. 이에 인종이 말했다.

"宣徽使 제수의 제안은 中書에서 처음 나왔다."

당개는 극언을 서슴지 않았다.

"재상 文彦博은 知益州로 있을 때, 燈籠錦[6]을 貴妃에게 보내 아첨함으로써 재상의 자리에 오른 인물입니다. 이제는 선휘사 직위를 가지고 장요좌와 연줄을 맺어두려 하고 있습니다. 문언박을 파직시키고 富弼을 재상으로 삼으십시오. 또 諫官 吳奎는 간사한 마음을 지니고 남들의 눈치만 살피고 있습니다."

당개의 말은 거침이 없었다. 인종은 노하여 당개의 上奏文에 눈길조차 주지 않은 채 貶謫시키라는 지시를 내리려 했다. 당개는 上奏를 마친 후 천천히 말했다.

"臣의 忠義心이 지나쳐 憤激한 상태이나 죽음도 회피하지 않겠습니다."

인종은 二府의 宰執들을 불러 당개의 상주문을 보여주며 말했다.

"당개의 말 가운데 다른 것은 다 그렇다 치고, 문언박이 貴妃로 인해 執政의 지위를 얻었다고 말하고 있는 것은 무엇이오?"

당개는 문언박에게 면박을 주며 말했다.

"宰相은 자성하고 모든 일을 숨김 없이 말하시오."

문언박은 머리만 조아릴 뿐 아무 말도 하지 못했다. 이를 지켜보고 있

---

6 燈籠의 무늬를 수놓은 최상급의 비단.

던 樞密副使 梁適이 당개를 질책하며 御前에서 물러나라 하였지만 당개는 더욱 강력히 諫諍하였다. 인종은 마침내 大怒하여 목소리가 심히 거세졌고, 주변 사람들은 두려워하며 무슨 돌발사라도 일어나지 않을까 걱정했다. 당시 蔡襄이 修起居注官으로 있었는데, 御前의 섬돌에 서 있다가 앞으로 나서서 말했다.

"당개는 진정 狂直합니다. 하지만 諫官의 발언을 용납하시는 것 또한 人主의 미덕입니다. 모두 용서해 주시기 바랍니다."

이러한 일이 있은 연후 결국 當直의 中書舍人을 불러, 당개를 春州의 別駕로 내보내는 制書를 草하도록 했다. 하지만 이튿날 御史中丞인 王擧正이 당개를 변호하였고 인종 역시 마음속으로 후회하여 英州 別駕로 고치도록 했다. 당개의 상주문 또한 殿內로 받아들였다. 그 이튿날 문언박을 파직시키고 吳奎도 좌천되었으며, 환관을 보내 당개가 英州로 가는 동안 호송하게 하면서 도중에 행여 죽지 않도록 잘 보살피라고 일렀다.(「名臣傳」 및 「碑誌」[7])

仁宗이 어느 날 張貴妃의 처소로 행차하니 定州의 紅瓷器[8]가 놓여 있었다. 인종은 이상히 여겨 물었다.

"이 물건 어디에서 났느냐?"

장귀비는 王拱辰이 바친 것이라 대답하였다.

인종은 노하여 말했다.

"내 일찍이 너에게 臣僚들을 통해 선물을 받지 말라 이르지 않았느냐? 왜 내 말을 듣지 않는 것이냐?"

---

7   兩者 공히 현재는 남아 있지 않다.
8   定州는 오늘날의 河北省定州市. 定窯라 하여 북송 시기 도자기의 산지로 이름이 높았다.

그리고는 손에 들고 있던 작은 수정 도끼로 부숴버렸다. 貴妃는 부끄러워하면서 사죄하였고 그 얼마 후 인종도 마음을 가라앉혔다.

또 한번은 귀비가 端門에서의 上元節 연회에서 인종을 모신 적이 있었는데 燈籠錦으로 된 옷을 입고 있었다. 인종이 또 이상히 여겨 물으니 귀비가 말했다.

"妾이 폐하의 총애를 받는 것을 알고 文彦博이 바친 것입니다."

인종이 종일토록 언짢아 했다.

일설에 의하면, 燈籠錦은 潞公(문언박)의 부인이 장귀비에게 바친 것으로서 潞公 자신은 모르는 것이었다고도 한다.(『邵氏聞見錄』)

王安石과 당개가 함께 參知政事로 되었는데[9] 議論이 조금도 합치되지 않았다. 왕안석은 본디 馮道를 좋아하였다. 그가 마치 부처님이나 보살처럼 자신을 낮추며 오로지 백성들을 편안히 하는 데 노력하였다고 생각하였다. 어느 날 神宗 앞에서 이야기하는데 마침 馮道의 일에 화제가 미쳤다. 당개가 말했다.

"풍도는 재상으로서 4姓을 바꾸어가며 10명의 군주를 섬겼습니다.[10] 어찌 純臣[11]이라 할 수 있겠습니까?"

왕안석이 대답했다.

"옛날의 伊尹은 다섯 번이나 湯에게 나아갔으며 또 다섯 번이나 桀에

---

9 唐介는 神宗 熙寧 元年(1068) 正月 參知政事에 임용되어 이듬해인 熙寧 2년 4월 作故하였으며, 王安石은 熙寧 2년 2월 參知政事에 임용되어 이듬해인 熙寧 3년 12월 재상인 同平章事로 승진하였다.

10 四姓이란 後唐의 李氏, 後晉의 石氏, 後漢의 劉氏, 그리고 後周의 郭氏를 말하며, 10인의 군주란 後唐의 太宗·莊宗·明宗·愍帝·廢帝, 後晉의 高祖·出帝, 後漢의 高祖·隱帝, 後周의 太祖를 가리킨다.

11 忠純하고 篤實한 臣下.

게 나아간 적이 있습니다.[12] 오직 백성들을 편안히 하려는 뜻에서 그리했던 것입니다. 그러니 그 역시 純臣이 아니라 말할 수는 없습니다."

당개가 다시 말했다.

"伊尹과 같은 뜻이 있어야 그러한 것이지요."

이에 왕안석의 안색이 굳어졌다. 두 사람은 이처럼 언제나 의론이 합치되지 않아 알력을 빚었다.(『東軒筆錄』)

神宗 熙寧 年間의 초엽, 富弼과 曾公亮이 宰相, 그리고 唐介와 趙抃·王安石이 參知政事로 되었다. 당시 왕안석이 神宗의 신임을 받으며 강력하게 天下의 政事를 개혁해 가고 있었다. 하지만 宰執들 가운데 누구한 사람 議論이 합치되는 사람이 없었으며 臺諫들도 매일같이 章奏를 올리며 그 개혁을 공격하였다. 臺諫 가운데 특히 呂誨·范純仁·錢顗·程顥의 비판이 가장 격렬하였으며, 이밖에 천하의 사람들 또한 모두 부질없이 새로운 일을 벌인다고 생각하였다. 그런데 그 무렵 富弼은 발의 질병으로, 그리고 曾公亮은 年老함의 이유로 모두 사직하였다. 唐介는 神宗 앞에서 수차례 다투다가 결국 이기지 못하였으며 얼마 후에는 등창이 나서 作故하였다. 趙抃은 力不足으로 단지 종일토록 탄식만 하다가 새로운 개혁조치가 내려질 때마다, '괴롭다'는 말을 수십 번이나 되풀이 하였다. 그래서 당시 사람들은 中書에 生·老·病·死·苦가 있다고 말하였다. 生이란 왕안석을 가리키는 말이고, 老는 曾公亮, 病은 富弼, 死는 唐介, 苦는 趙抃을 가리키는 말이었다.(『東軒筆錄』)

---

12 『孟子』「告子 下」에 나오는 말이다.

趙抃

西蜀은 멀리 떨어져 있는데다가 백성들은 온순하여 관원들이 멋대로 不法을 행하였다. 各州郡에서는 서로 돌아가며 酒食을 접대하였고, 이 때문에 衙前들은 官衙의 접대비 마련 및 驛傳 관리를 담당하다가 파산하는 자들이 잇달았다. 趙抃은 安撫使로서 검약의 솔선을 보이며 그에 따르지 않는 자들은 법률 위반의 조목으로 다스렸다. 이러한 노력으로 말미암아 사천 일대의 풍속이 일변하였다. 당시 궁벽한 小邑에서는 백성들이 평생토록 監司를 만나보지 못하는 경우가 허다하였다. 조변이 휘하 僚屬들을 이끌고 두루 빠짐없이 관내를 돌아다니자 父老들은 한편으로 놀라면서도 기뻐하였으며 姦吏들 또한 조심하였다.(「神道碑」[13])

조변이 右諫議大夫 겸 參知政事에 발탁되었다.[14] 그는 감격하여 열성을 다하려 하였으며, 혹시라도 神宗의 면전에서 政事를 논의하다가 미진한 것이 있으면 언제나 내밀히 上聞하였다. 신종은 그러한 태도를 보고 친필 서한을 내려 격려하였다. 조변과 富弼, 曾公亮, 唐介 등의 宰執들은 합심하여 輔政에 임하였는데 대부분 조변의 주장대로 움직이는 경우가 많았다. 그러다가 왕안석이 執政[15]이 되어 정치를 주도하면서 議論이 일치되지 않게 되었다. 그 얼마 후에는 司馬光이 樞密副使를 사양[16]하였으며 臺諫과 侍從 대부분이 諫言하다가 자원하여 파직하였다. 이에 조변이

---

13 『蘇軾文集』(北京:中華書局 點校本, 1986) 권17, 「趙淸獻公神道碑」를 가리킨다.
14 治平 4년(1067) 9월의 일이다. 당시 英宗이 死去하고 神宗이 즉위한 상태였다.
15 神宗 熙寧 2년(1069) 2월의 일이다.
16 神宗 熙寧 3년(1070) 2월의 일이다(『宋史紀事本末』권37, 「王安石變法」참조).

말했다.

"朝廷의 일에는 輕重이 있으며 事體에는 大小가 있습니다. 조정의 일을 두고볼 때 財利는 가벼운(輕) 것이며 民心을 얻고 잃는 일은 무거운(重) 것입니다. 또 청묘법을 집행하기 위해 파견된 使者는 事體에 있어 작은 (小) 것이며 폐하의 耳目이 되는 臣僚(諫官)들을 등용하고 파직시키는 일은 큰(大) 것입니다. 현재 財利를 철폐하지 않음으로써 민심을 쉽게 잃었으며, 청묘법의 使者들을 파직시키지 않음으로써 폐하의 耳目이 되는 신료들을 가벼이 버리고 말았습니다. 무거운 것을 버리고 가벼운 것을 취했으며 큰 것을 잃고 작은 것을 얻었으니, 이는 宗廟社稷에 바람직스러운 일이 아닙니다. 臣은 이로 인해 천하가 불안해지지 않을까 걱정스럽습니다."

상주문을 올리고 난 후 조변은 파직을 구하였다.[17](「神道碑」)

조변이 말했다.

"介甫(왕안석)는 神宗이 하사품을 내리거나 혹은 자신을 소환할 때면 언제나 그 심부름을 맡은 宦官에게 관례의 배나 되는 물품을 수고비로 주었다. 또 內侍都知인 張若水와 押班인 藍元振[18] 등과 은밀히 연줄을 통해둠으로써 신종의 신임을 확고히 다졌다. 신종이 환관 두 사람을 보내 開封府內 靑苗法 상황을 몰래 감찰시켰는데, 이들은 돌아와 모두 백성들이 좋아한다고 보고하였다. 이로 인해 신종의 생각은 확고해지고

---

17 神宗 熙寧 3년(1070) 4월의 일이다(위와 같음).

18 內侍都知는 入內內侍省都知의 簡稱으로 궁중 환관기구인 入內內侍省을 총괄하는 존재였다. 정원은 4인이었으며 都知・入內都知・都知 등으로도 簡稱되었다. 押班은 入內內侍省押班의 簡稱으로서 都知를 보좌하는 최상층 환관이었다. "都知押班掌禁中供奉之事"(『宋會要』「職官」36之13)라 하듯 押班 이상 都知・副都知 등은 入內內侍省을 統轄하는 직위였다.

왕안석을 더욱 떠받들면서 의심하지 아니하게 되었던 것이다."

또 그는 이렇게 말하기도 했다.

"晦叔(呂公著)이 御史中丞에서 파직되던 날[19] 신종은 執政에게,

'王韶는, 청묘법은 사실 좋지 않은 것이나 자신이 이전에 이 법령의 입안 과정에 참여했기 때문에 감히 반대하지 못하는 것이라고 말했소이다. 小人들은 마치 쥐마냥 머리를 내밀고 눈치를 살피니 마땅히 파면시켜야 하오'

라고 말한 바 있다. 하지만 介甫는 王韶가 자신을 배반하지 아니했다는 점만을 높이 사서 지금까지 파면시키지 않고 있다."(『溫公日錄』)

왕안석은 參知政事가 되고 나서 조정을 마치 안하무인과 같이 업수이 여겼다. 어느 날 신법을 두고 논쟁을 벌이다 여타 사람들에게 눈을 부릅뜨며 말했다.

"公들은 책도 보지 않소이까? 어찌 이런 것도 모르오?"

당시 조변이 같이 參知政事로 있었는데 이에 맞서 말했다.

"그대는 말을 실수했소이다. 皐陶나 夔 · 稷 · 契[20]의 시절에 어디 무슨 책이 있어 政事에 참조할 수 있었소이까?"

왕안석은 아무 말도 하지 못했다(『邵氏聞見後錄』)

兩浙 일대에 큰 가뭄이 들어 백성 가운데 죽은 사람이 절반을 넘었다.[21] 조변은 救荒策을 면밀히 시행하는 한편, 부호들에게 창고를 열어

---

19   神宗 熙寧 3년(1070) 4월의 일이다(『宋史紀事本末』 권37, 「王安石變法」 참조).
20   皐陶 · 夔 · 稷 · 契은 모두 帝舜 시기의 名臣들이다.
21   神宗 熙寧 8년(1075) 여름의 일이다. 당시 趙抃은 資政殿學士, 右諫議大夫로서 知越州에 임명되어 있었다(『曾鞏集』 권19, 「越州趙公救災記」 참조).

權分할 것을 장려하며 자신이 솔선하는 모습을 보이자 백성들이 다투어 그 뒤를 따랐다. 이로 인해 산 사람들(生者)은 식량을 얻고 병든 자들(病者)은 藥을 얻었으며 죽은 자들(死者)은 장사 지낼 수 있었다. 또 관내에 政令을 하달하여 성벽을 보수하게 함으로써 백성들로 하여금 勞役을 통해 食費를 벌어들일 수 있게 하였다. 이와 같은 일련의 조치로 越州의 백성들은 비록 기근을 당해 고난을 겪었지만 원망하지는 않았다.

그 후 조변은 杭州의 知州로 轉任되었는데, 가뭄의 상황이 越州나 비슷한 지경이었지만 그 백성들은 훨씬 어려운 상태에 있었다. 얼마 후 조정에서 성벽을 보수하는 役事를 일으키려는 움직임을 보였다. 이를 보고 조변이 말했다.

"현재 이곳 백성들은 너무 주려 있어 勞役을 감당할 수 없는 상태이다."
결국 그 시도는 철회되었다.(「神道碑」 및 『南豐集』의 「趙公越州救災記」)

조변은 熙寧 年間 資政殿大學士로서 知越州에 임명되었다. 그런데 兩浙 일대에 가뭄과 蝗害가 겹쳐 米價가 등귀했으며 굶어 죽는 자가 열에 다섯, 여섯이나 되었다. 이에 諸州에서는 大路上에 榜을 내걸고, 米價를 올려 파는 행위를 금지하며 만약 그 위반자를 신고할 경우 포상금을 준다고 하였다. 하지만 조변만은 홀로 대로상에 榜을 내걸고, 쌀을 지니고 있는 자는 마음대로 가격을 올려 팔아도 좋다고 포고하였다. 그러자 각처의 米商들이 다투어 越州로 오는 바람에 米價가 훨씬 저렴해졌고 이로 인해 백성들 가운데 餓死者도 없어지게 되었다. 조변의 政事는 가는 곳마다 명성이 자자하였지만, 특히 成都와 杭州·越州에서 더욱 두드러졌다.(『涑水記聞』)

呂誨

"英宗 治平 元年(1064) 나(曾鞏)와 孫覺이 함께 編校史館書籍으로서 근무하여 집무실이 서로 인접해 있었다. 어느 날 孫覺이 지나다가 들러서 말했다.

'듣자하니 어사대의 관원들이 근래 諫言이 자주 받아들여지지 않자 서로 약속하기를, 작은 일을 제기하면 그것을 가지고 거취를 표명하기에 적절치 않으니 함께 濮王의 일[22]일을 간언하고 그것이 받아들여지지 않으면 사직하기로 하였다 하더이다.'

당시 知雜御史인 呂誨와 呂大防・范純仁이 諫官인 司馬光과 함께, 孫固가 용렬하며 음험하다라든가 혹은 王廣淵이 간사하다는 등의 문제를 강력히 제기하였지만, 모두 받아들여지기는커녕 오히려 그들을 이전보다 더 굳건히 등용하는 상태였다. 이러한 사례가 너무도 많았다. 臺諫의 간언이 올려지면 접수하는 즉시 파기되었는데, 당시인들은 이를 두고 '끝났다(訖了)'고 말하였다. 范純仁은 이러한 정황에 대해 다음과 같이 말했다.

'어사대의 서리들 또한 이로 인해 겸연쩍어 하며 늘 御史에게 보고할 때마다, 이번 일도 또 끝나버렸습니다(訖了)'라고 말했다.

무릇 당시의 執政[23]은 권세를 믿고 모든 諫言들을 막고 있었으며, 또

---

22 英宗의 生父인 濮王 趙允讓(995~1059)에 대한 典禮의 문제, 즉 濮議를 가리킨다. 濮議에 대해서는 본서 1책, 305쪽, 주 42 참조.

23 仁宗 嘉祐6년(1061) 이래 參知政事로 있던 歐陽脩를 가리킨다. 歐陽脩는 仁宗 말년 英宗의 등극 과정에서 큰 공헌을 하였고 그 연유로 英宗初 가위 포괄적인 권한을 행사하고 있었다.

諫官들은 임무를 제대로 수행하지 못하는 것에 대해 부끄럽고 원통한 마음를 지니고 있었던 까닭에 그러한 약속을 하였던 것이다.[24] 孫覺이 나한테 얘기한 때는 治平 2년(1065) 正月 초 닷새나 엿새 무렵이었다.

그 며칠 후, 과연 臺諫들이 濮王의 일을 급하게 제기하기 시작했다는 말이 들려왔다. 上元節 이후까지 呂誨 등은 일곱 여덟 차례나 상주문을 올렸으나 받아들여지지 않았다. 그러자 모두들 勅告[25]를 반납하고 사직한 연후에 집에 돌아가 더 이상 직무를 수행하지 않기로 했다. 이러한 움직임이 있자 執政은 은밀히 지침을 내려서 궁궐에서 직접 의론을 정한 다음 濮王을 '皇'으로 존칭하기로 하였다. 呂誨 등이,

'曾公亮과 趙槪가 范純仁 등에게, 禁中에서 이미 직접 검토하기로 했다는 말을 하였다'

고 말한 것은, 대신이 은밀히 계책을 세우고 있는 것을 알고 있었기 때문이다. 正月 20일 무렵 天章閣에서 앵두꽃을 玩賞하며 太后[26]에게 술을 권하여 태후가 취해 閣中에 들어가 누었다. 이때 內侍인 高居簡이 태후 寢殿의 주렴을 추어올리고 들어서자 태후가 놀라 일어나 앉았다. 高居簡은 御藥 담당의 내시 蘇利涉과 함께 英宗을 모시고 태후의 침상 앞으로 나아가 절한 후, 한 통의 문서를 앞으로 올리며 결재를 요청하였다. 그때 태후는 술이 깨지 않아 그 문서가 무슨 내용인지도 모른채 결재하고 말았다. 그런 까닭에 呂誨 등이 上奏文에서,

'蘇利涉과 高居簡이 황태후를 현혹하였다'[27] 고 말하고 있는 것이다.

24　구양수는 『宋史』에서, "脩平生與人盡言無所隱 及執政士大夫有所干請 輒面論可否 雖臺諫官論事 亦必以是非詰之 以是怨誹益衆"(권319, 「歐陽脩傳」)이라 적고 있듯 매우 적극적이고 직선적인 성격의 소유자였다.

25　관직 임명시 수여하는 辭令狀.

26　仁宗의 두 번째 황후인 曹太后(1018~1079). 英宗의 즉위 직후인 嘉祐 8년(1063) 4월부터 이듬해인 治平 元年(1064) 5월까지 垂簾聽政하였다.

이렇게 해서 태후가 결재한 문서가 내려졌다. 그 내용인즉 태후가 中書에게 명하여 濮王을 '皇'으로 존칭하게 했다는 것 등이었다. 이튿날 시행토록 되었는데, 태후는 그때서야 내용을 알았다.

이 일로 해서 京師가 소란해지고, 아래로 일반 백성에 이르기까지 모두 옳지 않은 조치라 생각하였으며 태후 또한 뒤늦게 강력히 반대하였다.

22일, 濮王을 '皇'으로 존칭한다는 등의 조칙이 내려졌다. 그러자 范純仁 등은 다시 출근하여 직무를 수행하려 하였는데, 이때 呂誨가 말했다.

'濮王을 親이라 칭하기로 한 것은 우리들을 더 이상 쓰지 않겠다는 말과 마찬가지이다.'

이어 臺諫들은 전후 9차례나 상주문을 올려 罷職을 요청하였고, 결국 呂誨 등은 모두 쫓겨났다.

대저 至和 年間(1054~1056) 이후 仁宗은 늘상 병에 시달렸다. 하지만 당시 인종은 이미 오랫동안 在位하였기 때문에 관원들의 心性 및 재능을 숙지하고 있었다. 그래서 비록 大臣에게 政事를 맡기면서도 한편으로 臺諫官들의 간언을 경청하며 널리 言路를 열어두고 있었다. 만일 大臣에게 불법이 있으면 즉시 교체하였던 까닭에 大臣이 전권을 행사하면서도 멋대로 할 수는 없었다.

하지만 英宗 治平 元年(1064) 영종이 갓 즉위한데다가 자주 병치레를 하여 권한 위임이 더욱 포괄적으로 되자, 大臣은 내키는대로 政事를 처리하였다. 그러면서 王疇를 樞密副使로 임용하였다가, 知制誥인 錢公輔가 制書의 草를 거부하자 전공보를 滁州團練副使로 내쫓았으며, 이어 知制誥인 祖無擇이 마찬가지로 制書의 작성을 거부하자 銅 30斤의

---

27 『宋朝諸臣奏議』 권89, 「濮議 上」, 呂誨, 「上英宗乞黜責歐陽脩」에 실려 있다.

처벌을 내려 마침내 그 임용을 관철시켰다. 이 무렵 臺諫官들의 간언은 전연 받아들여지지 않았고 이로 인해 臺官이 모두 쫓겨나 단 한 사람도 남지 않게 되었다. 京師에서는 이를 두고,

'온 시내에 臺官이 하나도 없다'고 말하였다.

大臣의 전횡이 이런 지경에 이르렀던 것이다. 하지만 천자가 여전히 輿論을 주시하고 있었으며 조정 또한 올바른 인사가 완전히 사라진 것은 아니어서 公議가 아직은 받아들여질 여지가 남아 있었다. 그래서 간언하다 내쫓기는 臣僚가 줄을 이었으나 그 후임자들은 더욱 강력히 문제를 제기하였던 것이다. 濮王의 일에 대해, 執政은 濮王을 '考'라 칭해야 한다고 생각하며 '伯'이라 칭하자는 議論을 固陋하다고 여겼다. 양측의 주장은 사실 모두 사사로운 의도를 지니고 있는 것이고 典籍을 통해 검증해 가려는 생각을 지니고 있는 것이 아니었다. 이런 의미에서 양측 모두 학문 부족으로 말미암은 폐단을 지니고 있었고 각각 일장일단이 있었던 것이다. 하지만 쟁론이 어지러이 휘감기고 몇 년 동안이나 이로 인해 인정히 흉흉해졌던 것은 言路를 막아버려 사람들이 분하게 여겼기 때문이다. 그러니 일이 이 지경에까지 이르게 된 것은 모두 執政의 승부욕으로 말미암은 것이라 하겠다."(『南豊雜識』)

熙寧 연간 왕안석이 갓 參知政事에 임명되었을 때 神宗은 온 힘을 기울여 政事에 노력하고 있었다. 어느 날 紫宸殿[28]에서 일찍부터 朝會가 열려 二府의 상주가 오랫동안 계속되었다. 날이 저물어 가자 神宗은 알

---

[28] 正殿인 大慶殿의 북방에 있었던 視朝의 前殿으로서 群臣을 접견하고 외국 사자의 朝見을 받던 장소이다. 국가에 경사가 있을 때 대연회를 베풀기도 하였다. 본디 崇德殿이었으나 인종 明道 元年(1032)에 紫宸殿이라 改稱되었다. 『宋史』 권85, 「地理志」 38 「京城」 참조.

현을 기다리는 신료들을 後殿으로 잠시 가 있게 한 다음 옷을 갈아입고 다시 앉아 召見을 계속하였다. 당시 呂誨는 御史中丞에 임명되어 있는 상태였는데 崇政殿[29]으로 가서 대기하게 되었다. 한편 그때 사마광은 翰林學士로서 邇英閣[30]에서의 侍講을 위해 그 또한 資善堂[31]으로 가서 신종의 부름을 대기하러 가는 중이었다. 두 사람은 우연히 길에서 마주쳐 함께 북쪽으로 가게 되었다. 그 도중 사마광이 은밀히 물었다.

"오늘은 알현하여 무슨 일을 상주하고자 하오?"

여회는 손을 흔들며 말했다.

"이 소매 속에는 새로운 참지정사(왕안석)에 대한 탄핵문이 들어 있소이다."

사마광은 놀라서 말했다.

"介甫(왕안석)는 文學이라든가 평소 행동거지 등에서 훌륭한 평판을 받고 있지 않소? 그래서 그를 참지정사에 임명하던 날 사람들이 모두 훌륭한 人事라고 좋아했었소이다. 그런데 왜 탄핵한단 말이오?"

여회가 정색을 하며 말했다.

"君實(사마광)도 그런 말을 하시는구려. 왕안석이 비록 현재 명망이 있고 폐하 또한 좋아하시나, 집착과 편견이 강할뿐더러 세상 물정을 잘 모

---

29 궁궐의 뒤편에 있던 閣事之所, 즉 정무를 처리하던 전각으로서 簡賢講武殿이라 칭해지다가 太宗 太平興國 2年(977)에 개칭되었다. 經筵의 장소로 쓰이기도 하였다.『宋史』권85,「地理志」38「京城」참조.

30 崇政殿의 서남쪽에 있던 건물로 侍臣이 講讀하던 장소이다. 仁宗 景祐 3年(1036)에 邇英閣이란 명칭이 처음 붙여졌다.『宋史』권85,「地理志」38「京城」참조.

31 皇太子나 皇子가 出閣(東宮, 王府를 세우는 것)하기 전 공부하는 장소. 때로 皇太子가 大臣과 政事를 의논하거나 혹은 皇太子의 繼位 초기 經筵所를 설치하는 용도로 쓰이기도 한다.『燕翼詒謀錄』에서는, "(眞宗)大中祥符八年 仁宗封壽春郡王 以張士遜 崔遵度爲友 講學之所爲資善堂 此資善之名 所由始也. 自後元良就學所 皆曰資善"(권3)이라 하고 있다.

르오. 더욱이 남을 쉽게 믿으며 한 번 마음먹으면 쉬이 고치려들지 않고 자신에게 아첨하는 사람들을 좋아하오. 그가 하는 말을 들으면 그럴듯 하나 실제 시행에 옮기려 하면 헛점 투성이오. 그런 까닭에 侍從 정도에 둔다면 혹 모르거니와 宰執으로 두어서는 장차 天下가 그 화를 당할 것 이 분명하오."

사마광은 다시 한번 권유하였다.

"나는 公과 평소 마음속 깊이 사귀며 어떠한 속내이든 다 털어놓았소 이다. 오늘 公의 이야기를 들으니 잘못된 점은 없소이다만, 무언가 조급 히 서두르다가 잘못되지나 않을까 걱정스럽소. 혹시 다른 상주문이 있 으면 그것을 먼저 올리고, 이 일은 잠시 보류하였다가 더 신중히 생각해 보는 것이 어떻겠소?"

"지금 폐하는 새로 즉위하셨고 연세도 젊으시오. 더욱이 아침 저녁으 로 함께 논의하는 사람들은 두세 명의 執政들일 뿐이오. 그러니 執政이 올바른 인물이 아니라면 國事를 그르치게 될 것이니, 이 문제야말로 가 슴 한복판의 질환이라 할 수 있소. 그런데 그것을 서둘러 다스려야지 어 찌 뒤로 늦춘단 말이오?"

여회의 말이 채 끝나기 전에 서리가 큰 소리로 순서가 되었다고 불러 그는 달려 갔다. 사마광은 經筵이 끝난 후 玉堂[32]에 홀로 앉아 종일토록 그 문제를 생각했으나 납득이 되지 않았다.

그 얼마 후 搢紳들 사이에 점차 여회의 상주 내용이 퍼져 갔는데, 적 지 않은 사람들이 너무 조급히 서두른 것이 아니냐는 말들을 하였다. 그

---

32 玉堂은 翰林院의 正廳. 玉堂이란 지칭의 유래에 대해 『石林燕語』에서는, "學士院正 廳曰玉堂 蓋道家之名. 初李肇翰林誌末言 居翰苑者 皆謂凌玉淸遡紫霄 豈止於登瀛洲 哉? 亦曰 登玉堂焉. 自是遂以玉堂爲學士院之稱"(권7)이라 적고 있다.

런데 조금 지나자 中書에 三司條例司가 두어져서, 평소 왕안석의 집에 분주히 드나들던 아첨의 무리들이 모두 辟召되어 그 屬僚가 되었다는 소식이 들려왔다. 그들은 날마다 條例司 안에 모여 의논하면서 천하의 經綸을 자신의 일로 自任하며 祖宗의 법제를 변경해가기 시작하였다. 그 진의는 오로지 재정을 긁어모으는 것이었다. 이런 법령을 만들어 천하에 발포하며, 그들은 망령되이 『周禮』를 인용하여 대민 착취의 본질을 덮으려 했다. 이에 대해 大臣들이 이의를 제기했지만 아무 소용이 없었고 臺諫과 侍從들이 아무리 諫諍하여도 전연 영향을 미치지 못했다. 반면 州縣의 관리나 監司들이 조금이라도 新法을 어기어 집행하지 않으면 즉시 파면되었다. 이렇게 되자 백성들이 소란해지기 시작했다. 그리고 이전에 여회의 상주에 대해 반대하던 사람들도 비로소 부끄러움을 느끼는 한편 그 선견지명에 탄복하였다. 여회는 결국 이 일로 말미암아 파직되어 知鄧州로 나가게 되었다.(『劉諫議集』)

范鎭

범진이 다음과 같이 상소하였다.

"民力이 곤궁하고 피폐하니 祖宗 以來 관리 및 군대 수효의 추이를 헤아려서 그 적정한 수효를 규정해 두어야만 합니다. 그리고 현재의 稅賦 수입 가운데 7할은 그 경비로 충당하고 나머지 3할은 비축하였다가 홍수나 가뭄 등의 非常時에 대비하도록 하십시오."

또 다음과 같이 말했다.

"옛날 冢宰[33]는 국가 재정까지 관할하였으며, 唐代에도 재상은 鹽鐵轉運使를 겸직하였고 때로는 戶部와 度支까지 兼領하기도 했습니다. 하지만 지금 中書에서는 民政을 관할하고 樞密院에서는 軍事를 관할하며 三司에서는 재정을 관할하면서 서로의 사정을 알지 못하게 되었습니다. 그래서 재정이 이미 궁핍해졌는데도 樞密院에서는 끝없이 군대 수를 늘려가고, 백성들은 이미 곤궁해졌는데도 三司에서는 쉬지 않고 賦稅를 증징해 가는 것입니다. 청컨대 中書와 樞密院으로 하여금 민간의 경제 사정 및 군대의 경비 문제를 三司와 함께 논의하여 재정을 편성하도록 하십시오."(蘇內翰 撰「墓誌」[34])

왕안석이 政事를 주도하며 법령을 개혁해가기 시작하였다. 그리고 常平倉을 靑苗法으로 바꾸자 범진이 상소하여 말했다.

"常平의 법제는 漢의 盛世에 시작된 것[35]으로서 穀價의 등락을 살피어 정부보유 곡식을 내어팔거나 혹은 사들이는 제도입니다. 이렇게 함으로써 농민과 상인을 모두 편하게 하는 것이니 古制에 가장 가까운 것인 만큼 바꾸어서는 안 됩니다. 반면 靑苗法이란 것은 唐이 쇠란해진 이후에 시행된 것[36]이니 본받을 수 없는 제도입니다. 또한 폐하께서는 富

---

33 周의 官名으로 六卿의 首로서 太宰라고도 칭한다. 『書經』「周書」「周官」에서는 "冢宰掌邦治 統百官 均四海"라 하고 있다.

34 『蘇軾文集』권14,「范景仁墓誌銘」을 가리킨다.

35 前漢 宣帝 시기 耿壽昌에 의해 도입되었다. 이와 관련하여 『事物紀原』에서는, "漢宣帝時數豊稔 耿壽昌奏諸邊郡以穀賤時增價糴入 貴則減價糶出 名曰'常平' 此其始也"(권1)라 하고 있다.

36 唐 후반기인 代宗 大曆 元年(766)에 도입되는 靑苗錢은 사실 왕안석의 靑苗法과는 전연 관련이 없는 것으로서 畝當 稅錢 15文을 징수하여 官俸을 보충하려는 목적을 지닌 제도였다. 唐代의 靑苗錢과 관련하여 『新唐書』에서는, "至大曆 元年 詔流民還者 給復二年

民들이 민간에서 많이 받아내는 것을 싫어하여 조금만 받겠다 하시고 있습니다.[37] 이야말로 참으로 五十步百步의 차이에 불과합니다. 가령 시장 바닥에서 두 사람이 앉아 장사하면서 한 사람이 값을 내리기 시작하여 서로 간 남의 이익을 빼앗겠다고 다툰다면, 이를 보는 모든 사람들은 눈살을 찌푸릴 것입니다. 그런데 하물며 조정이 나서서 그러한 시정배들도 싫어하는 일을 해서야 되겠습니까?"

이러한 상주가 세 차례나 올라갔지만 모두 받아들여지지 않았다. 그후 邇英閣에서 經筵이 끝난 다음 呂惠卿과 더불어 神宗 면전에서 그 문제로 논쟁을 벌였다. 여혜경은 舊法 가운데 紬絹을 預買하는 법[38]이 靑苗法과 유사하다는 주장을 폈다. 이에 범진이 말했다.

"預買制도 역시 幣法이오. 만일 폐하께서 節檢하신다면 府庫에 여유가 생길 것이니 이를 통해 預買制는 폐기해야만 할 것이오. 어찌 그러한 제도로써 비교한단 말이오?"

그 일이 있고 난 후 韓琦가 상소하여 新法의 해악을 극렬히 비판하였고, 왕안석은 이를 條例司로 보내 반박하도록 하였다. 이어 諫官인 李常 역시 청묘법의 폐지를 주청하고 나서자, 詔令이 내려져 이를 분석하여 반박하도록 하였으나,[39] 범진이 그 詔令을 모두 封駁하여 버렸다.[40] 詔令

田園盡 則授以逃田. 天下苗一畝稅錢十五 市輕貨給百官手力課. 以國用急不及秋 方苗靑卽征之 號靑苗錢. 又有地頭錢 每畝二十 通名爲靑苗錢'(『食貨志』 1)이라 기록하고 있다.

[37] 당시 민간의 관행은, "人之困乏 常在新陳不接之際 兼幷之家乘其急以邀倍息. 而貸者常苦于不得'(『宋會要輯稿』「食貨」4之16·17, 神宗 熙寧 9월 4일)이라 하듯, 봄철 端境期(靑黃不接之時)에 대여하여 秋成後 倍稱의 利息을 징수하는 것이었다.

[38] 북송 太宗 시기에 시행된 和買絹을 가리킨다. 춘궁기 민간에 絹價를 先給하고 가을에 양세와 함께 紬絹을 납입토록 한 제도이다. 최초 도입 시에는 민간의 환영을 받았으나, 점차 대금지불이 시가에 훨씬 미치지 못하게 되었다. 대략 仁宗 시기가 되면 완연한 민간의 부담으로 변모하였으며 북송 말 남송 초에는 사실상 부가세의 하나로 자리 잡게 된다. 나아가 이를 現錢으로 납입시키는 제도가 확산되어 갔는데, 이러한 부가세를 '折帛錢'이라 불렀다.

이 다섯 차례나 내려졌으나 범진은 여전히 처음과 같은 태도를 견지하였다. 이후 司馬光이 樞密副使에 제수되었지만, 사마광은 자신의 주장이 채택되지 않았다는 이유로 樞密副使職에의 취임을 거부하였다.[41] 이에 사마광의 사양을 받아들인다는 詔令이 내려졌지만 이 역시 범진은 하달하지 않고 封駁하였다. 神宗은 범진의 고집을 꺾을 수 없다는 사실을 알고 門下를 거치지 않고 詔令을 직접 사마광에게 전달시켰다. 이에 범진이 상주하였다.

"臣의 재능이 부족하여 폐하로 하여금 옛 法令을 폐지하게 했으며 또 官員으로 하여금 失職하게 했습니다. 銀臺司의 직위로부터의 辭職을 허락해 주십시오."

신종은 그 요청을 받아들였다.

그 일이 있고 난 다음 諫官을 천거하라는 詔令이 내려져 범진은 蘇軾을 천거하였는데, 御史知雜인 謝景溫이 蘇軾의 죄를 탄핵하여 무산되었다. 범진은 다시 孔文仲이 賢良하다고 천거하였는데, 孔文仲은 상주를 올려 新法의 해악을 극렬히 비판하고 나섰다. 이에 왕안석이 노하여 孔文仲을 파직시키고 본디의 관직으로 되돌려 보냈다. 범진은 상주하

---

39 原文은 '安石令嘗分析(王安石이 李常의 上奏를 분석하게 하였다)'이라고 되어 있으나 『宋史』 권337, 「范鎭傳」에 의거하여 '詔令分析'이라 고쳐 번역하였다. 王安石의 의도를 神宗이 받아들여 詔令을 내린 것일 터이나, 어찌되었든 형식상으로는 詔令이 내려져 이를 銀臺司인 范鎭이 封駁한 것이기 때문이다.

40 당시 范鎭의 職位는 翰林學士兼侍讀, 知通進銀臺司였다. 이 가운데 知通進銀臺司(知通進銀臺司兼門下封駁公事의 簡稱)는 부당한 制勅에 대해 封駁할 수 있는 권한이 부여되어 있었다. 이러한 사정에 대해 『宋史』에서는, "故事 門下封駁制旨 省審章奏 糾摘違滯 皆著所授勅 後乃刊去. 鎭始請復之 使之所守"(권337, 「范鎭傳」)라 전하고 있다.

41 司馬光은 神宗 熙寧 3년(1170) 2월 樞密副使職에 임용되자 新法의 파기와 制置三司條例司의 폐지를 주장하였다. 이에 대해 神宗이 樞密副使는 兵事를 관할하는 곳이니 民政機關인 中書의 소관업무에는 관여하지 말 것을 요청하며 司馬光의 주장을 거부하였고, 이에 司馬光은 수락 불가의 입장을 견지한 것이다. 자세한 정황에 대해서는, 『宋史紀事本末』 권37, 「王安石變法」 참조.

여 그러한 조치에 맞서 싸웠으나 받아들여지지 않았다. 당시 범진의 나이는 63살이었는데 즉시 다음과 같이 상주하였다.

"臣의 상주가 채택되지 않으니 다시 조정에 설 면목이 없습니다. 致仕를 허락해 주십시오."

이러한 상주가 다섯 차례나 올려졌다. 마지막에는 왕안석이 자신의 喜怒에 따라 賞爵을 내린다고 지적하며 다음과 같이 말했다.

"폐하께서는 諫言을 받아들이려 하시나 大臣(왕안석)이 諫諍을 극력 거부하고 있으며, 또 폐하께서는 백성들을 사랑하는 성품을 지니고 계시나 大臣은 백성들을 수탈하는 政術을 펴고 있습니다."

왕안석은 大怒하여 직접 범진을 극렬히 질책하는 制書를 草하고 翰林學士에서 落職시킨 연후에 원래의 관직인 戶部侍郎으로 致仕하게 했다. 이러한 사정을 들은 사람들은 모두 범진을 걱정하였다. 하지만 범진은 謝表를 올려 대략 다음과 같이 말했다.

"臣은 비록 몸은 조정을 떠나 致仕하지만 어찌 憂國의 충정마저 버릴 수 있겠습니까? 바라건대 폐하께서는 여러 사람들의 의견을 참작하심으로써 폐하의 耳目을 가로막으려는 간사함을 이겨내시기 바랍니다. 그리고 老成한 臣僚를 服心으로 삼아 和平의 福樂을 키워가십시오."

이를 듣고 천하의 선비들은 모두 壯하다 여겼다. 왕안석은 비록 범진을 극심하게 박해하였으나 사람들은 더욱 영예롭다 여긴 것이다.(「墓誌」)

"어느 客이 나(司馬光)에게 오늘날의 勇者가 누구냐고 물어 이렇게 말했다.

'范景仁(범진)이란 인물이 있는데 그 용감함이 대적할 사람이 없을 정도요.'

그러자 그 客이 말했다.

'아니 景仁(범진)의 키는 불과 五尺(150cm)에 불과하여 옷도 제대로 가누기 힘들 지경이 아닙니까? 그런데 어떻게 용감하다 말할 수 있습니까?'

'무슨 말이오! 이른바 용감함이란 것이 눈을 부릅뜨고 노려본다거나 머리카락이 冠을 뚫는 것, 그리고 아홉 마리의 소를 끌 수 있는 힘이나 三軍을 통솔할 수 있는 것을 가리켜 勇者라 하는 것이오? 그것은 匹夫의 용감함일 따름이고 밖으로 드러난 용감함에 불과하오. 景仁은 안으로 용감한 사람이외다. 唐의 宣宗 이래로 일찍이 天子는 다른 사람이 後嗣에 관해 간여하는 것을 좋아하지 않았소. 만일 누군가 그에 대해 말을 꺼내는 사람이 있으면 이를 갈며 싫어하며 마치 반역자를 대하는 것과 다름 없는 모습을 보였소. 그런데 景仁은 바로 그 문제를 제기하여 무려 10여 차례나 上奏를 올렸고[42] 자기 일신과 宗族을 마치 깃털처럼 가벼이 여겼소이다. 그 후에 다른 사람들이 그 문제를 거론하였던 것도 실상 景仁에게 아무 탈이 없는 것을 보고나서 그랬던 것이오. 그러니 景仁이란 사람은 헤아릴 수 없는 위험을 무릅썼던 것이니 勇者가 아니라면 어떻게 그리할 수 있었겠소? 또 대저 사람들이 가장 두려워하는 것이 天子와 執政 아니오? 더불어 父子 관계보다 더 긴밀한 것은 없소이다. 그런데 執政이 天子의 父親을 떠받들려 할 때 景仁은 옛 典例를 인용하며 반대했었소.[43] 勇者가 아니라면 어떻게 또 그럴 수 있었겠소? 나아가 俸祿과 官位는 사람이라면 누구나 탐하는 것이오. 그래서 늙고 병들어서 앞날을 기약할 수 없는 처지가 되어도 차마 떨쳐버리지 못하고 연연해 하

---

42 仁宗 嘉祐 年間(1057~1063) 范鎭이 皇太子의 冊立問題를 최초로 제기하였던 것을 가리킨다.

43 英宗 시기 濮議가 발생했을 때 參知政事 歐陽脩의 주도로 英宗의 生父인 濮王을 '皇考'라 칭하려 했던 것에 대해 반대하였던 것을 가리킨다.

는 경우가 적지 않소이다. 하물며 景仁은 이미 상당히 높은 지위에 올라 있었으며 聲望이 높아 얼마 후면 재상을 바라볼 수 있는 입장에 있었소. 그럼도 불구하고 諫言이 받아들여지지 않는다는 이유로 나이 63살에 官職을 버리고 낙향하여 종내 다시는 관직에 나서려 하지 않았소. 勇者가 아니라면 어떻게 그러할 수 있겠소? 대저 보통 사람들이 할 수 없는 일을 누군가 해내게 되면 누구나 그에게 敬服하게 되오. 呂獻可(呂誨)의 선견지명이나 范景仁(范鎭)의 용기 있는 결단은 모두 내가 미칠 수 없는 것이라오.'

나는 마음속 깊이 范景仁에게 탄복하였으며 그래서 范景仁傳을 작성하였다."(「傳」[44])

熙寧, 元豊 연간 士大夫들이 천하의 賢者가 누구인가를 논하게 되면 반드시 君實(사마광)과 景仁(范鎭)을 꼽았다. 그들의 道德과 風格는 當世의 師表가 되기에 충분했고 따라서 그들에 의한 可否의 議論은 天下의 榮辱으로 통했다. 그런데 이들 두 사람은 서로 깊이 좋아하며 흠모하여,

"나와 그대는 살아서는 뜻을 같이 하고 죽어서는 마땅히 함께 후세에 전해져야 한다"

고 말하였다. 천하의 사람들 또한 이들에 대해 감히 우열을 가리려 하지 않았다. 두 사람은 서로 상대방의 전기를 쓰기로 약속하였으며 뒤에 살아남는 사람이 다른 사람의 墓誌銘을 적기로 하였다. 그래서 君實은 范景仁傳을 지었는데, 그 대략의 내용은 다음과 같다.

"呂獻可(여회)의 선견지명과 景仁의 용기 있는 결단은 모두 내가 미칠

---

44 司馬光, 『傳家集』 권72, 「范景仁傳」을 가리킨다.

수 없는 것이다."

　무릇 두 사람은 세상으로 나아가 관직생활을 하는 것이나 은퇴하는 것에 있어 함께 의논하지 않았음에도 항상 동일하였다. 仁宗 시기 後嗣를 정하는 논의에 있어서나 혹은 英宗 시기 濮安懿王에 대한 칭호 문제를 논할 때, 나아가 神宗 시기 新法을 논할 때에 있어서도 그들의 말은 마치 한 사람에게서 나온 것처럼 일치하였으며 오른팔 왼팔과 같이 서로 앞서거니 뒷서거니 하였다. 그래서 君實은 늘 남에게 이렇게 말했다.

　"나와 景仁은 형제인데 다만 姓만 다를 뿐이다."

　하지만 鍾의 音律을 정하는 문제에 이르러서만은 서로 간 상대방이 옳지 않다고 비판하며 끝내 종신토록 의견이 일치되지 못했다.[45] 君子들은 이를 통해 두 사람이 일부러 의견을 함께 하려 하지는 않았다는 것을 알았다.(「墓誌」)

---

[45] 이에 대해 蘇軾은 「范景仁墓誌銘」에서, "初 仁宗命李照改定大樂 下王朴樂三律. 皇祐中 又使胡瑗等考正 公與司馬光皆與. 公上疏 論律尺之法. 又與光往復論難 凡數萬言 自以爲獨得於心"이라 기록하고 있다.

권6

曾公亮

증공량이 越州 會稽縣의 知縣으로 되었다. 會稽縣에는 鑑湖가 있어 民田에 관개 용수를 공급하였는데 호숫물이 넘치는 경우 오히려 주변 民田에 큰 해악을 끼쳤다. 증공량은 주변을 흐르는 曹娥江 둑을 터서 斗門을 만들고 넘치는 호숫물을 이리로 해서 강에 흘러 들어가게 했다. 그러자 民田에 대한 해악이 사라졌고, 백성들은 지금까지 그 덕을 보고 있다.(曾內翰 撰 「行狀」[1])

종래 중앙정부 부서(省寺)의 장관 직위는 상위 관직으로의 승진 코스로 인식되어 왔으며 또 빈번히 교체되어 다른 직위로 전임되어 갔다.[2] 그러

---

1   曾肇, 「曾太師公亮行狀」(『名臣碑傳琬琰之集』 권52)을 가리킨다.
2   宋代 관직의 임기는 통상 2, 3년이었으나 중앙의 주요 관서에서는 반 년, 혹은 수개

한 까닭에 대부분 업무를 돌보지 않아 서리들이 이를 기화로 作奸하는 것이 예사였다. 하지만 증공량은 諸詔勅과 규정 등을 면밀히 살피고 업무기록을 세심하게 검토하여 是非와 可否를 명확히 분별하며 안이하게 업무에 임하려 하지 않았다. 그리하여 그가 일을 맡을 때마다 유능하다는 평판이 따라다녔다. 歐陽文忠公(歐陽脩)은 평소 함부로 남에 대해 듣기 좋은 말을 하는 사람이 아니었음에도 三班³에 이르러서는, '증공량이 규정해둔 업무 처리지침을 전연 바꿀 생각이 없다'고 말한 바 있다. 세상 사람들이 증공량에 대해 탄복하는 것이 이와 같았다.(「行狀」)

王安石

王安石은 進士科에 응시할 때부터 명성이 있었으며, 仁宗 慶曆 2년 (1042) 5등⁴으로 과거에 합격하여 揚州判官을 초임직으로 맡았고 이어 知鄞縣이 되었다. 그는 독서를 좋아하였고 기억력이 특출하여, 後進들이 가지고 오는 문장이라든가 혹은 과거 답안지 가운데 우수한 것들은 한 번 읽고는 곧 입으로 암송하여 종신토록 잃어버리지 않았다. 그가 문장을 지을 때는 붓을 놀리는 것이 마치 나는 것 같아서 처음 볼 때는 별

월 만에 他職으로 轉任되는 사례가 허다했다. 이런 이유로 중앙정부의 실무는 거의 대부분 서리들에 의해 장악되어 있었다.

3 下級武官에 대한 업무 평가와 人事를 관할하는 三班院을 가리킨다.

4 王安石은 22세 되던 해인 仁宗 慶曆 2년(1042) 第一甲 第四名, 즉 4등의 성적으로 進士에 及第하였다. 본문에서 5등이라 하는 것은 착오이다.

로 마음을 기울이지 않는 듯해 보이나 문장이 완성되면 보는 사람마다 모두 그 精妙함에 탄복해 마지않았다. 또 아우들과 우애가 깊어서 俸祿을 받게 되면 며칠 내에 모두 아우들을 위해 주어버리는 바람에 집안에는 하나도 남지 않게 되어도 아무렇지 않게 여겼다. 그 議論은 고상하면서도 파격적이었는데 언변과 博識으로써 자신의 주장을 잘 피력하였기 때문에 남들이 그 주장을 꺾기가 힘들었다.

왕안석은 처음 하위직을 맡았을 때 결코 승진에 연연해 하지 않았다. 仁宗 皇祐 年間(1049~1054) 文潞公(文彦博)이 재상으로 있으면서 왕안석과 張瓌·曾公定·韓維 등을 천거하며, 이들 네 사람이 名利에 無慾하므로 조정에서 이들을 파격적으로 발탁함으로써 당세의 浮薄한 명리추구의 풍조에 대해 주의를 환기시키자고 주장하였다. 이에 따라 그들의 성명을 기록하여 추후의 인사에 대비하라는 勅旨가 내려졌다. 至和 年間(1054~1056)이 되자 왕안석을 중앙으로 소환하여 館職으로 승진하는 시험[5]에 응시하게 하였으나 固辭하여, 群牧判官에 除授하였으나 이 역시 固辭하였다. 하지만 조정에서 사양을 허용하지 아니한 까닭에 어쩔 수 없이 群牧判官職을 받아들였다. 그 이후에도 왕안석은 간절히 지방직을 요청하여 결국 知常州가 되었다. 이로부터 그의 명망은 천하에 두루 퍼졌고 士大夫들은 그와 안면이 없는 것을 한스러이 여겼다. 조정에서는 늘 좋은 官職을 수여하고자 했지만 오히려 그가 받아들이지 않을까 근심할 지경이었다.[6]

---

[5] 이러한 정황에 대해 『宋史』에서는, "舊制 秩滿許獻文求試館職 安石獨否"(권327, 「王安石傳」)라 전하고 있다.

[6] 王安石은 자신의 관직에 대한 사양에 대해, "臣祖母年老 先臣未葬 弟妹當嫁 家貧口衆 難住京師. 比嘗以此自陳乞不就試 慢廢朝命 尙宜有辜 幸蒙寬赦 卽賜聽許不圖遷事之. 臣更以臣爲恬退 今臣無葬嫁奉養之急 而遂巡辭避 不敢當淸要之選 雖曰恬退可也. 今特以營私家之急擇利害 而行謂之恬退 非臣本意"(『臨川文集』 권40, 「乞免就試狀」)라

常州 知州를 마치고 江南東路提點刑獄이 되었다가, 嘉祐 年間(1056~1063)에 중앙으로 불리워져 館職이 제수되고 三司度支判官에 임명되었으나 固辭하였다. 하지만 사양이 허용되지 않았다.[7] 그 얼마 후에는 修起居注에 임명되었는데, 새로 館職을 맡았으며 館閣內에 선배들도 많은 마당에 그 선배들보다 상위직으로 나아갈 수 없다며 固辭하였다. 그 사양의 上奏는 무려 10여 차례나 올려졌다. 이에 勅旨로써 閤門司[8]의 서리로 하여금 왕안석의 근무처인 三司로 가서 직접 사령장을 전달하게 하였으나 그는 수령하지 않았다. 서리가 따라다니며 전달하려 하자 왕안석은 변소로 피신해 버렸다. 그러자 서리는 어쩔 수 없이 사령장을 책상 위에 놓아두고 갔는데, 왕안석은 사람을 시켜 뒤따라가 다시 되돌려주게 했다. 이에 결국 조정에서도 그 뜻을 꺾을 수 없었다. 그 해 연말 다시 인사 명령이 내려지자 왕안석은 7, 8차례의 상주문을 올려 사양하다가 받아들여 知制誥가 되었다. 이 이후로 다시 官職을 사양하는 일은 없어졌다.(『溫公瑣語』)

司馬溫公(司馬光)이 일찍이 말했다.

"예전에 王介甫(왕안석)와 함께 群牧司判官職에 있었던 적이 있다. 당시 包孝肅(包拯)이 장관으로 있었는데 매우 청렴하면서도 엄격하다는 정평이 있었다. 어느 날 群牧司內의 모란이 활짝 피어 包公이 모란을 玩賞하는 술잔치를 열었다. 包公이 술을 들어 두루 권하고 다니는 바람에

말하고 있다.

7   王安石이 三司度支判官職에 임명되는 것은 仁宗 嘉祐 5년(1060) 5월의 일이다(『宋史紀事本末』 권37, 「王安石變法」 참조).

8   황제의 관료에 대한 예물 하사라든가 혹은 宣答의 하달, 官員의 朝參·飮宴·儀禮 등을 관장하는 東西上閤門司의 簡稱.

나는 평소 술을 좋아하지 않지만 어쩔 수 없이 몇 잔 마실 수밖에 없었다. 하지만 介甫만은 자리가 파할 때까지 한 잔도 마시지 않았으며 包公 또한 끝내 강권하지 못했다. 이를 보고 나는 그의 뜻을 꺾기 힘들다는 것을 알았다."(『邵氏聞見錄』)

仁宗 嘉祐 年間(1056~1063)의 말엽 왕안석이 知制誥의 신분으로서 京師의 刑獄을 감찰하게 되었다.[9] 그런데 開封의 어느 젊은이가 鬪鵪[10]을 어떻게 입수하자 친구 하나가 보고는 달라고 하였으나 주지 않았다. 그 친구는 흉허물 없는 사이라 생각하고 빼앗아 달아났고, 이를 보고 메추라기의 주인은 쫓아가 옆구리를 차서 그 친구가 즉사해 버렸다. 開封府에서는 범인을 잡아 治罪하고 死罪에 처하려 했다. 왕안석은 開封府의 刑獄을 감찰할 때 이 사건을 문제로 삼았다.

"법률에 의하면 공공연히 略取하는 것이나 竊取하는 것이나 모두 절도이다. 이 편에서 주지 않으려 하는데 저쪽에서 강제로 가지고 갔으니 바로 절도인 것이다. 그러니 이 편이 쫓아가 구타한 것은 도둑을 잡은 일인 셈이며 비록 그가 죽었으나 그 사실을 문제 삼아서는 안 된다. 개봉부에서는 아무 죄 없는 사람을 死罪에 처하려 한다."

개봉부의 관원은 이에 불복하였고 마침내 이 일이 審刑院과 大理寺[11]에 올려져 재심을 받게 되었는데 개봉부의 處決이 옳다고 판정하였다. 이어 勅旨가 내려져 왕안석의 죄도 사면해 주었다. 죄의 사면을 받은 자는

---

9 이때가 仁宗 嘉祐 5년(1060) 11월이었다.

10 싸움 메추라기.

11 刑獄의 覆審 기관. 각지에서 處決한 獄案 가운데 중앙으로 寃訴 내지 上奏가 행해진 것을 재심하는 직능을 담당하였다. 먼저 大理寺에서 裁斷한 후 審刑院에 넘겨져 다시 詳議하는 형식을 취했다. 그러한 연후에 그 결과를 두 기관이 합동으로 조정에 보고토록 되어 있었다.

殿門에 나아가 사례하는 것이 관례였으나 왕안석은 다음과 같이 말했다.

"나는 본디 罪가 없었다. 그러니 사례할 필요도 없다."

어사대와 閤門에서는 수차례 공문을 보내 사례를 종용하였으나 종내 말을 들으려 하지 않았다. 이에 어사대에서는 탄핵의 상주를 올렸지만 執政은 왕안석의 聲望이 두텁다는 이유로 불문에 부쳤다.[12] 왕안석은 결국 끝내 사례하지 않았다.(『瑣語』)

仁宗朝 왕안석이 知制誥로 있을 때의 일이다. 어느 날 꽃을 玩賞하는 낚시대회의 잔치가 열려, 내시들이 금박을 입힌 접시에 낚시밥을 가득 담아 책상 위에 놓아두었다. 그런데 왕안석은 그 낚시밥을 다 먹어버렸다. 이튿날 인종이 宰執들에게 말했다.

"왕안석은 사악한 사람이오. 어쩌다 잘못해서 낚시밥을 먹었다면 한 알 먹고는 바로 그만 두어야 할 것이오. 다 먹어버린다는 것은 보통 사람의 性情이 아니오."

인종은 이후로 왕안석을 좋아하지 않았다.

훗날 왕안석은 스스로 『仁宗日錄』을 저술하였는데 여기서 대략 祖宗에 대해 비판인 태도를 취하였고 仁宗에 대해서는 더욱 심하였다. 仁宗朝의 대신들이었던 富弼이나 韓琦·文彦博 등에 대해서도 마찬가지로 모두 비판적이었다.(『邵氏聞見錄』)

韓魏公(韓琦)이 知揚州로 있을 때 介甫(왕안석)가 새로 과거에 급제하여 揚州의 簽書判官事로 부임하였다. 魏公은 비록 개보의 문장에 대해서는

---

12 저간의 사정에 대해 『長編』에서는, "臺司因劾奏之 執政以其名重 釋不問"(권197, 仁宗 嘉祐7年 10月 甲午)이라 전하고 있다.

높이 샀으나 행정 능력은 가벼이 여겨서, 개보가 古義를 인용하며 업무를 따지고 들어도 迂闊하다고 말하며 대부분 따르지 않았다. 그러다 개보는 임기가 만료되어 갔다. 그 후 누군가 韓魏公에게 서한을 바쳤는데 그 가운데 古字가 많았다. 이를 보고 韓魏公이 웃으며 屬僚들에게 말했다.

"개보가 여기에 없는 것이 안타깝구나. 그가 어려운 글자들을 잘 알았는데……."

개보는 이야기를 전해듣고, 韓魏公이 자신을 가벼이 여긴다 생각하고는 원망하게 되었다. 후일 개보가 知制誥로 되었을 때에도 그의 발언 가운데 적지 않은 것이 위공에 의해 제지되었다. 이후 개보는 모친상을 당하였고,[13] 복상이 끝났을 때 위공이 아직 宰執으로 있자 개보는 그냥 金陵에 머무르며 朝政에 참여하려 하지 않았다. 이때 曾魯公(曾公亮)은 개보가 위공을 원망하는 것을 알고 천자에게 강력히 천거하여 억지로 朝廷에 나서게 하였다. 曾魯公은 그로써 위공을 견제하고자 했던 것이다.(『涑水記聞』)

韓琦가 知揚州로 있을 때 왕안석은 揚州의 簽判이었는데, 매일 밤 새벽까지 책을 읽다가 잠깐 잠을 잤다. 그리고 해가 높이 떠올랐을 때가 되어서야 깨어 서둘러 청사로 나가느라 盥漱[14]도 채 못하는 경우가 많았다. 韓琦는 이를 보고 왕안석이 아직 나이가 젊어 밤 늦도록 술 마시고 노느라 그런 것이라고 생각하였다. 어느 날 한기는 조용히 왕안석에게 말했다.

"그대는 아직 젊은이니 독서를 그만두어서는 안 되네. 자포자기해서는 안 되는 것일세."

---

13 仁宗 嘉祐 8년(1063) 8월의 일이었다.
14 盥漱는 세수와 양치질.

왕안석은 아무 대답을 하지 않았다. 그리고 물러나서는 말했다.

"韓公은 나를 모르는 사람이다."

훗날 한기는 왕안석이 현명하다는 사실을 알고 자신의 門下로 거두려 하였으나 왕안석은 끝내 머리를 굽히지 않았다. 館職[15]을 위한 시험에 응하지 않은 것 등이 그러한 예이다. 그래서 왕안석은 『熙寧日錄』에서 한기를 많이 비판하며 늘, '韓公은 풍채만 좋은 사람일 따름이다'라고 말하며 「畵虎圖詩」를 지어 貶毀하였다.[16]

왕안석이 재상이 되고 난 다음 신법을 행할 때, 한기가 그 불편함을 지적하자 神宗이 잘못을 깨닫고 신법을 폐지하려 한 적이 있다. 그러자 왕안석은 크게 노하여 한기의 章奏를 條例司에 보내 공박하고 그 내용을 천하에 포고하게 했다. 이후에도 여러 차례 한기의 잘못을 들추었으나 신종은 英明하였던 까닭에 한기에게 禮를 지켜 돌아보며 끝내 파직시키지 않았다.

한기가 작고하자 왕안석은, '옛날 幕府의 젊은이가 이제 백발이 되어, 가슴 아파 차마 靈柩를 따르지 못하네'라는 挽詩[17]를 지었다. 그때까지도 한기가 '젊은이'라 말했던 것을 잊지 못하고 있었던 것이다.(『邵氏聞見錄』)

神宗 熙寧 2년(1069) 韓琦가 判永興軍으로부터 判北京大名府로 轉任되어 궁궐을 지나다 御前에 나왔다. 당시 왕안석이 정치를 주도하고 있

---

15 崇文院이라 통칭되었던 三館(昭文館, 史館, 集賢院) 및 秘閣의 관원에 대한 통칭. 본디의 職掌은 禁中의 圖書를 收藏하는 三館 및 秘閣에서 編書와 校書, 讀書 등을 담당하는 것이었으나, 그보다는 名流와 賢俊을 집결시켜 제왕의 咨詢과 訪問에 응하도록 하는 것에 주안점이 두어졌다. 따라서 館職은 宰執 등 고위직으로 진출하는 경로와 같은 기능을 하였다.
16 『臨川先生文集』 권5, 「虎圖」를 가리킨다.
17 『臨川先生文集』 권35, 「忠獻韓公挽辭」를 가리킨다.

었다. 신종이 한기에게 물었다.

"卿과 왕안석의 의론은 다른데 어찌된 연유요?"

한기가 말했다.

"仁宗께서 先帝(英宗)를 황태자로 세우실 때 왕안석이 이의를 제기한 바 있습니다. 그 이후 臣과 의론이 갈렸습니다."

신종은 한기의 말을 전하며 그때의 사정을 물으니 왕안석은 다음과 같이 대답했다.

"仁宗께서 先帝를 황태자로 세우려 하실 때 春秋가 아직 많지 않았습니다. 만일 이후에라도 皇子가 생기면 先帝는 어떻게 되었겠습니까? 바로 그 때문에 臣은 한기 주도의 황태자 책봉에 이의를 제기했던 것입니다."

왕안석의 强辯은 모두 이와 같았다. 한기가 영종을 황태자로 책봉하자고 청할 때 인종은 이렇게 말한 바 있다.

"조금만 기다리시오. 후궁 가운데 태기가 있는 사람이 있소이다."

그러자 한기가 말했다.

"후궁이 아들을 낳는다면 책립한 황태자를 옛 처소로 물러나게 하면 될 뿐입니다."

무릇 한기에게는 전후의 배려가 다 되어 있었던 것이다.(『邵氏聞見錄』)

王安石이 金陵에 있으며 모친의 服喪을 끝냈다. 英宗이 이에 여러 차례 불렀으나 응하지 않았다. 왕안석은 仁宗 시기 英宗을 황태자로 책봉하자는 논의가 일어났을 때 韓琦와 다른 의견을 제시한 바 있었던 까닭에 감히 入朝하지 못했던 것이다. 왕안석은 비록 좋은 성적으로 과거에 합격하였으며 文學의 재능이 있으나 사람을 경원시하는 경향이 있어 중앙의 사대부들로부터 그다지 聲望을 얻지 못했다. 이에 韓氏와 呂氏

두 가문의 형제들과 깊이 사귀었다. 韓氏와 呂氏는 조정의 名族으로서 천하의 선비들은 韓氏 가문에 드나들지 않으면 呂氏 가문에 드나드는 형국이었다. 韓氏 형제로는 字가 子華인 韓絳이 있었는데 왕안석과 同年의 과거합격자였으며, 다음으로 字가 持國인 韓維가 있었는데 학술이 더욱 높았음에도 出仕하지 않다가 大臣의 천거를 받아 館職에 제수되었다. 呂氏 가문의 呂公著는 字가 晦叔으로 가장 현명하였으며 역시 왕안석과 同年의 진사 출신이었다. 子華와 持國・晦叔은 조정에서 다투어 왕안석을 稱揚하였고 이로 인해 왕안석의 명성이 높아졌다. 왕안석은 명망을 지니고 있는 일세의 사대부들, 이를테면 사마광과 같은 인물들과는 모두 연결을 맺어 가까이 지냈다.

이에 앞서 영종 治平 年間 神宗이 潁王으로 있을 때 持國(韓維)이 그 翊善[18]이 되어 경전을 講論할 때마다 신종의 칭찬을 들었다. 이에 持國이 말했다.

"이는 제 학설이 아니라 제 친구인 왕안석의 說입니다."

그리하여 신종은 즉위하자 바로 왕안석을 불렀고 마침내 중책을 맡기기에 이르렀다.(『邵氏聞見錄』)

왕안석이 翰林學士로 불리워져 처음 入對하자 神宗이 물었다.[19]

"지금의 정치에 있어 무엇을 먼저 해야만 하겠소이까?"

왕안석이 대답하였다.

"政術을 택하는 것이 先行되어야만 합니다."

"唐 太宗은 어떻소이까?"

---

18 皇太子 혹은 皇子를 講學하는 學官.
19 神宗 熙寧 元年(1068) 4월의 일이다(『九朝編年備要』 권18).

"폐하께서는 마땅히 堯舜을 모범으로 삼으셔야만 합니다. 太宗은 지식이 그다지 많지 않아 그 政事도 先王에 다 부합되지는 않았으니 모범으로 삼을만 하지 않습니다. 堯舜의 道는 극히 간단하여 번잡하지 않고 또 극히 중요한 방침을 취하면서도 迂闊하지 않으며 극히 쉬워 어렵지 않습니다. 다만 末世의 학자들이 두루 알지 못한 채 항상 고상하여 미칠 수 없을 것이라 지레 판단했던 것일 뿐입니다."

"卿은 진정 君主에게 너무 지나친 것을 요구하는 사람이오. 朕은 아주 작은 사람일 따름이어서 卿의 뜻에 부합하지 못할까 걱정이오. 성심을 다해 朕을 보필해 주어서 함께 이 道를 펼쳐 갈 수 있게 되기를 바라오."

이후 어느 날 신종을 모시다가 대화가 諸葛亮과 魏徵에게 미치게 되었다. 왕안석이 말했다.

"폐하께서 능히 堯舜과 같이 하신다면 皐陶나 夔·稷·契[20]과 같은 輔臣이 반드시 생길 것입니다. 또 폐하께서 능히 殷의 高宗(武丁)과 같이 하신다면 傅說[21]과 같은 輔臣이 반드시 나타날 것입니다. 魏徵이나 제갈량은 政術에 通曉한 사람들이 수치스러워하는 인물들입니다. 어찌 칭할 만한 가치가 있겠습니까? 다만 폐하의 政術 선택이 잘못되고 誠心이 부족하게 되면, 비록 皐陶나 夔·稷·契·傅說과 같은 賢者가 있을지라도 소인들에 의해 가리워져 그 재능을 펼칠 수 없게 될 것입니다."

신종이 대답했다.

"자고로 治世에도 조정에 소인이 없었던 적이 없지 않았소이까? 요순 시기에도 이른바 四凶[22]이 있었소이다."

---

20   모두 堯舜 시대의 賢臣들.
21   殷 高宗 시기의 賢相.
22   共工, 驩兜, 三苗, 鯀의 통칭.

"四凶을 가려내 誅殺하였기 때문에 堯舜이 될 수 있었던 것입니다. 만일 四凶으로 하여금 그 姦惡함을 내키는 대로 펼치게 하였다면 皐陶나 夔·稷·契이 어찌 종신토록 녹봉을 받으며 조정에 있으려 했겠습니까?"

그 얼마 후 왕안석은 大政에 參預하게 되었다.(『溫公日錄』)

왕안석이 參知政事가 된 후[23] 어느 날 신종이 말했다.

"사람들 모두 卿에 대해 알지 못해서, 卿이 단지 經術에 대해서만 잘 알 뿐 세상 일에는 밝지 못하다고 생각하고 있소."

왕안석이 대답했다.

"經術이란 바로 세상 일을 처리하기 위한 것입니다. 다만 후세의 이른바 儒者들이 대부분 용렬하였던 까닭에, 세상 사람들이 생각하기를 經術이란 세상 일에 아무 쓸모가 없는 것이다고 하는 것일 뿐입니다."

"그렇다면 卿은 무슨 일부터 착수할 생각이오?"

"풍속을 변화시키고 法度를 바로 세우는 일이야말로 가장 다급한 일입니다."

이후 靑苗法과 市易法·坊場[24]·保甲法·保馬法·洛水 開鑿·免役法 등이 차례로 시행되었으며, 制置三司條例司가 설치되어 知樞密院 陳升之와 왕안석이 함께 이끌게 되었다. 그러자 御史中丞인 呂誨가 10가지 조목을 논하며 공박하였고 이에 왕안석은 강력히 사임을 요청하

23　神宗 熙寧 2년(1069) 2월의 일이다.

24　坊場錢의 시행을 가리킨다. 免役法이 시행되면서 전국 26,000여 곳의 坊場(酒坊과 河渡)을 實封投狀의 형식으로 민간에 불하하여 경영시키고 그 대신 관아에 錢物을 납입시켰다. 이를 坊場錢이라 불렀는데 모두 常平司에 귀속되었다. 坊場의 운영권은 이전까지는 衙前에게 그 보수의 형식으로 부여되고 있었다. 實封投狀이란, 입찰 방식을 통해 최고액의 납입을 제시한 사람에게 관아 소유 이권(坊場, 官田 등)의 운영권을 넘기는 것이다.

였다.[25] 신종은 呂誨를 파직시켰다. 이어 韓琦가 상소하여 청묘법을 공격하고 諸路에 파견된 提擧官[26]들을 소환할 것을 주장하였다. 한기의 상주가 올라오자 왕안석은 병을 칭하며 分司職을 요청[27]하였으나 신종이 허락하지 않았다. 왕안석은 조정에 나아와 사례한 후 다음과 같이 上言하였다.

"폐하께서 先王의 바른 道를 통해 천하의 流俗을 변화시키려 하시니, 당연히 폐하와 천하의 流俗 사이에 어느 쪽이 대세를 장악하느냐 하는 것이 당면 문제가 되었습니다. 流俗 쪽의 세력이 큰즉 천하의 사람들은 流俗으로 돌아갈 것이며, 폐하의 힘이 무거워진다면 천하의 사람들은 모두 폐하에게 돌아올 것입니다. 저울의 균형이란 물건의 輕重에 따르는 것으로서, 千鈞[28]의 물건이라 할지라도 조금만 加減하게 되면 다른 쪽으로 기울어지고 맙니다. 현재 간사한 무리들이 先王의 正道를 무너뜨리고 나아가 폐하의 하고자 하시는 바를 가로막으려 하고 있습니다. 그러니 지금이야말로 폐하께서 流俗의 세력과 輕重을 다투는 때입니다. 만일 아주 조금의 세력이라도 다른 쪽에 가해지게 된다면, 그 힘 자체는 보잘 것 없으나 그로 인해 천하의 대세가 流俗 쪽으로 돌아가버릴 것입니다. 바로 그러하기에 이론이 紛紛한 것입니다."

신종은 이러한 생각에 동조하였고 왕안석은 다시 政事를 주도하게

---

25 熙寧 2년(1069) 6월의 일이다. 이에 대해서는,『宋史紀事本末』권8,「王安石變法」참조.
26 神宗 熙寧 2년(1069) 9월 각지에 파견되어 新法의 실시를 총괄토록 한 관리. 정식 명칭은 提擧常平官이였다. 이에 앞서 制置三司條例司에서는 各路에 王廣廉 등 12명의 관원을 提擧常平廣惠倉兼管句農田水利差役事, 즉 簡稱하여 提擧常平使란 직함으로 파견하여 靑苗法의 시행 및 이후에 시행될 각 新法의 조항을 담당케 하였다. 提擧常平官은 提擧常平司(倉司)의 휘하 관원으로서 每路에 2인을 기준으로 하여 전국에 2,30명이 파견되었다.
27 神宗 熙寧 3년(1070) 2월의 일이다. 分司에 대해서는 본서 1책, 257쪽, 주 62 참조.
28 鈞은 30근.

되었다.(『溫公日錄』)

왕안석이 知制誥로 있을 때[29] 夫人인 吳氏가 첩을 하나 샀다. 어느 날 왕안석이 그 여인을 보고 말했다.

"그대는 누구인가?"

"夫人께서 좌우에서 시중을 들라 하셨습니다."

"성은 무엇인가?"

"첩의 남편은 군대의 하급 장교였는데 미곡을 운반하는 도중 배가 가라앉아 버렸습니다. 그래서 집안의 재산을 다 팔고도 모자라 첩까지 팔아 배상했습니다."

왕안석은 가여워하며 말했다.

"부인이 얼마의 돈으로 그대를 샀는가?"

"90萬錢[30]입니다."

왕안석은 그 남편을 불러 이전처럼 부부가 되도록 하고 90만전의 돈은 없던 것으로 하였다.

司馬光이 麗籍을 따라 太原府通判으로 갔을 때의 일이다. 당시 그에게는 아직 아들이 없어서, 부인이 첩을 하나 샀으나 그는 돌아보지도 않았다. 부인은 무언가 꺼리는 것이 있지 않나 생각하고, 하루는 첩을 불러 말했다.

"내가 외출하게 되면 너는 잘 단장하고 서재로 들어가도록 해라."

그러면 사마광이 돌아보지 않을까 생각했던 것이다. 첩이 부인의 말

---

29 왕안석이 知制誥로 재임한 기간은 仁宗 嘉祐 6년(1061) 6월부터 嘉祐 8년(1063) 8월까지이다.

30 미곡으로 치면 300石 전후에 해당한다. 당시 米價는 대략 1石當 3貫 전후의 수준을 보이고 있었다. 1貫은 1,000錢이었다.

대로 하자 사마광이 놀라서 말했다.

"夫人이 외출했는데 네가 어찌 이곳으로 왔느냐?"

그는 즉시 바깥으로 내쫓았다.

龐籍은 이 사실을 알고 僚屬들에게 사마광을 칭찬해 마지않았다.

왕안석과 사마광은 이처럼 모두 女色과 유희를 좋아하지 않았으며, 관직에 연연해 하지도 않았고 또 재산에 대해서도 욕심이 없었다. 두 사람은 修注[31]에 제수되었을 때 모두 6, 7차례나 사양하다가 받아들여지지 않자 어쩔 수 없이 취임하였다.[32] 사마광은 知制誥에 제수되자 辭令書를 잘 작성하지 못한다는 이유로 거듭 사양하여 待制[33]가 되었으며, 왕안석은 지방관으로 전전하다 만년에야 고위직을 받아들였다. 또 왕안석은 봉록을 받게 되면 모두 동생들에게 가져가게 하였다. 사마광 역시 太原府의 通判으로 있을 때 賓客의 접대 비용을 제외하고 나머지는 받지 않았다. 또 만년에 洛陽에 거주하면서 園宅을 사들였는데 兄을 명의로 하였다. 이러한 까닭에 왕안석과 사마광 두 사람은 평생토록 서로 친밀하였다. 그러다 新法을 둘러싼 議論이 서로 맞지 않아 편지를 써서 절교하게 되었던 것이다.[34] (『邵氏聞見錄』)

31　同修起居注의 簡稱.

32　仁宗 嘉祐 5년(1060) 11월의 일이다. 하지만 본문에서 司馬光과 王安石 공히 거듭 사양하다가 그것이 받아들여지지 않아 결국 취임하였다고 적고 있는 것에는 약간 착오가 있다. 司馬光은 5차례의 사양 후에 취임하였지만 王安石은 완강히 사양하여 朝廷에서도 同修起居注의 除授를 포기하였기 때문이다. 이때의 사정에 대해 『續資治通鑑長編』에서는, "度支員外郎直祕閣判度支勾院司馬光　度支判官祠部員外郎直集賢院王安石 同修起居注. 光五辭而後受 安石終辭之 最後有旨 令閤門吏齎敕 就三司授之. 安石不受 吏隨而拜之 安石避於厠 吏置敕於案而去 安石遣人追還之 朝廷卒不能奪"(권192, 仁宗 嘉祐 5年 11月 辛亥)이라 전하고 있다.

33　天章閣待制의 간칭.

34　神宗 熙寧 3년(1070) 2월과 3월에 걸쳐 司馬光과 王安石 사이에 「與王介甫書」(『傳家集』권60), 「答司馬諫議書」(『臨川文集』권73), 「與王介甫第二書」(『傳家集』권60)가 왕래되며 양인 사이의 관계가 결정적으로 악화된 것을 가리킨다.

왕안석은 明州의 知鄞縣으로 있을 때[35] 讀書하고 文章을 지으며 이틀에 한 번 縣廳에 나가 집무하였다. 이곳에서 堤防을 쌓고 陂塘을 修築하여 水利와 교통에 두루 도움이 되게 하였다 또 백성들에게 식량을 대여하여 추수 후에 이자를 붙여 갚도록 함으로써 관아 보유의 미곡을 증식해갔다. 이밖에 학교를 신설하고 保伍法을 엄히 시행하였는데 이러한 조치에 지역민들이 모두 편하게 여겼다. 神宗 熙寧 年間의 초엽 執政이 되어 시행하였던 新法들은 모두 당시의 조치와 경험에 근거한 것이었다. 하지만 왕안석은 한 고을에서 시행하는 것은 可하나 天下에서 시행하는 것은 不可하다는 사실을 몰랐다. 또한 각처에 파견한 新法 관원들 대부분이 刻薄한 小人들이어서 功利에 급급하다보니, 하천 둑을 터서 민전에 河泥를 공급한다[36]며 남의 墳墓나 가옥, 심지어 비옥한 田土까지 못쓰게 만드는 경우가 많았다. 이러한 폐단은 일일이 기록하기도 힘들 정도이다. 이를테면 청묘법은 2할의 利息을 징수하는 것으로 되어 있으나 백성들이 대여하고 갚을 때 드는 제반 비용을 합하면 7, 8할에 이르기도 했다. 더욱이 胥吏들이 백성들을 윽박지르기도 했고 新法과 舊法이 교차되는 과정에서의 혼란 등으로 인해 그 폐단은 더욱 가중되었다. 保甲法과 保馬法은 더욱 폐해가 커서 그로 말미암은 분란이 그칠 날이 없었다.

대저 新法은 祖宗의 法度를 모두 바꾼 것이었다. 다만 役法만은 新舊의 兩法, 즉 差役法과 募役法에 공히 일장일단이 있어서, 吳(浙西)와 蜀(四

---

35 仁宗 慶曆 7년(1047)으로서 당시 왕안석의 나이는 27살이었다.

36 淤田法을 가리킨다. 하천의 둑을 터서 다량의 진흙을 함유한 河水를 척박한 농토에 흐르게 함으로써 토질을 개량시키는 것이었다. 淤田의 방식은 이미 진한 시대부터 존재하였으며 북송 시대에도 仁宗 시기에 河東의 絳州 등에서 시행된 바 있다. 왕안석은 京東西・河北・河東・京畿 등지에서 운하와 汴河・黃河・汾水・漳水 등의 하수를 이용한 淤田을 대량으로 시행하였다.

川)의 백성들은 모역법을 편하다고 하는 반면 秦(陝西)과 晉(山西)의 백성들은 차역법을 편하다고 여겼다. 왕안석과 사마광은 모두 이른 나이에 顯貴하게 되어 각 지방을 별로 돌아다니지 못한 까닭에 사방의 풍속을 두루 알지는 못했다. 그래서 왕안석은 모역법만을 고집하고 사마광은 차역법만을 고집하였다. 蘇軾과 范純仁은 사마광 문하의 사대부이면서도 차역법에 불편한 점이 있다고 생각하였으며, 章惇은 반면 왕안석 문하의 사대부이지만 모역법에 상당한 문제점이 있다고 생각하였다. 소식과 범순인·장돈 세 사람은 비록 賢德함이란 점에서는 상당한 차이가 있으나 공히 총명하며 政事에 通曉한 인물들이었다. 그들은 남북의 풍속을 두루 알고 있었기에 그 논의는 매우 공정하였고 그렇기 때문에 役法 논의에 있어 한 쪽으로만 치우치지는 않았던 것이다.

元祐 年間(1086~1094)의 초엽 사마광이 모역법을 폐지하고 차역법을 부활시킬 때 장돈은 다음과 같이 말했다.

"保甲法 및 保馬法은 하루라도 늦게 폐지하면 그 하루 만큼 해악이 생긴다. 하지만 役法은 熙寧 연간의 초엽 모역법으로써 차역법을 대체시킬 때 논의가 면밀하지 못하고 서두르다보니 상당한 폐단이 생겼던 것이다. 지금 다시 차역법으로써 모역법을 대체시키려 하면 반드시 면일한 검토와 논의를 거쳐야만 될 것이다. 5일을 기한으로 주고 차역법을 실시하라는 것은 너무 졸속한 처사이다. 후일 반드시 폐단이 생길 것이다."

사마광이 그 말에 따르지 않자 장돈은 太皇太后의 주렴 앞에서 사마광과 논쟁을 벌이다가,

"이렇다면 더 이상 보좌할 수 없습니다"

라고까지 말했다. 태황태후는 그 불손함에 노하여 장돈을 파직시켰다.

그런데 蔡京이란 인물은 당시 知開封府로 있었는데 그 5일의 기한대

로 관내의 모역법을 모두 차역법으로 바꾸었다. 그 이후 政事堂에 와서 사마광에게 보고하니, 사마광은 기뻐하며 말했다.

"사람들이 모두 그대만 같으면 법이 시행되지 못할 걱정이 없을 것이오"

紹聖 年間(1094~1098)의 초엽 장돈이 재상이 되어 다시 차역법을 모역법으로 바꾸고자 했다. 그래서 관련 기구를 설치하고 검토시킨 바 오래도록 결말이 나지 않았다. 당시 蔡京이 提擧로 있었는데 이를 보고 장돈에게 말했다.

"熙寧 및 元豊 연간의 법대로만 시행하면 됩니다. 더 이상 무슨 검토가 필요합니까?"

장돈이 그 말을 듣고 모역법을 실시하였다. 채경은 이처럼 권세를 관망하며 그에 따라 소신을 바꾸어 갔다. 그는 사마광과 같이 어진 사람이나 장돈과 같이 거친 사람 모두 능히 기만할 수 있었다. 그러니 참으로 小人이라 할 것이다.(『邵氏聞見錄』)

神宗이 어떠한 일로 왕안석에게 물으니 왕안석이 말했다.

"폐하께서는 그 일을 누구한테 들으셨습니까?"

"卿은 왜 누구한테 들었느냐고 묻는 것이오?"

"폐하께서 다른 사람과 비밀을 지키며 臣에게만 숨기십니다. 어찌 君臣間에 마음을 터놓는 사이라 할 수 있겠습니까?"

신종은 어쩔 수 없이 말했다.

"李評에게 들었소이다."

왕안석은 이로부터 李評을 싫어하여 끝내 그를 내쫓아 버렸다.

그 후 이번에는 왕안석이 어떤 은밀한 일을 신종에게 물었다. 신종이 말했다.

"누구한테 들었소?"

왕안석은 대답하려 들지 않았다. 신종이 다그쳐 말했다.

"朕은 卿에게 숨김이 없는데 卿만 朕에게 숨기는 일이 있어서야 되겠소?"

왕안석은 어쩔 수 없이 말했다.

"朱明之가 臣에게 말한 것입니다."

신종은 이로부터 朱明之를 싫어하게 되었다. 朱明之는 왕안석의 妹夫였다. 훗날 왕안석이 재상직에서 물러나 金陵으로 가자, 呂惠卿은 자기와 친밀한 자들을 불러 좌우에 두려 했다. 그래서 주명지를 侍講으로 추천하자 신종이 허락하지 않으며 말했다.

"왕안석에게 다른 妹夫가 없소이까?"

呂惠卿은 直講 沈道原이 있다고 대답하자, 신종은 그를 侍講으로 삼게 했다. 이후 여혜경은 자기 동생인 呂升卿을 侍講으로 삼았는데, 呂升卿은 본디 학문이 부족하여 進講할 때마다 經典은 제쳐두고 財政의 利害라든가 토목 공사 따위를 이야기했다. 그러다 신종이 경전에 대해 물으면 자신은 대답하지 못하고 沈道原에게 눈짓하여 곁에서 대신 대답하게 했다.(『涑水記聞』)

熙寧 6년(1073) 11월 어느 臣僚가 新法에 따르지 않자 왕안석은 큰 죄를 가하려 했으나 神宗이 허락하지 않았다. 이에 왕안석이 처벌을 고집하며 말했다.

"이렇게 하지 않으면 법이 시행되지 않습니다."

신종이 말했다.

"듣자니 민간에서 신법 때문에 상당히 고초를 겪고 있다고 하더이다."

"큰 추위나 폭우만 쏟아져도 백성 가운데는 원망하는 자가 생깁니다.

사소한 원망을 어떻게 일일이 돌아볼 수 있겠습니까?"

"어찌 큰 추위나 폭우가 쏟아질 때의 원망과 비교할 수 있겠소?"

왕안석은 기분이 상하여 물러나 병을 핑계로 집안에 머물며 입조하지 않았다. 그 며칠 후 신종은 使者를 보내 위로하니 그제야 나왔다. 이때 왕안석의 黨與가 이렇게 말했다.

"지금 기회에 만일 재상의 門人들 가운데 폐하가 좋아하지 않는 사람들을 파격적으로 승진시키지 않으면, 향후 권세가 가벼워져 장차 틈을 노리는 자가 생길지도 모릅니다."

왕안석이 그 말대로 따랐다. 왕안석이 入朝하여 章惇과 趙子幾 등의 발탁을 상수하자, 신종은 入朝한 것에만 기뻐한 나머지 모두 들어주었다. 이로부터 왕안석의 권세는 더욱 막강해졌다.(『涑水記聞』)

왕안석이 政事를 주도하며 천하의 일을 개혁하려 할 때 명망있는 관원들이나 옛 친우들은 그에 협력하지 않았다. 어쩔 수 없이 그는 신진 인사들을 발탁하여 서둘러 승진시킨 다음 이용하였다. 이로 인해 얼마 되지 않아 그 개혁은 신속히 진척이 되었으며, 御史臺 및 館閣을 위시한 내외의 요직은 모두 신진 인사들로 채워졌다.

그러다 三司에서 市易法을 두고 논쟁을 벌이면서 여혜경이 법제를 그르치고 있다고 공박하였다.[37] 이에 왕안석은 그 말을 받아들여 재상직으로부터의 파직을 강력히 요청하였다.[38] 왕안석이 사직을 결정하고

---

37 神宗은 熙寧 7년(1074)년 曾布와 呂惠卿에게 市易法의 실시 정황에 대해 점검하여 보고하라 명하였다. 이에 曾布는, 呂嘉問이 상주하여 熙寧 6년에 시역법으로 획득한 재원이 80萬貫이라 하였으나 허위 계상된 것이며, 이러한 조작에는 呂惠卿도 상당히 연루되어 있다고 공박한 것을 가리킨다. 이에 대해서는, 『續資治通鑑長編』권252, 神宗 熙寧 7년 4월 甲申 참조.

38 이러한 曾布의 市易法 비판에는, 市易法과 免行錢法의 시행으로 피해를 본 神宗의

御前에서 물러나오자 呂嘉問과 張諤은 그를 붙들고 울음을 터뜨렸다. 왕안석은 그들을 위로하며 말했다.[39]

"이미 후임으로 呂惠卿을 추천했네."

두 사람은 그 말을 듣고 눈물을 거두었다.

여혜경은 參知政事가 된 후 羿를 쏘고자 하는 뜻[40]을 지니게 되었다. 또 당시의 관원들은 그가 神宗의 신임을 얻고 있는 것을 보고 장차 왕안석의 자리를 대신할 것이라고 여기며 다투어 그에게 附隨하였다. 얼마 후 鄧潤甫는 모함으로 王安國을 파직시켰으며[41] 또 李逢의 사건이 발생하자 李士寧을 끌어들여 왕안석에게 누가 미치게 하려고 했다.[42] 이밖에도 왕안석이 주도하여 編定하였던 『熙寧編敕』이 불편하므로 重修자고 주장하였으며, 手實法을 제정하여 백성들로 하여금 家內의 모든 재산을 신고하게 하

母后인 向太后의 부친 向經 및 太皇太后 曹氏의 동생 曹佾의 책동이 긴밀히 연관되어 있다. 이에 대해서는, 『續資治通鑑長編』권251, 神宗 熙寧 7년 3월 戊午 참조. 曾布는 向太后 및 太皇太后 曹氏의 市易法에 대한 비판과 불만을 보고 市易法 및 市易司에 대해 회의적인 자세로 돌아서게 되었다. 이러한 왕안석의 퇴진을 둘러싼 정황에 대해 『續資治通鑑長編』은, "他日太皇太后及曹太后 又流涕爲上言新法之不便者 且曰王安石變亂天下. 上流涕退 命安石議裁損之 安石重爲解乃已. 會久旱百姓流離 上憂見顔色 每輔臣進對嗟嘆懇惻 益疑新法不便 欲罷之. 安石不悅屢求去"(권252, 神宗 熙寧 7년 4월 丙戌)라고 적고 있다.

39　王安石이 宰相職에서 물러나 判江寧府로 나가는 것은 神宗 熙寧 7년(1074) 4월의 일이다. 그 직후 韓絳이 宰相이 되고 翰林學士 呂惠卿이 參知政事로 승진한다(『宋史』권15, 「神宗紀」 2 참조).

40　원문은 射羿, 스승을 배반한다는 의미.

41　神宗 熙寧 8년(1075) 鄭俠이 呂惠卿을 극렬히 비난하는 상주문을 올려 置罪될 때, 王安石의 아우인 王安國이 평소 鄭俠과 친하며 그 上奏와 관련이 있다는 이유로 함께 罷職되었던 것을 가리킨다. 당시 鄭俠 사건의 처리를 담당한 인물이 鄧綰과 鄧潤甫였다. 자세한 사정에 대해서는, 『宋史紀事本末』권37, 「王安石變法」을 참조.

42　이 사건의 顚末에 대해 『東軒筆錄』에서는, "李士寧者 蜀人 得導氣養生之術 又能言人休咎. 王荊公與之有舊 每延於東府 迹甚熟. 荊公鎭金陵 呂惠卿參大政 會山東告李逢劉育之變 事連宗子世居 御史府沂州各起獄推治之. 劾者言士寧嘗預此謀 勅天下捕之 獄具 世居賜死 李逢劉育磔于市 士寧決杖 流永州 連坐者甚衆. 始興此獄 引士寧者 意欲有所誣蠛 會荊公再入秉政 謀遂不行"(권5)이라 기록하고 있다.

였다. 田土를 지급하여 募役을 실시함으로써 募役法을 변질시키려 하기도 했다. 이처럼 呂惠卿은 기회가 있을 때마다 왕안석이 처사를 비판하고 뒤흔들려 했으므로 기강이 매우 문란해졌다.

神宗은 결국 단안을 내려 왕안석을 다시 불러 재상의 직위에 앉혔다.[43] 그러자 鄧綰은 불안을 느껴 자신이 이전에 행한 일을 뒤덮으려고 張若濟의 일을 터트림으로써 도리어 여혜경을 공격하였다.[44] 이에 조정에서는 張譓을 兩浙路察訪으로 삼아 그 사건을 조사하게 했는데 張譓은 가능한 한 일을 덮으려 했다. 이를 보고 鄧綰은 다시 마음을 바꿔 대세를 관망하게 되었다. 이렇게 되자 여혜경은 불안해져서 왕안석 형제의 잘못 몇 가지를 조목조목 열거하여 신종에게 상주하였다. 신종으로하여금 왕안석을 불신하게 만들려 했던 것이다. 하지만 신종은 여혜경의 상주를 왕안석에게 보여주었다. 왕안석이 表를 올려,

"忠直해 보인다 해도 다 믿을 수는 없습니다. 그러기에 매사를 명백히 짚고 넘어가야 합니다. 의로움이 간사함을 이기지 못합니다. 그러기에 사람들이 의로움에 등을 돌리기도 합니다"[45]

라고 말하였던 것은 그러한 정황 때문이었다.

얼마 후 여혜경은 罷職되어 知毫州로 나갔으며 鄧綰과 張譓의 무리역시 모두 파직되었다. 하지만 이후 왕안석 문하의 사람들은 그에게 모두 확고한 추종을 보이지 않게 되었으며 따라서 왕안석은 함께 일을 도모할 사람이 없어졌다. 결국 그는 다시 사직을 요청하여 判江寧府로 나

---

43 神宗 熙寧 8년(1085) 2월의 일이다.

44 그 전후 사정에 대해 『宋史紀事本末』에서는, "中丞鄧綰亦欲彌縫前附惠卿之迹 以媚安石. 安石子雱 復深憾惠卿 遂諷綰發惠卿兄弟强借秀州華亭富民錢五百萬 與知華亭縣張若濟買田 共爲姦利事 置獄鞠之"(권37,「王安石變法」)라 전하고 있다.

45 『臨川先生文集』 권60,「乞退表」 4에 실려 있다.

갔다.[46] 그가 詩에서,

"구름의 하얀 색 덧없이 쉬이 변하고,

老松의 기개 있는 푸르름 끝까지 유지되기 어렵도다"[47]

라고 읊은 것은 바로 그러한 정황을 말하는 것이었다.(『東軒筆錄』)

왕안석이 다시 재상이 되고 여혜경이 쫓겨나자 그 문하의 사람들은 다시 온갖 아첨을 하며 지위를 유지하려 했다. 하지만 왕안석은 神宗에게 더욱 강력히 파직과 은퇴를 요청하고 있었다. 그때 練亨甫란 자가 中丞[48]인 鄧綰에게 말했다.

"公이 폐하께 이렇게 上言해 보시지요. 승상의 아들인 王雱은 樞密使로, 아우들은 모두 兩制[49]로 임명하고, 그리고 사위와 조카들에게 모두 館職을 준 연후에, 京師에 저택과 田畓을 賜與하여 함께 모여 살게 한다면, 승상의 마음을 붙들어 맬 수 있을 것입니다."

鄧綰은 그 말대로 신종에게 상언하였다. 신종은 그 말을 듣고 아첨의 정도를 헤아릴 수 있었다.

그후 어느 날 왕안석이 다시 신종에게 사직을 요청하자 신종이 말했다.

"朕을 위해 그냥 머물러 주시오. 모든 것을 卿이 원하는 대로 해 주겠소이다. 다만 아직 편안한 저택만 물색하지 못한 상태라오."

왕안석은 놀라 말했다.

"臣에게 무슨 원하는 것이 있습니까? 또 저택을 하사해 주신다는 것

---

46   神宗 熙寧 9년(1076) 10월의 일이다.

47   『臨川先生文集』권17,「招呂望之使君」의 일부이다.

48   御史中丞의 簡稱.

49   內制(翰林學士) 및 外制(中書舍人), 즉 誥命의 起草를 담당하는 관원.『朝野類要』에서는 "兩制. 翰林學士官 謂之內制 掌大制誥詔令敕文之類. 中書舍人 謂之外制 亦掌王言凡誥詞之類"(권2)라 적고 있다.

은 무슨 말씀인지요?"

신종은 웃으며 대답하지 않았다. 이튿 날 왕안석이 간절하게 그 연유를 말해 달라 청하자 신종은 鄧綰이 올린 상주문을 내어 보여주었다. 왕안석은 즉시 등관의 파직을 요청하였다. 이에 앞서 등관은 자신의 추종자인 方揚을 臺官[50]으로 삼고자 했으나 그 그릇이 부족하여 다른 사람들로부터 지탄을 받을까 우려하였다. 그래서 그를 彭汝礪와 함께 추천하였지만 등관의 목적은 方揚에게 있었다. 그 얼마 후 신종이 彭汝礪를 좌천시키자, 등관은 허겁지겁 상주문을 올렸다.

"臣이 평소 彭汝礪의 사람됨을 잘 몰라서 이전에 잘못 추천했습니다. 이전의 추천 상주를 없던 것으로 해주십시오."

이상과 같은 두 일을 보면서 신종은 그 간사함을 꿰뚫어 보게 되었고, 결국 등관을 中丞에서 落職시켜 知虢州로 내려보냈다. 아울러 練亨甫도 校書職에서 落職시켜 漳州推官으로 내보냈다. 등관을 좌천시키는 制書에서는 이렇게 말하고 있다.

"마음 씀씀이가 偏僻되고 천성도 간사하도다. 또 인재를 추천함에 있어서도 분수를 지키지 않았다. 朕은 너를 대할 때 誠心을 다했거늘 너는 朕을 대함에 매양 그 뜻이 간사한 데 있었다."(『東軒筆錄』)

최초 여혜경은 왕안석의 知遇를 입어 그 발탁으로 執政의 지위에까지 이르렀다. 그런데 왕안석이 재상을 사직하고 金陵으로 내려가자 배반하고 말았다. 하지만 왕안석이 재차 재상이 되고, 華亭의 사건[51]을 규

---

50 御史臺의 관료.
51 呂惠卿 兄弟가 秀州 華亭縣의 富民으로부터 500萬錢을 强借하여 華亭縣 知縣 張若濟와 함께 華亭縣內의 田土를 買入했던 사건을 가리킨다.

명하기 위해 徐僖와 王古·蹇周輔 등 세 사람을 처리의 담당자로 임명하면서 여혜경은 궁지에 몰리게 되었다. 그런데 練亨甫·呂嘉問과 鄧綰이 그 내부에서 다투면서 여혜경의 계략이 통하게 되어, 사건이 왕안석의 아들인 王雱에게까지 파급되었다. 당시 王雱은 중병에 걸려 있었는데 이에 대한 울분이 덧붙여져 마침내 죽고 말았다.[52] 왕안석은 이후 슬픔을 견디다 못해 마침내 재차 사직을 요청하여 나갔던 것이다.[53]

元豊 年間(1078~1085)의 末葉 神宗은 왕안석이 빈한하다는 말을 듣고 內侍 甘師顔을 시켜 金 50兩을 보냈다. 그런데 왕안석은 파격적인 행동과 허세를 좋아하는 사람이라서 그 金을 즉시 定林寺라는 사찰에 시주하였다. 이에 甘師顔은 常例[54]도 감히 받지 못하고 그대로 돌아와 신종에게 아뢰었다. 신종은 御藥院에 명하여 江寧府를 통해 왕안석 집안을 찾아가 甘師顔의 常例를 받아오게 하였다.

언젠가 왕안석이 呂惠卿에게 편지 한 통을 보내며 신종에게는 알리지 말라고 하였다. 그런데 당시 여혜경은 왕안석과 이미 갈라진 이후라서 그 편지를 그대로 신종에게 바쳤다. 또 신종이 王韶에게 熙河 經營[55]

---

52 王雱(1044~1076)은 神宗 熙寧 9년(1076) 7월 33살의 나이로 作故한다. 『宋史紀事本末』에서는 그 전후의 사정에 대해, "呂惠卿既出守陳 而張若濟之獄久不成 王雱令門下客呂嘉問練亨甫共取鄧綰所列惠卿事 雜他書上制獄 王安石不知也. 省吏告惠卿於陳 惠卿以狀聞 且上書訟安石 盡棄所學 隆尙縱橫之末數. 方命矯令 罔上要君 力行於年歲之間. 雖失志倒行逆施者 殆不如此. 帝以狀示安石 安石謝無有. 歸以問雱 雱言其情 安石咎之. 雱憤恚 疽發背死"(권37,「王安石變法」)라 기록하고 있다.

53 이 항목에는 출처가 기록되어 있지 않다.

54 常例錢의 약칭, 통상적인 사례금.

55 王韶(1030~10811)를 이용하여 熙河路를 개척했던 것을 가리킨다. 王韶는 熙寧 元年(1068)「平戎策」을 상주하여, 西夏를 공략하기 위해서는 그 서남방의 河湟地區를 선취하여 서하로 하여금 腹背에서 위협당하는 형세를 만들어야 한다고 주장했다. 이에 熙寧 3년(1070) 3월 神宗과 王安石은 王韶를 파견하여 河湟地區에 거주하는 青唐의 俞龍珂 부족을 공략시켰다. 결국 俞龍珂 부족의 항복을 받고 진군을 계속하여,

당시 소요되었던 경비가 얼마나 되느냐고 묻자, 왕안석은 사실 그대로 대답할 필요가 없다고 말했다. 하지만 그 무렵 王韶는 이미 왕안석을 등진 상태였던 까닭에 왕안석이 한 말을 신종에게 아뢰었다.(晁以道의「論神廟配享箚子」[56])

　왕안석은 만년에 金陵의 鍾山書院에서 '福建子'[57]란 세 글자를 허다히 적었다. 여혜경에 대한 원한이 그만큼 컸던 것이며 여혜경에게 당했던 일, 그리고 여혜경을 잘못 보았던 일 등이 한스러웠던 것이다. 그는 산에 오르내릴 때 보면 멍한 모습을 하고 있었으며 마치 미친 사람마냥 혼잣말을 하기도 했다.

　田畫가 말했다.

　"荊公(왕안석)은 일찍이 조카인 王防에게 말했다.

　'내가 옛날에는 좋은 벗들과 많이 交往하였는데 國事로 인해 단절되고 말았다. 이제 閑居하니 만큼 편지를 써서 다시 來往하고 싶다.'

　王防은 기뻐하며 책상 위에 붓과 종이를 갖다 놓아주었다. 荊公은 수

熙寧 5년(1072) 10월에는 河湟지구를 거의 대부분 장악하고 이곳에 熙河路를 설치하였다. 이후에도 熙河路를 기점으로 한 정복이 지속되어, 熙寧 6년(1073) 10월까지 5州 2,000여 리의 강역을 개척하였다. 이러한 戰勝에 고무되어 神宗은, "洮河之擧 小大竝疑 惟卿啓廸 迄有成功, 今解朕所御帶賜卿 以旌卿功"이라 하였으며, 나아가 "群疑方作 朕亦欲中止 非卿助朕 此功不成. 賜卿帶以傳遺子孫 表朕與卿君臣一時相遇之美也"(『續資治通鑑長編』권247, 神宗 熙寧 6年 10月 辛巳)라고 말하기까지 하였다.

56　晁說之, 『景迂生集』권3, 「論神廟配享箚子」에 실려 있다.
57　福建 泉州 출신인 呂惠卿을 가리킨다. 新法의 실행시기를 통해 왕안석의 절대적 신임을 받으며 사실상 2인자 역할을 했던 呂惠卿은 후일 왕안석을 배반하였다. 『宋史』에서는 왕안석의 呂惠卿에 대한 신임을, "安石言於帝曰'惠卿之賢 豈特今人 雖前世儒者未易比也. 學先王之道而能用者 獨惠卿而已.' 及設制置三司條例司 以爲檢詳文字 無大小 必謀之 凡所建請章奏 皆其筆"(권471, 「呂惠卿傳」)이라 기록하고 있다. 하지만 여혜경은 이후 왕안석을 배반하여, "惠卿旣叛安石 凡可以害王氏者 無不爲"(『宋史』권471, 「呂惠卿傳」)라 할 정도가 되었다.

차례나 붓을 들어 편지를 쓰려하다가 끝내 장탄식을 하고 그만두었다. 마음속에 부끄러운 점이 있었던 것이다."

왕안석이 병이 들었을 때 王安禮가 邸報[58]를 갖다 보여 주었다. 마침 거기에는 사마광이 재상이 되었다는 소식이 적혀 있었다. 왕안석이 구슬프게 말했다.

"司馬十二[59]가 재상이 되었구나"

왕안석은 자신이 지은 이른바『日錄』을 조카인 王防으로 하여금 수습하게 했다. 그는 병이 심해지자 왕방에게 그것을 불태우라 명했는데 왕방은 다른 서적을 대신 태웠다. 후일 조정에서는 蔡卞의 요청에 따라 江寧府에 있는 王防의 집에서『日錄』을 취하여 바쳤다. 당시 蔡卞이 역사 편찬을 주도하고 있었는데, 이『日錄』의 내용을 가감하여 더욱 姦僞를 더한 다음 그것으로써 元祐 연간에 편찬한 바 있는『神宗正史』를 모두 고쳐 썼다.[60] 왕안석은 처음 재상이 되었을 때 師臣을 자임하였으며 神宗 또한 극진히 대우하였다. 두 번째 재상이 되었을 때에는 신종도 점차 내키지 않아하게 되었으며 議論 또한 왕안석과의 사이에 상당한 차이가 생겼다. 그런 까닭에『日錄』의 내용에도 이런 것이 반영되었는데 哲宗이 그것을 감추고 세상에 내놓지 않았다. 현재 세상에는 다만 그 가운데 70여 권이 남아 있을 뿐이다.

왕안석이 작고하자 사마광은 병중에 그 소식을 듣고 呂公著에게 말했다.

---

58 정부에서 발행하는 官報. 唐代 이래로 각지의 州郡에서 京師에 邸를 개설하고, 이 邸에서 중앙의 詔令과 奏章 등을 傳抄하여 해당 지방에 전했던 것에서 연유한다. 宋代에 최초로 邸報라 칭해졌으며, 淸代에는 京報라 칭해지며 상인에 의해 報房이 경영되었다. 明 崇貞 年間 이래로 활자판으로 인쇄되었다.

59 十二는 司馬光의 排行.

60 哲宗 紹聖 元年(1084) 12월 蔡卞을 國史修撰으로 하여 완성된 重修神宗實錄을 가리킨다.

"介甫(왕안석)는 다른 것은 없고 다만 執拗했을 따름이오. 그에게 두터운 예의를 표하도록 하시오."

사마광의 도량과 덕망은 이와 같았다.(『邵氏聞見錄』)

왕안석이 金陵에 있을 때 조정에서 新法 조항들을 바꾸어 간다는 소식을 들었으나 아무 동요 없이 그러려니 여겼다. 그런데 役法까지 폐지했다는 얘기를 듣자 놀라서 소리를 질렀다.

"이런 것까지 바꾼단 말인가?"

한참 후 그는 다시 말했다.

"이 免役法은 폐지해서는 안 된다. 내가 先帝(神宗)와 2년 동안이나 검토하여 모든 정황을 다 曲盡히 참작한 다음 시행한 것이다."

훗날 과연 그 말대로 되었다.(『厄史』)

왕안석이 일찍이 다음과 같이 말했다.

"新法을 의논한 이래로 시종 그것에 찬동한 자는 曾布이고, 반면 시종 시행해서는 안 된다고 반대한 자는 司馬光이다. 그 나머지는 모두 이전에는 반대했다가 뒤에는 찬성하거나 혹은 나갔다 들어왔다 했다."[61]

왕안석은 天性이 효성스럽고 우애가 깊어 俸祿이 집안에 들어온 다음 아우들이 모두 가져가 버려도 아무 말을 하지 않았다. 하지만 그 아들인 王雱이 장성하여 집안 일을 도맡아 처리하면서는 그런 일이 없어졌다.

여러 아우들 또한 모두 文學의 재질이 있었다. 王安禮는 字가 和甫인

---

[61] 이 항목에도 출처가 기록되어 있지 않다.

데 右丞을 역임하였으며 호방한 성격을 지니고 있어 天子 앞에서도 전
연 위축되지 않았다. 어느 날 宰執들이 신종을 알현하는데 신종이 인재
가 없다는 것을 탄식하였다. 그러자 左丞인 蒲宗孟이 말했다.

"천하 인재의 절반은 司馬光의 邪說로 인해 못쓰게 되었습니다."

그 말을 듣고 신종은 아무 말 없이 오랫동안 蒲宗孟을 똑바로 쳐다보
았다. 포종맹은 심히 두려워 어쩔 줄 몰라 했다. 신종이 말했다.

"포종맹은 사마광을 좋지 않게 평가하는가? 사마광은 다른 것은 그
렇다 치고 樞密副使 직위를 사양한 것[62] 하나만 놓고 보더라도, 朕이 즉
위한 이래 그러한 인물은 그 혼자 뿐이었소. 다른 사람들은 그만두고 떠
나라고 윽박질러도 안 가려 하오."

당시 蘇軾이 御史獄에 갇혀 있었는데 小人들이 신종에게 죽이라고
권하였다.[63] 왕안례는 그래서는 안 된다고 말했다.[64]

---

62 神宗 熙寧 3년(1170) 2월 樞密副使職에 임용되었을 때 이를 固辭하였던 것을 말한다.
   자세한 것은 2책, 70쪽의 주 41)을 참조할 것.

63 神宗 元豊 2년(1079) 蘇軾이 詩文으로 神宗과 조정의 政事를 비난한 혐의로 御史臺(烏
   臺)의 감옥에 갇혔던 것, 즉 烏臺詩案을 가리킨다. 당시 御史 舒亶은 蘇軾의 詩文을 통
   한 朝政 貶毁 혐의에 대해, "近上謝表 頗有譏切時事之言 流俗翕然爭相傳誦 志義之士 無
   不憤惋. 蓋陛下發錢以本業貧民則曰 贏得兒童語音好 一年强半在城中. 陛下明法以課試
   羣吏 則曰 讀書萬卷不讀律 致君堯舜知無術. 陛下興水利則曰 東海若知明主意. 應敎斥鹵
   變桑田. 陛下謹鹽禁則曰 豈是聞韶解忘味 邇來三月食無鹽. 其他觸物創事應口 所言無一
   不以詆誘爲主 小則鏤板 大則刻石 傳播中外 自以爲能"(『續資治通鑑長編』권299 元豊 2년
   7월 己巳)이라 고발하였다. 烏臺詩案의 顚末에 대해 『詩林廣記』에서는, "元豊二年己
   未七月 太子中允權監察御史何大正舒亶 諫議大夫李定言 公作爲詩文 諷訕朝政 及中外
   臣僚 無所畏憚. 國子博士李宜之狀亦上. 七月二日奉聖旨 送御史臺根勘. 二十八日皇甫
   遵到湖州追之過南京 文定張公上箚 范蜀公上書救之. 八月十八日赴臺獄. 時獄司必欲置
   之死地 煅煉久之不決. 子由請以所賜爵贖之 而上亦終憐之促具獄. 十二月二十四日得旨
   責檢校尙書水部員外郞黃州團練副使本州安置 先生四十四歲"(「後集」권4)라 적고 있다.

64 『宋史』에서는 당시 御史獄에 갇힌 蘇軾의 사정이 매우 위급한 상태였으나 아무도
   도와주려 하지 않았다고 전하고 있다. 이러한 국면에서 王安禮가 神宗에게 蘇軾을
   변호하고 나섰고 이에 대해 李定과 張璪 등이 강하게 王安禮를 견제하였지만 아랑
   곳 하지 않았다고 한다. 이러한 王安禮의 노력으로 인해 蘇軾은 死地에서 벗어날

王安國은 字가 平甫로서 더욱 바르고 文學의 재능이 있었다. 어느 날 왕안석이 여혜경과 더불어 新法을 논할 때 王安國은 안에서 피리를 불고 있었다. 왕안석이 사람을 보내 말했다.

"청컨대 學士는 피리를 그만 불었으면 좋겠소."

왕안국은 즉시 응답했다.

"원컨대 승상께서는 아첨꾼을 멀리 하시오."

여혜경은 심히 원한을 품었다. 후일 왕안석이 파직되고 나서 왕안국은 여혜경의 모함을 받아 시골로 돌아가게 되었고 여기서 쓸쓸히 죽었다.[65]

王雱은 字가 元澤인데 성격이 험악하였다. 왕안석의 가혹한 처사 가운데 대부분은 王雱으로 말미암은 것이었다. 여혜경의 무리는 이런 왕방에 대해 비굴할 정도로 떠받들었다. 왕안석은 처음 條例司를 설치하고 程顥를 불러 그 僚屬으로 삼았다. 정호는 어진 선비였다. 어느 무더운 여름 날 왕안석이 정호와 더불어 얘기를 나누고 있는데, 왕방이 흐트러진 머리에 맨발을 하고 손에는 여인의 머리 장식을 든 채 밖으로 나와서 부친인 왕안석에게 물었다.

"무슨 얘기를 하고 계십니까?"

"新法에 대해 사람들이 너무 반대하고 있어서 程君과 더불어 논의하고 있는 중이다."

그러자 왕방은 두 다리를 쭉 뻗고 앉아 큰 소리로 말했다.

"大路에 韓琦와 富弼의 머리를 잘라 내건다면 新法은 아무 탈 없이 시행될 것입니다."

수 있었다고 한다(『宋史』권27, 「王安禮傳」 참조).

65 王安國(1028~1074)의 作故 전후의 정황에 대해 『宋史』에서는, "及安石罷相 惠卿遂因鄭俠事陷安國 坐奪官 放歸田里. 詔以論安石 安石對使者泣. 旣而復其官 命下而安國卒 年四十七"(권27, 「王安國傳」)이라 적고 있다.

왕안석은 놀라 말했다.

"철없은 어린 아이로다."

이에 정호가 정색을 하고 말했다.

"지금 參政과 國事를 논하고 있는데 子弟들이 낄 자리가 아니다. 물러
나게."

왕방은 툴툴거리며 나갔다. 정호는 이후 왕안석과 신법을 둘러싼 의
견을 달리 하게 되었다.

후일 왕방이 죽자 왕안석은 재상직을 사직하였다. 그리고 슬픔을 떨
쳐버리지 못했다.[66] 왕안석은 金陵의 鍾山에 있을 때, 왕방이 중죄인처
럼 목에는 무거운 쇠 칼을 한 채 손이 묶여 있는 환상을 보았다. 이에 왕
안석은 자신이 살고 있는 半山[67]의 집과 정원을 절에 시주하고 왕방의
冥福을 빌어 달라 청하였다.[68] (『邵氏聞見錄』)

王安國은 항상 형이 하는 일을 못마땅히 여겼다. 西京國子監 教授로

---

66   神宗 熙寧 9년(1076) 왕안석의 맏아들인 王雱(1044~1076)이 33살의 나이로 요절하였
        다. 이로 인해 왕안석은, "及子雱死 尤悲傷不堪 力請解幾務"(『宋史』 권327, 「王安石傳」)
        라 할 정도로 충격을 받았다고 한다.

67   建康府城과 鍾山 사이에 위치한 지역으로 왕안석의 거처가 있던 곳. 왕안석의 自號
        半山은 여기서 유래하였다.

68   왕안석은 만년 불교에 심취하여 자신의 소유한 전택을 거의 전부 佛寺에 기증한
        다. 元豊 7년(1084) 64세가 되던 해 그는 이틀 동안 말도 하지 못할 정도의 중병을 앓
        았다. 이에 神宗은 이해 5월 蔡卞을 江寧府에 파견하여 문병토록 하였다. 6월 병에
        서 회복된 왕안석은 神宗에게 상주하여 자신이 거주하는 半山園을 佛寺에 기증하
        고 싶다는 의사를 피력하였다. 신종은 이를 윤허하고 '報寧禪寺'라는 寺名을 하사하
        였다. 이와 동시에 왕안석은 자신의 아들인 王雱 및 부모의 명복을 빌기 위해 상당
        규모의 전답을 蔣山의 太平興國寺에 기증하였다. 본문에 등장하는 半山園의 기증
        에 대해 『漁隱叢話』에서는, "半山報寧禪寺 荊公故宅也. 其地名白塘 舊以地卑積水爲
        患 自荊公卜居 乃鑿渠決水以通城河. 元豊七年 公病愈 乃請以宅爲寺 因賜寺額. 由城東
        門至蔣山 此半道也 故今亦名半山寺"(後集 권25)라 전하고 있다.

있을 때 그는 女色과 오락에 탐닉하였다. 당시 왕안석이 재상의 직위에 있었는데 편지를 보내, '鄭의 소리를 이제 관두도록 하라'[69] 고 견책하였다. 그러자 왕안국은 답신을 보내, '安國 또한 형님이 아첨꾼을 멀리하기를 원합니다'[70]라고 말했다. 그가 임기를 마치고 京師에 이르자, 神宗은 왕안석의 연고 때문에 御殿으로 불렀다. 그러자 사람들은 왕안국이 필시 侍講에 임명될 것이라고들 생각했다. 신종은 그에게 그 형의 政事가 어떠하며 여론은 어떠한지를 물었다. 그러자 왕안국은,

"민간으로부터의 착취가 너무 심한 것이 아쉽고, 사람을 제대로 알아보지 못하고 있습니다"라고 말했다.

신종은 불쾌히 여겨 아무 말이 없었으며, 그 때문에 다른 특별한 직책에의 배려도 없었다.

그로부터 한참 후에 왕안국은 館職에 임명되었다. 그러자 그는 강력히 형에게 간언을 하면서, 천하가 흉흉하며 신법을 좋아하지 않는다고 말했다. 이러한 怨聲이 장차 고스란히 왕안석에게 돌아갈 것이며 따라서 집안에까지 화가 미칠 것을 우려하였다. 왕안석이 듣지 않자, 왕안국은 사당에 가서 통곡하며 말했다.

"이제 우리 집안은 滅門되게 생겼습니다."

또 한 번은 曾布에게, 丞相을 오도하여 법령을 모두 뒤바꾸었다고 질책하였다. 그러자 증포가 말했다.

"귀하는 남의 子弟일 뿐입니다. 조정의 變法이 귀하와 무슨 상관이 있습니까?"

왕안국이 발끈하며 화가 나서 말했다.

---

69 鄭의 소리(鄭聲)란 『詩經』 「國風」 「鄭風」의 음란한 歌聲을 말한다.
70 "放鄭聲 遠佞人"은 『論語』 「衛靈公篇」에 나오는 구절이다.

"승상은 내 형이고 승상의 아버지는 내 아버지이다. 승상은 너로 인해 패가망신하게 되었으며, 또 그 累가 선조에까지 미쳐 墳墓가 파헤쳐질 지경이다. 그런데 어찌 나와 아무 관련이 없단 말이냐?"(『涑水記聞』)

권7

司馬光

　사마광은 어려서부터 어른처럼 의젓하였다. 7살 때 처음으로 『春秋
左氏傳』을 배우고 나서 크게 좋아하며 집에 돌아와 가족들에게 되풀이
하여 말했는데 그 大義를 모두 알고 있었다. 그때부터 손에서 책을 놓지
않고 공부하며 목마르고 배고픈 것이나 춥고 더운 것까지 잃어버릴 정
도였다. 그리하여 15살 때가 되자 읽지 않은 책이 없게 되었다. 文詞를
지으면 깊이가 있으면서도 순수하여 西漢 시대의 그것과 같은 質朴한
기풍이 있었다.(蘇內翰 撰 「行狀」[1])

　사마광이 어렸을 때 마당에서 여러 아이들과 함께 놀고 있었는데 마

1　『蘇軾文集』권16의 「司馬溫公行狀」을 가리킨다.

당에 큰 항아리가 하나 있었다. 그런데 어느 아이가 그 위에 올라갔다가 그만 발을 잘못 디뎌 물 속으로 빠지고 말았다. 아이들은 무서워 다 달아났다. 하지만 사마광은 돌을 집어들고 항아리를 깨니 구멍이 생겨 물이 빠져 나왔다. 그래서 결국 아이는 살아날 수 있었다. 사마광은 이미 7, 8살의 나이 무렵에 사람을 살리는 방도를 알고 있었던 것이다. 지금도 京師와 洛水 주변에는 어린아이가 항아리를 깨는 그림이 적지 않게 보인다.(『冷齋夜話』)

나[2]는 溫公(司馬光)의 친필 서한을 하나 본 적이 있다. 거기에는 이런 이야기가 적혀 있었다.

"내가 5, 6살 되던 때 아직 덜 익은 호두를 하나 가지고 놀고 있었는데, 누나가 그 껍질을 벗기려 하였지만 끝내 벗기지 못했다. 누나가 나간 뒤 婢女가 들어와 끓는 물에 불려서 벗겨주었다. 누나는 다시 들어와 누가 호두의 껍질을 벗겼느냐고 물었다. 나는 내가 직접 벗겼다고 말했다. 그런데 마침 옆에서 지켜보고 계시던 先親이 꾸짖으며,

'어린애가 어찌 그런 거짓말을 하느냐'고 말씀하셨다.

나는 그 이후 다시는 거짓말을 하지 않게 되었다."(『邵氏聞見後錄』)

사마광은 어렸을 때 암기력이 남보다 모자랐다. 그래서 함께 공부하는 다른 형제들은 모두 외운 다음 놀고 있는데도 그 혼자만은 珠簾 뒤에 들어가 책을 맨 끈이 끊어질 정도로 계속 외웠다. 그러다가 완전히 암송할 수 있게 되어서야 그만두었다. 노력을 많이 하는 자는 그만큼 수확도

---

2 『邵氏聞見後錄』의 撰者인 邵博을 가리킨다.

크다. 그렇기에 종신토록 잃어버리지 않게 되는 것이다. 사마광은 일찍이 이렇게 말했다.

"책을 볼 때에는 외우지 않으면 안 된다. 혹은 말을 탈 때에도, 그리고 한밤중에 잠이 오지 않을 때에도 문장을 외우며 그 뜻을 생각해야 한다. 그러면 얻는 바가 많아질 것이다."(「呂氏家塾記」)

黃庭堅이 말했다.

"최근 范純甫(范祖禹)와 함께 근무하는데 그가 溫公(司馬光)의 일을 많이 알고 있었다. 溫公이 처음 관직에 나갔을 때 아직 나이가 젊었는데, 사람들은 그가 늘 서재에서 자다가 갑자기 벌떡 일어나 公服을 입고 手版[3]을 들고는 꼿꼿이 앉아 있는 것을 보게 되었다. 한동안 늘 그렇게 하는데도 왜 그러는지 이유를 몰랐다. 어느 날 純甫가 조용히 물었더니 이렇게 대답하는 것이었다.

'내가 잠시 天下의 安危를 근심했었소.'

무릇 천하의 안위를 걱정한다면 어찌 경건하지 않을 수 있으리오?"

至和 3년(1056) 仁宗의 건강이 안 좋아 졌을 때 아직 後嗣가 정해지지 않은 상태라서 天下가 걱정하였지만 누구 한 사람 감히 말하고 나서는 자가 없었다. 이런 때 諫官인 范鎭이 그 논의를 처음으로 제기하였다. 사마광은 당시 幷州通判으로 있었는데 그 소식을 듣고 뒤를 이어 상주문을 올렸다.

"『禮』에서는 '大宗에 아들이 없으면 小宗으로서 그 뒤를 잇게 한다'

---

[3]   官員이 正裝을 할 때 손에 쥐는 板. 笏.

고 말하고 있습니다. 원컨대 폐하께서는 宗室 가운데 어진 자를 가려 황태자의 자리에 오르게 하십시오. 그리고나서 皇子가 태어나거든 다시 예전의 직위로 돌아가게 하거나, 아니면 宿衛[4]를 통솔하게 하거나 혹은 改封의 府尹으로 삼으면 될 것입니다. 그렇게 함으로써 천하의 바람을 들어주시기 바랍니다."

상주문은 세 차례 올려졌는데 그 가운데 하나는 그냥 宮中에 체류되고 나머지 둘은 中書로 내려졌다. 사마광은 다시 范鎭에게 서신을 보내 말했다.

"이는 大事요. 애당초 말하지 않았다면 모르거니와 일단 말을 꺼냈다면 어찌 그냥 방치할 수 있겠소? 원컨대 公은 감연히 계속 문제를 제기하기 바라오."

이 말을 듣고 범진은 더욱 강력히 상언하였다.

이후 사마광은 諫官이 되자[5] 다시 上言하였으며, 또 仁宗을 직접 면대하고는 이렇게 말했다.[6]

"臣은 전에 幷州通判으로 있을 때 세 차례 상주문을 올린 바 있습니다. 원컨대 폐하께서는 과감히 결단을 내려 실행에 옮겨 주십시오."

당시 仁宗은 과묵해져서 비록 執政이 政事를 상주할지라도 고개를 끄덕이는 정도였다. 그런데 사마광의 말을 듣고는 오랫동안 생각한 후 다음과 같이 대답했다.

"宗室 가운데서 後嗣者를 가리자는 말이 아니오? 이는 忠臣의 말이오. 그런데 현재까지 아무도 감히 말하지 못했던 것일 뿐이오."

---

4   宮闕의 防護와 황제의 警衛를 담당하는 군대.
5   사마광은 仁宗 嘉祐 6년(1061) 7월 同知諫院에 임명되었다.
6   仁宗 嘉祐 6년(1061) 閏8월 26일의 일이다.

사마광이 말했다.

"臣은 이 말을 꺼낼 때 죽음까지도 각오했습니다. 폐하께서 이렇게 흔쾌히 받아들여 주실 줄은 몰랐습니다."

"그 말에 무슨 문제가 있소? 古今에 모두 그런 전례가 있소이다."

그리고 사마광에게 中書로 가서 그 말을 논의에 부치라고 말했다. 그러자 사마광이 다시 말했다.

"그래서는 안 됩니다. 폐하께서 친히 재상에게 下命해 주십시오."

이 날 사마광은 江淮 地方의 鹽政에 대해 더 上言한 후 中書에 가서 그 결말을 보고하였다. 재상인 韓琦가 사마광을 보고 물었다.

"오늘 폐하께 또 무슨 말을 올렸소이까?"

사마광은 이러한 大事를 재상인 한기에게 알려서 仁宗의 의지를 더욱 군건히 하지 않으면 안 되겠다고 판단하였다.

"宗廟社稷의 大計를 말씀드렸습니다."

한기는 즉시 무슨 말인지 알아듣고 더 이상 캐묻지 않았다.

그 10여 일 후 사마광과 御史裏行인 陳洙로 하여금 함께 行戶[7]의 상황을 살펴 보고하라는 勅旨가 내려졌다. 陳洙는 사마광에게 나직히 말했다.

"며칠 전 明堂에서 大饗[8]이 있었을 때 韓公(韓琦)과 제가 일을 처리한 적이 있습니다. 그때 韓公이 제게 조용히 말했습니다.

'듣자니 君과 司馬君實(사마광)이 친하다 하던데, 최근 君實은 後嗣의 冊立問題를 상주하고 그것이 빨리 中書로 송부되기를 간절히 바라고 있다고 하오. 이 문제를 공론화시키고자 하나 그 스스로는 발의하지 못하고 있는 모양이오'

---

7   行會에 가입한 商戶.
8   明堂의 大禮. 본서 1책, 297쪽, 주 24 · 25 참조.

行戶의 문제는 사실 명목에 불과할 뿐입니다. 韓公은 제게 公을 만나 이 뜻을 전달하게 한 것입니다."

이때가 嘉祐 6년(1061) 윤8월이었다.

9월이 되자 사마광은 다시 상주를 올린 다음 인종을 알현하여 말했다.

"臣이 지난번 아뢴 말씀에 대해 폐하께서는 흔연히 수락하고 전연 힐난하지 않으셨습니다. 그리고 즉시 실행시킬 것이라 말씀하셨습니다. 그런데 지금까지 아무 소식이 없는 것을 보면 어느 小人인가 폐하께,

'폐하는 아직 春秋가 한창이시니 앞으로 자손이 허다히 많아질 것입니다. 그런데 어찌 서둘러 이러한 상서롭지 못한 일을 하신단 말입니까?'

라고 아뢴 것이 틀림없다고 생각됩니다. 小臣은 다른 특별한 생각은 없습니다. 다만 미리 폐하께서 적당하다 생각되는 인물을 세워두시기를 바라는 것일 뿐입니다. 唐代를 보면 文宗 이래 後嗣者는 모두 측근 환관에 의해 결정되어, 政策國老니 門生天子니 하는 말[9]까지 생겼습니다. 그 재앙이 얼마나 컸습니까?"

인종은 크게 깨닫고 말했다.

"논의를 中書로 내려 보내도록 하시오."

사마광이 中書로 가서 韓琦 등을 보고 말했다.

"諸公들이 서둘러 논의를 결정짓지 않으면 후일 한밤중에 禁中으로부터 종이 한 장이 내려와 누구를 後嗣로 삼으라 할 것이오. 그러면 누구도 그것을 거스를 수 없을 것이외다."

한기 등은 오직,

---

9 唐 후반기 환관들이 朝政을 장악하고 恣意로 황제를 廢立하던 상황을 가리킨다. 신 황제의 冊立이 환관들의 意中에 의해 결정되니, 天子는 환관의 문하생이나 진배없는 존재(門生天子)이고, 반면 환관들은 天子의 결정이라는 국가의 大策을 결정하는 원로(定策國老)라는 의미이다.

"어찌 온 힘을 다하지 않을 수 있겠소?"라고 대답했다.

그 후 한 달여가 지나 英宗을 判宗正寺[10]로 삼는다는 詔勅이 내려졌지만 英宗은 고사하며 그 직책을 맡으려 하지 않았다. 이듬 해에는 드디어 英宗을 皇子로 세웠다. 하지만 병을 이유로 응하지 않았다. 사마광이 다시 상소하여 말했다.

"凡人들은 터럭만한 이익이 있어도 서로 뺏으려 다툼을 벌입니다. 그런데 현재 皇子께서는 天下라는 엄청난 것을 두고도 300여 일 동안이나 命을 받들지 않으며 사양하고 있습니다.[11] 그러니 그 賢德함은 보통 사람을 멀리 뛰어넘는다 할 것입니다. 有識者들이 이러한 사실을 듣게 되면, 족히 폐하의 聖見으로 말미암아 천하를 위해 올바른 인물을 얻었다는 사실을 알게 될 것입니다."(「行狀」)

知制誥에 除授되자 사마광은 8, 9차례나 사양하였다.[12] 그러자 天章閣待制 겸 侍講으로 고쳐 임명되었다.『文集』에 의하면 사마광은 「上龐丞相啓」에서 이렇게 말하고 있다.

"저는 본디부터 문장 작성에 재능이 없어 다른 사람에게 부탁하여 대신 지어 달라 하기도 했습니다. 科擧에 응할 때에도 科場에 필요한 문장

---

10 宗室 관련 업무를 총괄하는 기구인 大宗正司의 장관. 大宗正司의 장관은 知大宗正司事이지만, 황제의 近屬人이나 宰相 등의 관위를 역임한 인물일 경우 '判'이란 글자를 부여하였다. 英宗의 부친 汝南王(후일의 濮王)이 전후 20여 년간 知大宗正司事 및 判宗正司를 역임한 바 있다. 仁宗 嘉祐 6년(1061) 10월 후일의 英宗을 判宗正司에 임명할 당시 英宗은 부친상 중이었다. 그럼에도 불구하고 부친인 濮王이 장년간 담당하던 직위를 수여함으로써 특별한 은혜 및 의미를 전달하고자 했던 것이다.

11 嘉祐 6년(1061) 10월 判宗正司 직위의 수여에 대해 服喪을 이유로 固辭한 이래 이듬해 9월 마침내 수락하기까지의 기간을 말한다.

12 仁宗 嘉祐 5년(1060) 11월의 일이다. 하지만 본문에서 司馬光이 8, 9차례나 사양하였다고 적고 있는 것은 다소 실상과 괴리가 있다.『續資治通鑑長編』에서, "同修起居注. 光五辭而後受"(권192, 仁宗 嘉祐 5년 11월 辛亥)라 하듯 5차례 사양하였다.

공부를 억지로 한 바 있습니다. 그래서 근근이 문장력이 나아졌지만 끝내 그다지 좋은 문장을 짓지는 못했습니다. 古文 짓기를 매우 좋아하기는 하나 문장을 지어놓고 보면 졸렬하기 그지 없어 先賢들에 비교할 때 迂闊하고 偏僻되며 鄙野할 뿐입니다. 그러니 세상에 아무 보탬이 되지 않는다 할 것입니다. 친구 간에 서신을 주고받을 때에도 남의 손을 빌리는 형국입니다. 지금 知制誥에 임명되었는데, 知制誥란 天子를 위해 詔書를 지어 內外에 선포하는 것입니다. 어찌 가히 남의 손을 빌려 문장을 지을 수 있겠습니까? 만일 榮華와 이익만을 탐한다면 厚顔無恥하게 억지로라도 하겠습니다만, 그것은 제 일신상에 커다란 수치가 될 뿐만 아니라 조정의 영예에 대해서도 나쁜 작용을 할 것입니다."[13]

이를 통해 보건대 사마광이 知制誥職을 사양한 것은 衷心에서 나온 것이지 가식적인 사양은 아니었다고 하겠다.

仁宗이 崩御하자 영종은 그 슬픔으로 병을 얻었다. 이에 慈聖光獻太后[14]가 垂簾聽政하게 되었다. 사마광은 상주하여 말했다.

"章獻明肅太后[15]는 先帝를 保佑하며 賢者를 등용하고 姦者를 물리쳐서 趙氏에게 큰 공을 세웠습니다. 다만 外戚의 小人들을 다수 등용하는 것으로 인해 天下의 원성을 샀습니다. 이제 太后께서 처음 大政을 담당

---

13 司馬光, 『傳家集』 권59, 「上始平龐相公述不受知制誥書」에 실려 있다.
14 仁宗의 두 번째 皇后인 曹氏(1018~1079). 仁宗 景祐 元年(1034) 皇后로 冊立되었다. 嘉祐 8년(1063) 4월 仁宗이 崩御하고 英宗이 즉위하였을 때 英宗이 病弱하여 垂簾聽政하였다. 皇太后 曹氏의 垂簾聽政은 이듬해인 英宗 治平 元年(1064) 5월까지 지속되었다. 謚號는 慈聖光獻이다.
15 眞宗의 두 번째 皇后인 劉氏(969~1033). 眞宗 大中祥符 5년(1012)에 皇后로 冊立되었으며, 天禧 4년(1020) 眞宗의 병세가 깊어진 이후 사실상 政務를 주도하였다. 眞宗이 崩御하고 仁宗이 즉위한 이후에는 어린 仁宗을 대신하여 11년간 垂簾聽政하였다. 謚號는 章獻明肅이다.

하심에 있어 大臣 가운데 王曾과 같이 忠厚한 인물이라든가 張知白과 같이 清純한 인물, 그리고 魯宗道와 같이 剛正한 인물, 薛奎와 같이 質直한 인물 등은 마땅히 믿고 등용해야 할 것입니다. 반면 馬季良과 같이 鄙野한 인물이라든가 羅崇勳과 같이 讒言과 아첨을 일삼는 인물 등은 마땅히 멀리 하셔야만 합니다. 그리한다면 천하가 順服할 것입니다."

이어 英宗에게도 상주하여 말했다.

"漢의 宣帝는 昭帝의 뒤를 이은 뒤 끝내 生祖父인 衛太子와 生父인 史皇孫을 追尊하지 않았습니다.[16] 또 光武帝는 布衣에서 일어나 천하를 얻은 뒤 스스로 景帝의 후손이라 자임했습니다. 그리고 生祖父인 鉅鹿都尉와 生父인 南頓君을 끝내 追尊하지 않았습니다. 다만 哀帝나 安帝·桓帝·靈帝 등은 旁親으로부터 들어와 大統을 계승한 이후 그 父祖를 追尊하여 천하가 옳지 않다 여겼습니다. 폐하께서는 이를 鑑戒로 삼으시기 바랍니다."(「行狀」)

治平 年間(1064~1067)에 韓琦가 陝西 지방에서 義勇들을 刺字[17]하여 정식 군대로 充用하자는 건의를 올렸다. 그리하여 3丁마다 한 사람씩 刺字하여 군대로 충원하고 일인당 활과 화살을 사는 비용으로 3貫文省[18]씩

---

16 衛太子란 武帝 시기 太子의 자리에 있다 巫蠱의 亂으로 自決에 처해진 인물. 宣帝는 昭帝가 8세의 나이로 즉위하였다가 13년 만인 元平 元年(前 74)에 後嗣도 없이 요절하자 霍光에 의해 황제로 추대되었다.

17 송대 兵制의 중요 特點 가운데 하나가 刺字이다. 이로 인해 사병의 招募를 '招刺'라 부르기도 했다. 글자를 入墨하는 부위는 얼굴과 손등, 팔 등이었다. 이러한 병사에 대한 刺字 제도를 黥兵制라 부른다. 黥兵制는 唐末에 도입되어 五代에 성행하였는데 이것이 송대로 계승된 것이다. 刺字의 목적은 병사의 도망을 방지하기 위한 것이었다. 刺字라는 치욕 자체 宋代 사병의 지위가 극히 천하였음을 잘 보여준다. 남송 시대가 되면 效用兵에게는 刺字를 면제해주기도 했다. 黥兵制는 元代 이후 사라진다(王曾瑜, 『宋朝兵制初探』, 北京: 中華書局, 1983, 212~215쪽 참조).

18 省陌으로 계산한 3貫이란 의미. 省陌이란 短陌라고도 불리는 것으로 唐代부터 시작

지급하였다. 이렇게 모두 20만 명을 선발하였는데 深山과 궁벽진 시골까지 예외 없이 이 조치가 적용되었다. 이로써 民情이 흉흉해지고 또 民兵들은 기율이 없어 아무 쓸모가 없었다. 헛되이 막대한 예산을 쏟아 부은 셈이지만 누구 한 사람 감히 그 잘못을 지적하는 사람이 없었다. 당시 사마광은 諫官으로 재직 중이었는데 홀로 강력하게 잘못됨을 제기하였다. 사마광이 상주문을 지니고 中書에 나아가자 한기가 말했다.

"兵法에서는 실질보다는 勢 과시를 앞세우는 것이오. 지금 西夏 諒祚[19]가 우리 조정에 맞서고 있는데, 섬서 지방에서 서둘러 20만 명의 군대를 확충하였다는 소식을 듣게 된다면 어찌 두려워하지 않겠소?"

사마광이 대답하였다.

"세 과시를 앞세운다는 것은 그 자체 내실이 없다는 것을 보여주는 것이며 그로써 속일 수 있는 것은 불과 하루 정도입니다. 얼마 되지 않아 적들이 그 실상을 알게 될 것이고 그러면 이 방법을 다시는 쓸 수 없게 됩니다. 현재 우리가 20만의 군사를 증원시켰지만 실제로는 쓸모없는 존재일 뿐이며, 10일이 지나지 않아 서하인들은 그 실상을 소상히 알 것이고 따라서 더 이상 두려워하지 않게 될 것입니다."

한기는 대답하지 못하다가 이렇게 말했다.

"그대는 慶曆 연간의 일[20]이 다시 되풀이 되지 않을까 우려하는 것이 아니오? 그 당시 처음에는 섬서 지방의 鄉兵들을 팔과 등에만 刺字하였다가 얼마 되지 않아 모두 얼굴에 刺字하고 정식 군대로 충원한 바 있었

되었다. 100개 미만의 銅錢을 100文으로 헤아리는 관행이다. 지폐의 경우 액면 1貫이 銅錢이나 鐵錢 770文에 상당하였다. 省陌의 구체적인 비율은 업종과 지역에 따라 상이하였으나 재정상으로는 77로 고정되어 있었다.

19 李元昊의 長子. 1048년(北宋 仁宗 慶曆 8) 李元昊가 46세의 나이로 死去하자 뒤를 이어 毅宗으로 즉위한다.

20 鄉兵이란 명목으로 모았다가 이후 禁軍인 保捷軍으로 개편했던 사실을 가리킨다.

소. 하지만 지금은 다르오. 勅旨로써 榜을 내걸고, '절대 군대로 충원하여 변경 방어에 임하게 하는 일은 없을 것'이라고 백성들과 약속하였소이다."

사마광이 말했다.

"조정에서 여러 차례 약속을 어겼기 때문에 민간에서는 모두 그런 일이 다시 일어나지 않을까 근심하고 있습니다. 勅旨로 내걸린 방을 믿지 못하는 것입니다. 저 역시 의심을 떨쳐버릴 수 없습니다."

"내가 이 자리에 있는 한 그대는 이 약속이 저버려지지 않을까 걱정할 필요가 없소."

"그 말씀을 결코 믿을 수 없습니다. 비단 저만 믿을 수 없을 뿐 아니라 재상께서도 마찬가지로 자신하실 수 없을 것입니다."

"그대는 어찌 그토록 나를 가벼이 보는 것인가?"

"재상께서 오래도록 그 자리를 지키신다면 그럴 수 있습니다. 하지만 만일 재상직에서 물러나 外任으로 나가시게 된다면 다른 사람이 재상 자리에 앉게 될 것입니다. 그렇게 되면 재상께서 모으신 군대를 정식 군대로 삼아 변경으로 내보내는 일은 손바닥 뒤집듯 순식간에 이루어질 것입니다."

한기는 아무 말 못하고 묵묵히 앉아 있었지만 끝내 조치를 철회하지 않았다.

그 후 10년이 되지 않아 義勇이 변경으로 내보내지는 일이, 사마광이 말한 바와 같이 다반사로 발생하였다.(『龍川志』)

신종은 황제로 즉위한 후 먼저 사마광을 翰林學士로 발탁하였다. 사마광은 固辭하였지만 허락하지 않았다. 신종은 사마광에게 말했다.

"예로부터 君子는 학문이 깊으면 문장의 재능이 없고 반대로 문장이 뛰어나면 학문이 부족하였소. 董仲舒나 揚雄만이 양자를 겸했을 뿐이오. 卿은 학문과 문장을 겸비하고 있는데 어찌 사양한단 말이오?"

"臣은 四六騈儷體를 지을 줄 모릅니다."

"兩漢時代 制詔의 형식대로만 하면 되오."

"우리 宋朝의 전통은 그렇지 않습니다."

"卿은 진사과에 응시하여 높은 성적으로 급제하지 않았소? 그런데 四六騈儷體를 못한다니 어찌 믿을 수 있겠소?"

사마광이 서둘러 물러나자 신종은 내시를 보내 閤門까지 따라가게 하여 억지로 임명장을 받아들이라 말했다. 사마광은 예의를 표하며 사양하였다. 그러자 내시가 다시 들어가 신종에게 직접 아뢰라 하며 말했다.

"폐하께서 公을 기다리고 계십니다."

사마광이 신종 앞으로 나아가자 내시가 임명장을 사마광 품에 밀어넣었다. 사마광은 어쩔 수 없이 받아들였다.(「行狀」)

壬寅에 延和殿[21]에서 신종을 알현하며 사마광은, '參知政事인 張方平은 간사하고 탐욕스러워 인망을 얻지 못하고 있습니다. 仁宗은 이를 알았던 까닭에 중용하지 않았습니다. 그렇지 않았다면 그는 制科에 두 차례나 급제[22]하였으므로 오래 전부터 兩府의 대신으로 발탁되었을 것입니다'라고 말했다. 이 말을 듣고 신종은 얼굴색을 바꾸며 말했다.

---

21 崇政殿의 西側으로 北向하고 있는 便坐殿. 便坐殿이란 別室의 궁전, 즉 便殿이란 의미이다. 眞宗 大中祥符 7년(1014)에 건립되었다.

22 이러한 張方平의 入仕 정황에 대해 『宋史』에서는, "宋綬 蔡齊以爲天下奇才 擧茂材異等 爲校書郎知崐山縣 又中賢良方正 選遷著作佐郎通判睦州"(권318, 「張方平傳」)라 적고 있다.

"조정에서 인사 명령이 있을 때마다 이러쿵저러쿵 말들이 분분하오. 이는 조정에 좋은 일이 아니오."

사마광이 말했다.

"이야말로 조정에 좋은 일입니다. 사람됨을 안다는 것은 堯 임금에게도 어려운 일이었습니다. 하물며 폐하께서는 이제 막 즉위하셨습니다. 만일 간사한 인물을 등용하였는데도 臺諫에서 아무런 문제를 제기하지 않는다면 폐하께서 어찌 그 잘못됨을 알 수 있겠습니까? 그러니 인사 명령에 대해 의견이 제기되는 것은 조정에 좋은 일입니다. 만일 이런 저런 의견이 다투어 개진된다면 폐하께서는 이를 통해 인사의 잘잘못을 헤아려 볼 수 있을 것입니다. 그리하여 臺諫의 발언이 정당하다고 여겨진다면 설혹 인사 명령이 시행된 뒤라 할지라도 마땅히 철회시켜야 할 것입니다. 그렇지 않고 臺諫이 사사로운 이해관계에 기반하여 비판한다면 그것을 처벌해야 마땅합니다."

사마광은 물러 나와서 그 날 저녁 다시 한번 장방평에 대해 논하는 상주문을 올렸다.

이튿날인 癸卯에, 사마광을 翰林學士兼侍讀으로 하고 아울러 滕甫를 權御史中丞에 임용한다는 조치가 내려졌다.[23] 이에 대해 呂公著가 이의를 제기하였다.

"사마광은 臺諫의 직위에 있는데 갑작스레 파직해서는 안 됩니다. 滕甫는 사마광에 비할 만한 인물이 못됩니다."

10월 丙午의 저녁 閤門[24]으로 사마광과 등보를 불러 인사 명령을 받

23　治平 4년(1067) 4월의 일이다. 당시 英宗이 崩御하고 神宗이 즉위한 상태였으며 司馬光의 나이는 49세로서 御史中丞 직위에 있었다.

24　紫宸殿의 남방에 위치한 閤門司를 지칭한다. 閤門司는 官員의 朝參과 宴飲, 禮儀 등의 연락과 점검, 宣答의 전달 등을 관장하는 기구였다.

들라는 조령이 내려졌다. 사마광이 상주하였다.

"臣이 장방평에 대해 논한 것이 옳다면 장방평은 마땅히 파직되어야 할 것입니다. 만일 그렇지 않다면 臣이 마땅히 좌천되어야 할 것입니다. 두 사람 모두에게 잘못을 묻지 않아서는 안 됩니다. 그런데 臣에게 美職을 부여하시니 마음이 송구해서 감히 받들지 못하겠습니다."

神宗은 손수 手詔를 지어 간곡히 사마광에게 권하였다.

丁未에 사마광은 결국 인사 명령을 받아들였다.(「日錄」)

'甲寅에 나는 처음 經筵에 나갔다. 神宗께서는 친히 「資治通鑑序」란 문장을 짓고 친필로 적어 내게 내려 주셨다.[25] 나는 받들어 읽은 다음 두 번 절하였다. 또 폐하는 「三家爲諸侯論」을 읽으신 다음 王珪 등을 돌아보시며 한동안이나 훌륭하다고 칭찬하셨다.'(『日錄』)

변경의 관리가 다음과 같이 상주하였다.

"西戎의 部將 嵬名山이 陝西 橫山의 무리를 이끌고 西夏의 李諒祚[26]를 사로잡아 투항해오겠다고 합니다."

조정에서는 邊臣에게 그 무리들을 招納하라고 명하였다.

이에 사마광은 상소를 올려 강력하게 반대하였다.

"嵬名山의 무리는 단언코 李諒祚를 제압할 수 없을 것입니다. 요행 그들이 이겨서 李諒祚를 멸한다 해도 또다른 李諒祚가 생길 것이니 무슨 이득이 있겠습니까? 더욱이 嵬名山이 이기지 못한다면 필시 무리를 이끌고 우리에게 귀순할 터인데 그들을 어떻게 처우할지 난감해질 것입

---

25 治平 4년(1067) 10월의 일이다. 『宋史』 권14, 「神宗紀」 1 참조.
26 西夏의 2대 황제 毅宗.

니다. 臣은 이번 조치로 인해 조정이 비단 李諒祚에게 신의를 잃을 뿐만 아니라 머지 않아 崓名山에게도 신의를 잃게 되지 않을까 걱정스럽습니다. 만일 그 수가 적지 않은 崓名山의 무리가 북으로 돌아가는 것도 불가능해지고 또 남으로 내려와 귀순하는 것 역시 여의치 않게 된다면, 이리저리 할 수도 없는 궁박한 처지에 빠져 틀림없이 변경의 성으로 돌격하여 점거하고 그 性命을 지키려 할 것이 뻔합니다. 폐하께서는 저 옛날 侯景[27]의 일을 듣지 못하셨습니까?"

신종은 이 말을 듣지 않고 장수 种諤을 보내 군대를 이끌고 외명산의 무리를 맞아오게 했다. 이렇게 綏州를 얻었고 그 비용으로 60만 관이 들었다. 서방의 전쟁은 무릇 이로 말미암아 시작되었다.(「行狀」)

執政이, '황하 이북 지방에 災傷이 발생하여 國用이 부족하니 올해의 南郊[28]에서는 兩府의 관원들에게 金帛을 하사하지 말자'고 주장하였다.[29] 이를 學士院에 보내 의논하게 했다. 사마광이 말했다.

---

27 侯景(503~552)은 東魏의 武將으로서 관할하의 河南 13주를 거느리고 남조 양에 귀순하였다가 반란을 일으켜 결국 梁의 멸망을 초래하였던 인물. 梁의 武帝는 애초 侯景이 귀순하자 크게 기뻐하며 받아들였지만, 이에 노한 東魏의 공격을 받아 대패하고 화평교섭을 진행시켰다. 그러자 이 과정에서 불안해진 侯景이 548년 반란을 일으켜 梁의 수도 建康으로 진격하였다. 梁의 군대는 최초 천여 명에 불과하였던 侯景에게 철저히 패배했고, 결국 建康이 함락되었으며 그 와중에서 武帝도 사망하였다. 이후 후경은 陳覇先 등의 공격을 받아 살해되기에 이른다.

28 대략 3년에 한 번씩 冬至에 圜丘에서 거행하는 祭天儀式. 이와는 별도로 夏至에 거행하는 北郊의 祭地가 있었으나 송대를 통해 天地의 合祭가 병행되는 사례도 많았다. 이 南郊에는 의식 자체의 비용은 물론이고 郊祀 이후의 賞賜와 恩蔭 등에 막대한 비용이 소모되었다. 이와 관련하여 淸人인 趙翼은 『廿二史劄記』 권25, 「宋郊祀之費」에서, "是郊祀恩蔭 已極冗濫. 此外又有賞賚 計每次緡錢五百餘萬 大半以金・銀・綾・絹・紬 平其直給之. 景德郊祀至七百餘萬 (…中略…) 丁謂爲三司使 著「景德會計錄」 自後歷代郊祀 常以爲準"이라고 적고 있다.

29 神宗 熙寧 元年(1068) 11월의 일이다.

"兩府에 대한 하사는 匹과 兩으로 헤아려 2만에 불과하다. 재해를 구제하는 데 부족하니 모든 관원들에 대한 하사를 절반으로 줄여야 한다."

이후 사마광과 翰林學士인 王珪 및 王安石이 한 자리에서 의논하게 되었다. 사마광이 말했다.

"재해 구제를 위해 절약하는 일은 마땅히 권력기관에서부터 시작해야 합니다. 執政이 발의한 兩府에 대한 하사 정지를 받아들여야 합니다."

왕안석이 말했다.

"唐代에 常袞[30]은 황제가 내린 음식을 고사한 바 있습니다. 이를 두고 당시인들은, '만일 常袞이 자신의 능력 부족을 안다면 마땅히 사직해야지 녹봉을 사절해서는 안 된다'고 말했습니다. 또한 國用의 부족은 현재의 急務가 아닙니다."

사마광이 말했다.

"常袞의 녹봉 사절은, 그래도 녹봉을 받아먹으며 자리를 지키는 것보다 낫습니다. 또 國用의 부족은 진정 절박한 일입니다. 왕안석의 말은 옳지 않습니다."

왕안석이 말했다.

"國用이 부족한 것은 理財에 능한 사람을 얻지 못했기 때문입니다."

"理財에 능하다는 것은 키질하듯 세금을 거두어 백성의 재산을 다 빼앗는 것에 불과합니다. 백성들이 곤궁해져 도적이 된다면 국가에 좋지 못한 일입니다."

"그렇지 않습니다. 理財에 능한 사람은 세금을 늘리지 않고도 國用을

---

30 常袞(729~783)은 唐 玄宗 天寶末 進士에 급제하여 代宗 시기 재상을 역임한 인물. 餐
　　錢과 堂封을 사양하였던 것은 代宗 大曆 12년(777) 8월의 일이었다(『資治通鑑』 권
　　225, 代宗 大曆 12년 8월 癸卯 참조).

충족시킬 수 있습니다."

"천하에 어찌 그런 일이 있겠습니까? 天地에서 나는 재화와 만물은 액수가 제한되어 있습니다. 재화는 백성에게 있지 않으면 官府에 있는 것입니다. 비유하자면 비 내리는 것과 같아서 만일 여름에 큰 물이 졌다면 가을에는 가물게 되는 것과 마찬가지입니다. 세금을 늘리지 않고도 國用을 충족시킨다는 것은, 법률로써 은밀히 백성의 재산을 빼앗는 것에 지나지 않습니다. 그 해악은 세금을 늘리는 것보다도 큽니다. 이것이야말로 옛날 桑弘羊이 漢武帝를 기만할 때 하던 말입니다. 太史公司馬遷은 그 사정을 기록하여 漢武帝의 잘못을 드러내고 있습니다. 한무제의 말년이 되면 그리하여 도적이 봉기하여 거의 난리 상태에 빠져 버렸습니다. 만일 武帝가 나중에 잘못을 뉘우치지 않았거나 또 뒤를 이은 昭帝가 이전의 법제를 개변시키지 않았다면 漢 왕조는 멸망했을 것입니다."

두 사람 사이의 쟁론은 끝날 줄 몰랐다. 그러자 王珪가 나아가 말했다.

"재해의 구제를 위해 節用해야 하며 이는 권력기관에서부터 해야 한다는 사마광의 말은 옳습니다. 하지만 그 비용이 적은데 그로 인해 國體를 손상시킬 수 있다는 왕안석의 말 또한 옳습니다. 바라건대 영명하신 폐하께서 판단하십시오."

神宗이 말했다.

"짐의 뜻은 사마광과 같소이다. 하지만 執政들의 건의는 윤허하지 않겠소."

왕안석은 答詔를 지으며 常袞의 고사를 인용하여 兩府를 책하였고 兩府 또한 더 이상 아무 말이 없었다.(「行狀」)

왕안석은 정사를 주도하기 시작하며 制置三司條例司를 창립하고 靑

苗法・募役法・農田水利法・均輸法 등을 시행하였다. 또 提擧官 40여
명을 두고 이들 법령을 천하에 실시하며 新法이라 불렀다. 사마광은 상
소를 올려 그 이해득실을 소상히 아뢰며 말했다.

"훗날 반드시 이처럼 될 것입니다."

신법이 시행되고 10여 년이 되자 무엇 하나 사마광의 말처럼 되지 않
은 것이 없었다. 천하에서는 두루 그를 기리며 그야말로 참된 재상감이
라 여겼다. 田野의 父老라 할지라도 모두 그를 司馬相公이라 불렀으며
부인과 어린애조차 그 이름을 알 정도였다.

邇英閣에서 蕭何와 曹參의 일[31]을 進讀하며 사마광은 이렇게 말했다.

"曹參은 蕭何의 법제를 改變시키지 아니했던 까닭에 守成의 道를 얻
을 수 있었으며, 孝惠帝와 呂太后 시기에 천하가 편안하고 衣食이 넘쳤
습니다."

신종이 말했다.

"漢나라가 언제까지나 蕭何의 법령을 고치지 않고 유지할 수 있었겠소?"

"어찌 漢 뿐이겠습니까? 三代의 군주들이 禹・湯・文王・武王의 법
도를 지켰으면 오늘날까지도 능히 남아 전해졌을 것입니다. 武王은 商
을 멸망시킨 다음, '이제 商의 정치로 돌아가 옛 것대로 따르겠다'고 했
습니다. 그러니 周나라 역시 商의 정치를 답습한 것입니다. 『尚書』에서
는, '총명스러이 한다 하며 옛 법도를 어지럽히지 말라'[32]고 했습니다.
漢武帝는 張湯의 주장에 따라 高祖의 법도를 改變시킴으로써 천하에

---

31 曹參(?~前 190)이 蕭何(?~前 193)의 뒤를 이어 丞相이 된 것은 蕭何의 사후인 前漢
    惠帝 2년(前 193) 7월의 일이다. 曹參이 승상이 된 후 蕭何의 정책(黃老術)을 그대로
    유지했던 것은 유명하다. 『資治通鑑』에서는 이와 관련하여, 參代何爲相 擧事無所
    變更 (…中略…) 參爲相國 出入三年 百姓歌之 曰, '蕭何爲法 較若畫一. 曹參代之 守而
    勿失 載其淸淨 民以寧壹'(권12, 前漢 惠帝 2)이라고 기록하고 있다.
32 『尚書』「周書」「蔡仲之命篇」에 나온다.

도적이 절반이나 차게 하였습니다. 元帝가 宣帝의 정치를 개변시키면서 漢나라는 쇠약해지기 시작했습니다. 이를 통해 보건대 祖宗의 法度는 개변시켜서는 안 됩니다."

그 뒤 며칠이 지나 呂惠卿이 進講하면서 말했다.

"先王의 법은 1년마다 변하는 것이 있습니다. '正月이 되어 따뜻해지기 시작하면 象魏에서 법령을 포고한다'[33]는 것이 그것입니다. 5년마다 한 번씩 바꾸는 것도 있습니다. '지방으로 巡狩하며 制度를 고찰한다'[34]는 것이 그것입니다. 30년마다 한 번씩 바꾸는 것도 있습니다. '형벌은 때에 따라 가볍게 하기도 하고 무겁게 하기도 한다'[35]는 것이 그것입니다. 100년이 지나도 바뀌지 않는 것도 있습니다. 부친은 자애를 베풀고 자식은 효도하며(父慈子孝) 형은 우애를 보이고 동생은 공손해야 한다(兄友弟恭)는 것 등이 그것입니다. 지난번 사마광이 한 말은 옳지 않습니다. 그는 조정을 넌지시 비판하고 또 臣이 條例司의 관원인 것을 비꼬려 했던 것입니다."

신종은 사마광에게 물어보았다.

"여혜경의 말을 어떻게 생각하오?"

"象魏에서 법령을 포고한다고 할 때의 법령은 舊法입니다. 어찌 개변이라 할 수 있겠습니까? 만일 그렇다면 '네 孟月의 초하루에 백성들에게 법령을 읽힌다'[36]는 말은 계절에 따라 달에 따라 개변시킨다는 얘기인가요? 천자가 지방으로 巡狩하는 것은 諸侯 가운데 禮樂을 개변시킨

---

33 『周禮』「天官冢宰 上」「大宰」에 나온다. 여기서 象魏란 궁정 외곽에 위치한 문으로서 魏闕이라고도 불렀다.
34 『尙書』「虞書」「舜典」에 나온다.
35 『尙書』「周書」「呂刑」에 나온다.
36 『周禮』「地官司徒 上」「黨正」에 나온다. 여기서 네 孟月(四孟月)이란 孟春의 月인 正月, 孟夏의 月인 4월, 孟秋의 월인 7월, 孟冬의 月인 10월을 가리킨다.

자를 가려내 주살하기 위해서입니다. 그러니 천자는 제도를 바꾸지 아니한 것입니다. 또 刑은 새로운 나라에서는 가벼운 처벌을 시행하고 어지러운 나라에서는 무거운 처벌을 시행하며 보통 나라에서는 중간의 처벌을 채용하는 것입니다. 이것이 바로, '때에 따라 가볍게 하기도 하고 무겁게 하기도 하는' 것입니다. 개변시키는 것이 아닙니다. 천하를 다스린다는 것은 비유하자면 집과 같습니다. 헤지면 수리하는 것이며 크게 무너지기 전에는 다시 짓지 않는 것입니다. 크게 무너져 다시 지을 때에도 훌륭한 장인과 좋은 재목을 구하지 않으면 안 됩니다. 그런데 지금은 그 두 가지가 모두 없으니 臣은 새로 지어 비바람조차 막을 수 없게 되지 않을까 걱정스럽습니다. 이 자리에는 公卿과 侍從들이 모두 있으니 원컨대 폐하께서 한 번 물어보아 주십시오. 三司使는 천하의 재물을 관장하는 자리입니다. 능력이 부족하면 내쫓으면 되지 兩府로 하여금 그 업무를 침해하게 해서는 안 됩니다. 지금 制置三司條例司란 관청을 설치했는데 이는 무엇입니까? 재상은 道로써 천자를 보좌하는 자리입니다. 그런데 어찌 舊例를 따지는 것입니까? 관례를 따진다면 서리로써 족할 것입니다. 지금 看詳中書條例司란 기구를 두었는데 이는 어찌된 것입니까?"

여혜경은 응대하지 못한 채 사마광을 비난하였다.

"사마광은 侍從으로서 이렇게 新法이 시행되기까지 왜 아무 말 없었소? 말을 해서 받아들여지지 않았는데 어찌 자리에서 물러나지 않는 거요?"

사마광은 일어서서 대답했다.

"좋소. 그것이야말로 내 죄이외다."

이를 보고 신종이 말했다.

"서로 옳고 그름을 논하는 자리일 뿐이오. 어찌들 이러시오?"

侍講이 끝나자 신종은 모두 문밖에 앉아 있으라 했다. 그러다 자리가 파하려 할 때 신종은 문 안으로 들어오라 했다. 많은 사람들이 피하여 물러났다. 신종이 물었다.

"조정에서 일 하나 바꿀 때마다 온 조야가 뒤숭숭하니 무슨 까닭이오?"

王珪가 말했다.

"臣은 관직이 낮아 闕門 바깥에 있었던 고로 조정의 일을 잘 알지 못합니다. 또 길거리에서 우연히 들어도 그 옳고 그름을 모르겠습니다."

신종이 말했다.

"듣게 되거든 반드시 말하도록 하시오."

사마광이 말했다.

"靑苗法의 이자는 평민이 운영하더라도 下戶를 잠식하여 그들을 거리로 내몰아 춥고 배고프게 할 수 있을 것입니다. 하물며 서슬 퍼런 官法으로 운용한다면 어찌 되겠습니까?"

여혜경이 말했다.

"청묘법은 대여를 원하는 자에게만 대여하고 원치 않으면 강요하지 않습니다."

사마광이 말했다.

"어리석은 백성들은 빌릴 때 우선 좋은 것만 알고 되갚을 때의 어려움을 모릅니다. 또 관아에서만 강요하지 않는 것이 아니라 富民들도 고리대를 하며 강요하지 않습니다. 臣이 듣건대 처음 법제를 만들며 관대히 할지라도 수탈의 폐단이 생길 수 있다고 했습니다. 하물며 처음부터 수탈을 위한 법제를 만든다면 그 폐단이 어찌 되겠습니까? 지난날 太宗께서는 河東을 평정하며 和糴法을 시행하였습니다.[37] 당시 米價는 한 말(一斗)에 10여 전이었고 馬草 또한 한 묶음에 8전이었는데 백성들은 和

糴法에 따라 관아와 거래하는 것을 좋아했습니다. 그런데 후에 물가가 높아졌음에도 화적법은 그대로 시행되었고 결국 河東에 대대로 우환거리가 되었습니다. 臣은 훗날 청묘법이 河東의 화적법처럼 되지 않을까 걱정스럽습니다."

신종이 말했다.

"청묘법은 이미 陝西 지방에서 시행된지 오래요. 백성들에게 병폐가 되지 않고 있소이다."

"臣은 섬서 사람입니다. 청묘법에 병폐가 있는 것만 알 뿐 이로움은 보지 못했습니다. 청묘법은 애초 조정에서 허용하지 않았습니다. 그런데도 관원들이 실시하며 백성들을 병들게 했는데 이제 법제를 세워 허용하면 어찌 되겠습니까?"

"그렇다면 창고에서 미곡을 매입하여 대여하게 하면 어떻겠소이까?"

신종의 말에 앉아 있던 사람들이 모두 일어나 말했다.

"그것은 안 됩니다. 폐하께서 이미 폐지한 것이 아닙니까? 청묘법을 폐지하면 심히 다행이겠습니다."

신종이 말했다.

"폐지할 수는 없소."

사마광이 말했다.

"京師에 7년분의 미곡 비축이 있음에도 불구하고 동전은 늘 부족합니다. 만일 미곡 창고를 만든다면 동전은 더욱 부족하게 되고 미곡은 더

---

37 河東의 평정이란 太宗 太平興國 4년(979) 北漢을 멸망시킨 것을 말한다. 北漢의 멸망으로 중국 내지의 통일은 일단락된다. 이후 陝西 일대에 和糴法을 최초로 도입했던 것이다. 和糴의 도입과 관련하여 『宋史』 권175, 「食貨 上三」 「和糴」에서는, "初 河東 旣下 減其租賦, 有言 其地沃民勤 頗多積穀 請每歲和市 隨常賦輸送 其直多折色給之" 라 기록하고 있다.

욱 묵히게 될 것입니다. 그렇게 되면 어찌 되겠습니까?"

여혜경이 말했다.

"미곡 창고를 설치하여 백만 석의 쌀을 비축하게 된다면, 東南 地方
으로부터 백만 석의 쌀을 漕運하는 수고를 덜 수 있을 것입니다. 그리고
그 비용만을 경사로 운송하면 될 것인데 어찌 동전 부족을 걱정할 필요
가 있겠습니까?"

사마광이 말했다.

"동남 지방에서는 錢荒이 생겨 미곡이 낭자하게 묵고 있습니다. 그럼
에도 미곡을 매입하지 않고 동전만을 거둬 京師로 조운한다면, 이는 남
는 것은 버려둔 채 없는 것을 거두는 꼴이 됩니다. 농민과 상인 모두에
게 병폐가 될 것입니다."

이때 侍講인 吳申이 일어나 말했다.

"사마광이 말이 지극히 옳습니다."

사마광이 말했다.

"이는 모두 세세한 일일 뿐 폐하를 번거롭게 할 만한 것이 못됩니다. 다만
사람을 잘 택하여 그에게 맡기면 됩니다. 그렇게 하여 공이 있으면 상주고
죄가 있으면 벌하면 됩니다. 이것이야말로 폐하의 직분입니다."

신종이 말했다.

"그렇소이다."(「行狀」)

侍講을 마치고 邇英殿에 머물며 신종을 뵙게 되었다. 이날 사마광은
『資治通鑑』에서 賈山이 상소하여, '秦의 황제는 군신들과 떨어져 외로
이 있는 가운데 사세를 그르치게 되었다'고 말하는 부분[38]을 읽었다. 그
리고 나서 諫官의 발언에 따르는 것이 온당하며 간언을 막아서는 안 된

다고 말하였다. 신종이 말했다.

"舜 임금은 讒言으로 말미암아 현자의 활동에 타격이 되는 것을 싫어했소이다. 만일 대간이 참언으로 본질을 기만한다면 어찌 내쫓지 않을 수 있겠소?"

"進讀하다가 말이 여기에 미친 것일 뿐입니다. 臣이 현 시국의 일에 대해 감히 논한 것은 아닙니다."

사마광이 물러나려 하자 신종은 붙잡으며 말했다.

"呂公著가, '藩鎭들이 晉陽의 거사[39]를 본받으려 하고 있다'고 말했소이다. 어찌 참언으로 현자의 활동에 타격을 주는 것이 아니오?"

사마광이 말했다.

"呂公著는 평상시 동료들과 이야기 나눌 때에도 세 번 생각한 후에야 말합니다. 그런데 어찌 폐하 앞에서 경박스럽게 그렇게 이야기했겠습니까? 다른 사람들은 모두 과연 그럴까 의심하고 있습니다."

"그러니 이야말로 '말은 조용하고 곱되 행동은 어긋난다'[40]는 것이라 할 것이오."

"여공저는 진실로 죄를 지었습니다. 하지만 그것은 오늘날의 일이 아닙니다. 과거 조정에서 그에게 臺諫 추천의 전권을 주었을 때 여공저는 모두 條例司의 사람들만 추천한 바 있습니다. 그리고 조례사 사람들과 서로 표리가 되어 오늘날 이처럼 문제가 심각하게 되게 하였습니다. 그러다 여론의 압박을 받아 新法의 잘못을 비판하게 된 것입니다. 이것이 이른바 죄입니다."

---

38 『資治通鑑』 권13, 「漢紀」 文帝 前2년 11월조에 나온다.
39 본서 1책, 313쪽, 주 60 참조.
40 『書經』 「堯典」에 나오는 말. 원문은 靜言庸違.

"왕안석은 관직과 재물에 연연하지 않으니 참으로 현자라 할 만하오."

"왕안석은 진실로 현자입니다. 하지만 천성적으로 일을 잘 판단하지 못하는 데다가 괴팍합니다. 이것이 그의 단점입니다. 또 여혜경을 신임하는 것도 잘못입니다. 여혜경은 참으로 간사한 인물인데 왕안석의 브레인 역할을 하고 있습니다. 왕안석이 그로 인해 신법에 강하게 나오고 있어서 천하에서 왕안석까지 간사하다고 말하고 있는 것입니다."

신종이 말했다.

"지금 천하가 흉흉한 것은 옛날 孫叔敖가 말한, '나라에서는 옳은 정책을 펴는데 중론이 모두 싫어하는 격'[41]이오"

"그렇습니다. 폐하께서는 왕안석의 잘 잘못을 잘 헤아리신 다음 따라야 합니다. 현재 조례사가 하는 일에 대해 오직 왕안석과 韓絳, 여혜경만 옳다고 할 뿐 천하에서 모두 잘못이라 말하고 있습니다. 폐하께서 어찌 이들 세 사람하고만 천하를 다스릴 수 있겠습니까?"

이렇게 말하고 사마광은 물러나왔다.(「日錄」)

신종이 물었다.

"최근 陳升之를 재상으로 삼았는데 바깥의 여론은 어떻소?"[42]

사마광이 대답했다.

"폐하께서 재상을 발탁해 쓰시는데 어리석고 천한 臣이 어찌 감히 이러쿵 저러쿵 말할 수 있겠습니까?"

---

41 孫叔敖는 춘추 시대 楚 莊王의 賢相. 일찍이 田地를 개착하고 灌漑를 확충하여 楚의 국력을 크게 증진시켰으며, 莊王을 보좌하게 된 이후 邲에서 晉軍을 대파함으로써 楚가 晉을 대신하여 霸業을 이루도록 하였다. 본문에 인용되어 있는 이 말은 楚 莊王이 施政의 大綱을 물은 것에 대한 대답의 일부이다. 이 문답 직후 莊王은 孫叔敖를 승상으로 등용한다.

42 陳升之가 재상으로 임용되는 것은 神宗 熙寧 2년(1069) 10월의 일이다.

"그래도 한번 얘기해 보시오."

"지금 이미 인사 명령을 내려 내외에 널리 알렸습니다. 臣이 말한다고 무슨 보탬이 있겠습니까?"

"그래도 말해 보시구려."

"福建 사람들은 교활하고 음험하며 楚 사람들은 경솔합니다. 지금 두 재상이 모두 福建 사람이고 두 參政은 모두 楚 사람입니다.[43] 그들은 장차 자기 고향의 인사들을 데려다 조정을 채울 것이니 천하의 풍속이 어떻게 淳厚해질 수 있겠습니까?"

신종이 말했다.

"하지만 현재 내외의 대신들 가운데 쓸만한 사람이 없소이다. 오직 陳升之만이 才智가 있고 民政 및 邊事에 두루 밝소. 다른 사람들과 비할 바가 아니오."

"陳升之의 才智는 실로 폐하의 말씀과 같습니다. 다만 大節(난국)에 임하여 그 뜻을 지켜낼 수 없지 않을까[44] 우려됩니다. 옛날 漢高祖는 재상감을 논하면서 王陵이 조금 어리석었기에 陳平으로 하여금 돕게 하였습니다. 陳平은 지혜롭지만 혼자 천하사를 담당하기에는 어려움이 있었기 때문입니다. 眞宗께서는 丁謂와 王欽若을 발탁해 쓰며 馬知節로 하여금 함께 하도록 했습니다. 무릇 才智가 있는 사람들은 충직한 인사로 하여금 곁에서 조절하도록 해야 합니다. 이것이 영명한 군주의 방식입니다."

---

43 神宗 熙寧 2년(1070) 10월 당시 재상은 曾公亮(999~1078)과 陳升之(1011~1079)였으며, 參知政事는 王安石(1021~1086)과 趙抃(1008~1084)이었다(『宋史』 권211, 「宰輔表」 2 참조). 이 가운데 曾公亮은 福建 泉州人이고 陳升之는 福建 建州人으로서 재상은 모두 복건 출신이었다. 하지만 趙抃은 浙東 衢州人이고 王安石은 江西 撫州人이었다. 두 參政이 모두 楚人(湖南 출신)이라는 사마광의 발언은 사실과 상당한 거리가 있다.

44 『論語』 「泰伯篇」에 나오는 曾子의 말이다.

"내 그 점은 이미 진승지에게 일러두었소이다."

사마광이 말했다.

"富弼은 老成하여 인망이 있었습니다. 그가 사직한 것이 애석합니다."

"朕 또한 온 힘을 다해 그를 붙잡아 두려 했지만 그는 한사코 떠나려 했소이다."

"그가 떠나려 했던 것은 진언하는 것이 모두 받아들여지지 않았고 또 同列의 宰執들과 뜻이 맞지 않았기 때문입니다."

"만일 그가 무언가 제시한 것이 있고 朕이 그에 따르지 않았다면 떠나갈 수 있소이다. 하지만 그는 재상이 되어 아무 것도 제시하지 않고 오직 떠나기만을 원했소이다."

신종이 말을 덧붙였다.

"왕안석은 어떻소이까?"

"사람들은 왕안석을 두고 간사하다 하나 그것은 너무 지나친 비난입니다. 다만 그는 사리에 어둡고 집요할 따름입니다. 그것이 참된 평가입니다."

"韓琦는 추진력도 있고 富弼보다 현명하오. 다만 소박하고 고집이 센 흠이 있소이다."

"韓琦는 참으로 국가에 충성스러운 사람입니다. 하지만 남의 말을 쉽게 듣습니다. 그것이 단점입니다."

신종은 계속 여타 群臣들에 대해 두루 묻다가 呂惠卿에 이르렀다. 사마광이 말했다.

"여혜경은 음험하고 교활하니 좋은 인사가 못됩니다. 왕안석이 내외에서 비방을 받는 것도 모두 여혜경 때문입니다. 최근 그를 파격적으로 발탁하였는데 여론이 매우 좋지 않습니다."

"여혜경은 辯舌이 좋소이다. 좋은 재목 같아 보이오만……."

"여혜경의 文學과 변설은 진실로 폐하의 평가와 같습니다. 하지만 마음 씀씀이가 올바르지 못합니다. 폐하께서 한 번 찬찬히 살펴 보십시오. 江充[45]과 李訓[46]에게 만일 재주가 없었다면 어찌 군주를 움직일 수 있었겠습니까?"

신종은 나아가 臺諫이 天子의 耳目이라고 말했다. 이를 받아 사마광이 말했다.

"말씀대로 臺諫은 천자의 耳目이니 폐하께서 신중히 선임하셔야만 합니다. 현재 執政인 王安石의 정사에 대해 비판한 자들은 모두 쫓겨나고, 그 자리는 모두 왕안석의 黨與로 바뀌어 버렸습니다. 臣은 이로 말미암아 폐하의 총명함이 가리워지게 되지 않을까 우려됩니다."

신종이 말했다.

"諫官에는 참 좋은 인물을 구하기 어렵소이다. 卿이 한번 마땅한 사람들을 천거해 주시구려."

사마광은 물러나 陳薦과 蘇軾, 王元規, 趙彦若을 천거하였다.(「日錄」)

庚申에 延英殿에서 『자치통감』을 進讀하여 세 페이지의 분량이 끝나자 신종은 한 페이지 반을 더 進讀하라고 명하였다. 進讀하다 蘇秦이 六國의 合從을 이룬 대목에 이르자 신종이 말했다.

"蘇秦과 張儀가 정말 세 치 혀만을 놀려 이런 일을 해낼 수 있었단 말

---

45 江充은 漢武帝 시기의 관료. 戾太子와 반목하였는데, 태자가 즉위하면 주살당할 것을 두려워하여 病中의 武帝에게 무고하여 태자를 모살시켰다. 이로써 巫蠱의 亂이 일어나는 단초를 제공하였다.

46 李訓은 당 文宗 시기의 재상. 환관의 주살을 진언하면서 문종의 신뢰를 얻었으나, 환관 소탕의 공을 독점하려 기도하다 이른바 甘露의 變을 불러일으킴으로써 오히려 환관의 발호와 전횡을 결정적인 것으로 만들었다.

이오?"

사마광이 대답하였다.

"蘇秦, 張儀의 合從策과 連橫策은 겉만 번지르할 뿐 내실이 적어 정치에 보탬이 되지 않습니다. 臣이 이들 사적을 책에 기록한 것은, 당시의 풍속이 오로지 辯舌만을 높이 받들었고 人君 또한 그 말들을 듣고 나라를 맡겼다가 '아첨하는 말이 나라를 뒤엎었다'[47]는 점을 말하고 싶었기 때문입니다."

신종이 말했다.

"卿의 進讀을 듣고 있노라면 해가 저물도록 싫증이 나지 않소이다."

"臣은 아는 것이 없어 취할 점이 없는데도 폐하께서 매번 과분하게 칭찬하시니 황공하기 이를 데 없습니다."

"卿의 進讀에는 늘 간언이 섞여 있소."

"臣이 어찌 감히 그럴 수 있겠습니까? 다만 著述의 본의를 말씀드리려 했을 따름입니다."(「日錄」)

呂公著가 말했다.

"지난날 거란에 사신으로 갔을 때 그 接伴使[48]가 우리 副使인 狄諮에게, '司馬中丞(사마광)은 현재 어떤 직위에 있소이까?'라고 물었다. 狄諮가, '지금은 翰林學士兼侍讀學士요'라고 대답하자 그가 다시, '御史中丞이 아니란 말이오? 듣기로 이 사람은 심히 忠亮하다 하더이다'라고 말했다."

여공저는 이를 『語錄』에 적고 있다.(「日錄」)

---

47 『論語』「陽貨篇」에 나오는 말.
48 외국의 사신을 접대하는 관원.

신종이 呂公著에게 말했다.

"사마광은 곧고 바르오. 그런데 迂闊한 듯 보이는 것은 어찌된 연유요?"

여공저가 대답했다.

"孔子는 上聖이지만 子路는 迂闊한 듯 보인다고 말한 적이 있습니다.[49] 맹자는 大賢이지만 당시 사람들은 그를 두고 迂闊하다고 말했습니다.[50] 하물며 사마광이 어찌 그런 말을 듣지 않을 수 있겠습니까? 무릇 사세의 판단이 深遠하면 우활에 가까워지게 마련입니다. 원컨대 폐하께서는 깊이 헤아려 주십시오."(「日錄」)

韓琦가 상소를 올려 靑苗法의 해악을 주장하자 신종도 마음이 움직여 청묘법을 폐지하려 했다. 이에 왕안석은 병을 핑계로 사직을 요청하였다.[51] 이 무렵 司馬光을 樞密副使에 임명하려 하자 사마광은 6, 7차례나 상주를 올려 固辭하며 말했다.

"폐하께서 진실로 制置三司條例司를 폐지하고 提擧官들을 불러들이신 다음 청묘법, 면역법 등을 폐지하신다면, 비록 臣이 등용되지 않더라도 臣은 많은 은혜를 받은 셈이 됩니다. 그렇지 않으면 끝내 命을 받들지 않겠습니다."

신종은 사람을 보내 말했다.

"추밀원은 군사 문제를 관할하는 기구요. 관직은 각각 직분이 있으니 다른 일은 얘기하지 말기 바라오."

"臣은 아직 命을 받들지 않았으므로 현재는 侍從입니다. 그러니 발언

---

49 『論語』「子路篇」에 나온다.
50 『史記』에서는 이러한 정황에 대해, "(孟軻)適梁. 梁惠王不果所言 則見以爲迂遠 而濶於事情"(권74)이라 적고 있다.
51 神宗 熙寧 3년(1070) 2월의 일이다.

하지 못할 일이 없습니다."

이후 왕안석이 다시 조정에 나와 업무를 보게 되었고 청묘법도 폐지되지 않았다. 사마광 역시 끝내 인사 명령을 받아들이지 않았다. 사마광은 서신을 보내 왕안석의 마음을 돌리려 했다. 서신은 세 차례나 오갔는데 매우 간절한 어조로 설득하는 내용이었다. 왕안석이 듣고 마음 돌리기를 바랐던 것이다. 사마광은 여기서 이렇게 말했다.

"巧言令色하는 무리에게는 어진 자가 드문 법입니다. 忠信의 인사들은 公이 정권을 잡고 일을 처리하는 데는 비록 거추장스러워 미워보일지 모르나 훗날에는 반드시 그 도움을 받게 됩니다. 반대로 아첨하는 무리들은 지금 당장에는 뜻대로 응해주니 기분 좋겠지만 어느 날 失勢하게 되면 반드시 公을 배반하고 자기 이익만을 챙기게 될 것입니다."

사마광은 여기서 呂惠卿을 염두에 둔 것이었다. 또 그는 賓客에게 다음과 같이 직접적으로 말했다.

"왕안석을 뒤엎는 자는 반드시 여혜경일 것이다. 小人은 본디 이익을 좇아 움직이다가 勢가 기울어 이익이 없게 되면 어떠한 일이든 내키는 대로 한다."

그 6년 후 여혜경은 왕안석을 배반하고 왕안석의 죄를 상주하였다. 그러면서 왕안석에게 해가 될 만한 일은 닥치지 않고 하였다. 이로 인해 천하가 사마광의 선견지명에 탄복하였다.(「行狀」)

8일 垂拱殿에서 신종을 알현하고 知許州나 西京留司御史臺國子監[52]

---

[52] 『宋史』에서는 '西京御史臺'라 적고 있다(권336, 「司馬光傳」). 留司란 西京 洛陽에 두어진 명예직으로 前 執政官들의 休老養病을 위한 직위였다. 그러다가 神宗 熙寧 2년(1069) 12월 이후 대폭 증원되어, 新法에 찬동하지 않아 퇴직한 監司 이상의 관원에게 주어지는 관직으로 이용되었다.

의 제수를 요청하자 신종이 말했다.[53]

"卿은 어찌 外職으로 나가려 하시오? 朕은 전에 卿에게 제시했던 樞密副使職을 내리고자 하오."

"臣은 이전의 직책도 감당할 수 없어 外任을 구하는데 어찌 감히 進用을 바라겠습니까?"

"무슨 특별한 이유라도 있소?"

"臣은 필시 더 이상 자리를 유지할 수 없을 것 같습니다."

신종은 오랫동안 생각에 잠겨 있다 말했다.

"왕안석은 卿과 사이가 좋지 않소? 왜 스스로 의심하는 것이오?"

"말씀대로 臣과 왕안석은 가깝습니다. 하지만 그가 집정이 된 이래 의견 충돌이 너무 많았습니다. 지금 蘇軾 등과 같이 왕안석의 뜻에 거스르는 자는 모두 박해를 받아 처벌되었습니다. 臣 또한 처벌을 받아 내쫓김을 당할 수밖에 없을 것입니다. 그래서 미리 일신을 보전하려는 것입니다. 臣이 왕안석과 가깝다 하나 어찌 呂公著만 하겠습니까? 그런데 왕안석은 呂公著를 추천할 때 무어라 말했으며 훗날 비난할 때는 또 무어라 말했습니까? 여공저는 똑같은 사람인데 어찌 전에는 옳았다 후에는 그를 수 있겠습니까? 왕안석을 믿을 수 없습니다."

"왕안석은 여공저와 마치 아교나 옻처럼 돈독한 사이요. 그런데 여공저가 죄를 짓자 그 잘못을 은폐하지 않았으니 왕안석은 참으로 공정한 사람이라 할 것이오."

이어 다시 신종이 말했다.

"청묘법은 그 효과가 현저하외다."

---

53 神宗 熙寧 3년(1070) 8월의 일이다. 『續資治通鑑長編』 권214, 熙寧 3년 8월 乙丑 참조.

"이 일을 두고 천하가 모두 그 옳지 못함을 아는데 왕안석 무리만이 옳다고 생각하고 있는 것입니다."

또 신종이 말했다.

"蘇軾은 좋지 못한 사람이오. 卿이 그를 잘못 알았소이다. 鮮于佅이 멀리 있을 때 소식은 상주문의 초고를 그에게 보여주었소이다. 韓琦가 銀 300냥을 주었을 때는 받지 않았다가 私鹽과 蘇木, 자기 등[54]을 팔고 다녔소."

"사람을 책망할 때는 그 실상을 잘 알아야만 합니다. 소식이 장사한 이익이 어찌 한기로부터 받은 銀만 하겠습니까? 왕안석은 평소 소식을 싫어했습니다. 어찌 폐하께서는 그것을 모르시는 것입니까? 왕안석은 인척인 謝景溫을 사냥개처럼 부려서 소식을 공격하게 했습니다.[55] 이러한 정황에서 臣이 어찌 일신을 지킬 수 있겠습니까? 서둘러 물러나야만 하는 까닭이 여기에 있습니다. 설령 소식이 좋지 못한 사람이라 해도 어찌 李定만이야 하겠습니까? 李定은 모친상에도 服喪하지 않았으니 금수만도 못합니다. 그런데 왕안석은 그를 좋아하여 臺官으로 삼으려 하고 있습니다."(「日錄」)

사마광은 樞密副使 직위에 제수되자 끝내 고사하고 받아들이지 않았다. 당시 韓琦는 大名府에 있었는데 이 사실을 전해 듣고 급히 文彥博

---

54 蘇軾이 부친 蘇洵(1009~1066)의 服喪期間이 종료된 이후 往復賈販하였던 것을 가리킨다. 이에 대해서는, 『續資治通鑑長編』 권214, 熙寧 3년 8월 癸亥 참조.

55 神宗 熙寧 3년(1070) 8월 王安石이 謝景溫을 시켜 蘇軾의 비리를 조사하게 하였던 일을 가리킨다. 그 전말에 대해 『宋史』에서는, "軾見安石贊神宗以獨斷專任 因試進士發策 以晉武平吳以獨斷而克 苻堅伐晉 以獨斷而亡 齊桓專任管仲而霸 燕噲專任子之而敗 事同而功異爲問. 安石滋怒 使御史謝景溫 論奏其過 窮治無所得. 軾遂請外通判杭州"(권338, 「蘇軾傳」)라 적고 있다.

에게 사람을 통해 편지를 보내 다음과 같이 말했다.

"主上이 매우 두터이 신임하는데 일단 관직에 나아가, 신념대로 정책을 취하다가 그것이 받아들여지지 않으면 그 다음에 물러나는 것이 좋소이다. 君實(사마광)은 너무 지나치게 뜻을 굽히지 않으려 한다고 생각됩니다."

문언박이 이 편지를 사마광에게 전하자 사마광은 다음과 같이 말했다.

"자고로 官爵을 받았다가 名節을 잃는 예가 적지 않았습니다."

한기는 훗날 蔡居厚로부터 편지를 받았다.

"司馬君實(사마광)의 처신은 오늘날의 사람들과 다릅니다. 옛 사람들 중에서나 그에 비견될 인물을 찾을 수 있을 것입니다."(「韓魏公語錄」)

사마광은 언젠가 왕안석에게 다음과 같이 말했다.

"그대는 新法을 행하며 일군의 소인배만 발탁하고 있소. 그들을 고위직에도 배치하고 또 지방장관에도 임명하는데 그 까닭이 뭐요?"

왕안석이 대답했다.

"신법을 시행하는 당초에 옛 사람들은 그 새로운 제도에 맞추려 하지 않았소이다. 그래서 智略이 있는 신진들만을 모두 끌어 썼던 것이오. 법령이 정착된 다음에는 그들을 내쫓고 노련한 인사들로 하여금 이어가게 할 생각이오. 이른바 智者로 하여금 행하게 하고 仁者로 하여금 지키게 하는 것이지요."

"그대는 잘못 생각하고 있소이다. 군자는 등용하기는 어렵지만 쉬이 물러가는 반면 소인들은 그 반대요. 만일 소인들이 길을 채우고 있으면 어찌 물러가게 할 수 있겠소이까? 만일 억지로 물러가게 한다면 그들은 반드시 원수가 되어 버릴 것이오. 훗날 크게 후회할 것이외다."

왕안석은 이 날에 잠자코 있었다. 훗날 과연 왕안석을 배신한 자가 생겼지만 그때는 후회해도 아무 쓸모가 없었다.(「元城先生語錄」)

熙寧 7년(1074) 신종은 천하에 가뭄과 蝗害가 들자 直言을 구하는 詔를 내렸다. 사마광은 이를 읽고 눈물을 흘리며 차마 아무 말 없이 있을 수 없어 다시 여섯 가지 일을 상주하였다.

"첫째 청묘법, 둘째 면역법, 셋째 시역법, 넷째 변방의 用兵, 다섯째 보갑법, 여섯째 농전수리법입니다. 이것들은 백성들에게 가장 병폐가 되는 것들이니 마땅히 서둘러 폐지해야 합니다."

이와 함께 재상인 吳充에게 서신을 보내 책망하였다.

"천자의 仁聖하심이 이와 같은데도 그대는 아무 말을 하지 않으니 어찌된 일이오?"(「行狀」)

신종이 사마광을 落職시키자 당시의 옳은 사람들은 모두 물러났다. 오직 왕안석만이 남은 상태에서 祖宗의 법도를 모두 바꾸어 군대를 일으키고 財利를 거두어 들였다. 이로 인해 천하가 시끄러워졌다. 신종은 어느 날[56] 祁王[57]과 함께 太后를 모시고 太皇太后宮으로 갔다. 그때가 宗祀[58]가 있기 며칠 전이었다. 태황태후가 말했다.

"날씨가 이처럼 맑고 화창하여 의식을 거행하는 날도 이와 같을 것이니 큰 경사요."

신종이 대답했다.

---

56 神宗 熙寧 7년(1074) 4월의 일이다. 『續資治通鑑長編』 권252, 熙寧 7년 4월 甲戌 참조.
57 英宗의 次子이자 神宗의 동생으로서 祁國公에 봉해진 바 있는 吳王 趙顥를 가리킨다.
58 종실의 조상에 대한 제사.

"그렇습니다."

"그런데 내 듣기로 옛날 민간에 疾苦가 있으면 모두 仁宗 황제께 고하였고, 또 인종께서는 이를 받아들여 敕令을 내려서 풀어 주었다 하오. 지금도 그렇게 해야 할 것이오."

"지금은 다른 아무 일도 없습니다."

"듣건대 민간에서 청묘법과 모역법 등에 대해 심히 고통스러워하고 있다 하오. 마땅히 敕令을 내려 폐지해야 할 것이오."

신종은 언짢아하며 말했다.

"그것들은 백성에게 이로운 것이지 결코 고통이 되지 않습니다."

태황태후가 말했다.

"왕안석은 참으로 재주와 학식이 있는 인물이오. 하지만 그를 원망하는 사람들이 너무 많소이다. 황제가 그를 아껴서 보전하고자 한다면 잠시 바깥으로 내보냈다가 한 해 쯤 지나서 다시 불러들이는 것이 좋을 듯하오."

"群臣들 가운데 오직 왕안석만이 국가를 위해 몸을 던져 일하고 있습니다."

옆에 있던 祁王이 말했다.

"태황태후의 말씀은 지당하십니다. 폐하께서 다시 한 번 고쳐 생각하셔야 합니다."

신종은 화를 내며 말했다.

"그렇다면 내가 천하를 그르치고 있단 말인가? 어디 네가 직접 해 봐!"[59]

---

59 원문은 "是我敗壞天下耶? 汝自爲之!"(『邵氏聞見錄』권3) '汝自爲之'란 말은 太宗 太平興國 4년(979) 幽州 정벌을 직후 太祖의 장자인 魏王 趙德昭가 太宗에게 논공행상을 권하자 이에 太宗이 화를 내며 대답했던 말로 유명하다. 이 일이 있고 난 다음 魏王 趙德昭는 자살하였다. 이후 이 말은 皇族에 대한 皇帝의 가장 엄한 질책으로 이해

祁王은 울며 말했다.

"왜 이러십니까?"

모두 기분 나빠 하며 자리가 파했다.

崇寧 연간에 蔡京 등은 『哲宗史』를 편찬하며 「왕안석전」을 지었다. 여기서 왕안석을 聖人이라 적었지만 동시에, '慈聖光獻后[60]와 宣仁聖烈后[61]가 틈을 보아 신종을 찾아가서, 울며 왕안석이 천하에 변란을 일으키고 있다고 말하여 얼마 후 왕안석이 재상직에서 파직되었다'고 기록하였다.

왕안석의 죄는 그 黨與라 할지라도 끝내 감추어 꾸며낼 수 없었던 것이 아니겠는가? 대저 하늘이 우리 송조의 母后들이 현명했음을 드러내려 하여, 저들도 그 일을 제외시키지 못했던 것이 아니겠는가? 신종은 왕안석을 물리친 후 10년 동안 다시 기용하지 않았다. 元豊 연간의 말엽 신종은 병이 들자 태자에게 자리를 물려 주어야겠다고 생각한 후 홀로 이렇게 말했다.

"장차 司馬光과 呂公著를 태자의 師傅로 삼아야 하겠다."

여기에 왕안석은 들어가지 않았다. 오호라 신종은 참 성인이셨도다.

(『邵氏聞見錄』)

되어 왔다. 이에 대해서는 『涑水記聞』 권2 참조.

60 仁宗의 두 번째 皇后인 曹氏(1018~1079). 본서 2책, 123쪽, 주 14 참조.

61 英宗의 황후이자 神宗의 母后인 高氏(1032~1093). 諡號가 宣仁聖烈인 까닭에 통상 宣仁太后라 부른다. 仁宗 慶曆 7년(1047) 濮邸의 英宗과 결혼하여 이듬해인 慶曆 8년(1048) 神宗을 출산하였다. 神宗 즉위 이후 皇太后가 되었으며 元豊 8년(1085) 哲宗이 즉위한 이후 元祐 8년(1093)까지 9년간 어린 철종을 대신하여 垂簾聽政하였다. 이 기간 동안 司馬光, 呂公著 등을 다시 기용하여 神宗 시기의 新法을 모두 파기하고 朝宗의 法度, 즉 舊法으로 회귀시켰다. 이를 일컬어 元祐의 更化라 부른다. 전통 시대의 구법당 측에 선 史家, 지식인들로부터 '女中堯舜'이라 칭해지기도 한다.

元豊 5년(1082) 사마광은 갑자기 말이 어눌해지자 中風에 걸린 것이 아닌가 의심하고는 미리 遺表를 적었다. 대략 이전에 제기했던 신법 폐지의 내용을 더욱 상세히 말한 것이었다. 그는 이를 숙연한 마음으로 친히 적은 후 밀봉하여 침실에 두었다. 자신이 죽으면 평소 가까이 지내던 范純仁과 范祖禹에게 주어 신종에게 올리라 일렀다. 사마광은 洛陽에 거주하기 15년, 留司御史臺를 再任하였고 提擧崇福宮을 네 번이나 연임하였다.(「行狀」)

元豊 5년(1082) 文彦博과 富弼은 洛陽에 거주하는 公卿大夫 가운데 나이가 많고 덕망이 높은 사람들을 모아 耆英會[62]를 조직하였다. 낙양의 풍속은 나이를 중시하고 관직의 高下는 그다지 중시하지 않았다. 이들은 資聖院에 큰 집을 짓고 耆英堂이라 불렀다. 당시 사마광은 나이가 아직 70이 되지 않았지만, 문언박이 그 사람됨을 중시하여 입회할 것을 청하였다. 사마광은 아직 나이가 많지 않은데 감히 부필이나 문언박과 함께 무리지을 수 없다며 사양하였다. 이에 문언박이 사마광에게 말했다.

"내가 北京의 留守로 있을 때 요나라에 사람을 보내 그 정세를 염탐하게 한 적이 있소. 그가 돌아와 말하기를, 遼 황제가 群臣들을 모아 큰 연회를 열고 배우들로 하여금 연극을 공연하게 했다고 하오. 그 연극에서 의관을 잘 차려 입은 자가 나와서 남의 물건을 보고는 옷 속에 숨기는데, 누군가 그 뒤를 따르다가 채찍으로 후려치면서, '너는 司馬端明[63]이 두렵지 않느냐'라고 말하더라 하더이다. 君實의 청렴한 명성은 이처럼 夷

---

62 耆英會에 대해서는 본서 2책, 28·29쪽 참조.
63 司馬光은 神宗 熙寧 3년(1070) 9월 중앙을 떠나 지방관으로 전출된 이래 端明殿學士의 직위를 지녔다.

狄 사이에까지 퍼져 있소."

사마광은 겸연쩍어 하며 사례하였다.(『邵氏聞見錄』)

사마광이 西京留司御史臺로 재직하며 낙양에 거주하였다. 그는 尊賢坊
에 정원을 꾸미고 獨樂이란 이름을 붙였다. 그때 처음 나의 선친이신 康節
선생 邵雍과 교유하게 되었는데, 사마광이 이렇게 말한 적이 있다.

"저는 陝州 사람이고 선생님은 衛 땅 출신[64]이십니다. 그리고 지금은 같
이 낙양에 거주하니 한 동네 사람이라 할 것입니다. 선생님처럼 道學이 높
으신 분은 연세로 모셔야지 관직은 얘기할 거리가 되지 못합니다."

또 언젠가 그는 강절 선생에게 물었다.

"저는 어떤 사람입니까?"

"그대는 실제를 중시하는 사람이오."

사마광은 참으로 실상을 꿰뚫은 말이라 여겼다. 강절 선생은 덧붙여
말했다.

"그대는 완벽한 것에 조금 못 미치는 9分의 사람이오."

강절 선생이 사마광을 끔찍히 여기는 것이 이와 같았다.(『邵氏聞見錄』)

사마광이 知永興軍이 되었다.[65] 그는 부임하고 한 달이 지나 상주문
을 올렸다.

"臣의 무능함은 群臣들 가운데 비할 바가 없습니다. 선견지명은 呂誨
만 못하고 공정하고 강직함은 范純仁이나 程顥만 못하며, 敢言은 蘇軾

---

64   司馬光은 英興軍路의 陝州 夏縣(오늘날의 山西省 夏縣) 출신이고, 邵雍은 范陽(오늘
     날의 河北省 涿州市) 출신이다.
65   神宗 熙寧 3년(1070) 9월의 일이다. 『續資治通鑑長編』 권215, 熙寧 3년 9월 癸丑 참조.

이나 孔文仲만 못하고 과감한 결단은 范鎭만 못합니다. 바라건대 폐하께서는 臣의 죄를 처결해 주십시오. 臣의 죄가 范鎭이나 마찬가지라면 범진처럼 퇴직시키시고, 만일 그보다 무겁다면 유배를 보내시거나 주살하십시오. 감히 피하려 들지 않겠나이다."

하지만 신종은 어떻게든 그를 중용하려고 知許州로 불러서 부임하는 도중 궁궐에 들르라 명하였다. 이런 내용의 조칙을 내리려 내심 결정하고 監察御史裏行인 程顥에게 말했다.

"朕은 사마광을 불러들이고 싶소만 卿이 생각하기에 그가 오겠소 어쩌겠소?"

정호가 대답하였다.

"폐하께서 그의 말을 받아들이신다면 사마광은 반드시 올 것입니다. 하지만 그의 말을 듣지 않는다면 그는 틀림없이 오지 않을 것입니다."

"그의 말을 들을지 안 들을지 하는 문제는 차치하고, 사마광 같은 인물이 좌우에 있게 되면 人主에게 허물이 없어질 것이오."

사마광은 과연 발탁의 명령을 고사하였다. 신종은 언젠가 左丞인 浦宗盟에게 말했다.

"사마광은 다른 일은 차치하고 樞密副使 직위를 거절했던 것 하나만 놓고 보더라도 짐이 즉위한 이래 그러했던 인물은 그가 유일하였소."

신종이 사마광을 두터이 생각하는 것이 이처럼 변함없었다. 다만 사마광은 신법이 폐지되지 않았기에 신념에 따라 조정에 나아가지 않았던 것이다.

元豊 官制改革[66]이 단행되고 난 후 신종이 말했다.

---

66 神宗 元豊 3년(1080)부터 5년(1082)까지 단행된 官制의 개혁을 말한다. 북송 초기의 관원 임용제도는 매우 복잡하여, 官·職·差遣의 구별이 있었다. 官은 品階와 俸祿

"새로운 관제가 행해지면 신법당인과 구법당인을 겸용하고 싶다."

또 이렇게 말하기도 했다.

"어사대부 직위에는 사마광을 기용하지 않으면 안 된다."

이에 蔡確이 나아가 말했다.

"이제 막 國是가 정해졌으니 원컨대 조금 기다리시는 게 좋겠습니다."

王珪 역시 이 말에 동조하였다.

원풍 7년(1084) 가을에 이르러 사마광은 『자치통감』을 완성하여 신종에게 바쳤다. 그러자 신종은 그를 資政殿學士에 제수하고 二府의 대신과 똑같은 숫자의 冠帶를 하사하였다. 『자치통감』의 찬수에 참여했던 사람들도 모두 승진시켰으며, 范祖禹 및 사마광의 아들인 司馬康에게 館職을 주었다. 당시 신종은 건강이 좋지 않았다가 약간 나아진 상태였다. 신종이 宰輔들에게 말했다.

"내년 봄 태자를 세울 때 사마광과 呂公著를 師保[67]로 삼고 싶소."

을 규정하는 것으로서 寄祿官이라 불렸다. 職은 館閣의 學士와 待制 등을 가리키는 것으로서 文學的 재능이 있는 인사에게 加官함으로써 尊崇을 보이는 것이었다. 오직 差遣만이 실제의 직무와 직위를 보이는 것이었다. 이로 인해 관제는 唐制를 沿用한 것이로되, 三師와 三公은 常置되지 않았고 재상은 三省을 관장하는 수장이 아니었으며 官에는 정원이 없었다. 그리하여 3省과 6部, 24司에는 正官이 있지만 황제의 勅命이 없으면 해당 관서의 사무를 담당하지 못했다. 이를테면 中書令과 侍中·尙書令은 政務에 간여하지 않았으며, 6部의 尙書와 侍郞은 해당 부서의 사무를 담당하지 않았다. 또 給事中은 封駁을 하지 않았고 中書士人은 詔令을 起草하지 않았으며, 諫議大夫는 規諫을 관장하지 않았다. 寄居郎도 記注를 하지 않았고 司諫과 正言은 特旨가 없을 경우 마찬가지로 諫爭을 담당하지 않았다. 이처럼 官稱과 實職이 부합되지 않은 상태였다. 이에 대해 신종은 대대적인 개혁을 단행하여, 元豊 3년 寄祿格을 제정하고 官名을 개정함으로써 관원의 봉록 및 승진을 결정하는 표준으로 삼았다. 이 寄祿格으로 이전의 寄祿官을 대체하고 新寄祿官으로 삼았다. 대신 원래의 寄祿官은 각 기관의 정식 관료로 만들어 해당 기구의 업무를 처리하는 職事官이 되게 하였다. 이듬해인 元豊 4년에는 銓選制度를 개혁하여 職事官의 除授 원칙을 규정하였다. 대략 寄祿官의 高下를 표준으로 삼는다는 것이었다. 마지막으로 元豊 5년에는 『唐六典』의 官制를 기준으로 삼아 3省, 樞密院, 6曹의 제도를 반포하고 新官制에 따라 三省의 장관을 임명함으로써 官制에 대한 개혁을 마무리지었다.

하지만 이듬 해 3월에 이르러 태자를 세우기도 전에 신종은 승하하였다. 신종이 사마광을 중히 여기는 것이 이와 같았다.(『邵氏聞見錄』)

神宗이 崩御[68]하여 사마광은 궁성으로 나아갔는데 그가 들어오는 것을 어느 衛士가 보고 손을 이마에 갖다 대며 말했다.

"이 분이 승상 司馬公이시다."

그러자 백성들이 길을 가로막으며 외쳤다.

"公께서는 낙양으로 돌아가지 마시고 이곳에 남아 天子의 승상이 되어 주십시오. 그래서 우리 백성들을 살려 주십시오."

모여든 백성들이 수천 명이나 되었다. 사마광은 두려워, 궁성으로부터 돌아가도 좋다는 허가가 나오자 곧바로 사례하고 지름길을 통해 낙양으로 돌아왔다. 太皇太后[69]는 이 사실을 전해 듣고 돌아가라는 허가를 내린 자를 힐문하였다. 그러는 한편으로 사자를 파견하여 사마광을 위로한 다음 시급히 해야 될 것이 무엇인지를 물었다. 사마광은 다음과 같이 말했다.

"최근 사대부들이 上言을 기피하는 바람에, 아래로 백성들이 고통을 받고 있으되 위에서는 모르고 있습니다. 위에서 영명한 천자가 근심하고 노력하지만 아래의 백성들은 어디 호소할 도리가 없는 것입니다. 이 죄는 群臣들이 져야 할 것입니다. 하지만 백성들은 無知하게 때문에 先

67 　帝王을 보필하고 황실의 子弟를 教導하는 관리.
68 　神宗 元豊 8년(1085) 3월의 일이다.
69 　英宗의 皇后이자 神宗의 母后인 宣仁太后 高氏(1028~1089). 元豊 8년(1085) 神宗이 붕어하고 9살의 손자 哲宗이 황제로 즉위하자 太皇太后가 되어 臨朝稱制(垂簾聽政)하였다. 高太后는 수렴청정에 나선 즉시 洛陽에 은퇴해 있던 司馬光을 불러 재상으로 삼고 新法을 모두 파기시켰다. 그 수렴청정 시기 9년을 통해 外戚에 대한 私恩을 억제하고 자기절제에도 엄격하였다는 평가를 받고 있다.

帝에게 원망을 돌렸습니다. 마땅히 詔를 내려 무엇보다 먼저 言路를 열어야만 합니다."

이에 따라 조정에 言路 개방의 방을 내걸게 하였다. 그런데 당시의 대신 가운데 이를 내켜하지 않는 자가 있어, 조칙 가운데 여섯 개 항목을 두어 그에 저촉된 내용을 금지하였다.

"속으로 딴 마음이 있는 자, 그 직분을 범하여 上言하는 자, 선동하여 국가 대사를 뒤흔드는 자, 이미 시행되고 있는 법령에 영합하는 자, 위로 조정의 뜻을 관망하면서 직위 상승을 노리는 자, 아래로 流俗의 백성들을 현혹하여 헛된 영예를 꾀하는 자, 이와 같은 무리들은 용서없이 벌을 내릴 것이다."

태황태후는 이러한 詔令의 초안을 밀봉하여 사마광에게 자문하였다. 사마광이 말했다.

"이는 諫言을 구하는 것이 아니라 오히려 諫言을 막는 것입니다. 신하들은 말하지 않으려 할 것이고 말하다가는 여섯 개 항목에 저촉될 것입니다."

당시 실제로 조칙에 응하여 상주하였다가 직분을 넘어섰다는 죄목에 연루되어 동전을 보석금으로 낸 자가 있었다. 사마광은 이러한 정황을 담아 詔書의 개정을 청하였고, 이것이 받아들여져 천하에 행해졌다. 그러자 사방의 관리와 백성들 가운데 新法의 불편을 호소하는 자가 수천 명이나 되었다. 사마광은 마땅히 시행해야 될 일의 초안을 잡았고 태황태후는 이에 따라 勅旨를 내렸다. 수도의 성벽을 보수하는 役夫들이 해산되어 집으로 돌아갔으며 황성내 민정을 정탐하는 자의 숫자도 축소시켰다. 궁성내의 공사도 중단되었으며 내시들 가운데 근실하지 못한 자 3,000여 명을 내보냈다. 내외에 신칙하여 가혹한 수탈이 없도록 깨우쳤으며 민간에서 양육하는 戶馬[70]도 폐지하였다. 保馬法의 부담도 경감시켰다. 이러한 조치는 모두 태황태후로부터 나온 것으로서 대신들은 관여하지 못했다. 사마광은 사례의 상소를 올렸다.

"우선 당장 급한 일은 이미 폐하께서 대략 시행하셨습니다. 그럼에도 小臣이 태만을 부린다면 만 번 죽어 마땅할 것입니다."(「行狀」)

사마광은 門下侍郎에 임명되어 강하게 固辭하였으나 윤허되지 않았다. 수차례나 다음과 같은 手詔가 내려졌다.

"先帝가 막 세상을 떠났고 새로이 즉위한 천자는 아직 어리도다. 지금이 어느 때인가? 그런데 그대가 자리를 固辭할 수 있는가?"

사마광은 결국 감히 다시는 고사하지 못했다.

이전에 神宗 황제는 英傑스럽고 뛰어난 자질을 지니고 있었다. 그리고 온 힘을 다해 치세를 이루려 하였는 바 그 기상은 漢의 宣帝나 唐 太宗보다도 나았다. 하지만 재상인 왕안석의 마음 씀씀이가 지나쳐 功利를 급하게 추구하다 보니 소인배들이 그 틈을 타고 나아갔다. 呂惠卿과 같은 무리들이 이로써 뜻을 이루었고 그 뒤를 따르는 자들도 이를 본받아 다투어 높이 승진하려 했다. 이렇게 해서 천하에 병폐가 생긴 것이다. 하지만 先帝는 영명하셔서 그 잘못됨을 깨닫고 왕안석을 金陵으로 내쫓았으니 이를 보고 천하가 기뻐하였다. 신종은 신법을 꼭 고치려 하였다. 왕안석 또한 스스로 뉘우치고 金陵으로 갔다가 다시 재상이 된 다음에는 조금씩 고쳐가려 했다.[71] 하지만 여혜경의 무리들은 신법이 폐

---

70 神宗 熙寧 7년(1075) 2월에 도입된 제도. 北方의 諸路에서 民戶에게 재산액을 기준으로 하여 養馬토록 하였다가 官에서 매입하는 것이었다. 그 家産이 坊郭戶는 3,000貫, 鄕村戶는 5000貫에 이를 경우 1匹의 말을 양육시켰으며, 家産이 倍增하면 말의 사육 숫자 역시 倍增시켰다.

지될 경우 신변이 위험해질까 두려워 그 개정을 극구 반대하였다. 결국 신종은 끝내 신법에 대해 의구심을 품고 왕안석을 퇴진시켰으며 이후 8년 동안 다시 부르지 않았다. 여혜경 역시 두 번째 쫓겨난 후에는 다시 중용하지 않았다. 元豊 연간의 말년 천하에는 여러 사건이 발생하였고, 두 聖人이 신종의 뒤를 이은 다음[72] 백성들은 밤낮으로 머리를 빼들고 정치의 혁신을 기대하였다. 그러나 누군가, '새 황제는 3년 동안은 부친의 제도를 고쳐서는 안 되며 특히 병폐가 심한 것만 조금씩 바꿔가야 한다'고 말하고, 이리저리 세세한 일들을 거론하며 남들의 간언을 가로막았다. 이에 사마광이 분연히 말했다.

"先帝의 법 가운데 옳은 것은 百世가 지난다 하더라도 바뀌어서는 안 된다. 하지만 왕안석과 여혜경이 세운 제도는 천하의 해악이며 先帝의 本意가 아니었다. 그것을 고치는 것은 마치 불을 끄거나 물에 빠진 사람을 구하듯 서둘러야만 한다. 옛날 漢의 文帝는 肉刑을 폐지하여, 오른 팔을 참할 사람은 棄市에 처했으며 500대의 笞刑을 받은 사람은 대부분 죽었다.[73] 뒤를 이은 景帝가 이를 고쳤다. 漢武帝는 鹽鐵酒의 전매제와 均輸法을 만들었는데 뒤이은 昭帝가 폐지하였다. 唐의 代宗은 환관을 풀어 공공연히 뇌물을 받아들였는데 역시 뒤이은 德宗이 폐지하였다. 德宗 때에는 宮市를 도입하여 환관들이 횡포를 자행[74]하였고 鹽鐵使는 매

---

71 王安石은 神宗 熙寧 7년(1075) 4월 재상직에서 罷職되었다가 이듬해인 熙寧 8년(1075) 2월 재상으로 복귀하였다. 그 후 1년 반여가 지난 熙寧 9년(1076) 10월 재차 재상직을 사직하고 江寧府로 돌아갔다.
72 두 聖人이란 哲宗과 宣仁太后 高氏를 가리킨다. 元豊 8년(1085) 3월 神宗이 崩御하고 哲宗(1077~1100)이 9살의 나이로 즉위하자 太皇太后인 高太后가 垂簾聽政하게 된 정황을 일컫는 것이다.
73 漢 文帝 13년에 있었던 조치이다. 이에 대해서는 『漢書』 권23, 「刑法志」 3을 참조.
74 宮市란 궁정 내에 설치하는 場市로서 춘추 시대 齊桓公 시기 宮中七市가 있었다고 한다. 이후에도 東漢의 靈帝, 南朝 齊의 東昏侯, 唐 中宗 등이 宮市를 두었다. 하지만 이

달 거두어 들인 이익을 바쳤는데 順宗이 폐지하였다. 이러한 조치에 대해 당시인들은 모두 기뻐하였고 후세인들 역시 칭송하였다. 누구 한 사람 잘못되었다고 비판하지 않았다. 하물며 지금은 太皇太后가 어머니로서 자식의 잘못을 고치는 것이며 자식으로서 아버지의 조치를 고치는 것이 아니다."

이로 인해 분분한 의론이 잠잠해졌다. 그래서 保甲法의 團敎[75]가 폐지되고 義勇法에 의거하여 한 해에 한 번씩 檢閱을 받도록 하였다. 保馬法에 의거한 軍馬의 양육도 더 이상 민간에 배당하지 않았으며 현재 양육되는 군마는 監牧司에서 환수하여 諸軍에 나누어 주도록 했다. 市易法도 폐지하여 그 관하의 재물은 모두 팔아버리고 이자를 거두지 않았다. 민간의 대출분에 대해서는 이자를 면제해 주었다. 京東路에서는 鐵錢을 주조하였으며 河北과 江西・福建・湖南 지방의 鹽法 및 福建의 茶法 등도 모두 예전의 제도로 되돌렸다. 다만 四川과 陝西의 차에 대해서는 변방이라는 특별한 사정을 감안하여 즉각 폐지하지는 않고, 사자를 파견하여 사정을 알아본 후 심각한 폐단만 시정하도록 하였다. 戶部左右曹가 관할하는 錢穀은 모두 尚書로 이관시켰다. 예전 三司使의 업무로서 五曹 및 각 寺監 관하로 분산되어 있는 것들은, 모두 戶部에 예속시

와는 달리 唐 德宗은 貞元 연간에 宮中에서 환관을 파견하여 민간의 시장으로부터 강제로 물품을 사들이게 하고 이를 宮市라 불렀다. 사실상 민간으로부터 掠取하는 것이었다. 이에 대해 韓愈는 『順宗實錄』에서, "貞元末 以宦者爲使 抑買人物 稍不如本估. 末年不復行文書 置白望數百人於兩市幷要鬧坊 閱人所賣物 但稱宮市. 卽斂手付與 眞僞不復可辨 無敢問所從來 其論價之高下者. 率用百錢物買人直數千錢物 仍索進奉門戶幷脚價錢. 將物詣市 至有空手而歸者. 名爲宮市而實奪之"(권2)라 기록하고 있다.

[75] 神宗 元豊 3년(1080)에 도입된 保甲法의 군사 훈련 제도. 『宋史』에서는 그 실태에 대해, "(元豊)三年 大保長藝成乃立團敎法. 以大保長爲敎頭 敎保丁焉. 凡一都保相近者 分爲五團 卽本團都副保正所居空地聚敎之. 以大保長藝成者十人 袞敎五日 一周之. 五分其丁 以其一爲騎 二爲弓 三爲弩"(권192, 「兵志」6 「保甲」)라 전하고 있다.

켜 尙書로 하여금 그 실태를 파악하고 있다가 歲入을 헤아려 歲出을 결정하게 했다.

元祐 元年(1086) 正月 사마광은 臥病하였다. 이에 사마광 및 尙書左丞인 呂公著에 대해서는 조회시 執政들과는 달리 再拜만 하도록 하고 舞蹈는 면해 주었다. 사마광은 병이 더욱 깊어지자 탄식하며 말했다.

"근심 거리들이 아직 고쳐지지 않고 그대로여서 내가 죽어도 눈을 감지 못하겠구나."

사마광은 병세를 무릅쓰고 상주하여, 면역법의 다섯 가지 해악을 논하고 즉시 勅旨를 내려 폐지하고 熙寧 이전의 法制로 되돌아 갈 것을 요청하였다. 만일 그렇게 해서 불편한 점이 있으면 州縣과 監司, 節級으로 하여금 上聞토록 하여 각 路 및 州, 縣 마다 달리 제도를 만들 것을 주장하였다. 이에 즉시 그대로 행하라는 詔令이 내려졌다. 또한 西邊의 軍事에 대해 논하였는데, 대략 화친이 좋으며 用兵하는 것이 불리하다는 내용이었다. 당시 이 문제에 대해서는 이의가 매우 많았지만 太師인 文彦博이 사마광과 의견을 같이 하여 다른 의견을 누를 수 있었다. 그리하여 마침내 諸將들에게 詔令이 내려져 병사들을 모두 州縣에 예속시키고 軍政 또한 郡守와 縣令들이 주도하게 하였다. 그리고 提擧常平司를 폐지하고 그 업무를 轉運使 및 提點刑獄에 귀속시켰다. 청묘법도 폐지하고 이전의 常平倉으로 대체시켰다.(「行狀」)

사마광이 신법을 뜯어고치려 하자 누군가 말했다.

"章惇이나 呂惠卿 같은 元豊의 舊臣들은 모두 소인입니다. 훗날 父子之間의 도리를 말하며 神宗의 법제를 지켜야 했다고 폐하께 아뢰면 朋黨의 禍가 생겨날 것입니다. 조심하지 않으면 안 됩니다."

사마광이 정색을 하고 말했다.

"하늘이 우리 송조를 도우신다면 결코 그런 일이 일어나지 않을 것이오."

그리하여 주저없이 법제 변경의 방침이 정해졌다.(『邵氏聞見錄』)

사마광의 忠信과 孝友, 그리고 恭儉과 정직은 천성적으로 타고난 것이었다. 또 그 好學은 飢渴든 자가 음식을 탐하듯 하였으며, 財利와 호사스러운 것에 대해서는 악취를 맡은 듯 싫어하였다. 誠心을 지니고 자연스런 性情을 지니고 있어 천하가 모두 신뢰하였다. 조정에서 물러나 낙양에 거주할 때는 섬서와 낙양 사이를 드나들었는데, 주변 사람들이 그 德에 교화되었고 그의 학문을 본보기로 삼았으며 그 검소함을 배우려 하였다. 누군가 좋지 않은 행동을 보이면, '司馬溫公[76]이 모를 줄 아느냐?'라고 말할 지경이었다. 박학하여 통하지 않는 바가 없어서, 음악이나 律歷・天文・書數 등에도 모두 심오한 경지에 이르렀다. 만년에는 더욱 禮를 중시하여 『冠婚喪祭法』을 저술하여 古今의 禮 가운데 적절한 것만 선별하였다. 불교와 도교는 좋아하지 않아서 다음과 같이 말했다.

"그 심오함은 우리의 경전만 못하고 또 그 虛誕함에 대해서는 믿을 수 없다."

家産 늘리는 것에는 관심이 없어 낙양에 겨우 비바람이나 막을 수 있는 작은 집을 하나 짓고 살았다. 田土가 3頃 있었는데 부인이 죽자 그것을 저당 잡혀 장사 지냈다. 평생토록 거친 옷을 입고 조잡한 음식을 먹었다. 英明한 군주를 만나 자신의 말이 받아들여지고 또 자신이 주장한 정책이 채택되었다고 스스로 여겨, 천하를 위해 몸을 바치려 하였다. 그

---

76 溫公은 司馬光(1019~1086)의 別號. 사후 溫國公이 追贈되었던 것에서 유래한다. 司馬光은 字가 君實이며 號는 迂夫 혹은 迂叟였다. 諡號는 文正이다.

리하여 밤낮을 가리지 않고 모든 업무를 직접 챙겼다. 賓客 가운데 누군가 諸葛孔明이 업무량은 과다한 반면 음식은 적게 먹어 건강을 해쳤다고 충고하자 사마광은,

"죽고 사는 것은 天命이오"라고 말하고 더욱 노력을 기울였다.

병이 깊어지자 자신도 깨닫지 못하고 마치 꿈 속에서인 듯 말을 하였는데, 모두 조정의 大事에 관한 것들이었다. 사마광이 죽자 집안에서 遺表 여덟 장을 발견하여 바쳤다. 모두 직접 적은 것으로서 當世의 要務를 논한 것이었다. 京師의 백성들은 그의 초상을 그려 刻印하여 팔았다. 집집마다 하나씩 사두고 음식 때마다 기도를 드렸다. 각 지방에서도 京師로 사람을 보내 초상화를 사 가서 畵工 가운데 치부하는 자도 있었다.(「行狀」)

사마광과 그의 형 白康은 우애가 매우 돈독하였다. 白康의 나이 80 가까이 되었을 때 사마광은 그를 마치 嚴父처럼 받들고 어린애처럼 보살폈다. 늘 식사를 하고 조금만 지나도, '배고프지 않으십니까?'라고 물었으며 조금만 날씨가 추워도 등을 어루만지며, '옷이 너무 얇지 않으십니까?'라고 물었다.(『范太史集』)

사마광은 역대의 史書가 繁重하여 學者들도 綜覽할 수 없는 데 人主에게야 더 말할 나위가 없을 것이라고 걱정하였다. 그래서 전국 시대로부터 秦 二世 황제에 이르는 시기의 역사를 『左氏傳』의 體例에 따라 축약하여 『通志』 8권을 지어 바쳤다.[77] 英宗이 이를 보고 기뻐하여 사마광에게 그 뒤를 이어 계속 편찬해 갈 것을 명하고, 秘閣[78]內에 사무실을 두

---

[77]　英宗 治平 3년(1066) 4월의 일이다. 『續資治通鑑長編』 권208, 英宗 治平 3년 4월 辛丑 참조.
[78]　太宗 端拱 원년(988)에 설치된 館閣의 하나. 元豊 改制 후에는 秘書省에 흡수되었다

어 사마광이 평소 현명하다 여기고 있던 劉攽과 劉恕·范祖禹를 屬官
으로 붙여 주었다.[79] 신종은 그 책을 더욱 중시하여 荀悅의 저서[80]보다
낫다고 생각하고, 친히 序文을 지어『資治通鑑』이란 書名을 내려주었
다. 그리고 邇英殿에서 그 책을 進讀해 가라고 명하였으며, 潁邸[81] 시절
의 舊書 2,402권을 하사하였다. 책이 완성되자 신종은 사마광을 資政殿
學士에 除授하고 심히 많은 액수의 金帛을 하사하였다.[82](「行狀」)

    遼와 西夏의 사람들은 사신으로 송조에 오거나 혹은 송의 사자가 그
들 국가에 가게 되면, 반드시 사마광의 안부를 물었다. 사마광이 재상이
되자 요나라 사람들은 그 변경의 관리들에게 勅旨를 보내 다음과 같이
지시하였다.

    "중국의 승상은 사마광이다. 공연히 문제를 일으켜 분쟁이 발생하지
않도록 하라."(「神道碑」)

가 徽宗 즉위 이후 다시 분리되었다.

79 司馬光은 英宗 治平 3년(1066) 4월 史學에 대한 조예가 높은 인물이라 평가되고 있던
    趙君錫과 劉恕를 지목하여 자신의 史書 편찬 작업을 돕게 해달라고 청하였다(『續資
    治通鑑長編』권208, 辛丑). 그 후 趙君錫이 부친상을 당하여 업무에 참여하지 못하게
    되자 劉攽으로 하여금 그를 대신토록 하였다(『宋朝事實』권3, 「聖學」). 이어 熙寧 3년
    (1070) 6월에 이르러 司馬光은 다시 范祖禹와 함께 편찬 작업을 진행할 수 있게 해 달
    라고 주청하였다(『續資治通鑑長編』권296, 神宗 元豊 2년 2월 壬子). 이들 가운데 劉攽
    은『사기』,『한서』,『후한서』부분을, 劉恕는 三國 이래 隋까지를, 范祖禹는 唐에서 五
    代까지를 담당하였다. 이들은 事目을 정해 관련 자료를 모아서 叢目을 만든 뒤 여러
    기록의 異同을 살펴 長編(草稿)를 만들었다. 이러한 조력자들의 작업을 바탕으로 司
    馬光은 최종적으로 長篇을 刪削하고 裁定하여『資治通鑑』을 완성하였다.

80 荀悅이 지은『漢紀』를 가리킨다. 後漢의 獻帝는 典籍을 좋아하였는데, 班固의『漢書』가
    煩雜하여 참고하기 어렵다 판단하여, 荀悅에게 명하여『좌전』을 본받아『漢紀』30권
    을 편찬하게 하였다.『漢紀』는 문장이 간결하고 서술이 분명하며 論辨에 뛰어나다
    는 평판을 받고 있다.

81 神宗이 太子로 세워지기 전인 潁王 시절의 거처를 가리킨다.

82 『資治通鑑』은 神宗 元豊 7년 12월, 편찬을 시작한지 무려 19년 만에 완성되었다.

사마광이 죽자[83] 京師의 백성들은 철시하고 조문하러 갔으며 옷가지를 팔아 奠儀를 바쳤다. 거리에서는 울며 상여의 수레 앞을 지나는 자들이 수천 수만에 이르렀다. 태후는 戶部侍郎 趙瞻 및 內侍省押班 馮宗道에게 명하여 그 護喪 역할을 하며 葬地까지 따르도록 하였다. 趙瞻 등은 돌아와 말했다.

"백성들의 哭 소리가 애처롭기를 마치 자신들의 양친상을 당해 곡하듯 하였습니다."

사방에서 장례식에 참여하고자 오는 자들이 무릇 수만 명이나 되었고, 嶺南의 封州에서까지 父老들이 와서 조문하기도 했다. 또 불공을 바치며 사마광의 명복을 빌기도 했는데 그 말이 심히 애달팠다. 향을 피워 머리 위로 받들며 사마광의 장례 행렬을 보내는 자도 무릇 백여인이나 되었다. 사마광의 초상을 모시는 풍조는 천하 사람들 모두에 미쳤다.(「神道碑」)

---

[83] 사마광(1019~1086)은 哲宗 元祐 元年(1086) 9월 68세의 나이로 작고하였다.

권8

呂公著

呂公著가 潁州에 일 년 넘게 머물 당시 歐陽脩가 潁州의 知州로 있었다. 애초 구양수는 여공저가 재상 가문의 자제[1]이며 당시 성망이 있어 두터이 대하였지만 심히 높이 평가하지는 않았다. 그 무렵 博學한 高才인 劉敞과 好古의 君子인 王回가 모두 潁州에 기거하였는데 여공저는 매일 이들과 함께 노닐었다. 그러면서 구양수도 점차 여공저의 학식을 알아보기 시작하였다.

훗날 구양수는 翰林學士가 되자 여공저를 문학의 재능도 있으며 행동거지가 올바르므로 마땅히 천자의 좌우에 두어야 할 것이라고 추천하였다. 또 조정의 대신들에게도 여공저가 淸靜하고 寡慾하며 옛 君子

---

1 呂公著(1018~1089)는 仁宗代 재상을 역임한 呂夷簡(979~1044)의 親子이다.

의 풍모를 지니고 있다고 자주 칭찬하였다. 그리고 구양수가 遼에 사신으로 갔을 때 遼의 사람들이 중국에 德行과 문장을 겸비한 인사로 누가 있느냐고 묻자, 구양수는 여공저와 왕안석을 들었다.(「家傳」)

구양수는 사대부들 사이에 恬退의 高雅한 기풍이 적은 것을 애석히 여겨, 여공저 및 張唐英·왕안석·韓維를 추천하고 이로써 풍속을 바로잡으려 하였다. 또 왕안석과 여공저를 諫官으로 추천하였다.(「家塾記」)

仁宗의 治世가 오래 지속되고 천하가 無事하자, 당시의 많은 영재들이 文館[2]에 결집되어 秘閣에 모여 있는 자가 항상 수십 명이나 되었다. 그 무렵 풍속이 淳厚하여 사대부들은 남의 장단점을 말하는 것을 좋아하지 않았다. 朝夕으로 文義를 강론하고 시를 唱和하거나 혹은 바둑을 두고 술을 마시며 즐겼다. 同舍한 사람 가운데 外任을 맡아 나가는 자가 생기면 서로 어울려 僧舍로 가서 성대한 연회를 열어 餞別하였다. 하지만 서로 교제할 때는 반드시 예를 지켰으며 평상시에도 官帽를 쓰고 紳帶를 두르고서야 廬舍 밖으로 나갔다.

여공저는 성품이 과묵하고 安重하였으며 이치를 精微하게 따져 당시인들로부터 존경을 받았다. 간혹 우스개 소리를 하다가 정도가 지나치게 되면 언제나 여공저가 정색을 하고 제지하였고, 이에 모두가 信服하며 그렇지 아니하는 것을 크게 부끄러이 여겼다. 당시 老儒 가운데 掌

---

2 昭文館·史館·集賢院·秘閣의 총칭인 三館秘閣의 簡稱. 文館은 궁중의 도서를 관장하는 기구로서 編書·校書·讀書의 부서를 두고 名流俊賢을 儲養하면서 동시에 황제의 諮詢에 응하는 기능을 수행했다. 兩制와 執政 이상 宰相에 이르는 고급관료가 배양되는 곳이기도 했다. 文館에 差遣을 지니고 있는 관원을 館職이라 하였으며, 기타의 관료가 文館의 관직을 帶衛할 경우 貼職이라 칭하였다.

禹錫이란 인물의 옷차림이 청결하지 못하고 언동도 조야하여 남들로부터 웃음거리가 되었다. 하지만 여공저만은 결코 한 마디도 놀리지 않아 그가 감격하여 울기까지 했다. 이를 보고 다른 이들이 더욱 여공저의 盛德을 칭찬하였다.(「家傳」)

仁宗 말년부터 대략 2월에 經筵을 열어 重午節인 5월 5월에 파하고 8월에 다시 열어 冬至에 파했다. 그런데 이 해에는 詔를 내려 9월 5일에 경연을 시작하였다가 重陽節인 9월 9일에 파했다. 이에 여공저가 상주하여 말했다.

"臣이 삼가 생각건대 국가에서 儒術의 관원을 두어 경연을 진행하도록 하는 제도는, 君主로 하여금 총명해지도록 開廣하고 또 古今에 걸친 治亂의 大要를 체득하게 함으로써, 군주가 자신의 몸을 바르게 하고 천하와 국가를 다스리는 政術을 얻도록 하는 데 있습니다. 한갓 搢紳들의 美談을 위한 것이라든가 혹은 조정의 허식을 위한 것이 아닙니다. 지금 폐하께서는 온 정성을 다해 治世를 구현하려 하시니 마땅히 오래도록 高雅한 유생을 가까이 하려 노력하셔야만 합니다. 그런데 5일에 開講하였다가 重陽節에 이르러 파한다면 4일에 불과합니다. 臣이 듣기로도 매우 의아한데 만일 이 사실이 사방에 전해진다면 적지 않은 파장이 일어날 것입니다. 원컨대 폐하께서는 매일 邇英殿에 나가시어 先帝인 仁宗의 전례에 따라 경연에 참석하시기 바랍니다. 그러면 천하에 큰 다행이겠습니다."

英宗은 즉각 詔를 내려 그에 따랐다.

후에 여공저는 『論語』를 강독하여 끝날 때가 되자, '『尚書』에 二帝와 三王[3]의 道가 구비되어 있어 治術에 절실한 도움이 되니, 『논어』의 進講이 끝나면 『尙書』를 進講하게 해달라'고 청하여 그대로 시행되었다.(「家傳」)

신종은 藩邸에 있을 때⁴부터 여공저와 사마광의 이름을 익히 들어 알고 있었다. 그래서 즉위하자 먼저 이 두 사람을 불러 翰林學士로 등용하였다. 이에 대해 朝野에서는 매우 기뻐하며 신종이 좋은 사람을 얻었다고 칭찬하였다.(「家傳」)

왕안석은 본디 여공저와 친하였다. 그래서 臺諫들이 대부분 내키는 대로 議論하는 것을 싫어하여 여공저를 御史中丞에 임명하였다. 그런데 얼마 후 制置三司條例司가 백성들에게 해악이 되고 있는 것에 대해 천하 사람들 모두 근심하자, 여공저는 新法이 불편하다고 上言하였다. 이를 두고 왕안석은 여공저가 자신을 배반하였다고 여겨 심히 원망하게 되었다.

그런지 얼마 되지 않아 신종이 왕안석에게 말했다.

"여공저가 얼마 전 韓琦가 장차 晉陽으로부터 군대⁵를 일으켜 君主 주변의 惡을 제거할 것이라 말하더이다."

왕안석은 이 일을 갖고 여공저에게 죄를 주어 知潁州로 내보냈다. 宋敏求가 告詞⁶를 지을 때 왕안석은 여공저의 발언을 명확히 기록하라고

---

3   二帝는 堯와 舜, 三王은 夏의 禹王, 商의 湯王, 周의 文王 및 武王을 가리킨다.
4   藩邸란 藩王의 第宅. 즉 황제로 즉위 이전 太子로서 潁王으로 봉해져 있던 시기를 가리킨다.
5   『公羊傳』의 定公 13年에 晉의 趙鞅이 晉陽의 군대(晉陽之甲)를 일으켜 君側을 깨끗이 한다는 명목으로 荀寅과 士吉射를 내쫓는 기록이 등장한다. 이로부터 地方의 長吏가 朝廷에 불만을 갖고 거병하여 공격하는 것을, '晉陽의 병사(晉陽之甲)'를 일으킨다고 말한다.
6   告身의 내용 내지 문안. 告身이란 寄祿階와 差遣을 수여할 때라든가 封贈·加勳의 시점에 발급되는 증명서로서 官告·告命이라고도 한다. 告身은 綾紙에다가 일정

하였으나 宋敏求는 단지, '上奏가 실상을 벗어났고 典據의 인용도 잘못되었다'고 말했다. 이를 보고 왕안석은 노하여 이튿날 고쳐서 신종에게 바쳤다.

여공저는 본디 신중한 사람이었고 실상 그런 말을 한 적이 없었다. 실제는 孫覺이 다음과 같이 上言한 바 있었다.

"지금 藩鎭의 大臣들은 이와 같이 곡진하게 상언하였으나 전연 받아들여지지 않았습니다. 만일 唐末 五代라면 필시 晉陽의 군대가 일어나 君王 주변의 惡을 제거하려 들 것입니다."

그런데 신종은 이를 여공저의 말이라 잘못 기억했던 것이다.(『溫公日錄』)

왕안석은 본디 여공저와 매우 친하여 일찍이 이렇게 말했다.

"여공저가 재상이 되지 않으면 천하에 태평이 깃들지 않을 것이다."

그래서 여공저를 御史中丞으로 추천하였다. 당시 추천사에는 여공저에게 八元과 八凱[7]의 현명함이 있다고 말했다. 하지만 반 년이 못되어 政論이 달라지자, 다시 驩兜와 恭共[8]의 간사함을 지니고 있다고 했다. 왕안석의 喜怒는 이처럼 변화무쌍하였다.

당시 孫覺이 다음과 같이 上言한 적이 있었다.

"지금 藩鎭의 大臣들은 이와 같이 곡진하게 상언하였으나 전연 받아들여지지 않았습니다. 만일 唐末 五代라면 필시 晉陽의 군대가 일어나 君王 주변의 惡을 제거하려 들 것입니다."

한 규정에 따라 기록하였다. 告身에는 위조를 방지하기 위해 三代의 조상, 鄕貫, 나이 등을 기록하였으며, 制詞의 全文을 기록하고 아울러 담당 장관과 서리의 성명을 적고 서명하게 했다.

7 八元이란 帝嚳 高辛氏 주변의 여덟 才子를 가리키며, 八凱란 顓頊 高陽氏 주변의 여덟 才子를 가리킨다.

8 驩兜와 恭共은 堯 시대의 惡人.

그런데 신종은 그의 이름을 잃어버리고 단지 그에게 멋진 수염이 있었던 것만 기억하고는 여공저라 잘못 여겼던 것이다.(『邵氏聞見錄』)

熙寧 10년(1077) 2월 여공저는 知孟州에 임명되었다. 그 이전 여공저가 知穎州 직위에서 파직되고 提擧崇山崇福宮이 되어 西都 낙양에 옮겨와 살게 되자, 사람들은 이제 그가 落職되었으므로 물러나 山水나 즐기면서 여생을 보낼 생각을 할 것이라 말했다. 이에 여공저가 말했다.

"그렇지 않다. 나는 국가에 대해 世臣이라 할 만한 사람이다. 主上 또한 나를 가벼이 대하시지 않는데 불행히도 남들의 이간질로 말미암아 물러나 한직에 있는 것이다. 어찌 지금이 내가 바라는 상태이겠는가?"

그러다 왕안석과 여혜경이 잇따라 파직[9]되어 나가자 과연 다시 여공저를 기용하게 된 것이다. 3월에 여공저가 孟州에 이르러 보니, 그때 이미 모역법이 확정되어 대부분 虛數를 품고 많은 잉여를 남기고 있었다. 孟州는 5縣을 관할하고 있는데 매해 민간에서 거두어 들이는 액수가 창고 감독인의 모집 비용 등을 포함하여 모두 3,927緡이었다. 하지만 관아에서는 役人을 雇募하지 않고 軍吏로 하여금 代役시키고 있는 실정이었다. 또 과거의 牙校重役錢을 상환하는 명목으로 5,500緡을 징수하였는데, 그것은 이미 모두 상환되었음에도 불구하고 여전히 백성들로부터 해마다 일정 액수씩 징수하고 있었다. 여공저는 이러한 상황을 종합하여 조정에 보고하고, 모두 감면시켜 줌으로써 下戶들의 부담을 경감시켜 줄 것을 요청하였다. 조정에서는 이를 司農寺에 내려 검토시켰지

---

9 왕안석이 재상직을 사임하고 江寧府로 은퇴하는 것은 熙寧 9년(1076) 10월이며, 呂惠卿이 參知政事로부터 지방관으로 落職되는 것은 이보다 앞선 熙寧 8년 10월의 일이었다.

만 끝내 시행되지 못하였다.(「家傳」)

熙寧 4년(1071) 여공저는 提擧崇山崇福宮으로서 낙양에 거주하게 되자 白師子巷의 舊宰相 張知白 저택 서쪽에 집을 구입하고 지형에 따라 적절히 가옥을 짓고 정원을 배치하였다. 규모는 그다지 크지 않았다. 낙양에서 邵雍과 사마광, 여공저 등은 서로 왕래하며 교유하였는데 여공저는 말수가 적었다. 특히 邵雍을 만나면 늘 조용히 있다가 종일토록 겨우 몇 마디 말하는 정도였다. 그러던 어느 날 여공저가 소옹에게 장탄식을 하며 말했다.

"백성들이 性命을 보전하기 힘들어졌군요."

당시 왕안석이 국정을 주도하고 있었는데 신법을 추진하는 자들은 모두 신진의 각박하고 경박스런 자들이었다. 이 때문에 천하가 소란해져 여공저가 탄식했던 것이다. 이에 소옹이 대답했다.

"왕안석은 본디 지방에 있었는데 그대와 사마광이 천거하여 이렇게 된 것 아니오? 그런데 무슨 말이오?"

그러자 여공저가 말했다.

"그렇습니다. 제 죄입니다."

熙寧 10년(1077) 봄, 여공저가 知孟州로 임용되자 河南尹인 賈昌衡이 사마광과 程顥 등을 이끌고 福先寺의 上東院에서 餞別 연회를 베풀었다. 당시 소옹은 병들어 함께 자리하지 못했다. 이튿날 정호가 소옹에게 말했다.

"그 자리에서 사마광과 여공저가 한참 동안이나 관직으로 나가느냐 마느냐 하는 문제를 둘러싸고 쟁론을 벌였습니다. 그래서 제가 詩로 풀어, '두 龍이 閑居함으로써 낙양의 물결이 깨끗해 졌는데, 오늘에 이르러 하나만 餞別을 받고 세상으로 나가는 구나. 원컨대 훗날 賢人이 나타나 두 龍이 함께 세상에 나가게 된다면, 그들의 깊은 뜻이 창생을 돌보는 데 있음을 알게 되리라'라고 읊어 보았습니다."

여공저는 知孟州로 재직한 지 1년여 만에 추밀부사에 발탁되었다. 그 뒤로는 資政殿學士의 직함을 지니고 知定州로 나갔으며 다시 大學士로 知揚州職을 맡았다. 哲宗이 즉위하자 여공저는 左丞에 임명되었다가 문하시랑이 되어 元祐初年 사마광과 함께 나란히 승상이 되었다. 정호의 말대로 된 것이다.(『邵氏聞見錄』)

여공저가 孟州에서 入朝하였을 때 都下의 사람들은 빙 둘러보며 말했다.

"이 분이 조정에 돌아온 것은 백성들에게 큰 다행이다."

士民들은 모두 기뻐하였다. 또 여공저가 樞密副使로의 발탁 명령을 받들고 궁전 문을 나서자 武夫와 衛卒들은 모두 크게 기뻐하며 환호하였다. 慈聖光獻太皇太后[10]는 여공저가 발탁되었다는 소식을 듣고 기뻐하며 말했다.

"여씨는 積德의 가문이로다."

中謝[11]의 날이 되자 有司가 설비를 갖추고 모든 執政들이 모두 집결하였으며, 안으로부터 酒果와 餚饌, 온갖 珍味 성찬이 나와 잔치를 베풀었다. 婢女가 가만히 그 그릇들을 살펴보니 모두 '慶壽宮'이란 표시가

---

10   仁宗의 두 번째 황후인 曹皇后(1018~1079). 曹皇后에 대해서는 본서 1책, 300쪽, 주 30 참조.

11   臣僚가 官職을 수여받거나 賞賜를 받은 후 入朝하여 謝恩을 표하는 것. 이를테면『資治通鑑』唐 武宗 會昌 4년조에는, "甲辰 以慥同平章事兼度支鹽鐵轉運使. 及慥中謝 上勞之"란 구절이 나오는데 이에 대해 胡三省은, "旣受命入謝 謂之中謝"라 晉注를 가하고 있다(권247).

있어, 이를 보고서야 여러 물품들을 하사한 것이 光獻太皇太后의 뜻이었음을 알 수 있었다.

당시 부필과 사마광은 모두 낙양에 있었는데, 여공저가 樞密副使에 임용되었다는 소식을 듣고 부필은 편지를 보내 기뻐하며 말했다.

"公의 名德은 천하에 알려져 있습니다. 그러나 과거 집정인 왕안석을 거스른 바 있어 사대부들은 公이 쉬이 발탁될 수 없을 것이라 여기고 있었습니다. 그런데 뜻밖에도 이처럼 갑작스런 발탁의 조령이 내려져 사람들이 심히 기뻐하고 있습니다. 이는 輿論을 전하기 위함이지 감히 公에게 아첨하는 것이 아닙니다."

사마광 역시 都城의 友人에게 편지를 보내 말했다.

"여공저의 進用을 두고 천하가 모두 기뻐하고 있소. 그런데 듣자하니 그가 강력히 固辭하고 있다든데, 나는 감히 여공저에게 편지를 보내지 못하니, 그대가 그냥 서둘러 취임하라고 권해주기 바라오." (「家傳」)

신종은 慈聖光獻太后를 升祔[12]한 이후 曹氏 일족에게 큰 은혜를 베풀어, 관직에 등용되거나 賞賜를 받은 자가 200여 명에 달했다. 신종은 나아가 曹佾을 中書令으로 삼으려 했다. 이에 여공저가 말했다.

"正中書令은 송조가 개창된 이래 除授된 적이 없습니다. 하물며 절도사를 帶職하지 않는 中書令은 재상이니 외척을 총애하여 수여해서는 안 됩니다."

신종은 曹佾에게 節度使兼中書令 직위를 주었다. 여공저가 다시 말했다.

---

12   光獻太后인 曹后를 仁宗의 廟에 合祀한 것을 일컫는다.

"자고로 나라를 망하게 하고 황실을 어지럽히는 것은 小人을 가까이 하거나 환관을 중용하는 것, 그리고 女謁[13]을 허용하는 것, 그리고 외척을 총애하는 것 등 몇 가지에 불과합니다."

신종은 참으로 그러하다고 생각했다. 당시 환관인 王中正, 宋用臣 등이 권세를 휘두르고 있었기에 여공저는 넌지시 신종에게 아뢰려 했던 것이다. 자리에서 물러나온 후 薛向이 탄복하며 말했다.

"公이 용감히 이런 일까지 말할 때 제 등줄기로는 식은 땀이 흘렀습니다."(「家傳」)

西夏에서 군주인 李秉常을 유폐[14]했다는 첩보가 보고되자, 신종은 二府의 대신들과 의논하여 군대를 일으켜 정벌하고자 했다. 여공저가 말했다.

"첩보의 보고대로라면 진실로 夏 사람들은 죄가 있습니다. 하지만 폐하께서 징벌의 군대를 일으키려 하신다면 누구를 원수로 삼을 것인지 신중히 고려하셔야만 합니다. 만일 적절한 사람을 구하지 못한다면 군대를 일으키지 않는 것만 못합니다."

元豊 5년(1082) 4월, 여공저는 서방 정벌의 군대가 공을 세우지 못하자[15] 다시 말했다.

---

13 後宮이 군주의 총애를 바탕으로 권세를 휘두르는 것.
14 元豊 4년(1081) 4월 李元昊의 손자인 惠宗(李秉常)이 모친인 梁太后에 의해 구금되는 궁정 쿠데타가 발생했던 것을 가리킨다.
15 西夏의 政情 불안을 틈타 시작된 宋의 서하 공벌전(元豊 4년 8월 개시)은, 11월에 벌어졌던 靈州 공방전에서 宋側이 패배하고, 이어 이듬해인 元豊 5년(1042) 9월의 永樂城 전투에서도 宋이 대패를 당함으로써 종결된다. 특히 永樂城 전투에서는, "城中乏水已數日 鑿井不得泉 渴死者大半. 括等援兵及饋運 皆爲夏大兵所隔" 하였으며, "是役也 死者將校數百人 士卒役夫二十餘萬. 夏人乃耀兵米脂城下而還"(『宋史』 권486, 「夏國下」)이라는 참패를 당하였다.

"바깥의 上奏에서는 모두 마땅히 王中正[16]을 처벌해야 한다고 말하고 있습니다."

이후 官制改革이 있고 나서, 王珪와 蔡確을 재상인 左右僕射에 임용하였다. 그 다음 날 여공저는 상주하여 同知樞密院職에서의 면직을 요청하였다. 이에 누군가 여공저에게 말했다.

"지금 새로운 官制가 행해지면서 재상이 된 사람 중에는 公의 문하 출신도 있습니다. 또 樞密院은 이제 2명이 정원이 되었는데, 公과 孫固, 韓縝 3명이 있어 정원을 초과하고 있습니다. 하지만 폐하께서는 그 때문에 2명 정원의 제도를 아직 시행하지 않고 계십니다. 그럼에도 公이 갑작스레 떠나신다면 너무 조급한 것이 아닙니까?"

여공저가 대답했다.

"大臣이라면 마땅히 義에 따라 진퇴를 결정해야 하네. 다른 것을 돌아보아서야 되겠는가?"

사직의 章奏를 거듭 올리고 또 面對하여 더욱 간절히 파직을 청하자, 신종은 資政殿學士에 제수하고 定州安撫使로 내보냈다.

그 후 永樂城이 함락[17]되고 그 보고가 올라오자 신종은 특별히 天章閣에 輔臣들을 모아놓고 말했다.

"변경 지역 백성들의 피해가 이토록 심한데, 오직 여공저만이 朕에게 미리 그 위험성을 말했을 뿐 다른 사람은 얘기한 적이 없소."(「家傳」)

---

16 이때의 정벌전 당시 환관 王中正의 역할과 패전 후의 처벌에 대해 『宋史』에서는, "以中正簽書涇原路經畧司事. 詔五路之師 皆會靈州 中正失期 糧道不繼 士卒多死命 權分屯鄜延並邊城砦 以俟後擧. 自請罷省職 遷金州觀察使提擧西太一宮 坐前敗貶秩"(권467, 「王中正傳」)이라 기록하고 있다.

17 元豐 5년(1042) 9월의 일이다. 永樂城 전투 전후의 사정에 대해서는 본서 1책, 346·347쪽 참조.

여공저는 定州에 도착하여 올린 謝表에서 다음과 같이 말했다.

"조정에 나아가서는 감히 功을 바라고 일을 만들지 않았으며, 물러나 지방에서는 감히 방만하여 직책을 소홀히 하지 않았습니다."

이 말은 사람들 사이에 傳誦되며 관료의 본분을 잘 가리킨 말이라 여겨졌다. 당시 조정에서는 軍事에 노력을 기울여 邊備를 강화하고 있었기 때문에 時勢에 영합하는 자는 다투어 북벌책을 제시하기도 했다. 여공저는 定州에 이르자 곧바로 上奏하였다.

"중국과 거란은 오랫동안 通好하고 있어 변경이 평화롭고 아무 문제가 없습니다. 변경 지역에 주둔하는 군대도 엄격한 통제를 가하여 조용히 방비에만 임하도록 하고 있습니다. 그런데 새로 보갑법이 시행된 이래, 변경마다 연병장이 설치되어 날마다 북을 두드리며 사람들에게 군사훈련을 시키고 있습니다. 이러한 소식이 거란 측에 들어가게 된다면, 그들 역시 변경에 榜文을 띄워 트집을 잡도록 하여 우리와의 약속을 어기려 들 것입니다."

神宗은 여공저에게 대처 방안을 강구하도록 했다. 여공저는 즉시 상주하였다.

"변경 지역 사람들에게 군사훈련을 시키는 것은 좋지 않으니 모두 罷하고 이전의 弓箭手로 대체하여 주십시오."

하지만 이 주청은 받아들여지지 않았다.

그 무렵 保甲들을 훈련시키며 城池 등 방어시설을 수축하였고 또 큰 창고를 건설하였다. 이를 위해 中使[18]들의 왕래가 繁多하였는데 여공저는 有司에 명하여 勅命을 잘 받들며 中使들을 잘 대접하라 일렀다. 하지

---

18 宮中에서 파견된 使者. 대부분 환관을 가리킨다.

만 여공저가 본디 조용하고 말수가 적었으며 접대 역시 통상적인 禮에 의거할 뿐 아무 것도 더하지 않았으므로, 定州에 오는 자는 대부분 좋아하지 않았다. 한편 그때 承受[19]인 陸中이 神宗의 뜻을 받들고 생사 5만 냥을 매입하여 尙方[20]에 바쳤다. 그 얼마 후에는 陸中이 다시 주청하여 더 많은 양을 매입하자고 건의하였고, 조정에서는 그것을 받아들여 定州에서 매입하라고 명하였다. 이에 여공저가 상언하였다.

"예전의 생사 매입은 모두 사전에 대금을 지급하였던 까닭에 백성들에게 부담이 되지 않았습니다. 하지만 지금은 여름도 지나 민간에서 점차 機織에 나서는 시점입니다. 그런데 다시 생사를 매입하게 되면 백성들이 피해를 입게 될 것입니다."

신종은 잘못을 깨닫고 즉시 詔令을 내려 그만두게 하였다. 陸中은 또 勅旨를 통해 창고 관리의 전권을 부여받고, 날마다 사람을 보내 무기를 들고 정주성의 四門을 지키고 서 있게 하였다. 그러다 백성들이 수레나 어깨 짐으로 장작 더미를 지니고 팔기 위해 성내에 들어오면 강제로 빼앗아 창고에 쌓았다. 도자기나 벽돌 구울 때 사용하겠다는 것이었다. 이로 인해 성내에 땔감이 떨어져 불 피우는 연기조차 거의 사라졌다. 여공저는 육중이 파견한 군졸들을 잡아오라 명하여 모두 곤장을 쳤다. 이를 보고 성내의 사람들이 환호하였다. 여공저가 정주에 도착하기 전 육중은 勅命을 받고 창고를 관할하면서 백성들의 가옥을 파괴하고 불교 사찰을 훼손하였다. 어느 백성은 창고 서쪽에 대대로 선영을 모시고 있었

---

19 都總管司走馬承受公事의 簡稱. 走馬承受·監軍 등으로 칭해지기도 한다. 황제에 의해 파견되어 지방의 將帥와 物情, 변방의 동태, 州郡의 不法, 인사 행정 등에 대해 공개적인 감찰활동을 하였다. 位次는 通判보다 상위였으며, 통상 환관이나 三班使臣 이상의 武臣이 充用되었다.
20 天子가 사용하는 물품을 만드는 부서.

는데, 육중은 일부러 그 사이로 담장을 쌓아 묘지를 창고 영내로 만들어 버렸다. 그 백성은 소리내 울며 무덤을 파내어 이장해 갔다. 창고 부지로 점거한 땅은 대단히 넓었으나 애초 육중 자신이 생각했던 것보다는 352楹이 부족하였다. 그래서 육중은 다른 곳에 부지를 요청하여 작은 창고를 더 짓겠다고 하였다. 여공저가 말했다.

"지금 두 개의 큰 창고를 짓는 데도 비용이 적지 않게 들었는데, 또다시 창고 하나를 더 짓게 되면 부질없이 공사의 비용을 더 들여야 할 것이다. 별로 도움이 되지 않는다."

여공저는 상주를 올려 육중의 계획을 저지시켰다. 육중은 이처럼 몇 번에 걸쳐 자신의 기도가 가로막히자, 元豊 6년(1083) 상주를 올려 다른 이유를 걸어 여공저를 落職시켰다. 이로 인해 여공저는 正議大夫로 강등되었다.(「神道碑」)

여공저는 사마광과 함께 재상이 되자 先帝인 神宗의 眞意를 헤아려 보았다. 대략 四夷를 징벌하고 중국을 강하게 만들려 했던 것이며 국가의 재정을 풍족히 하여 그 비용에 충당하고자 했던 것이라 판단했다. 하지만 관원들이 실행에 옮기며 그 본 뜻을 알지 못했던 것에 대해 신종은 늘 근심하였다. 그리하여 제도를 바꾸려 하였지만 채 그럴 틈이 없었고, 내심으로는 변경하기로 마음을 결정하였으나 실행에 옮기지 못하였다. 그러한 증거는 詔書나 기록에 적지 않게 남아 있다. 이를테면 청묘법의 해악을 힐난하며,

"常平倉의 錢穀은 본디 홍수나 가뭄으로 말미암은 흉작에 대비하기 위한 것인데, 재정을 확보하기 위해 억지로 대부하는 것이 7, 8할이나 된다. 나라로서는 재해 구제를 위한 대비체제를 상실해 버렸고, 대부받

은 백성들 중에는 상환의 독촉을 받으며 매질을 당하는 자가 많다"고 말했다. 재정을 확보하는 정책의 폐단에 대해서는,

"빈한한 백성들의 생계를 크게 해치는 한편 國體를 손상시키고 있다"고 말했다. 用兵의 잘못에 대해서는,

"安南에 대한 출병²¹과 西夏와의 전쟁으로 인해 병졸 가운데 사상자 수효가 도합 20만 이상에 이른다. 관원이 잘못하여 한 사람만 死罪에 처한다 해도 그 책임이 가볍지 않은데, 무죄한 백성 수십만 명을 死地로 내몰았으니 조정에게 허물이 돌아가지 않을 수 없다"고 말했다. 官制上의 적체에 대해서는,

"官制를 갱신한 것은 吏治를 바로잡기 위해서인데, 지금 반포한 개혁은 조리가 없고 사방에 아첨하는 무리들을 들끓게 하여 후세에 비난을 받을 것이다"라고 말했다.

이에 여공저와 사마광, 그리고 그 동지들은 청묘법을 폐지하고 이전의 상평창으로 되돌아갈 것을, 그리고 嘉祐 연간의 差役法을 참작하여 모역법을 개정할 것을, 保馬法을 폐지하고 이전의 監牧司 제도로 되돌아 갈 것을, 보갑법의 군사 훈련을 경감시켜 농사에 불편이 없도록 할 것을, 시역법의 폐지를, 茶와 鹽 전매제의 완화를, 변경 軍民에 대한 賞賜를, 그리고 流亡者에 대한 사면 및 西夏와의 和議를 요청하였다. 이를 보고 백성들은 좋아서 춤추며 환호하였다. 하지만 위로는 대신으로부터 아래로는 행정을 실제 집행하는 小吏에 이르기까지 그러한 개혁에 반대하는 자들이 이루 헤아릴 수 없이 많았다. 그 무렵 사마광이 臥病하

---

21 神宗 熙寧 8년(1075) 11월 交趾의 廣西 침공에 의해 촉발되어 이듬 해 12월까지 지속된 송-베트남 사이의 전쟁. 宋은 熙寧 9년 약 5만의 대군을 파견하여 交趾의 수도 交州(현재의 하노이)를 공격하였고, 결국 이로 말미암아 交趾는 稱臣하고 和議를 청하였다. 하지만 宋側도 교지정벌전 과정에서 심대한 피해를 입었다.

여 조정에 나오지 못하자 여공저와 몇 사람들은 상황 타개를 위해 노력하였고, 결국 太皇太后가 반대론자들을 파직한 연후에 대세가 결정되었다.(「神道碑」)

太皇太后가 執政에게 말했다.

"민간에서 軍馬를 양육하게 하는 것은 심히 고통을 주고 있으니 서둘러 폐지해야 할 것이오. 新法 가운데 臣民들이 불편하다고 말하는 것도 고치도록 하시오. 나는 先帝의 어머니요, 先帝가 시행한 제도 가운데 진실로 백성들에게 불편함을 끼치는 것이 있다면, 至公의 도리에 따라 고쳐야만 할 것이오."

또 이렇게 말하기도 했다.

"정치는 至公의 도리에 따르는 것이오. 至公하다면 사람들도 信服할 것입니다."

태황태후는 사대부와 일반 백성들이 올린 수만 통의 상주문을 조정에 내려보냈다. 여공저는, '신법 가운데 백성에게 해가 되며 신종의 本意에 부합되지 않는 것은 마땅히 차례차례 고쳐서 백성들에게 實利가 미치도록 해야 한다'고 판단하였다. 그런데 당시 사마광이 이미 臥病하여 조정에 나오지 못하는 상태였다.[22] 여공저는 두 몫의 大任을 담당해야 한다고 생각하였다. 만일 자신마저 무슨 일이 생기면 큰 일이라 판단하여 잇따라 상주문을 올렸으며 가능한 한 많이 태황태후를 入對하려 했다. 그의 뜻은 강렬하였으며 말 또한 준열하였다. 그리하여 그 해가 넘어가기 전에 개혁이 거의 완료되었다.(「神道碑」)

---

[22] 司馬光(1019~1086)은 哲宗 元祐 元年(1086) 正月 이래 臥病하여 이 해 9월 作故한다.

여공저와 사마광은 함께 상주하여 河南의 處士 程頤를 천거하고 특별히 불러 파격적으로 발탁해줄 것을 청하였다. 이에 詔令이 내려져 穎州團練推官國子監教授에 임명되었으나 固辭하였다. 다음으로 宣德郎秘書省校書郎에 임명하였으나 역시 고사하였고, 얼마 후 便殿에 召對하고 通直郎崇政殿說書에 임명하니 命을 받들었다. 이를 두고 어떤 이들은 程頤가 낮은 관직은 마다하고 높은 것을 받아들였다고 비판하였다.[23] 정이는 조정에 오르자 天下事를 自任하며 政事를 논한다거나 인물을 褒貶하기를 좋아하였다. 그리하여 俗士로서 상위직으로의 승진을 좋아하는 자들이 그를 마치 원수처럼 싫어하였다. 결국 정이는 견디지 못하고 물러났다.(「家傳」)

사마광이 上奏하여 免役法의 五害를 論하고 舊法에 따라 바꿀 것을 요청하였다.[24] 이에 三省에서 의논하라는 詔令이 내려지자 승상 蔡確이 말하였다.

"이는 大事이니 마땅히 樞密院과 함께 논의해야 할 것입니다."

여공저가 이에 맞서 상주하였다.

"臣이 삼가 전례를 살펴보니, 조정에 큰 논의 사항이 생기면 近臣 몇 사람을 선정하여 일임하였습니다. 바라건대 서너 사람을 선정하여 이들로 하여금 상세히 판단한 후 그 결과를 上聞토록 하십시오."

이와 함께 여공저는 몇 사람을 추천하니, 呂大防·韓維·范純仁으로 하여금 논의하여 결정하도록 하고 三省에 전담시키라는 詔令이 내려졌다. 樞密院의 참여는 배제시켰다.

---

23 團練推官·宣德郎·通直郎은 寄祿階로서 각각 從8品·正7品下·從6品下였다.

24 哲宗 元祐 元年(1086) 2월의 일이다. 『續資治通鑑長編』 권365, 乙丑 참조.

이에 앞서 사마광은, '모든 役人은 雇人으로서 대신시키지 말아야 한다'고 주장하였다. 하지만 동남 지방과 사천에서는 백성들 가운데 상당한 재산이 있거나 혹은 자제들에게 儒業을 가르치는 경우, 弓手라든가 기타 役人에 나아가는 것을 천하다고 여기고 있었다. 따라서 募代를 허용하지 않자 매우 고통스러워 했다. 여공저는 이러한 폐단을 전해 듣고, 모두 雇募를 허용하라는 명령을 내렸다. 이에 백성들이 크게 기뻐하였다.(「家傳」)

右司諫 賈易이 知懷州로 좌천되었다. 이에 앞서 蘇軾이 策題 문제로 臺諫들로부터 비난을 받았고 그 비난을 제기한 사람들은 대부분 程頤와 가까웠다. 그러자 정이와 소식의 사이가 더욱 나빠져서 그 黨與들이 서로 공격하였다. 이를 보고 賈易이, 정이와 소식을 함께 내쫓음으로써 조정을 다스리자고 청하였다. 그런데 가역의 말 가운데 太師인 文彦博과 同知樞密院인 范純仁을 공박하는 내용이 있어 태황태후가 賈易을 준엄히 다스리려 했던 것이다. 여공저가 말했다.

"가역이 한 말이 너무 지나쳤으나 대신을 좀 심하게 비난한 것 뿐입니다. 대간 직책에서 전임시키는 정도로 마무리지을 문제입니다."

태황태후가 말했다.

"가역을 처벌하지 않는다면 다시 같은 일이 반복될 것이오. 公 등은 황제와 함께 잘 생각해 보시오."

여공저가 다시 말했다.

"臣을 먼저 내쫓아 주십시오. 그렇지 않고서는 가역에 대해 처벌하라는 명령을 받들 수 없습니다."

이렇게 논쟁이 계속되다가 결국 간관직에서 罷職하고 知懷州로 내보내는 선에서 결착되었다.

물러나온 다음 여공저가 諸公들에게 말했다.

"간관이 논한 것을 두고 得失을 묻는 것은 아니 될 말이오. 현재 主上의 나이가 어리신데, 훗날 아첨을 하며 주상의 마음을 미혹시키는 자가 분명히 생길 것이오. 그때 주상께서는 좌우의 諫爭에 의지해야 될 터이고 그러니 미리 人主로 하여금 싫은 소리도 가벼이 여기지 않도록 해야만 하는 것이오."

呂大防과 劉摯·王存 등은 서로 돌아보며 탄복하였다.

"呂公의 인자함과 용기가 이토록 깊이가 있군요."(「家傳」)

諫議大夫 孔文仲이 朱光庭을 太常少卿에 임명하는 것은 옳지 못하다고 간언하였다. 여공저와 同列의 대신들이 강력히 상주하여 孔文仲의 주장은 각하되고 결국 朱光庭은 太常少卿에 취임하였다. 공문중은 본래 강직하다는 평판을 받았으나 점차 사리에 대한 분별이 없어져서 경박한 무리들에게 자주 이용당해 선량한 사람들을 해쳤다. 程頤와 賈易이 잇따라 落職한 이래로 浮薄한 자들이 더욱 기승을 부렸다. 이에 李常과 杜純·范純禮가 각각 外職을 구해 나갔다. 여공저와 집정들은 태후를 面對하여 상주하였다.

"善人들이 참언을 두려워하고 신변의 불안을 느끼는 것은 조정에 좋지 않은 일입니다."

태후는 이를 받아들였다.

공문중은 훗날 자신이 소인배들에게 속임을 당했다는 사실을 깨닫고 분한 나머지 피를 토하고 죽었다.(「家傳」)

여공저는 태후 앞에서 전후 수차례에 걸쳐 救災의 일을 상세히 논하였다. 태후와 철종이 政事를 주관하게 된 이래 사방에서 재해의 발생을 보고하였다. 여공저가 말했다.

"唐 太宗 貞觀 元年(627) 천하에 흉작이 발생하자 태종은 정성을 다해 구휼에 나섰습니다. 그리하여 貞觀 4년(630)이 되자 쌀 한 말이 3文에 불과할 정도로 풍작이 들었습니다. 백성의 父母가 되는 天子가 진실로 마음을 다해 백성을 보살피고 구휼에 힘을 기울인다면 자연히 하늘도 감응하여 和氣를 내릴 것입니다. 그리하여 결국에는 부강하게 될 것이니 어찌 재해가 근심거리일 수 있겠습니까?"

이후 홍수나 가뭄 등의 재해가 발생할 때마다 諫官과 省郞²⁵을 諸路에 파견하였다. 이들로 하여금 창고를 풀어 賑濟하게 하고 각 지방의 상 공미를 유예시켜 구제 비용으로 삼게 하였다. 또 죽을 쑤고 湯藥을 지어 질병을 구제하고 紙衣를 만들어 지급함으로써 추위를 피하게 하였다. 백성들 가운데 아이들을 길에 버리는 자들이 생겨나자 이 버려진 아이들을 위해 법을 만들어 收養하도록 하였다. 그러자 사방의 백성들이 태후와 철종이 백성들을 위해 마음을 다한다는 사실을 알게 되어 모두 信服하였으며 얼마 되지 않아 재해도 점차 사라져 갔다.(「家傳」)

여공저는 仁宗 시기 進士科에서 策論을 먼저 부과하자고 건의한 바 있다. 神宗 初年에는 다시 經術로 인재를 선발하자고 주장하였으며, 熙寧 3년(1070) 知貢擧가 되었을 때에는 은밀히 상주하여 殿試에서 策試만을 치르자고 말하였다. 그 얼마 후 여공저는 청묘법 등을 비판하다가 처

벌을 받아 파직되었다.

왕안석은 집권하고 나서 詩賦를 모두 폐지하고 과거제에서 經義만을 채택하였다. 그런데 『春秋』만은 殘缺로 인해 읽기 어렵다 하며 제외시켜서 『춘추』를 공부한 서생은 과거에 응시할 수 없었다. 왕안석은 또 자신의 아들인 王雱 및 자신을 추종하는 무리인 呂惠卿・呂升卿과 함께 『三經新義』를 저술하고 인쇄하여 천하에 퍼트렸다. 그리고 士人들이 과거에 응시할 때 모든 구절을 이 책에 의거하게 했다. 그러자 과거 응시자들은 경전의 뜻을 헤아리지 않게 되었으며 경전을 외우려 들지도 않았다. 오직 왕안석 및 여혜경의 책만을 정독하며 외워서 과거에 합격하려 했다. 有司가 策問을 출제할 때에도 먼저 時政을 칭송하였으며 답안을 작성하는 자도 아첨하는 말로 응답하였다. 뿐만 아니라 대부분 佛書로 六經을 증명하려 들었으며 심지어 天竺語를 사용하는 것을 高雅하다 여겼다. 후에는 字學을 숭상하여 과거에서 그것으로써 천하의 선비를 선발하였다. 그러자 士人들은 더 이상 경전을 공부하려 들지 않았고 오로지 解字에만 몰두하였다. 경우에 따라서는 字劃을 분해함으로써 한 글자에 수백 가지 설이 생기기도 했다. 이렇게 하여 경전에 대한 공부는 점점 소홀해졌다.

이러한 왕안석 시대의 조치로 말미암아 내외의 사대부들은 모두 經義를 탓하고 詩賦를 좋다 여기게 되었다. 元祐 年間의 초엽 사대부들은 다투어 과거제의 폐단을 말하면서 舊制로 복귀할 것을 주장하였다. 여공저가 말했다.

"先帝께서 신법을 시행하면서 經術로써 선비를 선발했던 것은 古義에 가장 부합되는 조치였다. 孔子가 지으신 六經이 후세에 소용이 닿지 않은 적이 있었던가? 다만 왕안석의 과거제가 잘못되었을 뿐이다. 왕안석의 경전 해석이 모두 잘못이라 말할 수는 없지만, 남들로 하여금 다 자기만을 따르라 했던 것은 큰 잘못이었다."

사마광 또한 과거제에서 詩賦를 다시 채택해서는 안 된다는 입장이었으나 논자들은 經義의 폐단을 너무 잘 알고 있어서 그 분노를 막을 수 없었다. 결국 進士의 첫 시험에서는 經義를 부과하고, 다음에는 詩賦와 論策을 부과하며, 경전의 뜻에 대해 답변할 때에는 고금 諸儒의 설과 자신의 의견을 덧붙일 수 있도록 하였다. 또 춘추과를 개설하게 했으며 太學에 春秋博士 두 사람을 배치하였다. 아울러 有司가 노장의 서적에서는 출제할 수 없게 하고, 과거 응시자가 문장을 제출할 때에는 申不害나 韓非子와 같은 刑名의 학문을 雜用할 수 없게 하였다. 불교 서적에서 인용하는 것도 금지하였다. 나아가 법률의 뜻을 묻는 시험도 폐지하였다. 그 무렵 막 전시가 열리려 하고 있었는데, 熙寧 年間 策論을 부활시켰던 당초 進士 葉祖洽이 祖宗을 비판하였고, 이를 본받아 그 후에 책론에 답하는 자들이 이전 시대를 비판하고 신종 시대를 좋다고 아부하는 경향이 많았음이 제기되었다. 그래서 執政은 策問을 폐지하고 詩賦를 부활시켜야 한다고 주장하였다. 이에 대해 여공저가 말했다.

"天子가 殿試에 임하여 策問을 내는 것은, 천하의 貢士들을 모아놓고 治道를 자문하는 것이다. 어찌 古義에 부합하는 良法이 아니겠는가? 답하는 자들의 是非와 邪正에 대해서는 考官들이 채점하기에 달린 것일 뿐이다."

이리하여 과거대로 策問을 시험하기로 결정되었다. 하지만 그 후로도 과거제를 논하는 것은 그치지 않았다. 그러다 여공저가 죽자, 詩賦는 더욱 비중이 늘어갔고 마침내 經義가 거의 폐지될 지경에까지 이르렀다. 그러한 것은 여공저의 뜻과는 다른 것이었다.(「家傳」)

여공저는 어려서 공부를 시작할 때부터 治心과 養性에 힘썼다. 그는 욕망을 적게 지녔고 맛난 것을 즐기지 않았으며 급히 말하거나 얼굴색을 쉽게 바꾸지도 않았다. 급한 걸음도 하지 않은 반면 게으르지도 않았고, 농담이나 비속한 말을 입에 올린 적이 없었다. 세상의 이익이나 어지러운 일, 歌舞나 宴會, 나아가 도박이나 바둑 등 놀이에도 관심을 두지 않았다. 이러한 성격은 천성적으로 타고난 것이었다.

만년에는 佛敎 관련 책들을 많이 읽고 禪의 이치에 매료되어 갔다. 사마광은 博學하고 행실도 바르지만 불교는 좋아하지 않았다. 여공저는 사마광에게 늘 불교에 대해 관심을 가져보라고 권하였다.

"소위 불교란 것은 마음가짐을 簡要하게 지니는 것일 뿐이오. 모든 것을 받아들여 승려가 되어야 한다는 것이 아니외다."

여공저 스스로는 儒生으로서의 衣冠을 갖추고 閑居할 때나 道를 논할 때에도 전연 佛家의 용어를 사용하지 않았다. 하지만 부처님이나 祖師들의 말을 상고하며 그 大要를 받아들여 가만히 익히고자 하였다. 그의 불교는 正心과 無念이 중심이었다.

여공저가 병이 들자 자손들이 집안에 가득 차고 친구들이 답지하였다. 그럼에도 그는 身世라든가 사후의 일 등에 대해서는 전연 말하지 않았다. 太后는 그를 매우 두터이 대하여 사람을 시켜 하루에도 두세 번씩 문병하게 하였다. 또 輔臣을 직접 집으로 보내 자신의 뜻을 전하기도 했다. 여공저는 이들을 대하면서도 전연 얼굴색이 변하지 않았다. 그러다 병이 깊어지자 정신은 고요해지고 수족이 편안해졌으며 聲氣가 어지럽혀지지 않은 상태로 임종하였다.(「家傳」)

呂希哲

呂公著는 집 안에 있을 때 簡重하고 과묵하여 무슨 일이든 신경을 쓰지 않았다. 반면 申國夫人은 성격이 엄하고 法度가 있어 비록 자식인 呂希哲을 사랑하였으나 그를 가르칠 때에는 매사에 법도대로 할 것을 요구하였다. 10살이 되자 아무리 춥고 더워도, 심지어 비가 올 때에조차 종일토록 侍立하게 하고 앉으라 명하기 전에는 앉지 못하게 하였다. 매일 어른을 만날 때에는 반드시 冠帶를 갖추게 하였으며, 평상시에도 날씨가 특별히 덥지 않으면 부모나 어른 곁에 있으며 버선과 두건을 벗지 못하게 했다. 의복 또한 매우 단정히 하게 했다. 바깥으로 외출할 때에는 茶肆나 술집에 들어가지 못하게 했고, 市井의 비속한 말이라든가 혹은 鄭·衛의 음악[26] 같은 저속한 음악은 듣지 못하게 했다. 不正한 책과 禮에서 어긋나는 색깔도 보지 못하게 했다.

여공저가 潁州의 通判으로 있을 때 歐陽脩가 마침 知州로 재임하고 있었으며 焦千之가 구양수의 식객으로 와 있었다. 焦千之는 강직하고 方正하여서 여공저는 그를 초대하여 자제들의 교육을 부탁하였다. 초천지는 諸生들에게 조금이라도 잘못이 있으면 자신 앞에 종일토록 단정히 앉아 있게 하고는 한 마디 말도 붙이지 아니 하였다. 諸生들이 두려워 畏伏하면 그때서야 조금 노기를 누그러뜨렸다. 당시 여희철의 나이는 10여 세였다. 안으로는 여공저와 申國夫人의 가르침이 이처럼 엄

---

26 저속하고 경박한 음악. 『詩經』의 「衛風」 「鄭風」 이래 鄭과 衛는 풍속이 음란하고 경박하다고 인식되었으며, 鄭衛 내지 鄭衛의 음악은 浮華하고 淫靡한 지방 및 음악의 대명사와 같이 쓰였다.

했으며, 바깥으로는 焦千之의 化導가 이처럼 엄하였다. 그리하여 여희
철의 덕망과 학식이 남들과 크게 달라질 수 있었다. 여희철은 이렇게 말
한 바 있다.

"사람에게 안으로 어진 父兄이 없고 바깥으로 엄한 師父가 없으면서
능히 이룸이 있는 자는 참 적도다."(「家傳」)

여희철은 胡瑗을 좇아 太學에서 공부하였는데 黃履와 邢恕가 同舍生
이어서 매우 친하게 지냈다. 후에는 孫復과 石介·李覯 등을 따라 그 講
讀을 들었으며 그 다음에는 왕안석에게 배웠다. 왕안석은, '士人들이 관
료가 되기 이전 과거시험 준비를 하는 것은 빈한하기 때문인데, 관료가
되고 나서 다시 과거시험을 준비하는 것은 부귀와 영달을 꾀하는 것일
뿐이다. 學者는 그래서는 안 된다'라고 생각하였다. 여희철은 이 말을
듣고 과거 준비를 그만두고 오로지 학문에만 몰두하였다.[27]

이후 程頤와 함께 胡瑗을 따라 공부할 때 같이 기거하였는데, 여희철은
程頤보다 나이가 한두 살 적을 따름이었지만 그 학문의 깊이가 다른 사람
과 비교가 안 된다는 사실을 알고 자신이 먼저 스승의 예로써 정이를 모셨
다. 楊國寶나 邢恕도 모두 여희철 때문에 정이를 따라 배우게 되었다.

이후 여희철은 程顥와 張載 형제, 孫覺, 李常 등을 좇아 노닐었고 이로
인해 知見이 날로 廣大해졌다. 하지만 그는 어느 하나의 학설에 매이지
않았으며 하나의 문하에 사숙하지도 않았다. 오직 지엽말단을 제거하
고 내면적인 함양에 뜻을 모아 지름길을 통해 곧바로 성인의 경지에 이
르고자 하였다. 曾子의 학문을 흠모하여 내면적인 수양에 진력하였다.

---

27   이로 인해 呂希哲은 門蔭으로 入仕한다(『宋史』 권336 「呂希哲傳」 참조).

경서를 읽을 때는 平直과 簡要함을 추구하였으며 자귀에 억매이지 않았다. 경서 내용의 파악을 우선시하고 자신이 이해하는 것을 중시했다. 또 실천을 중시하고 虛言을 숭상하지 않았으며 특이한 언행을 좇지 않았다. 이러기에 당시의 학자들은 그 학문의 깊이가 어느 정도인지 헤아리지 못했다.(「家傳」)

왕안석과 여공저는 서로를 존중하고 있었기 때문에 呂希哲은 왕안석을 좇아 공부하였다. 嘉祐 연간 이래 內外에 여러 문제가 발생하여 왕안석은 당시의 諸賢들과 더불어 국면의 전환을 도모하고 있었다. 대략 오래 전 시대를 모방하여 새로이 법제를 세우고 좋은 인사를 등용하며 각처에 학교를 세운다는 것이었다. 여희철은 이러한 방침을 미리 들을 수 있었다.

그런데 왕안석은 권세를 장악한 이래 그 시행하는 정치가 이전의 방침과는 적지 않게 달랐다. 뿐만 아니라 자신만을 믿고 간언을 싫어하여 여론의 지지를 잃었다. 여희철 부자와도 점차 갈라서게 되었다. 후에 왕안석은 자신의 아들인 王雱을 侍講 직위에 올리기 위해 먼저 여희철을 등용하고자 했다. 하지만 여희철이 固辭하였다.(「家傳」)

여희철은 크게 발탁되지 못하고 또 그 부친인 여공저도 오랫동안 外職에 있었기 때문에, 거의 10여 년 동안이나 한직에 머물렀다. 그동안 邢恕가 재상인 蔡確을 따라 요직으로 진출하여 신법을 약간 개변시키려 마음먹고 자신의 친구들을 발탁하려 했다. 그래서 여희철을 등용하고자 했는데 길을 떠나기 전 부친인 여공저가 만류하였다.

元祐 초년 여공저는 當世의 훌륭한 선비들을 대거 발탁하였다. 하나라

도 장점이 있는 자들은 모두 빠짐없이 기용하였다. 일찍이 여공저는 몇 장의 종이에다가 當世名士들의 이름을 적어두었는데 얼마 후 잃어버렸다가 다시 찾게 되어 살펴보니, 거기에 적혀 있는 사람들은 모두 기용되어 있는 상태였다. 여공저는 언젠가 아들인 여희철에게 친서를 보냈다.

"當世의 좋은 인사들은 모두 빠짐없이 등용했다만, 너만은 내가 아버지인 관계로 임용할 수 없었다. 이 또한 네 운명이다."

여희철의 부인 張氏는 賢淑하였는데, 이 얘기를 듣고 웃으며 말했다.

"부친 또한 그 자식을 잘 알지 못하시네요."(「家傳」)

여희철은 만년에 10여 년간 宿州와 眞州·揚州에서 거주하였는데 衣食이 부족하여 며칠 동안이나 집안에 양식이 떨어지기도 하였다. 하지만 그는 편안하게 방 하나에서 靜坐하면서 家事는 일체 묻지 않았다. 조금치도 州縣에 청탁하지도 않았다. 和州에 있을 때는 다음과 같은 시를 짓기도 했다.

"책을 잡히고 술을 사는 이외, 어떠한 것에도 마음을 흐트러뜨리지 않는도다."

한가할 때는 매일 『易』의 爻 하나를 읽으며 古今諸儒의 說을 두루 살펴보았으며, 조용히 앉아 깊이 생각하면서 세상사를 해석하였다. 밤이 되면 자손들과 古今을 평론하며 그 得失을 논하다가 느즈막이 파했다.(「家傳」)

권9

曾鞏

越州의 通判으로 재직할 때 흉년이 들자, 曾鞏은 常平倉만으로는 賑給하는 데 부족하겠다고 판단하였다. 더욱이 멀리 떨어진 곳에 거주하는 사람들은 성곽에까지 오기도 힘들 뿐더러 한꺼번에 너무 많은 사람들이 모일 경우 전염병이 돌 우려도 있었다. 그래서 먼저 屬縣에 일러서 부자들을 불러 보유 粟數를 신고하게 하여 총 15만 석을 확보하였다. 이를 常平倉의 가격보다 조금 높여서 백성들에게 팔았다. 백성들은 자기 고장을 떠나지 않고 편한 장소에서 粟을 받을 수 있게 하였다. 이로써 民食에 부족함이 없었고 粟價도 등귀하지 않았다. 한편으로 錢粟 5만을 방출하여 백성들에게 종자를 대여해 주고 세금을 납부할 때 함께 내도록 했다. 이러한 조치로 농사에 지장이 없었다.(弟 文昭公[1] 撰「行述」)

州[2]를 다스림에 백성들의 疾苦를 없애는 데 주력하였으며 姦人과 豪强, 도적을 억누르고 빈약한 백성들에게는 관대히 했다. 증공이 말했다.

"사람들에게 해가 되는 것을 제거하지 않으면 백성들이 편안해질 수 없다."

당시 각 지방에서는 아직 백성들을 保伍로 편성하기 전이었다. 증공은 관할 지역에서 保伍를 행하여 거주자 및 여행자들을 기찰하게 했고, 지나치는 곳 및 숙박지를 모두 기록하게 했다. 도적이 발생하면 북을 울려 서로 협동하여 붙잡게 했다. 이밖에 여러 조치를 취하여, 현상금을 내걸고 체포를 장려하였으며 자진 신고를 유도하는 데 힘썼다. 그리하여 도적이 발생하면 곧 체포할 수 있었다.

그때 葛友란 도적이 있었는데 수차에 걸쳐 민간을 약탈했으되 포획하지 못한 상태였다. 그런데 어느 날 스스로 출두하여 자신의 무리를 지적해 주었다. 증공은 그에게 의복과 酒食을 준 다음, 거짓으로 호위병을 딸려서 포상금으로 지급한 金帛을 지니고 그 부하들이 있는 지역을 돌아다니게 했다. 이를 보고 葛友 휘하의 도적들이 나와서 자수하였다. 증공은 겉으로는 葛友의 자수를 널리 선전하면서 실제로는 그 무리들을 이간질하여 다시는 규합하지 못하도록 했던 것이다.

山東의 풍속은 거칠어서 남을 공격하기를 좋아했다. 그런데 증공의 조치로 말미암아 지역의 유력자들이 감히 함부로 설치지 못하게 되었으며 도적들도 자취를 감추었다. 이로써 州郡이 조용해졌다.(「行述」)

---

1   文昭公이란 曾鞏의 實弟였던 曾肇를 일컫는다. 曾肇는 『三朝名臣言行錄』 권9之2에 立傳되어 있다.

2   京東東路의 齊州를 가리킨다. 『宋史』 권319, 「曾鞏傳」 참조.

증공이 齊州에 있을 때 조정에서 變法을 단행하여 사방에 사자를 파견하였다. 증공은 新法을 요령 있게 실시하여 백성들이 소란스러워지지 않았다. 파견되어온 사자 가운데 혹시 私欲을 바라 무언가 시행하는 경우 일체 허용하지 않았다.

河北에서 백성들을 동원하여 황하를 준설할 때 주변 지역에도 인력 차출이 할당되었다. 齊州는 2만 명의 인부가 할당되었는데 처음의 호적에 의하면 2丁이나 3丁 당 하나 꼴이었다. 증공은 隱漏의 인원을 색출하여 9丁當 1인이 되도록 하였다. 이로 인해 몇 배의 비용이 줄어들었다. 또 증공은 役人을 재감하여 民力을 보호하고 無名의 河渡錢[3]을 폐지하는 대신 다리를 부설하여 왕래의 편의를 도모하였다. 傳舍[4]도 적절히 이전하여 長淸縣으로부터 博州를 거쳐 魏縣에 이르는 길에서 이전에 비해 6개 驛을 줄일 수 있었다. 사람들도 모두 편하게 여겼다. 그 나머지 비용은 순서에 따라 장부에 기재하고 보관하였는데 대략 15만에 달하였다. 이러한 조치는 이웃 州에서도 본받아 시행되었다.

그러다 증공이 다른 지역으로 轉任가게 되자, 州人들은 다리를 끊고 문을 걸어 닫은 다음 억지로 머물게 하였다. 증공은 夜間에 간신히 빠져나왔다.(「行述」)

福州에는 佛寺가 많았다. 승려들은 사찰의 富饒함을 보고 다투어 자기들의 관할하에 두기 위해 이리저리 뇌물을 주었다. 증공은 사찰의 신도들로 하여금 스스로 주관 승려를 선택하게 하고, 그 이름을 기록하여 관청

---

3 하천의 나루에서 징수하는 통과세. 坊場錢과 함께 衙前에게 보수의 명목으로 지급되었다.
4 驛傳. 관료의 왕래 및 공문서 전달의 편의를 위해 개설한 驛站 내지 공용 숙소.

내에 관련 문서를 보관시켰다. 이로써 승려들이 사사로이 청탁하는 것을 금지하고 관아에서 뇌물을 요구하는 폐단도 근절시켰다. 또 백성들 가운데 出家하여 승려가 되는 자들은 3년에 한 번씩 호적에 등재시키고 있었는데, 그 숫자가 거의 만 명에 달하여 관청내 관련 부서에서 뇌물을 챙기고 있었다. 경우에 따라서는 재산이 수천만 전에 달하기도 했다. 증공은 이러한 풍조를 불식시키고 과거 폐단을 일삼던 사찰 두 개를 폐사시켰다. 아울러 부녀자들이 사찰내 건물을 드나들지 못하게 했다.(「行述」)

증공은 到任하는 곳마다 가르침을 남겼다. 업무 가운데 屬縣에 하달해야 할 것들은 휘하의 관리들에게 緩急을 따져 기한을 정하게 했다. 기한이 도래하기 전까지 다시는 문서를 보내 독촉하지 않았다. 기한이 되었는데도 보고가 없으면 그 죄를 물었다. 기한과 업무 보고가 일치하지 않을 때에는 縣으로 하여금 사유를 설명하게 하고 다시 기한을 주었지만, 기한을 지키지 못한 관련자는 책임을 추궁하였다. 또 州에서는 縣에 사람을 보내지 않았으며, 縣에서도 州의 담당자에게 사람을 보내 사사로이 연락하지 못하게 하였다. 이러한 조치에 대해 縣에서는 최초 잘 따르려 하지 않았지만, 증공이 작은 사안의 경우 담당 서리를 벌하고 큰 사안의 경우에는 縣의 관원까지 탄핵하자, 縣에서 감히 업무를 게을리하지 않고 모두 기한에 앞서 업무를 처리하였다. 이로 인해 백성들에게는 번거로움이 없어졌으며 왕래하는 문서도 수십 분의 일로 줄었다. 한편 업무 가운데 州에 관련된 것은, 감독하고 지휘하는 데 있어 모두 정해진 서식을 만들었다. 그 다음 僚屬들에게 分任하여 부리며 증공 자신은 總綱만 관할하였다.

증공이 부임한 州들은 평소 다스리기 어렵기로 이름난 곳이었다. 하지만 증공이 到任한 후에는 명령이 정확히 집행되었으며 서리들이 모두 업무에 충실히 임하게 되었다. 政事는 크고작은 것 모두 그대로 행해졌으며 관아내 밀린 일이 사라졌고 감옥에도 수감된 자가 현격히 줄었다. 사람들은 다만 증공이 朝夕으로 잠깐 업무를 처리하고 끝내서 그다지 신경을 쓰지 않는다고 여겼다. 하지만 그의 업무 방침이 簡要하고 분명하며 그 자신의 총명함 및 위엄이 뒷받침되는 까닭에, 힘들이지 않고도 다스릴 수 있었던 것을 알지 못했다. 吏民들은 처음에는 간혹 증공의 준엄함을 두려워하였지만 조금 후에는 그의 정치를 편안히 여겼다. 그래서 그가 轉任가고 시간이 흐르면 더욱 그를 아쉬워했다.(「行述」)

신종은 증공이 현명함을 알아보고 그를 중용하려 했다. 어느 날 中書에 手詔를 내려보냈다.

"증공은 史學에 자질이 있다고 사대부 사이에 평판이 나 있으니 五朝史[5]의 편찬을 담당시켜야 할 것이다."

이렇게 하여 修撰에 임명되었다.

송대에 國史[6]를 편찬할 때에는, 문장에 뛰어난 인사 몇 사람을 선발

---

5 太祖·太宗·眞宗·仁宗·英宗의 國史를 말한다.
6 宋代에는 起居注와 時政記를 기초로 하여 편년체의 日曆을 만들고, 그것에 뒤이어 매 황제별로 本紀와 列傳으로 구성되는 實錄을 편찬하였다. 그리고 일정 시기가 지나면 다시 紀傳體의 國史를 撰修하였다. 國史는 國史院을 설치하여 편찬하였는데, 재상을 監修國史로 삼고 朝官을 修撰으로 京官을 直官으로 하였다. 송대를 통해 國史는 총 6차에 걸쳐 撰述되었다. 太宗 雍熙 4년(987)에 편찬한 『太祖紀』10권, 眞宗 景德 4년(1007)에 편찬한 태조·태종의 『국사』120권, 仁宗 天聖 5년(1027)에 편찬한 重修『국사』150권, 神宗 熙寧 10년(1077)에 편찬한 仁宗·英宗의 『국사』120권, 高宗 紹興 9년(1139)에 편찬한 神宗·哲宗·徽宗·欽宗 4대의 『국사』, 그리고 理宗 寶祐 2년(1254)에 완성된 高宗·孝宗·光宗·寧宗 4대의 『국사』가 그것이다. 이상 6종의 『국사』는 『太祖紀』가 本紀의 서술에 그쳤던 것을 제외하면 나머지는 모두 本紀·表·志·列傳이 구비되어 있다. 반면 송대의 실록은 本紀와 傳만으로 구성되어 있을 뿐 表와 志는 없었다.

하고 그 위에 대신을 監總으로 임명하였다. 五朝의 역사를 한꺼번에 편찬하며 오직 한 사람에게 맡기는 전례가 없었다. 증공은 밤낮으로 연구하였다. 하지만 채 초고를 완성하기 전에 관제개혁이 단행되어 中書舍人으로 발탁되었다. 入謝[7]할 틈도 없이 직무를 수행하라는 지시가 내려졌다. 당시 위로는 三省으로부터 아래로는 百官에 이르기까지 官名과 직무가 일신되어 하루에도 수십 명의 관직이 제수되었다. 증공은 직무의 내용을 상기시키며 간결하면서도 함축적인 인사명령서를 작성하였다. 이를 두고 사람들은 三代의 풍모가 있다고 말하였으며 신종 또한 수차례나 그 典雅함을 칭찬하였다.(「行述」)

증공이 처음 신종을 뵈었을 때 신종이 물었다.

"卿은 왕안석과 포의 시절부터의 친구요, 왕안석을 어떻게 생각하오?"

"왕안석의 문학과 行義는 揚雄에게도 뒤지지 않을 정도입니다만 인색합니다. 그런 점에서 古人에 미치지 못한다 할 수 있습니다."

"왕안석은 부귀를 가볍게 여기는 인물이오. 인색하지 않소이다."

증공이 대답하였다.

"그것을 말하는 것이 아닙니다. 왕안석은 행동에는 용감하지만 허물을 뉘우치는 데는 인색합니다."

신종이 머리를 끄덕였다.(『鐵圍山叢談』)

증공이 實錄院檢討官에서 파직되고 錢醇老가 대신하게 되었다. 楊會가 말했다.

---

7   入朝하여 사례하는 것.

"증공이 越州 山陰縣의 知縣으로 있을 때 民田 수십 경을 시가보다 싸게 구입하여 고소당한 적이 있었다. 당시 曾易占이란 인물이 越州의 幕職官으로 있었는데, 知州와 通判에게 말했다. '증공은 과거에 우수한 성적으로 합격하여 장차 顯貴하게 될 인물인데 이 일 때문에 인생이 어그러진다면 애석한 일입니다. 그의 부친인 曾會가 지금 明州의 知州로 있는데 연로하니, 그와 논의하여 자식을 대신해 罪過를 담당하도록 하는 게 어떻겠습니까?' 知州와 通判은 그 말을 따랐다. 그래서 曾會가 臟罪의 처벌을 받아 면직되었고, 증공 역시 연루되었다 하여 監當官[8]으로 좌천되었다. 이 일로 증공은 曾易占에게 큰 신세를 졌던 것이다. 훗날 曾易占은 信州의 知縣으로 있다가 臟罪의 처벌을 받아 英州로 編管되었는데, 도망하여 증공의 별장에 숨어 지냈다. 그러다 사면령이 내려지자 밖으로 나와서, 증공에게 억울함을 호소하는 소송을 제기해 달라 요청하였다. 하지만 다시 탄핵되어 英州로 가게 되었으며 거기서 죽었다. 당시 증공은 문상을 가지 않았고, 이 때문에 鄕里 사람들로부터 비난을 받았다. 이를 보고 왕안석이 「辨曾子」라는 문장을 지어 해명해 주었다. 증공이 과거에 及第하였을 때 鄕人들은 感皇恩道場을 지어 근심거리가 향리를 떠나가게 된 것을 축하하였다. 증공은 관직에 나간 이후 轉運使의 위세에 의존하여 州를 잡아 흔들었고, 州의 힘에 의존하여 縣을 흔들었으며, 縣의 힘에 의존하여 백성들을 뒤들었다."(『溫公日錄』)

---

8 전국의 각급 행정단위(京府로부터 府州軍, 縣을 포괄)에 파견되어 있는 재무관료의 총칭. 각종 場·院·庫·務·局·監 등을 감독하며 稅收와 庫薔·制作·전매 등의 업무를 관할하였다. 통상 選人이나 使臣이 임용되나 京朝官이 責降되는 경우도 있었다. 대부분 稅收와 專賣·課利의 수입액이 규정되어 있어, 연말 결산시 그 규정액의 달성 여부에 따라 상벌이 정해졌다.

曾肇

門下侍郎 韓維가, 范百祿이 不正을 자행하였으며 10여 건의 비리가 있다고 面奏하였다.[9] 이에 대해 簾中의 太皇太后가 심히 노했다.

"輔臣이 臣僚를 탄핵할 때에는 마땅히 章奏의 형태를 갖추어 曲直을 명확히 해야 한다. 그런데 문장이 아니니 讒言으로 비방하는 것과 무엇이 다른가?"

韓維는 知鄧州로 좌천되었다. 中書舍人으로 있던 曾肇는 制詞를 기초하지 않고 두 차례나 상주를 올려 반대하였다.

"韓維는 執政입니다. 조정을 위해 是非와 邪正을 분별하는 것이야말로 大臣의 본분이라 할 것입니다. 비록 문안을 갖추지 않고 구두로 상주했다 하나 어찌 그것만으로 군주를 기만했다 할 수 있겠습니까? 大臣은 國論에 참여하여 인물의 좋고 나쁨을 판단합니다. 굳이 일일이 문자로 기록해야 할 필요는 없습니다. 그 발언이 옳은지 그른지, 실행하여 人心이 따를 것인지 아니 따를 것인지를 돌아보아야 할 것입니다. 지금 폐하께서 韓維를 책벌하시며, '구두로만 상언함으로써 군주를 기만할 뜻이 있었다'고 말씀하셨습니다. 臣은 삼가 책벌의 명령이 내려질 경우, 人心이 수긍치 않으며 폐하께서 그릇된 죄목으로 대신을 내쫓았다고 여길까 두렵습니다. 폐하의 盛德 또한 손상을 받으실 것입니다. 執政大臣들은 이후 한유의 일로 인해 감히 입을 열어 논의하거나 혹은 인물의 좋고 나쁨을 말하지 않을까 우려됩니다. 이러한 일이 君臣 상하 간에 좋지 않은

---

9   哲宗 元祐 2년(1087) 7월의 일이다. 『續資治通鑑長編』 권403, 元祐 2년 7월 壬戌 참조.

영향을 남길 것입니다. 폐하께서 誠心으로 대신을 대하는 도리도 아니며 대신이 온 몸을 바쳐 폐하를 섬기는 도리도 해치게 될 것입니다."

曾肇는 한유를 좌천시키는 制詞를 다른 舍人에게 담당하게 했다. 증조의 상주는 비록 받아들여지지 않았으나 士論은 옳다고 여겼다.(「行述」)

哲宗이 親政에 나서서 舊臣들을 차례차례 기용하고 熙寧·元豊의 法을 모두 복원시켰다.[10] 증조에 대해서는 여러 번 직분을 잘 지켰다고 칭찬하였다. 증조는 入對하여 宣仁太后의 섭정에 대해서는 말하지 않고 국가의 大體에 대해서만 아뢰었다.

"人主에게 설혹 천성적인 聖質이 있다 해도 전후좌우의 臣僚들에 의존해야만 합니다. 좋은 인재를 얻는 것이야말로 정치의 근본입니다. 무엇보다 충성스럽고 端良하며 박식한 인재를 신중히 가려 뽑아 천자의 좌우에 두고, 그들을 고문으로 삼으며 그 간언을 들어야 합니다. 깊숙한 궁전에 처하여 藝御의 무리[11]나 가까이 하시는 것과 비교하면, 그 차이는 이루 헤아릴 수 없을 것입니다."

이러한 발언이 측근의 뜻을 거슬러 중용되지 못하였다.(「行述」)

元符 3년(1100) 徽宗이 즉위하고 欽聖太后[12]가 섭정하게 되었다. 어느 날 二府가 정사를 아뢰는 데 태후가 말했다.

---

10 宣仁太后 高氏(1028~1089)는 元祐 8년(1093) 9월 62세의 나이로 死去하고, 이어 17세의 哲宗이 親政에 나섰다.
11 측근의 近習之人.
12 神宗의 皇后인 欽聖憲肅皇后 向氏(1046~1101). 英宗 治平 4년(1067) 2월 皇后로 冊立되었으며 哲宗이 불과 24세로 붕어하였을 때 徽宗의 繼位를 決策하였다. 向太后는 徽宗이 19살의 나이로 즉위한 이후 元符 3년(1100) 2월부터 7월까지 6개월간 垂簾聽政하였다.

"神宗이 궁중에 있을 때 언젠가 曾肇가 좋은 인재라 말한 적이 있소이다."

증조는 소환되어 中書舍人에 임명되었다.

그 무렵 '大中至正'의 방책을 제시한 사람이 있어,[13] 元祐와 紹聖의 정치[14]가 모두 일장일단이 있다고 주장하였다. 이에 曾布가 上命을 받아 증조에게 이러한 요지의 詔令을 起草하여 천하에 반포하라고 일렀다. 증조가 태후를 알현하고 말했다.

"폐하께서 대원칙을 정하여 朋黨을 일소하시려면, 무엇보다 군자와 소인을 분별하여 善을 상주고 惡은 징벌하여 한 쪽으로 치우치지 말아야만 합니다."

증조는 심히 간곡하게 上言하였다. 얼마 후 증포를 재상으로 삼는다는 조령이 내려졌다. 증조는 마침 궁중에 있어 조령을 起草하는 작업을 하였는데 거기에 몇 가지 사실을 덧붙였다.

"백성을 쉬게 하고 관원들을 考核하며, 인재를 판별하여 발탁하며 正直을 장려한다. 풍속을 깨끗이 하고 기강을 숙정한다."

증조는 물러나 증포에게 자신의 의견을 개진하였는데, 대략 조령에 담았던 내용을 간곡히 반복하는 것이었다. 宋朝의 學士들 가운데 동생이 형을 위한 인사명령서를 기초하는 사례는 韓氏와 曾氏[15] 뿐이었다. 士論은 이를 매우 영예롭다 여겼다.(「行述」)

---

13 元符 3년(1100) 6월의 일이다. 『宋史全文』 권14 참조. 당시는 哲宗이 붕어하고 徽宗이 즉위하여 神宗의 皇后인 向太后가 섭정하고 있었다.
14 元祐 연간(1086~1094)의 舊法 정치와 紹聖 연간(1094~1098)의 新法 回歸를 말한다.
15 韓絳・韓維・韓縝 형제와 曾布 및 曾肇 형제를 일컫는다.

蘇軾

소식이 열 살이 되었을 때 부친인 蘇洵은 사방으로 遊學하고 있어서 모친이 직접 글을 가르쳐 주었다. 소식은 古今의 成敗를 들으면 곧바로 그 大要를 말할 수 있었다. 언젠가 모친이『後漢書』를 읽다가「范滂傳」에 이르러 깊이 탄식하였다. 소식이 곁에 있다가 말했다.

"제가 만일 范滂 같이 행동한다면 어머니는 허락하시겠습니까?"

"네가 范滂 같이 된다면 내가 范滂의 어머니 같이 될 수 있을지 모르겠구나."[16](蘇轍 撰,「墓誌」)

嘉祐 2년(1057) 구양수가 진사과의 考官이 되었는데 그는 당시 문장의 詭異함을 몹시 못마땅히 여겨 그 병폐를 시정하려 생각하고 있었다. 당시 梅堯臣이 함께 考官이었는데, 소식이 지은「論刑賞」이란 문장을 보고 구양수에게 전해주었다. 구양수는 매우 놀라워하며 異才라 여기고 1등에 올리려 하였다. 그러다 혹시 曾鞏이 대신 지어준 것은 아닌가 하는 의심이 들었다. 曾鞏은 구양수의 문하생이었다. 그래서 짐짓 소식을 2등으로 올렸다. 그런데『춘추』에 대한 답안지를 보고 다시 1등으로 올

---

16 范滂(137~169)은 後漢 말기의 인물로서 李膺·杜密과 함께 청렴한 인물로 평판이 높았다. 桓帝 延熹 9년(166) 환관 黨與의 부패를 공격하다가 黨人을 끌어 모은다는 죄목으로 파직되었다. 이어 靈帝 建寧 2년(169) 黨錮의 獄가 있자 스스로 자수하여 수감되었다. 당시 縣令 郭揖가 印綬를 풀고 함께 도망칠 것을 청했지만 받아들이지 않고 死地로 나아갔다. 范滂이 자수를 결심하고 모친과 하직할 때 모친은 격려해 주었다고 한다. 이러한 범방 모친의 격려에 대해『후한서』에서는, "滂白母曰 仲博孝敬 足以供養 滂從龍舒君歸黃泉 存亡各得其所 惟大人割不可忍之恩 勿增感戚. 母曰 汝今得與李杜齊名 死亦何恨? 旣有令名 復求壽考可兼得乎? 滂跪受敎 再拜而辭"(권97,「范滂傳」)라 적고 있다.

렸다. 이후 소식은 구양수와 매요신에게 서신을 보내 사례하였는데, 구양수는 이를 보고 매요신에게 말했다.

"내 이제 이 사람에게 문단의 윗자리를 물려주어야 할 것 같소."

士人들은 이 말을 듣고 처음에는 말들이 많았으나 얼마 후 信伏하게 되었다.(「墓誌」)

다음은 소식의 말이다.

"그 무렵 나는 또 制科에 응시하여 합격하였다.[17] 英宗 황제께서는 나에게 곧바로 知制誥를 除授하려 하시자 재상인 韓琦가 말했다.

'소식은 원대한 그릇입니다. 훗날 반드시 천하를 위한 인재가 될 것입니다. 조정에서 차분히 배양하여 천하의 선비로 하여금 모두 그에게 畏慕하고 降伏하도록 만드십시오. 그래서 모두 조정이 그를 進用하기를 바랄 때 크게 발탁하신다면, 모든 사람들이 이의를 제기하지 않을 것입니다. 하지만 지금처럼 갑자기 발탁하면 천하의 선비들이 승복하지 않아 오히려 소식의 앞날에 장애가 될 것입니다.'

英宗께서 말씀하셨다.

'그렇다면 修注[18]는 어떻소?'

'記注는 制誥와 비슷[19]하니 역시 수여해서는 안 됩니다. 館閣 중에서 마땅한 貼職[20]을 택하여 수여하시는 것이 좋겠습니다. 그러다가 때를

---

17 蘇軾(1037~1101)은 仁宗 嘉祐 2년(1057) 21살의 나이로 진사과에 급제하고, 이어 嘉祐 6년(1061)에 다시 制科에 합격하였다.
18 同修起居注의 略稱. 記注官·記注라고도 칭한다.
19 知制誥와 同修起居注는 中書門下의 屬官으로서 각각 舍人院과 起居院 예하의 관원이었다. 양자는 공히 淸要職으로서 그 지위가 비등하여, 三館秘閣의 校理 이상으로 進士科 성적이 우수한 자나 制科 출신자가 임용되었다. 이에 대해서는, 『古今合璧事類備要』後集 권19, 「左右史門」 및 『宋會要輯稿』 「職官」 2之13 등을 참조.

보아 발탁하셔도 늦지 않습니다.'

이렇게 해서 直史館이 수여되었다. 나는 그러한 얘기를 듣고, '재상 韓公은 가위 德望으로써 남을 사랑하는 분이라 할 만하다'고 말했다."

(『李廌談記』)

왕안석이 집권하고 나서 많은 신법이 발포되었다. 소식은 왕안석과 본디 의론이 맞지 않아서, 服喪을 마치고[21] 조정에 돌아오자 官告院[22]이 란 閑職에 배치되었다. 熙寧 4년(1171), 왕안석은 과거제를 개혁하려 했 는데 신종은 이에 대해 의심이 들어 兩制와 三館[23]으로 하여금 논의하 게 하였다. 이에 소식이 의견을 올리자 그날로 신종이 불러 물었다.

"그대는 어떻게 朕을 도울 셈이오?"

소식은 오랫동안 대답을 회피하다가 말했다.

"臣이 삼가 생각하건대 폐하께서는 다스림을 너무 급히 추구하십니 다. 臣僚들의 말도 너무 많이 들으시고 사람을 進用하는 것도 너무 급하 십니다. 원컨대 폐하께서는 조용히 事勢를 관망하신 다음 일을 추진하 시기 바랍니다."

---

20 다른 관직이면서 諸閣學士 등의 職名이나 三館의 職名을 兼領하는 것. 宰執은 觀文殿·資政殿·端明殿 등의 殿學士를 帶銜하고, 侍從은 諸閣學士를, 卿과 監은 修撰과 直閣을, 京官은 直秘閣을, 武臣은 閣門使 및 宣贊舍人을 帶銜하였다. 이러한 貼職을 위해 북송 말기 이래 허다한 殿閣의 名目이 增置된다.

21 蘇洵(1009~1066)은 英宗 治平3년(1066) 4월 작고하였다. 蘇軾의 나이 31살 때였다. 蘇軾은 이때로부터 神宗 熙寧 元年(1068)까지 服喪하였다. 이에 대해서는 『東坡全集』 「東坡先生年譜」 참조.

22 丙部吏部司封司勳官告院의 簡稱. 문신과 무관, 장교의 임명서인 告身과 命婦의 封贈 관련 官告를 제조하는 부서였다.

23 知制誥와 三館學士, 翰林學士로서 知制誥를 帶銜하는 자를 內制라 하고 여타 관직으 로 知制誥를 帶銜할 때는 外制라 칭했으며, 내제와 외제를 합쳐 兩制라 불렀다. 또 昭 文館·史館·集賢院·秘閣의 職事를 맡고 있는 관원(館職)을 三館學士라 칭했다.

신종은 조심스럽게 대답했다.

"卿의 말을 깊이 생각해 보겠소."

왕안석 일파는 그를 싫어하여 개봉부의 推官으로 발령하였다. 많은 업무로 좀 괴롭히고자 하는 심사였다. 하지만 소식의 獄訟 판결이 精敏하여 聲望이 널리 퍼졌다. 그 때 上元節이 되자 兩浙의 燈을 매입한다는 勅旨가 내려졌다. 이에 소식이 은밀히 상주하였다.

"이러한 조치는 전례가 없습니다. 공연히 폐하께서 놀이를 즐기신다는 인상을 남들에게 심어줄 우려가 있습니다."

신종은 즉시 이를 철회하였다.

殿試의 進士科에서 策問을 부과하니 擧子들이 집권자에 영합하기 위해 다투어 祖宗의 법도를 비판하였다. 소식은 考官이 되어 임무를 완료하고 나서, 상주문을 올려 그러한 병폐를 심도 있게 지적하였다. 이후 소식의 신법에 대한 비판은 더욱 강렬해졌고 이에 따라 왕안석도 그를 더욱 싫어하게 되었다.(「墓誌」)

謝景溫이 말했다.

"范鎭은 소식을 諫官으로 추천했는데, 소식은 과거 服喪 기간에 많은 선박들을 동원하여 私鹽과 蘇木[24]을 팔고 다녔습니다. 服喪을 마치고 京師에 들어올 때는 또 많은 병사들을 동원하여 사역시켰습니다."

왕안석은 처음 政事를 주도할 때 언제나 신종이 獨斷할 수 있도록 도왔고, 신종은 이로 인해 그를 전적으로 신임하였다. 이를 풍자하여 소식은 개봉부의 考官이 되고 나서 다음과 같은 策問을 내렸다.

---

24 蘇木은 蘇枋이라고도 일컬어진다. 목재는 紅色 염료의 재료로 쓰이고 뿌리는 黃色 염료의 재료로 쓰인다.

"西晉의 武帝는 吳를 정복할 때 獨斷으로 이겼으나 苻堅은 東晉을 정벌할 때 獨斷으로써 망했다. 춘추 시대 齊桓公은 管仲을 전적으로 신임하여 覇業을 이루었으나, 燕王 噲는 子之를 전적으로 신임하다가 망했다. 외양은 동일했으되 결과는 달랐다. 무슨 까닭인가?"

왕안석은 이 사실을 듣고 기분 나빠 했다.

소식의 동생인 蘇轍이 條例司에서 사직[25]하고 청묘법이 불편하다고 주장하였다. 왕안석은 더욱 노하였다. 소식에게 외사촌이 되는 選人이 있었는데, 소식과는 사이가 좋지 않았다. 왕안석은 사람을 시켜 그를 불러서 소식의 약점을 캐물었고, 그는 服喪 시기 私鹽과 蘇木을 매매했던 사실 등을 일러바쳤다. 왕안석은 소식을 깊이 원망했지만 즉시 그 사실을 공개하지는 않았다. 이러한 상태에서 소식은 또 수차례 상주문을 올려 신법을 비판하다가, 개봉부의 考官이 되자 왕안석을 비판하는 策問을 출제했던 것이다.

한편 신종은 兩制의 臣僚들에게 諫官을 추천하라는 詔令을 내렸다. 당시 衆論은 최고의 간관 감으로서 傅堯兪와 소식만한 인물이 없다는 것이었다. 그래서 여섯 명이 傅堯兪를 추천하고 范鎭은 소식을 추천하였다.

그러자 謝景溫은 소식이 諫官이 될 경우 왕안석의 잘못을 공격할까 우려하여 소식의 약점을 공개하며 강력히 견제했던 것이다. 이에 앞서 왕안석은 淮南·江南東西·荊湖北·夔州·成都 등 6路의 轉運使들에게 그 진상을 조사하라고 지시하였다. 그런데 진상을 알아본 결과 사천 眉州人인 소식은 수도로 들어오면서 때마침 眉州의 知州가 교체되어 그들과 함께 왔던 것일 뿐이었다.(『溫公日錄』)

---

25 神宗 熙寧 2년(1069) 9월의 일이다. 이에 대해서는, 『續資治通鑑長編拾補』권5, 熙寧 2년 9월 辛未 참조.

소식이 杭州의 通判이 되었다.[26] 당시 사방에서 청묘법과 면역법·시역법을 실시하고 있었으며 浙西에서는 농전수리법과 개정된 鹽法이 시행되고 있었다. 소식은 항주에서 적절히 법을 운용하며 백성들을 편안히 이끌었다.

또 高麗로부터 入貢하는 사자가 州郡을 능멸하고 있었으며, 그 押班使臣은 대부분 本路의 筐庫[27]였는데 이를 기화로 더욱 방자해져서 심지어 鈐轄[28]까지도 얕보았다. 소식은 사람을 보내 押班使臣에게 말했다.

"먼 오랑캐가 교화를 흠모하여 왔으니 당연히 공손해야 할 것이다. 그런데 저들이 방자하기 짝이 없다. 너희가 그렇게 이끌지 아니했으면 어찌 그러겠느냐? 뉘우치지 않으면 上奏하겠다."

押班使臣은 두려워 조금 기세가 누그러졌다. 고려의 사신이 관원들에게 물품을 바쳤는데 문서에는 甲子 紀年을 사용하고 있었다. 소식은 물리치며 말했다.

"고려는 우리 송조에게 稱臣하고 있다. 그런데 우리 연호를 사용하지 않는데 어찌 받을 수 있겠느냐?"

고려의 사자는 즉시 문서를 바꾸어 熙寧이라 적었고 그러자 소식은 접수하였다. 당시인들은 이를 두고 합당한 禮를 지켰다고 말했다.(「墓誌」)

知密州로 전임되었다.[29] 당시 막 手實法이 시행되어, 백성들로 하여금 직접 재산을 신고하게 하고 이를 통해 戶等을 확정하였으며, 다른 사

---

26 蘇軾은 神宗 熙寧 4년(1071) 11월 杭州에 도임한다.『東坡全集』「東坡先生年譜」참조.
27 監當官의 별칭. 監官·監局이라 칭해지기도 한다. 監當官은 各州縣에 배치되어 稅收와 專賣課利의 징수를 담당하는 職任을 수행하였다. 통상 選人이나 使臣이 充用되었다.
28 兵馬鈐轄의 簡稱. 지역의 주둔군 사령관.
29 神宗 熙寧 7년(1074) 5월의 일이다. 이에 대해서는『東坡全集』「東坡先生年譜」참조.

람들에게는 그 不實을 고발하게 했다. 司農寺에서는 또 諸路에 지침을 하달하여 시행하지 않을 경우 명령 위반으로 다스린다고 엄포를 놓았다. 소식은 提擧常平倉官에게 말했다.

"지금 司農寺에서 이러한 명령을 내리고 있는데, 이는 멋대로 법률을 만드는 것이 아닌가?"

提擧常平倉官은 놀라서 말했다.

"좀 심기를 누그러뜨리시지요."

얼마 후 조정에서도 手實法의 폐해를 알고 폐지하였다. 密州의 백성들은 모두 다행이라고 여겼다.(「墓誌」)

密州에 도적이 발생하였지만 포획하지 못한 상태였다. 安撫司와 轉運司에서는 걱정이 되어 무관을 파견하여 병사 수십 명을 이끌고 가서 사로잡게 했다. 그런데 이들이 흉포해져서 백성들을 괴롭혔다. 民家에 들어가 약탈하다가 살인하기도 했다. 그런 다음 죄가 두려워 달아나서는 반란을 일으키려 했다. 백성들이 이러한 사실을 호소하자, 소식은 그 문서를 내팽개치며 말했다.

"이렇지는 않겠지."

도망친 병사들은 이 말을 듣고 기세가 누그러졌다. 이때 소식은 사람을 보내 사로잡은 다음 誅戮하였다.(「墓誌」)

密州로부터 徐州로 轉任되었다.[30] 이 해에 황하가 曹村에서 터져서 梁山泊으로 흘러들어갔다가 南淸河로 밀려들었다. 徐州城은 南淸河 연

변에 있는 데다가 성 남쪽에 두 산이 둘러싸고 있어서 강물이 성 아래로 밀려왔다. 강물은 넘쳐서 금방이라도 성을 덮칠 기세였다. 성이 위험에 빠지자 富民들은 다투어 도망가려 했다. 이를 보고 소식이 말했다.

"만일 富民들이 도망간다면 민심이 동요될 것이고 그렇다면 나는 누구와 함께 이 성을 지킬 수 있겠는가? 내가 여기를 떠나지 않고 있으니 강물이 결코 성을 무너뜨리지 못할 것이다."

소식은 富民들을 다시 성 안으로 몰아넣었다. 그리고 지팡이를 짚고 진흙 속을 헤쳐가며 친히 軍營으로 갔다. 그런 다음 장교를 불러 말했다.

"강물이 장차 성을 헤칠 기세다. 일이 급하도다. 禁軍들도 나를 위해 힘을 다해 달라."

그러자 장교가 병사들에게 말했다.

"太守도 진흙을 피하지 않는다. 지금이야말로 우리가 목숨을 바칠 때이다."

장교는 병사들 속으로 들어가 그들을 이끌고, 맨발인 채로 짧은 옷만 걸치고 삼태기와 삽을 들고 나섰다. 이렇게 해서 동남방으로 긴 제방이 축조되었다. 戲馬臺로부터 시작되어 성까지 이어지는 제방이었다. 제방이 축조되고 뒤이어 강물이 제방으로 들이닥쳤지만 성벽은 안전하게 지켜졌다. 이를 보고 민심이 안정되었다. 하지만 비는 그치지 않고 밤낮으로 내리고 있었다. 이로 인해 강물의 기세가 더욱 거칠어졌고 성벽의 아랫 부분은 물에 잠겼다. 소식은 성벽 위에 숙소를 마련하고 집 앞을 지나치면서도 그 안으로 들어가지 않았다. 그리고 관리들로 하여금 각각 성벽을 일정 부분씩 담당하여 지키게 했다. 결국 성벽은 홍수를 견뎌냈고, 소식은 이를 조정에 보고하였다. 동시에 내년에 役夫를 동원하여 성벽을 증축하고 바깥으로 목책을 설치함으로써 유사한 홍수에 대비하자고 요청하였다. 조정은 이를 허락하였고, 공사가 끝나자 詔令으로 소식을 표창하였다. 徐州 사람들은 아직까지도 이 일을 잊지 않고 있다.(「墓誌」)

知湖州로 轉任[31]되자 表를 올려 謝意를 표했다. 그런데 누군가 이 表 가운데 몇 마디 말[32]을 가려 뽑아 조정을 비방하였다고 말했다. 조정에서는 관원을 보내 체포해서 御史臺로 보냈다. 소식은 外任을 맡게 되자 무슨 일이든 백성에게 불편한 것이 있으면 감히 말하지는 않았으나 그렇다고 그냥 묵과하지도 않았다. 詩人된 도리에 따라 넌지시 풍자함으로써 국가에 도움이 되기를 희망했다. 그런데 이를 엮어서 고발했던 것이다. 신종은 최초 그 잘못을 그냥 넘기려 했으나 일이 점차 확대되자 어쩔 수 없이 처벌하기로 하였다. 소식이 獄吏의 손에 넘어간 다음, 반대파들은 어떻게든 죽이려 온갖 구실로 죄를 엮었으나 뜻대로 되지 않았다. 신종도 마침내 소식을 가엾이 여겨 종결을 재촉하였고, 결국 黃州에 安置되는 것으로 결말이 났다.[33]

黃州에 가자[34] 소식은 짚신에 짧은 두건을 쓰고 다니며 계곡 속으로 田野의 농민들과 어울려 다녔다. 東坡란 곳에 집을 짓고 東坡居士라 自號하기도 했다. 3년 후 신종은 소식을 다시 기용하려 했으나 반대파의 저지로 무산되었다. 신종은 手札을 보내 소식을 汝州로 옮기게 했다.[35] 그 手札에서는 대략,

---

31 神宗 元豊 2년(1079) 3월의 일이다. 『東坡全集』 「東坡先生年譜」 참조.
32 烏臺詩案을 가리킨다. 이에 대해서는 본서 2책, 111쪽의 주 63 참조.
33 神宗 元豊 2년(1079) 12월의 일이다. 『東坡全集』 「東坡先生年譜」 참조.
34 蘇軾은 神宗 元豊 3년(1080) 正月 14일 수도 東京을 떠나 2월 1일 黃州에 도착하였다. 『東坡全集』 「東坡先生年譜」 참조.
35 神宗 元豊 7년(1084) 4월의 일이다. 『東坡全集』 「東坡先生年譜」 참조.

"소식은 파면된 후 해가 거듭될수록 잘못을 깊이 뉘우치고 있다. 실로 아까운 인재이니 끝내 버려두기 힘들도다"라고 말하고 있다.

소식은 汝州로 가기 전 신종에게 上書하여 춥고 배고픈 어려움을 호소하고, 常州에 田土가 있으니 그곳에 가서 살고 싶다고 말하였다. 이 上書가 아침에 신종에게 닿자 저녁에 재가가 내려졌다. 사대부들은 이를 통해 신종이 소식을 어여삐 보고 있었음을 잘 알 수 있었다. 하지만 불행히도 얼마 후 신종이 붕어함으로써 다시 기용할 수는 없었다.(「墓誌」)

"文章에는 溫柔하고 敦厚한 기운이 있어야만 한다. 특히 天子에게 올리는 말이나 章奏에서는 溫柔와 敦厚가 없으면 안 된다. 그런데 소식의 詩는 비방이 많으며 憐憫이라든가 군주를 아끼는 마음이 없다. 왕안석은 조정에서 논쟁을 벌일 때 순리대로 하지 않고 경쟁심만을 지녔다. 이렇게 해서야 어떻게 군주를 섬길 수 있겠는가? 군자가 수양할 바는, 자신의 몸에서 오만과 편견이 사라지도록 하는 것이다.

무릇 詩에서는 말하는 사람에게 죄가 없어야 하고 듣는 자에게는 鑑戒가 될 수 있어야 한다.[36] 이렇게 해야만 諫言이 받아들여질 수 있다. 그런데 소식의 詩에서는, 말하는 자에게 어찌 죄가 없다 할 것이며 또 듣는 자가 어찌 감계로 삼을만 하다고 말할 수 있겠는가?"(『龜山語錄』)

왕안석과 소식은 애초 사이가 나쁘지 않았다. 呂惠卿이 소식의 재식이 높은 것을 시기하여 두 사람 사이를 이간질했던 것이다. 또 御史中丞 李定은 왕안석의 문객으로서 모친상에 服喪하지 않아, 소식이 불효스

---

36 『시경』「周南」「關雎」의 「毛序」에 나오는 말.

럽다 생각하고 시를 지어 비난한 적이 있었다. 李定은 이에 원한을 품고 있다가 소식의 시가 조정을 비방했다고 탄핵하였다.

소식은 어사대에 하옥되었다가 黃州로 유배갔다. 뒤에 汝州로 옮겨 가면서 왕안석이 기거하는 金陵을 거쳐 갔다.[37] 두 사람은 매우 반갑게 서로를 맞았다. 그러다 소식이 말했다.

"제가 드릴 말씀이 있습니다."

왕안석의 안색이 변했다. 소식이 과거의 일을 끄집어 내는 것이 아닌가 생각했던 것이다.

"제가 얘기하고자 하는 것은 천하의 정치에 관한 일입니다."

왕안석의 얼굴색이 되돌아왔다.

"얘기해 보시구려."

"전쟁과 정치적 탄압은 漢과 唐이 망해갈 때 나타난 조짐이었습니다. 우리 宋朝는 祖宗 以來로 仁厚로써 천하를 다스리며 그러한 병폐를 없애왔습니다. 그런데 요즈음 서방에서 전쟁을 일으켜 몇 년째 계속되고 있으며, 동남방에서는 정치적 탄압 사건이 자주 발생하고 있습니다. 그런데 公은 그 잘못을 바로잡기 위해 어찌 아무 말씀도 안 하십니까?"

왕안석은 손가락 두 개를 들어올리며 말했다.

"그 두 일 다 呂惠卿이 시작한 일이라오. 나는 지금 바깥에 물러나 있는데 어찌 감히 간여할 수 있겠소?"

"맞는 말씀입니다. 하지만 조정에 있을 때는 말하나 바깥에 물러나 있을 때는 간여하지 않는다는 것은 군주를 섬기는 常禮일 따름입니다.

---

37 淮南西路 黃州는 오늘날의 湖北省 黃岡市이며 京西北路 汝州는 汝州市로서, 金陵(南京市)은 두 지점을 직선으로 잇는 노선에서 벗어나 있다. 蘇軾은 양자강을 따라 내려온 다음 다시 대운하를 통해 북상하였던 것이다. 王安石은 神宗 熙寧 9년(1076) 10월 재상직에서 물러난 이래 金陵에 寄居하고 있었다.

폐하께서 公을 常禮로 대하시지 않는데 公은 어찌 폐하를 常禮로 모신단 말입니까?"

왕안석은 큰 소리로 말했다.

"내 꼭 얘기하리다."

그리고 말을 덧붙였다.

"이 말은 내 입에서 나와 그대의 귀로 들어갔을 뿐이오."

왕안석은 일찍이 여혜경에게, '主上께는 숨기도록 하시오'라는 내용의 서신을 보냈다가 여혜경에 의해 공개된 적이 있어,[38] 그때의 일을 상기하고 소식이 누설할까 우려했던 것이다. 왕안석은 또 소식에게 다음과 같이 말했다.

"사람이란 모름지기, '한 가지라도 불의를 행하거나 또는 한 사람이라도 무고한 사람을 죽여서 천하를 얻지는 않겠다'[39]는 정신을 지니고 있어야만 하오."

소식이 이 말을 듣고 농담삼아 말했다.

"그런데 오늘날의 士大夫들은 반년 만 磨勘[40]을 줄여 준다면 살인이라도 할 걸요?"

왕안석은 웃으며 대답하지 않았다.(『邵氏聞見錄』)

사마광은 재상이 되고 나서 免役法을 差役法으로 되돌리려 하였다.

---

38 蘇轍은 훗날 이러한 呂惠卿의 私信 폭로 행위에 대해, "惠卿復發其一日 無使上知 安石由是得罪. 夫惠卿與安石 出肺肝托妻子 平居相結惟恐不深. 故雖欺君之言 見於尺牘 不復疑問. 惠卿方其無事 已一一收錄 以備緩急之用. 一旦爭利遂相抉摘 不遺餘力 必致之死. 此犬彘之所不爲 而惠卿爲之"(『續資治通鑑長編』권378, 哲宗 元祐 元年 5월 乙亥)라 술회하고 있다.

39 『孟子』「公孫丑 上篇」에 나오는 말이다.

40 여기서 말하는 磨勘이란 寄祿階의 승진에 필요한 年限의 의미.

差役法은 祖宗 시기에 행해졌는데 법을 제정하고 시간이 흐르자 많은 병폐가 나타났다. 일반 농민들이 役에 동원될 경우 관아의 일에 익숙하지 않았을 뿐더러 관아에서 혹사하여 파산하는 예가 많았다. 특히 狹鄕의 백성들은 계속 役에 동원되며 쉬지 못하는 경우도 있었다. 신종은 이러한 정황을 알고 있었기에, 免役法을 도입하여 백성들로 하여금 재산의 高下에 따라 돈을 내게 하고 그 대신 役에 동원되는 고통을 없애주었던 것이다. 다만 법을 시행하는 자들이 신종의 뜻을 따르지 않고 실제 役人을 고용하는 비용보다 훨씬 더 많은 돈을 징수하여 백성들이 고통을 받고 있었다. 만일 필요한 비용 만큼만 징수하고 그 외의 돈은 받지 않는다면 될 것이었다. 그런데 司馬光은 면역법의 폐단만 보았지 그 좋은 점을 알지 못하여 완전히 差役으로 되돌아 가려 했던 것이다. 기구가 설치되고 관원이 선발되어 役法을 논의하게 되었는데, 그중에 소식도 끼게 되었다. 소식이 실상대로 보고하자 사마광은 기분 나빠했다. 政事堂에 모였을 때 소식이 상세히 실례를 거론하며 반대하자 사마광이 화를 냈다. 이에 소식이 말했다.

"과거 재상 韓琦가 陝西의 의용들을 入墨하여 동원하고자 했을 때 公은 諫官으로 있으며 강력히 반대했습니다.[41] 韓琦는 불쾌히 여겼지만 公 또한 주저하지 않았지요. 저는 전에 公이 그 일을 상세히 얘기하시는 것을 들은 적이 있습니다. 그런데 지금은 어찌 재상이 되어서 제가 말을 다하지 못하게 가로막는 것입니까?"

사마광은 웃으면서 노기를 거두었다.(「墓誌」)

---

41 이에 대해서는 본서 2책, 123~125쪽 참조.

杭州에 큰 가뭄이 닥쳐 기근과 역병이 함께 발생했다.[42] 소식은 조정에 대해 양절로의 上供米 3분의 1을 면제해 달라고 요청하였다. 이로 인해 米價는 등귀하지 않았다. 또 조정으로부터 度牒 100道를 특별히 할당받아 이를 팔아 미곡을 바꾸어 飢民들을 구제했다.[43] 이듬 해 봄에는 常平倉의 보유 미곡을 낮은 가격으로 방매했고, 그리하여 백성들은 큰 가뭄의 피해로부터 벗어날 수 있었다. 이밖에 소식은 죽을 쑤고 약제를 만들어 이를 서리와 의원에게 주어서 시내 각처를 돌아다니며 병자를 치료하게 했다. 이렇게 해서 살려낸 사람이 매우 많았다. 소식이 말했다.

"杭州는 수륙의 교통 요지라서 역병으로 사망하는 숫자가 다른 곳에 비해 언제나 많다."

그는 재정의 일부를 돌려 2,000緡을 확보하고 또 사재를 털어 황금 50냥을 보태 病坊을 만들었다. 이 기구에 돈과 식량을 비축해 두고 병자를 수용하였다. 이 제도는 현재까지 지속되고 있다.(「墓誌」)

杭州는 바다에 인접해 있어서 물에 짠 맛이 있었다. 唐의 刺史 李泌 시기에 처음으로 西湖의 호숫물을 끌어 六井을 만들어서 이로 인해 주민들이 물 걱정을 덜었다. 白居易는 다시 西湖를 준설하고 그 진흙물을 운하로 돌린 다음, 다시 운하로부터 田土로 들어가게 해서 1,000頃을 관개

---

42 哲宗 元祐 4년(1089) 12월의 일이다. 이에 대해서는, 『宋史全文』 권13中 참조.

43 宋代를 통해 度牒은 祠部에서 발행되었던 관계로 祠部牒이라 불리기도 했다. 道士에게 발급되는 신분증 역시 때로 度牒이라 부르기도 했다. 관아에서 승려에 대해 신분증을 발급하는 것은 南北朝 시대에 시작되었으며, 도첩 제도는 唐 玄宗 天寶 6載(747)에 도입되었다. 이후 唐 中宗 시기에 농민이 승려가 됨으로써 발생하는 재정 손실을 보전하기 위해 出家者로부터 일정 액수의 대가를 징수하였다. 北宋 英宗 시기 이후에는 도첩의 放賣가 재정 부족을 보충하는 수단으로 사용되기 시작하여, 때로는 그 수입이 1년 총 세입의 1할을 초과하기도 했다. 통상 도첩은 비단이나 종이로 제작되었으며, 도첩의 발행은 승려의 숫자를 제한하는 제도적 장치이기도 했다.

하였다. 하지만 호수에는 물풀들이 많아 오랫동안 준설을 하지 않자 25만장에 달하는 토사와 물풀 더미가 쌓였다. 호수에는 물도 거의 없을 정도가 되었다. 한편 운하에 호숫물이 들어오지 못하게 되자 바닷물을 끌어댔는데 혼탁하고 토사가 많았다. 그러한 운하가 시내 한가운데를 돌아갔으므로 3년에 한 번씩 준설을 해야 했다. 이 작업은 항주 시민들에게 큰 부담이 되었다. 六井도 거의 못쓰게 되었다.

소식은 도임하자[44] 두 운하를 준설하여 茅山 운하에는 바닷물이 흘러들게 하고 鹽橋 운하는 호숫물이 들어오게 하였다. 또 鹽橋 운하에는 제방과 갑문을 수축하여 호숫물의 유입량을 조절하였다. 그러자 바닷물은 시내로 흐르지 않게 되었다. 이와 더불어 六井을 복원하였으며, 호수에 쌓여 있는 물풀 더미와 토사를 모아서 호수 한가운데로 긴 둑을 만들어 남북을 연결하였다. 그런 다음 사람들을 모집하여 호수에서 마름을 경작하게 하고, 그 이익을 모아서 훗날의 준설 비용이나 보수 비용에 대게 했다. 항주 사람들은 소식이 쌓은 둑을 '蘇公堤'라 불렀다.(「墓誌」)

高麗에서 사신을 보내 조정에 서적을 요청하자 전례에 따라 허용해 주었다. 소식이 말했다.

"漢代에 東平王이 諸子書 및 『사기』를 요청했을 때도 주지 않은 바 있습니다. 그런데 고려에서 요청하는 것은 그보다도 더 많은데 주어서야 되겠습니까?"

소식의 반대는 받아들여지지 않았다.(「墓誌」)

---

44 蘇軾은 哲宗 元祐 4년(1089) 3월 知杭州로 임명되어 7월 杭州에 부임한다. 『東坡全集』 「東坡先生年譜」 참조.

定州의 知州가 되었다.[45] 定州는 오랫동안 정치가 문란하였으며 軍政은 더욱 엉망인 상태였다. 병졸들의 군기는 땅에 떨어져 있었고 횡포도 심했으나, 軍校들이 그들의 보급품을 중간에서 가로채고 있었기에 감히 통제할 수도 없었다. 소식은 우선 軍校 가운데 부패가 심한 자들을 잡아 멀리 유배 보낸 다음 막사를 수선하고 음주와 도박을 금지했다. 軍中에 衣食이 넉넉해지자 이어 戰法을 교육하기 시작했다. 모두 그 명령에 복종하였다. 하지만 軍校 가운데 여전히 전전긍긍하는 자들이 적지 않았다. 그러던 중 사졸 하나가 자신의 상관을 貪臧으로 고발했다. 이를 보고 소식이 말했다.

"이 일은 내가 직접 다스릴 수는 있으나 네가 고발해서는 軍中에 기강이 서지 않는다."

소식은 그 군졸을 처벌하였다. 그러자 軍中이 잠잠해졌다.

봄이 되어 군대를 사열하는데 오랫동안 군대 의식이 행해지지 않아 장교나 사병을 불문하고 상하의 分을 모르는 상태였다. 소식은 옛 典範에 의거하여, 元帥는 평상복 차림으로 지휘부 막사에 위치하고 장교와 사졸들은 군복을 입고 직분에 따라 각각 행동하게 했다. 그러자 副總管인 王光祖란 인물은 노장임에도 사열을 집행하지 못하는 것에 수치심을 느낀 나머지 병을 칭하고 나오지 않았다. 소식이 서리를 불러 상주문을 지어 고발하려는 찰나 王光祖가 벌벌 떨며 나왔다. 이렇게 일이 끝나자 감히 오만히 구는 자가 없어졌다. 定州의 사람들이 말했다.

"韓魏公[46]이 가신 이래 이러한 의식은 처음 보는도다."

---

45 蘇軾은 哲宗 元祐 8년(1093) 12월 定州에 到任한다. 『東坡全集』 「東坡先生年譜」 참조.
46 韓琦를 일컫는다. 한기는 英宗 즉위 후 魏國公에 봉해졌으며, 知定州를 역임한 바 있다.

거란과 和議가 체결되고 시간이 흐르면서 변경의 군대에 훈련이 부족해졌다. 그래서 유사시 전쟁에 아무 소용이 없어질 지경이 되었다. 다만 국경 접경지대의 병사들만은 그래도 오랑캐와 인접해 있는 관계로 훈련을 지속하여 精兵이라 칭해져 왔다. 특히 前宰相 麗籍이 변경을 지키던 시절, 관습에 따라 부대를 편제하고 장교를 세운 다음 상벌을 정하여 전력이 강화되었다. 그러나 이 역시 시간이 흐르면서 유야무야되었고, 여기에 덧붙여 保甲法이 도입되어 더욱 혼란이 초래되었다. 소식은 상주하여 保甲 및 兩稅의 折變[47]을 폐지하고 장교와 사병을 적절히 훈련시키자고 주장하였다. 하지만 받아들여지지 않았고, 사람들은 이를 애석히 여겼다.(「墓誌」)

소식은 廣南東路 惠州로 유배[48]가게 되자 어린 아들 하나만 데리고 떠났다. 그곳은 瘴癘가 창궐하고 蠻族들이 횡행하는 곳이었지만 그는 동요 없이 담담하게 생활하였다. 주민 누구와도 잘 어울려 지냈으며, 병이 든 자에게는 약을 주고 죽은 자는 정성껏 장사 지내주었다. 또 주민들을 이끌고 다리를 건설함으로써 왕래의 불편을 덜어주기도 했다. 惠州 사람들은 이러한 소식에게 경의를 표했다. 이렇게 지낸지 3년, 大臣은 유배만으로는 부족하다고 판단하여 4년 째 되던 해 더 남쪽의 昌化

---

47 조세징수의 品目을 필요에 따라 다른 물품으로 변경시키는 것. 折色이라고도 부른다. 折變은 平估를 적용함으로써 稅戶의 부담이 커지지 않도록 해야 된다고 규정되어 있었으나 이대로 지켜지는 경우는 거의 없었다. 또 折變의 품목(物色)을 변경시킬 때 징수 6개월 전에 고지토록 되어 있었으나 실제로는 物色이 수시로 변경되는 경우가 허다했다. 또 折變을 몇 차례 중복(紐折의 反復)하는 사례도 비일비재하였다. 이러한 折變의 결과 원래의 규정에 비해 실제의 부담이 5, 6배에 달하기도 했다. 남송 시대에는 稅錢을 二麥으로 折納시키고, 苗米를 糯米로 절납시키는 것이 매우 보편화되었으며, 또 銀으로 절납시키는 지역도 확대되어 갔다.
48 蘇軾은 哲宗 紹聖 元年(1094) 10월 惠州에 도착하였다. 『東坡全集』「東坡先生年譜」 참조.

軍[49]에 安置시켰다.[50] 昌化軍은 사람이 살지 않는 곳으로서 음식도 부족하고 약재도 없었다. 소식에게 할당된 官舍는 겨우 비바람이나 막을 수 있는 정도였다. 이를 보고 지방의 관원이 안 되겠다 판단하여 땅을 사서 집을 짓게 해주었다. 昌化軍의 土人들이 삼태기로 흙을 퍼 나르고 벽돌을 운반하여 도와주었다. 그리하여 3間의 집이 완성되었다. 남들은 이를 보고 걱정하였으나 정작 그 자신은 토란을 먹고 물 마시며 글 쓰는 것을 낙으로 삼아 지냈다. 때로 지역의 父老들과 어울려 섞여 놀기도 하였다.(「墓誌」)

蘇轍

소철은 19살 때 진사과에 합격하여 관직에 나갔다. 23살 때에는 直言을 구하는 制科가 있어 응시[51]하였는데 仁宗이 친히 策問을 내렸다. 당시 인종은 年老하여 政事에 권태를 느끼고 있었다. 소철은 策問에 답하며 강경한 어조로 得失을 논하였다.[52] 답안지를 올린 다음 그는 스스로

---

49 오늘날의 海南省 儋州市 서북부.
50 哲宗 紹聖 4년(1097) 5월의 일이다. 『東坡全集』「東坡先生年譜」 참조.
51 仁宗 嘉祐 6년(1061)의 일이다. 당시 蘇軾도 함께 응시하여 형제가 모두 합격하였다. 『續資治通鑑長編』 권194, 仁宗 嘉祐 6년 8월 乙亥 참조.
52 『續資治通鑑長編』에서는 그 대체적인 내용에 대해, "時轍對語最切直 其畧曰. 自西方解兵 陛下棄置憂懼小心二十年矣. 又曰 陛下無謂好色於內 不害外事也. 又曰 宮中賜予無藝 所欲則給 大臣不敢諫 司會不敢爭. 國家內有養士養兵之費 外有敵國歲幣之奉 海內窮困 陛下又自爲一阱以耗其遺餘"(권194, 仁宗 嘉祐 6년 8월 乙亥)라 전하고 있다.

필시 파직당할 것이라 생각했다. 하지만 考官인 사마광이 3등으로 합격시켰다. 范鎭이 소철을 비난하자 蔡襄이 말했다.

"나는 三司使이지만 재정 문제를 거론한 것에 대해 부끄러울 뿐 원망하지는 않소."

胡宿은 소철이 불손하다며 강력하게 파직할 것을 요청하였다. 인종이 말했다.

"직언을 구한다고 사람들을 불렀다가 직언을 했다 하여 물리친다면 천하에서 나를 뭐라 말하겠소?"

재상은 어쩔 수 없이 낮은 등수로 합격시켜 商州의 軍事推官에 임명했다. 그런데 知制誥인 왕안석은 소철이 재상을 떠받들고 人主를 공격했다며 谷永[53]에 비유하고 制詞를 지으려 하지 않았다. 마찬가지로 知制誥였던 沈文通은 考官이기도 했는데 그렇게 생각지 않았다. 그래서 沈文通이 制詞를 지었다.(『潁濱遺老傳』)

神宗이 즉위하고 2년이 되었는데 너무 급하게 통치 효과를 구하고 있었다. 소철이 상주하여 時政을 논하자 신종은 그 날로 延和殿으로 불러 面對하였다. 당시 왕안석이 막 신임을 얻어 執政으로서 三司條例司를 지휘하고 있었다. 신종은 소철을 條例司의 屬官으로 임명했다. 소철은 감히 固辭할 수 없었다. 그런데 왕안석은 급하게 재정 흑자를 추구할 뿐 근본을 알지 못하였으며 여혜경이 그 브레인 역할을 하고 있었다. 소철은 이들과 의견이 맞지 않았다. 어느 날 왕안석이 서류 하나를 내놓으며

---

53 谷永은 前漢 말기의 관료로서 여러 차례 상주하여 朝政의 得失을 災異와 관련지어 논하였던 것으로 유명하다. 成帝 시기에 光祿大夫給事中 직위에 있으면서 災異의 논리로 成帝를 압박하며 공박하자, 황태후와 측근들이 못마땅하게 여겨 北地太守로 좌천시켰다. 이후 다시 중앙으로 불려 大司農이 되었지만 얼마 되지 않아 병으로 사직하였다.

말했다.

"이것은 靑苗法이오. 諸君들이 면밀히 검토해 보고 잘못된 점이 있으면 기탄 없이 얘기하도록 하시오."

그 후 소철이 왕안석에게 보고하였다.

"돈을 백성들에게 빌려주고 2할의 이자를 받는 것은, 백성들의 곤궁함을 구제하는 데 목적이 있는 것이지 영리가 목적이 아닙니다. 하지만 돈을 출납할 때 서리들의 농간이 끼어들면 법으로 모두 금지할 수 없습니다. 또 백성들이 돈을 손에 쥐게 되면 良民이라 할지라도 허튼 곳에 쓰게 마련입니다. 반면 상환할 때에는 富民이라 할지라도 기한을 어기기 일쑤일 것입니다. 그렇게 된다면 채찍질이 어쩔 수 없이 필요할 것이고 州縣의 업무도 繁多해질 것입니다. 唐代의 劉晏은 국가 재정을 관장할 때 백성들에게 결코 대여하는 제도를 도입하지 않았습니다. 이에 대해 의아해 하는 사람이 있자, '백성들이 노력 없이 돈을 입수하게 되는 것은 국가에 좋은 일이 아니며, 관리들로 하여금 법에 따라 상환을 독책하게 하는 것도 백성들에게 좋지 못하다. 나는 비록 백성들에게 돈을 대여해 주지 않으나 사방의 풍흉, 그리고 곡가의 貴賤을 즉시 파악할 수 있다. 그러다 곡가가 지나치게 낮아지면 사들이고, 등귀하면 곡식을 방출할 것이다. 이로써 사방 어느 곳에도 곡가가 지나치게 낮거나 비싸지 않게 할 수 있다. 그런데 무엇 하러 대여해준단 말인가?'라고 말했습니다. 劉晏이 말한 제도는 常平倉입니다. 현재도 이 제도는 존재하며 이를 정비해야 될 때입니다. 公이 진실로 백성들의 생활을 도우려 하신다면 이 常平倉 제도를 시행하십시오. 그러면 劉晏이 말한 효과를 그대로 얻어낼 수 있을 것입니다."

왕안석이 대답했다.

"그대의 말에 일리가 있소. 좀 더 천천히 의논해 봅시다. 후에라도 다른 생각이 있거든 꼭 애기해 주기 바라오."

이후 한 달이 넘어가도록 왕안석은 청묘법을 입에 올리지 않았다. 그런데 河北轉運判官인 王廣廉이 조정에 불리워 정책을 논의하다가, '度牒 수천 道를 본전으로 삼아 陝西에서 비공식적으로 청묘법을 시행하여 봄에 대부하였다가 가을에 상환시키고 싶다'고 상주하였다. 이것이 왕안석의 뜻과 맞아떨어져 즉시 河北에서 시행하게 되었다. 이후 청묘법은 사방 각처로 확산되어 갔다.(『穎濱遺老傳』)

처음에 陳升之가 樞密副使로서 왕안석과 함께 일을 주도했다.[54] 그런데 두 사람은 생각이 맞지 않아 왕안석이 시작하는 것에 대해 진승지는 잘 도와주지 않았다. 얼마 후 謝卿材 등 8인을 불러서 사방에 파견한 다음 천하의 재원을 파악시키려 했다.[55] 이에 대해 내외에서는 비웃었지만 그들이 파견되면 필시 여러 일들을 만들어 왕안석 등의 뜻에 영합하려 들 것이 뻔했다. 그러나 누구도 감히 이의를 제기하지 못했다. 이런 상태에서 소철이 진승지를 찾아갔더니 오히려 진승지가 물었다.

"그대가 혼자 오다니 웬 일인가?"

54 神宗 熙寧 2년(1069) 2월 王安石과 함께 同制置三司條例司로서 新法 총괄 기구였던 制置三司條例司를 지휘하였던 것을 가리킨다.
55 神宗 熙寧 2년(1069) 4월 각 지방에 파견되어 현지의 재정관련 실태를 조사하는 임무가 부여되었던 相度利害官을 가리킨다. 『宋會要輯稿』에서는 이들의 파견에 대해, '熙寧 2년 4월에 條例司의 請에 따라 劉彝·謝卿材·王廣廉·侯淑獻·程顥·盧秉·王汝翼·曾伉 등의 8인을 諸路에 파견하여 農田·水利·稅賦·科率·徭役 등의 利害를 파악하게 했다'고 기록하고 있다(「食貨」65「免役」1, 食貨 65之3). 이들이 각 지방에 파견된 지 5개월후인 熙寧 2년 9월에는 다시 張復禮와 李取之 두 사람이 추가로 相度利害官에 임명되었다(『長編拾補』권5, 神宗 熙寧 2년 9월 辛未). 相度利害官은 制置三司條例司의 請에 따라 각 지방에 파견되었을 뿐만 아니라 官制上으로도 制置三司條例司에 배속되어 있었다.

"의심이 있어 公에게 물어보려 합니다. 최근 8인을 각 지방으로 파견하려 하는데 公이 문제점을 잘 파악하고 계신지 모르겠습니다. 일이란 다 명목이 있는 것인데 업무의 제한도 없이 파견하여 실제 효과를 올릴 수 있을까요? 명목의 지정도 없이 방만히 파견하였으니, 그들로 하여금 만사를 망라적으로 조사하고 오라는 것입니까?"

"파견되는 사람들이 현명하다면 지방에 가려 하지 않을 것이네. 그대는 너무 걱정 말게나."

소철이 말했다.

"公이 진실로 사자의 파견이 좋지 못하다고 생각하시면서, 사자들이 가지 않을 것이라 믿으시는 것은 무엇 때문입니까?"

"그대는 그냥 물러가 있게나. 천천히 생각해 보세."

그 며칠 후 진승지는 條例司의 屬官들을 樞密院에 소집시키고 말했다.

"폐하께서 즉위하신 직후에 천하의 監司로 하여금 各路가 직면한 문제점들을 상세히 보고하라 명하신 바 있으나, 현재까지 보고가 올라오지 않았소이다. 이제 8인의 사자들을 파견하기 위해서는 그 보고서들이 있어야 할 터이니 상주문을 하나씩 올려서 재촉하도록 합시다."

여혜경은 그러한 조치가 자기들 黨與의 뜻과는 배치된다고 생각하여 불쾌히 여겼다. 상주문도 천천히 작성하였다. 하지만 결국 사자들은 파견되었고, 소철은 사세가 어쩔 수 없다고 여기고 왕안석과 진승지에게 서신을 보냈다. 사신의 파견을 강력히 비판하며 外任을 구했다. 왕안석은 대노하여 죄를 주려 했으나 진승지가 만류하여 소철은 河南推官으로 나갔다.(『潁濱遺老傳』)

元祐 元年(1086) 右司諫에 임명되었다. 당시 宣仁太后가 垂簾聽政하며

司馬光과 呂公著 등을 기용하고 과거의 정치를 혁신하려는 중이었다. 하지만 이전의 재상인 蔡確과 韓縝, 樞密使인 章惇 등이 모두 자리를 지키면서 이리저리 정세를 관망하고 있어 朝野의 내외 모두가 근심하고 있었다. 소철이 말했다.

"先帝께서는 만년에 와병하여 병세가 심해졌을 때 이전의 정책이 잘못되었음을 깨닫고 친히, '장차 마음을 일신하여 天意에 합치되도록 하겠다'고 말씀하셨습니다. 하지만 이 뜻을 이루지 못하고 갑자기 세상을 떠나셨습니다. 천하 사람들도 이 얘기를 듣고, 이전의 잘못된 정책에 대해 先帝께서 개혁하려 하셨다는 사실을 알고 聖德을 사모하며 모두 눈물을 흘렸습니다. 그리하여 폐하가 즉위하시고 聖母가 垂簾聽政하시며 遺旨를 받들어, 시역법·청묘법·면역법·보갑법·보마법 등을 폐지하였으며 城池를 수축하는 공사를 그만두고, 茶鹽鐵 관련법을 과거로 되돌렸습니다. 그리고 吳居厚와 呂孝廉·宋用臣·賈青·王子京·張誠一·呂嘉問·蹇周輔 등을 파직시켰습니다. 이러한 명령이 내려질 때마다 細民들은 춤추며 서로를 축하하였습니다. 그런데 조정에서는 이러한 잘못을 범했던 것이 누구의 罪라 여기는 것입니까? 위로는 大臣들이 先帝의 총명함을 가리고 잘못 보좌한 잘못이 있을 것이며, 아래로는 小臣들이 이익을 탐하며 수치도 모르고 설쳤던 죄가 있을 것입니다. 상하 모두 죄가 있으되 따져 보면 대신의 권한이 컸던 만큼 책임도 크며, 小臣들은 권한이 작았던 만큼 책임도 가벼울 것입니다. 이러한 사실은 三尺童子라 할지라도 모두 아는 사실입니다. 그런데 지금 蔡確 등은 山陵事[56]가 종결된 이후에도 여전히 자리를 지키고 있습니다. 잘못을 뉘우

---

56 山陵事란 帝王 혹은 皇后의 陵을 조영하는 작업, 여기서는 元豊8년(1063) 3월에 崩御한 神宗의 皇陵 조영을 가리킨다. 神宗의 능인 永裕陵 축조는 元豊8년 10월에 완료

치고 사직함으로써 천하에 사죄하려 하지 않는 것입니다. 蔡確 등은 사실 先帝로부터 은혜도 가장 많이 받았고 업무를 관장한 기간도 매우 길며 직책 또한 가장 높았습니다. 따라서 책임도 가장 클 것이 분명한데 뻔뻔스러운 얼굴을 하며 수치를 모르고 있습니다. 蔡確 등은 진실로 과거의 정책이 옳았다고 생각하는 것일까요? 그렇다면 왜 오늘날 맞서 논쟁하지 않는 것일까요? 아니면 과거의 정책이 잘못되었다고 생각하는 것일까요? 그렇다면 왜 과거에 아무 말도 안 했던 것일까요? 그들의 마음속을 헤아려 보건대 여전히 자리를 차지하고 떠나지 않는 것은, 이전의 정치가 모두 先帝의 책임이며 자신들의 잘못이 아니라고 생각하기 때문일 것입니다. 무릇 대신으로서 군주를 내던지고 자신만 돌아보며, 스스로 죄를 지려 하지 않고 모든 허물을 선제에게 돌리려 하는 것은, 더할 나위 없는 불충과 불효입니다. 바라건대 臣의 이 章奏를 밖으로 내보여 蔡確 등으로 하여금 읽게 하고 스스로 진퇴를 결정하게 하십시오. 그렇다면 臣은 만 번 죽어도 원망스럽지 않겠습니다."

결국 세 사람은 모두 쫓겨났으나, 이들이 반복하여 허물을 先帝에게 돌렸던 사실을 추궁하지는 못했다. 세상에서는 모두 이를 두고 한스러이 여겼다.(『穎濱遺老傳』)

사마광은 淸德과 雅望으로써 政事를 주도하면서, 면역법의 폐해를 알고 差役法으로 되돌아 가고자 했다. 하지만 차역법과 면역법은 모두 장단점이 있다는 사실을 알지 못했다. 면밀히 검토하지도 않고 하루아침에 차역법을 부활시키자 백성들은 처음에는 기뻐했지만 시간이 지

되었다. 『宋史』 권16, 「神宗紀」 3 참조.

나자 고개를 갸웃거리며 불평하기 시작했다. 이러한 사실에 대해 사마광은 믿으려 하지 않았다. 한편 왕안석은 자신의 해석에 따라『詩經新義』와『書經新義』를 저술하고 과거시험에서 이를 통해 천하의 선비들을 선발하여 학자들이 근심하였다. 사마광은 이것 역시 일거에 새로운 제도로 바꾸려 했으나 용이하지 않았다. 논의가 지속되고 있을 때 소철이 말했다.

"차역법이 폐지되고 면역법이 실시된 지는 불과 20년이어서 관리와 백성들이 아직 낯설어 하고 있습니다. 더욱이 役法에는 여러 가지 복잡한 문제가 뒤얽혀 있어서 개정할 때는 시간을 두고 면밀히 검토해야만 합니다. 만일 문제를 종합적으로 고려하지 않고 갑작스레 개혁한다면 차후에 다른 폐단들이 생길 것입니다. 현재 각 州縣에는 몇 년분의 寬剩錢[57]이 쌓여 있습니다. 이로써 적어도 몇 년간은 버틸 수 있을 것이니, 현재대로 役人을 顧募하면서 올해 말을 기한으로 有司로 하여금 차역법의 시행을 면밀히 심의하게 하십시오. 그리고 법률을 확정하여 내년부터 鄕戶들에게 役을 부과해 간다면, 다시는 비난이 일지 않을 것이며 모두 편하게 여길 것입니다.[58]

또 진사과는 내년 가을로 예정되어 있어 시간이 없습니다. 그런데 졸속으로 제도를 변경하고 이것이 사방에 알려지면 수험생들이 당혹스

---

57 면역전의 징수에 있어 役人의 고용 비용 이외에 자연재해로 말미암은 官物의 결손을 보전하기 위해 2할 정도의 여유분을 더 징수했다. 이를 免役寬剩錢이라 칭했다.
58 哲宗 元祐 元年(1086) 司馬光이 募役法의 폐지와 差役法의 부활을 강력히 추진할 때, 구법당 인사인 范百祿·蘇轍·蘇軾·范純仁 등이 差役의 전면적 부활에 대해 강력히 반발하였다. 특히 蘇軾의 경우는, "極言役法可雇不可差 第不當於雇役實費之外 多取民錢 若量入爲出 不至多取 則自足以利民"(『宋史』 권178,「食貨志 上六」)이라고까지 말하였다. 이러한 반대에도 불구하고 사마광은 哲宗 元祐 元年(1086) 2월 5일 내에 募役法을 폐지하고 差役法을 부활시키라는 명령을 전국에 내린다.

러워 할 것입니다. 詩賦는 비록 세세한 기술이지만 韻律에 비하면 노력이 많이 듭니다. 경전을 공부하여 외우고 해독하는 것은 더욱 쉬운 일이 아닙니다. 내년까지는 시간이 없어 모두 급하게 시행할 수는 없다고 생각됩니다. 바라건대 내년 시험은 예전대로 시행하되, 經義에서는 注疏 및 여러 학자들의 학설을 병용하고 간혹 자신의 의견을 적어도 좋으며, 왕안석의 학설만을 專用하지 않는다는 지침을 내려 주십시오. 그리고 律義는 폐지해 주십시오. 그렇게 한다면 천하의 擧人들이 조정의 지침을 알아 동요하지 않고 준비하여 시험을 치룰 수 있을 것입니다. 그런 다음 천천히 의논하여 元祐 5년(1060) 이후의 과거 방식을 확정해도 늦지 않을 것입니다."[59](『潁濱遺老傳』)

전에 신종은 서하에 내분이 발생하자 군대를 내어 공격하였다.[60] 그리하여 熙河路에 蘭州를 설치하고 延安路에 安疆과 米脂 등 도합 5寨를 설치하였다. 신종이 死去하고 철종이 즉위하자 서하에서는 수 차에 걸쳐 사신을 파견하였으나 공물을 바치지는 않았다. 元祐 2년(1087) 여름 서하는 비로소 신황제의 등극을 축하하였다. 서하는 그 사신이 아직 돌

---

59 송초 科擧 과목은 進士科와 諸科(九經·五經·通禮·三禮·三史·三傳·學究·一經·明經 등)로 구성되어 있었고, 進士科의 解試 및 省試에서는 최초 詩·賦·雜文(箴·銘·論·表 등)·策五題·『論語』十帖·『左傳』 혹은 『禮記』의 墨義를 부과하였으나 唐 이래의 전통을 이어 詩賦가 중시되었다. 進士科의 殿試에서는 詩·賦·論(합하여 三題라 칭함)을 시험보았다. 그런데 新法 시행기인 神宗 熙寧 2년(1069) 왕안석의 주장에 따라 대개혁이 단행되어 進士科의 解試 및 省試에서 試·賦·墨義 등을 정지하고 經義·論·策만을 시험하게 되었다. 이밖에 諸科도 점차 합격 인원을 감축하여 폐지시켜 가기로 결정하였다. 이러한 經義 중시의 방향은 元祐 舊法黨 시대에도 변하지 않고 그대로 후세에 계승되었다.

60 元豊 4년(1081) 4월에 발생한 서하의 정변(惠宗 李秉常이 梁太后에 의해 구금된 사건)을 틈타 대대적으로 전개했던 서하정벌전을 말한다. 이때의 정벌전은 元豊 4년 11월에 있었던 靈州 공방전에서의 대패와 元豊 5년 9월 永樂城의 함락이라는 참담한 실패로 끝난다.

아가지도 않았는데 다시 사신을 파견하였다. 이 사신을 통해 조정은 비로소 그들이 5寨의 반환을 요청하는 것을 알게 되었다. 대신들 사이에서는 이를 둘러싸고 의견이 엇갈렸다. 소철이 말했다.

"지난번 서하의 사신이 왔을 때는 국경 문제를 거론하지 않았습니다. 교활한 저들은 우리 조정에서 전쟁에 염증을 내고 있다는 사실을 알고, 우리가 먼저 제의하여 5채를 반환해 줄 것이라 여겼던 것입니다. 그러다 우리가 가만히 있자 비로소 요청을 해왔습니다. 지금은 매우 중요한 순간이며 이때를 놓치면 후회하게 될 것입니다. 만일 저들이 국경에 兵馬를 집결시켜 공격 태세를 갖춘 다음 우리가 5寨를 되돌려주면, 저들은 군대를 무서워하여 되돌려 주었다 생각하고 은혜로 여기지 않을 것입니다. 만일 되돌려 주지 않으면 전쟁이 벌어져 피해가 계속될 것입니다. 지금이야말로 참으로 중요한 결단을 내려야 될 때인 것입니다. 더욱이 지금은 主上의 춘추가 어려서 母后가 수렴청정하고 있습니다. 변경의 將卒들은 조정의 은혜가 박약하니 전쟁이 벌어졌을 때 과연 기꺼이 목숨을 바치려 할까요? 실제로 전쟁이 벌어져 승부가 교차되는 시점에 가서야 결단을 내린다면 누가 그 책임을 져야 하는 것입니까? 바라건대 폐하께서는 이를 면밀히 판단하여 시급히 결단을 내려 주십시오. 그리하여 서하의 오랑캐들이 猖狂하지 못하도록 해 주십시오."

이에 조정에서는 5寨를 반환하기로 결정하였고, 서하도 順服하였다.
(『潁濱遺老傳』)

元豊 연간 황하의 강물이 大吳에서 터져 나왔다. 先帝는 옛 물길로 되돌릴 수 없다는 사실을 알고 북으로 흐르도록 유도하였다. 이후 물의 흐름이 순조로워졌으나 하류의 깊이가 얼마 되지 않았으며 제방도 없는

관계로 해마다 決潰의 위험이 있었다. 그러나 심각한 문제는 없었다.

그런데 元祐 연간에 이르러 諸公들이 황하의 일에 대해 잘 모르고 있는 상태에서 文彦博이 황하의 문제를 중대사라고 제기하고 나섰다. 中書侍郎인 呂微仲과 樞密副使인 安厚卿도 이에 화답하였다. '황하가 서쪽으로 해서 늪에 흘러들어 가고 있는데 시간이 지나면 토사가 쌓여, 훗날 거란의 영역 안으로 해서 바다에 들어가게 될 것이다. 그렇게 되면 황하라는 방어물이 사라져 하북 일대를 오랑캐로부터 방어해 내지 못할 것이다'라고 말했다. 이들 세 사람은 강력하게 황하의 물길을 돌려야 한다고 주장했고 이에 대해 諸公들은 그 의지를 꺾을 수 없었다. 당시 呂公著가 재상으로 있었는데, 소철이 찾아가 말했다.

"公과 先帝를 비교할 때 智勇이 누가 낫다 생각하십니까? 천하를 움직일 수 있는 권력의 크기란 면에서 公과 先帝 중 누가 낫습니까?"

여공저가 놀라 말했다.

"아니 그대가 지금 무슨 말을 하는 것이오?"

"황하가 터져 북으로 흐를 때 先帝도 어찌할 수 없었는데 이를 諸公들이 하려 합니다. 이는 智勇과 권력에서 先帝보다 낫다 여기기 때문이 아닙니까? 더욱이 황하는 元豊 연간에 터졌고, 물길을 북쪽으로 돌린 것도 元豊 연간의 일입니다. 그러니 그 是非와 得失은 지금 뭐라 할 수 없는 것입니다. 諸公들은 예전대로 놓아두지 않고 그 문제점을 완결지어 물길을 돌리겠다고 하고 있습니다. 그를 위한 功力도 심히 많이 들 것이며 그에 따른 책임도 심히 무거울 것입니다."

여공저는 이 말에 순순히 말했다.

"諸公들과 의논해 보아야 하겠소이다."

하지만 얼마 후 황하의 물길을 돌리자는 논의가 분분히 일어났고, 여공저 또한 병사하여 그 논의를 제지할 수 없었다.(『潁濱遺老傳』)

소철은 中書舍人이 된 이래 范百祿·劉攽과 더불어 六曹[61]의 條例를 개혁하는 임무를 맡게 되었다. 元豊 연간에 결정한 서리 정원은 주관자가 서리들의 비위를 맞추기 위해 옛 정원에 비해 몇 배나 많게 만든 상태였다. 조정에서는 이 문제에 주목하여 업무량에 맞게 인원을 축소하도록 하고 范百祿과 소철에게 방안을 찾아보게 했다. 서리 白中孚란 자가 말했다.

"서리 정원은 쉽게 결정하기 힘듭니다. 과거의 流內銓은 현재의 侍郎左選인데 업무량이 제일 많은 곳입니다. 이곳의 서리는 과거 십 수인에 불과했는데 현재는 수십 명에 이릅니다. 업무량은 마찬가지인데 서리 숫자는 몇 배에 달하게 된 것입니다. 그 이유는 무엇일까요? 전에는 重祿法[62]이 시행되지 않아 서리들은 뇌물을 받아서 먹고 살았습니다. 따라서 인원수가 많아져서 많이 나누는 것을 원치 않았습니다. 그런데 지금은 重祿法이 시행되어 녹봉을 주는 대신 뇌물은 거의 없어졌습니다. 따라서 사람 수가 많아지는 것이 문제가 되지 않고 오히려 업무가 줄어들기를 바라게 된 것입니다. 각 부서의 두 달 업무량을 조사하고 그것에 따라 서리 정원을 결정지으면 될 것입니다."

소철은 이 말을 屬官들에게 두루 물어보았으나 아무도 대답하지 못했다. 다만 李之儀가 말했다.

"이는 정말 시행할 수 있는 방안입니다."

---

61 尙書省 六部의 별칭.
62 神宗 熙寧 3년(1070)에 도입되는 新法의 하나. 倉法이라고도 한다. 조정의 各司 및 路·州縣의 서리들에게 녹봉을 지급하는 대신, 일체의 수뢰를 금지하고 어길 경우 엄벌에 처했던 제도. 重祿法에 의해 녹봉을 수령하는 서리들을 '重祿公人'이라 불렀다.

그래서 李之儀와 논의해 보았더니 그가 말했다.

"정원의 조정은 서리들에게 일신이 걸린 중대한 문제입니다. 만일 업무량에 따라 정원을 정하게 된다면 필시 커다란 감원이 불가피할 것이고 그러면 서리들 사이에 큰 소요가 일어날 것입니다. 조정으로서도 막을 도리가 없을 것입니다."

소철은 宰執에게 보고하고, 실정에 따라 정원을 정하되 서리가 정년으로 퇴직하거나 혹은 사고 및 사망자가 생길 때에 인원을 보충하지 않다가, 정원 숫자에 다다르면 그때부터 결원을 보충해 주자고 요청하였다. 이렇게 한다면 10년이 되지 않아 잉여 인원이 사라질 것이라 생각했다. 효과는 느리지만 서리들로서도 신분상의 위협이 사라져 원망하지도 않을 것이었다. 諸公들도 좋은 방안이라 여겨 尙書省에 보고하고, 각 부서의 두 달 간 업무량 조사에 들어갔다. 그런데 각 부서의 서리들이 모두 두려워하며 업무량 조사에 응하려 들지 않았다. 소철은 각 부서에 榜을 내걸고, '새로 조정하는 정원은 결원이 생길 때 보충하지 않는다는 의미이지, 법령이 시행되는 날 즉시 감원하는 것이 아니다'라고 공고해 달라고 요청하였다. 榜이 내걸리자 서리들이 응하여 조사가 완료되었고 이를 三省에 보고하였다.

그런데 이를 보고 左僕射 呂大防이 크게 기뻐하며 자신의 공으로 가로채려 했다. 하지만 그가 이를 三省의 서리들에게 물어보았으나 아무도 내용을 알지 못했다. 다만 任永壽란 서리만이 이해하자, 呂大防은 기뻐하며 상서성에 吏額房을 창설하고 任永壽와 三省의 서리 몇 사람으로 하여금 주도하게 했다. 그러나 본디 小人들이란 멀리까지 내다보지 못하고 功利를 서두르는 법이라서, 이전에 서리들과 한 약속을 저버리고, 정원을 정하는 날 즉시 서리들을 감원하려 들었다. 자신들의 好惡에 따라 서리 부서들의 위상도 뒤바꾸었다. 또 관련 업무가 시행될 때마다 呂大防이 주도하고 三省은 경유하지 않았다. 이러한 법령이 발포되자 내외가 흉흉해졌으며 여대방은 御史의 공격을 받았다. 任永壽 또한 橫暴와 貪臟으로 刺配[63]되었다. 얼마 후 여대방은 남들이 승복하지 않는 것을 알고 다른 기관으로 하여금 다시 작업을 하게 했고, 대략 이전의 방침대로 시행되었다.(『潁濱遺老傳』)

거란에 사신으로 갔다 와서 御史中丞이 되었다.[64] 元祐 초년 이래 庶政을 혁신하여 그때까지 5년이 지나 당시 人心은 이미 정착된 상태였다. 다만 元豊의 舊黨들이 내외에 분포하여 邪說을 유포하면서 조정 대신들을 뒤흔들고 있었다. 이에 呂大防과 中書侍郎 劉摯 두 사람은 두려워하여 이리저리 양걸침을 함으로써 자신을 보호하려 했다. 마침내 그들은 元豊의 舊黨들을 다시 기용함으로써 舊怨을 씻자고 건의하면서 이를 '調整'이라 불렀다. 宣仁太后도 머뭇거리며 결정을 내리지 못하자 소철이 延和殿에서 알현하며 그 잘못을 논하였다. 소철은 물러난 후 다시 상주문을 올려 논하였다. 상주가 올려지자 宣仁太后는 宰執에게 珠簾 앞에서 읽으라 명했다. 그리고 다음과 같이 말했다.

"소철은 우리 君臣들이 邪正을 兼用하는 것은 아닌가 의심하고 있소. 그의 말은 정확히 이치에 맞소이다."

諸公들도 이 말에 동조하여, 이로부터 邪正을 參用하자는 논의는 수그러들었다.

63　얼굴에 刺字한 다음 邊遠地區로 유배 보내는 것. 이와 관련하여 『宋史』에서는, "刺配之法二百餘條 其間情理輕者 亦可復古徒流移鄕之法 俟其再犯 然後決刺充軍"(권201, 「刑法志 三」)이라 규정하고 있다.

64　哲宗 元祐 5년(1090) 5월의 일이다. 『續資治通鑑長編』 권442, 元祐 5年 5月 壬辰 참조.

소철은 다시 상주문을 올렸다.

"삼가 오늘날의 천하를 살펴보건대 비록 大治라 할 수는 없으나 祖宗의 기강이 남아 있고 각 지방의 백성과 물자도 대략 안락합니다. 만약 대신들이 몸을 바로 하고 마음을 평정히 하며(正己平心), 부질없이 일을 만들어 내서 功을 이루려는 뜻을 없애고, 폐단을 없애면서 법을 개정함으로써 백성들을 편안히 하고 나라를 바로잡는 정책을 편다면, 人心은 저절로 안정될 것입니다. 설령 다른 黨與가 있다 해도 누가 그들에게 동조하겠습니까? 지난날의 離反하며 배신하는 무리들, 즉 舊黨에 대해서는 우려할 필요가 없습니다. 다만 조정의 정책이 적절한지 우려가 될 따름입니다.

지난번 황하가 터져 북으로 흘렀던 것은 물의 본성에 따른 것이었습니다. 그런데 이를 돌려 東으로 흐르게 하려는 시도가 있었습니다. 이는 아래에 있는 것을 위로 옮기는 것으로서 五行의 이치에 거스르는 것입니다. 다행히 폐하께서 관원을 파견하여 조사하신 후 적절하지 않다고 판단했습니다만 여전히 그에 따르지 않고 고집하는 무리가 있습니다. 지금까지 몇 해가 지나 황하의 물길을 돌리는 시도는 종료되었건만, 여전히 반대하여 간혹 공사가 재개되고 그로 인해 하북의 백성들이 고통을 당하고 財力 또한 많이 소모되었습니다.

현재 西夏와 靑唐[65]은 조정에 대해 臣屬하고 있으며 조정 또한 이들에 대해 마음을 다해 대단히 두텁게 대하고 있습니다. 그런데 熙河의 將卒들이 두 성채를 쌓고 서변의 膏腴한 땅을 침략하여 醇忠을 귀순시키

---

[65] 송대 靑海 일대에 거주하던 티베트계의 소수민족. 靑堂, 혹은 靑堂羌이라고도 칭했다. 沈括의 『夢溪筆談』에서는, "靑黨羌 本吐蕃別族. 唐末 蕃將尙恐熱作亂 率衆歸中國境內離散"(권25, 「雜志」 2)이라고 적고 있다.

는 한편 그들이 지닌 병장기를 노획하려 했습니다. 조정에서는 비록 그 기도가 잘못되었다는 것을 알았지만 명확히 반대하지는 못했습니다. 만일 이 일로 인해 변경에 전쟁이 벌어졌다면 關中과 陝西 일대가 어찌 다시 편안할 수 있겠습니까?

이상의 두 가지는 臣이 말한 이른바, 몸을 바로 하고 마음을 평정히 하며(正己平心) 부질없이 일을 만들어 내서 功을 이루려는 뜻을 없애는 것과 관련되는 일입니다.

과거 嘉祐 연간 이전에는 향촌에서 衙前을 差充하였기 때문에 민간에 언제나 파산의 근심이 있었습니다. 熙寧 연간 이후에는 坊場을 매도[66]하여 아전을 雇募함으로써 민간에 아전의 고통이 사라졌습니다. 그런데 元祐 연간의 초에 예전 제도로 돌아가는 것에만 힘써서 예외 없이 차역 법을 부활시켰습니다. 그래서 坊場의 이익도 관아에서 거두면서 백성들에게 아전의 부담을 담당시키자, 사방이 놀라서 서로 돌아보았고 여론이 비등하였습니다. 얼마 후 이것이 잘못되었다는 사실을 알고 다시 雇募로 돌아갔지만, 작년 가을 또다시 차역법으로 복귀하였습니다.

또 熙寧 연간의 모역법에서는 上中下 三等의 人戶에게 모두 役錢을 납입시켰습니다. 그 가운데 上戶는 家産이 많으므로 役錢 납입이 엄청 났고, 下戶는 이전에는 役에 동원되지 않았음에도 돈을 내게 했습니다. 이러한 까닭에 이들 上下 二等 人戶는 모역법의 실시에 대해 탄식하며 원망해 마지않았습니다. 반면 中等 人戶들은 과거에 차역을 부담하였다가 모역법 하에서는 적은 돈만을 냈기 때문에, 모역법이 시행되자 가장 혜택을 받았습니다. 그러한 모역법이 폐지되자 上下 二等 人戶들은

66　방장의 매도에 대해서는 본서 2책, 94쪽, 주 24 참조.

뛰면서 기뻐하였지만 中等戶들은 도리어 피해를 입었습니다. 이를테면 畿縣의 中等 家戶는 통상 매년 役錢을 3貫씩 부담했으므로 10년이라해도 30貫에 불과합니다. 지금은 차역법이 시행되고 있는데 諸縣의 手力은 가장 부담이 작은 役입니다. 그렇지만 농민이 관아에서 役을 담당할 때 아무리 적어도 하루에 100錢의 돈이 듭니다. 1년이 되면 36貫이 되는 셈이며 2년간 차역을 담당하면 그것만으로 70여 관이 소요됩니다. 게다가 役을 담당하고 임기가 끝나면, 寬鄕에서는 3년을 쉴 수 있지만 狹鄕에서는 채 1년도 쉬지 못합니다. 그러니 비교하자면 차역 5년간의 비용은 모역 10년간에 비해 배도 넘습니다. 이러한 조목이 하나 둘이 아닙니다. 그러한 까닭에 천하에서는 모두 모역법을 그리워하며 차역법을 싫어하는 것입니다.

이상의 두 가지는 臣이 말한 이른바, 폐단을 없애면서 법을 개정함으로써 백성들을 편안히 하고 나라를 바로잡는 정책을 펴는 것입니다.

臣은 견문이 적어 현재의 得失을 모두 알지는 못합니다. 하지만 위의 네 가지가 제대로 처리되지 않는다면 臣조차 잘못되었다 여길 텐데, 하물며 다른 마음을 품고 배반의 뜻이 있으며 나라가 잘못되기를 원하고 또 온갖 구실을 찾고 있는 무리들이야 어떠하겠습니까? 臣은 삼가 이상의 네 가지를 저들은 마음속에 담아두고 비방을 만들었다가 때를 보아 움직여서 천하의 여론을 뒤흔들려 할 것이라 생각합니다. 엎드려 바라건대 폐하께서 宰執들에게 宣喩하셔서, 일에 잘못된 점이 있다면 머뭇거리지 말고 개혁하게 하고, 또 법에 미비점이 있다면 즉시 보완하게 하십시오. 그리하여 진실로 백성들의 마음을 조정에 묶어둔다면 異議는 저절로 사그라들 것입니다. 그렇게 되면 폐하는 팔짱을 끼고 태평을 향유하시고 대신들은 또 물러서서 부귀를 누릴 수 있을 것입니다. 四海도복을 누리며 上下가 한 마음이 될 것이니 어찌 아름답지 않겠습니까?"

하지만 대신들은 권세를 믿으며 잘못을 뉘우치는 것을 수치로 여겨 종내 고치려 하지 않았다.(『潁濱遺老傳』)

권10

韓絳

江淮와 兩浙 일대에 기근이 들어 韓絳을 江南東西路의 體量安撫使[1]
로 파견하였다.[2] 한강은 도착하자 창고의 곡식을 풀어 가난한 자들을
振恤하고 백성들의 疾苦를 탐문하였다. 縣邑에서는 衙前이 重役이어서
한 번 그 役에 나가면 대부분 파산하였다. 그래서 주민 중에는 심지어
조모와 모친을 改嫁시키고 가족들이 별거함으로써 役을 피하는 자도
있었다.[3] 한강은 즉시 새로운 아전법을 상주하여 시행하니 백성들이 편
하게 여겼다. 또 겸병가들이 陂池와 溪湖를 私占하고 세금을 약간 내면

---

1   지방에 재해가 발생했을 경우 상황을 조사하고 진휼을 주관하기 위해 임시로 파견
    되는 관료. 지방관의 업무 실태에 대한 감찰 권한이 부여되는 경우도 많았다. 正使
    에는 文臣으로 侍從官 이상의 朝官이, 副使에는 閤門祗候 이상의 武臣이 充用되었다.
2   仁宗 皇祐 3년(1051) 8월의 일이다. 『續資治通鑑長編』권171, 皇祐 3년 8월 丙戌 참조.
3   아전역으로 말미암은 농민의 파산과 사회문제화에 대해서는 본서 2책, 53쪽, 주9 참조.

서 그 이익을 독점하고 있었다. 한강은 주변의 民田으로 하여금 세금을
공평하게 부담시킨 다음 陂池와 溪湖의 이익을 함께 나누도록 하였다.
(劉攽 撰, 「行狀」)

　知成都府가 되었다.[4] 사천 지방에서는 봄과 여름, 가을을 통해 늘 米價
가 비쌌다. 그래서 張詠이 사천을 다스리던 시기 가난한 자들에게 2월부
터 官米를, 8월부터는 소금을 싼 가격을 방매하고 증서를 주어 실제로 혜
택이 貧戶들에게 돌아갈 수 있도록 했다. 그런데 시간이 지나자 이 증서
들이 모두 豪右들 손에 들어갔다. 한강은 豪右들에게 증서의 소지 여부
를 자수시킨 다음 새로이 빈민들에게 증서를 발급해 주었다. 그 숫자가
7,000여 호에 달했다. 이어 상주하여 3년마다 한 번씩 재산 상태를 점검하
여 증서를 다시 갱신하도록 하였다. 백성들에게 병이 있으면 의약을 지
급해 주었고 客軍과 貧民으로서 죽은 자는 장사 지내주었다. 이러한 활
동은 승려들로 하여금 주관하게 하였다. 학교도 增置했으며 관아의 예
산도 절감하였다. 과거 환관이 사천 지방에 사자로 파견되어 오면 각 지
방에서는 그 비위를 맞추기 위해, 그들이 지니고 오는 물건을 비싼 가격
으로 사주었다. 그 비용은 모두 酒場[5]에서 충당했으므로 백성들이 고통
스러워 했다. 한강은 上奏하여 환관의 상행위를 엄격히 금지해 주도록
요청하였다. 英宗은 이를 기꺼이 받아들여, 內侍省에 법규를 제정하고
실제 환관들이 파견될 때마다 엄격히 규제하도록 했다.(「行狀」)

4　仁宗 嘉祐8年(1063) 正月의 일이다. 『名臣碑傳琬琰之集』上, 권10, 「韓獻肅公絳忠弼之
　　碑」 참조.
5　酒場에 대해서는 본서 2책, 94쪽, 주 24참조.

三司使가 되었다.[6] 三司의 일은 宮省과 관련된 것이 많았다. 황제의 주변인물들이 요청을 해 왔는데 규정과 어긋난 경우, 한강은 한 번도 규정을 어기고 들어준 적이 없었다. 한강은 어느 날 상주하며 그래야 하는 까닭을 아뢰자 英宗이 말했다.

"卿이 公的으로 잘 처리하고 있다는 사실을 알고 있으니 매사를 그냥 대충 넘기지 말도록 하시오. 朕이 藩邸[7]에 있을 때, 群臣들이 國事를 처리함에 있어 인정에 끌려 법도를 어기는 바람에 폐단이 많다는 사실을 들은 바 있소. 卿의 노력 덕분에 내 많은 것을 알게 되었으니 걱정하시 마시오."

그 후 어느 날 한강은 다시 아뢰었다.

"우리 宋朝의 제도에서는 황제가 사용하는 재화 가운데 그 명목을 밝히기 곤란한 것들은 뭉뚱그려 회계 처리하고 있습니다. 내시들도 이를 본받아 賜予의 물품들을 뭉뚱그려 회계 처리하는데, 매해 통상 賜予 액수가 수십만 내지 수백만에 달하지만 三司에서 점검할 수 없습니다. 이를 보고 사람들은 궁중에 낭비가 많다고 여기지만, 기실 그 賜予의 절반 이상이 宗室 및 群臣들에게 주어진다는 사실을 모르고 있습니다. 청컨대 관원들에게 맡길 수 있는 항목은 관원들에게 맡겨 주시기 바랍니다."

英宗은 이를 받아들여, 이후 궁정 비용 가운데 관례적인 것들은 모두 三司에 관할시켜 회계 처리할 수 있도록 했다.(「行狀」)

樞密副使로 轉任되었다.[8] 신종을 알현할 때 신종이 천하의 재원 확보

6　英宗 治平 2年(1065) 7월의 일이다. 『續資治通鑑長編』 권205, 治平 2년 7월 辛巳 참조.
7　藩王의 第宅. 황제로 즉위하기 이전을 가리킨다.
8　治平 4년(1067) 9월의 일이다.

방안에 대해 묻자 한강이 말했다.

"재원을 확보하는 데는 농업 생산력을 높이는 것이 제일입니다."

한강은 물러나 상주문을 올려 말했다.

"농업을 해치는 폐단 가운데 差役보다 더한 것은 없으니 반드시 고쳐야만 합니다. 청컨대 侍從과 臺省官[9]들을 모아 의논하도록 하고, 또 조령을 내려 널리 方策을 구하도록 하십시오."

신종이 이를 받아들였다.

앞서 한강은 三司使로 재직할 당시 다음과 같은 차역법 개정을 발의한 바 있다. 즉, '官戶에게도 재산을 헤아려 免役錢을 내게 하고 兼幷之家들은 그 재산 정도에 따라 役을 담당하게 한다. 單丁戶와 女戶[10] 가운데 1등호는 마찬가지로 재산에 따라 役錢을 내게 한다. 役 가운데 鄕役[11]과 弓手[12]를 제외하고 나머지는 모두 면제시키고, 免役錢으로 희망자를 雇募한다. 이렇게 하면 모든 田土에 예외 없이 役錢이 부과되며, 官戶와 兼幷之家들이 과도하게 이익을 탐하지 않게 될 것이다. 中等 농민들은 田土를 사 모으며 재산을 늘려 가려 할 것이다. 品官들 또한 직접 役을 담당할 필요가 없고, 생업이 없는 백성들이 응모할 수 있을 것이다'라는 내용이었다. 신종은 친필로 조치하여 받아들이게 했고 이에 따라 한강

---

9 侍從이란 4品 이상의 淸要官으로서 宰執의 하위, 庶官의 상위에 있는 관료들. 황제에 대한 자문 역할을 하며 獻策과 薦官의 임무를 지고 있었다. 翰林學士와 給事中·六部尙書와 侍郎 등을 內侍從官이라 하고, 諸閣學士·直學士·待制를 帶銜한 지방관을 外侍從官이라 했다. 臺省官이란 御史臺의 관리들. 臺省은 어사대의 별칭이다.

10 單丁戶는 戶內에 成丁이 1인뿐인 戶口, 女戶는 成丁이 없어 여자가 戶主 역할을 하는 戶口를 가리킨다. 송초의 差役法 시기 이들은 모두 면제 대상이었다.

11 향촌에서 기층 조직의 책임자 역할을 하는 職役. 里正과 戶長은 조세의 催徵을, 耆長은 치안유지를 담당하였다.

12 職役의 하나로서 3등호 이상에서 差充되었다. 縣尉의 지휘를 받으며 도적 단속과 체포, 치안질서의 유지 등을 담당하였다.

은 소상히 기록하여 바쳤다. 신종은 한림학사로 하여금 그에 대한 내외의 의견을 구하는 詔令을 기초하게 했다. 그 문안이 올려지자 신종은 그 안에, '백성을 가엾이 여기는 뜻이 담겨 있지 않다'고 하며 직접 내용을 덧붙여 비밀리에 한강에게 보냈다. 한강으로 하여금 이를 가다듬어 바치게 하고, 발포하여 각처에 자문을 구하게 한 것이다.

왕안석은 條例司를 거느리고 개혁을 시행하며 한강의 의견이 매우 타당하다고 여겼다. 그리하여 衙前에 적용하고 나아가 다른 役에까지 확대하였다.(「行狀」)

한강이 왕안석의 뒤를 이어 재상이 되었다.[13] 당시 정책 가운데 불편한 점이 있었고 현명한 사대부들 가운데 간혹 등용되지 않은 인물이 있었다. 한강은 문제점을 보완하기 위해 상주하였다.

"옛날 冢宰[14]는 국가 예산 전반을 통제하였습니다만 지금의 재상은 천하의 재정 출입에 대해 간여하지 못합니다."

이에 따라 中書에 부서를 설치하고, 천하의 재정에 대해 점검하여 歲入에 따라 歲出을 조정하도록 했다. 또 한강은 司馬光을 등용하려 했으나 신종이 말했다.

"내 사마광에 대해 무얼 아끼겠소이까? 사마광이 오려 하지 않는 것일 뿐이오."(「行狀」)

---

13 神宗 熙寧 7년(1074) 4월의 일이다. 왕안석은 재상직을 辭職하고 知江寧府로 나가며 新法의 지속을 기하기 위해 大名府知府인 前宰相 韓絳을 재상으로, 그리고 翰林學士인 呂惠卿을 副相으로 추천하였다. 당시 世人들은 韓絳을 '傳法沙門', 呂惠卿을 '護法善神'이라 불렀다고 한다(『長編』 권252, 神宗 熙寧 7년 4월 丙戌).
14 西周 시기 六官의 長으로서 天子를 보좌하고 百官을 통어하는 관직. 후세의 吏部尙書에 해당한다.

知河南府가 되었는데 여름에 큰 비가 내려서 伊水와 洛水가 범람하여 洛陽의 성곽을 위협하였다. 주민의 가옥 태반이 물에 잠겼다. 당시 한강은 병으로 휴가 중이었지만 이 소식을 듣자 병을 무릅쓰고 밖으로 나갔다. 그는 官屬들을 이끌고 구호에 나섰고 이로 인해 많은 사람들이 살아날 수 있었다. 이후 물가가 등귀하자 적지 않은 사람들이 끼니를 잇지 못했다. 한강은 창고의 곡식을 풀어 물가를 바로잡았다. 한편으로 익사자를 장사 지내주고 도적을 금지하였으며 유언비어를 날조하여 불안을 조성하는 자는 墨刑[15]에 처하였다. 그러자 점차 민심이 안정되어 갔다. 그런데 부서진 가옥들을 공사하는데 공임이 평상시의 10배로 오르자, 한강은 주변 지역 사람들을 적극적으로 불러모았다. 이에 따라 사방에서 사람들이 운집하여 公私의 공사가 원만히 진행되었으며 공임도 낮아졌다. 이후 상주문을 올려 긴 제방을 쌓음으로써 차후의 문제 재발을 방지하자고 주장하였다. 제방은 한 달여 만에 완성되었다. 이로 인해 3년 후 伊水와 洛水가 지난번처럼 범람하였지만 제방 덕분에 무사하였다.

그 무렵 保馬法이 시행되었다. 한강은 保甲의 人戶로 하여금 스스로 말을 양육하게 하여, 都마다 50필씩 배정하여 15년을 기한으로 중앙에서 할당한 수를 충족시키려 했다. 하지만 提擧官은 일을 서둘러 자신의 功으로 삼고자, 州縣을 윽박질러 2년 만에 완결지으려 했다. 기한이 너무 촉박하였고 또 軍馬의 양육비도 제 때에 지급되지 않아 백성 가운데 파산하는 자도 나타났다. 필요한 軍馬도 확보할 수 없었다. 한강은 이러한 정황을 上奏하여 중지시키고 자신이 계획했던 대로 추진하였다.(「行狀」)

---

15 이마에 문신하는 형벌. 墨罪, 墨罰이라고도 한다.

判大名府가 되었을 때[16] 役法의 실시 상황을 조사하는 사자가 내려왔다. 한강이 상주하였다.

"臣은 처음 役法의 폐해를 논할 때 衙前 하나만을 대상으로 하였습니다. 衙前役을 할당하는 대신 돈을 내게 하고 그것으로 사람을 雇募하자고 말했습니다. 이를 시행하니 농민들 사이에 파산의 근심이 사라져서 마침내 그 방식이 다른 役에까지 적용되었습니다. 하지만 그러다보니 많은 돈이 필요해졌고 그래서 이전에는 役을 담당하지 않았던 자들에게도 돈을 거두었습니다. 이 때문에 여러 논의가 일어났던 것입니다. 잉여분을 거두면서 寬剩錢이라 불렀는데 이는 잘못이니 폐지하는 것이 좋겠습니다. 현재 확보된 재원은 실제로 役을 雇募하는 데 필요한 액수에 비해 2할이 많으므로 이를 비상용으로 비축하고, 5등호는 役錢을 면제해 주고 4등호는 감해 주도록 하십시오. 그러면 천하가 폐하의 은택을 두루 입게 될 것입니다."

이후 재상 司馬光은 면역법을 폐지하고 완전히 舊法으로 되돌아 가자고 주장하였다. 한강은 이에 대해 6가지 사유를 제시하며 반박하였다. 이러한 논의가 한동안 거듭되었으나 끝내는 한강의 주장을 參用하였다.(「行狀」)

16　元豊 8年(1085) 8月의 일이다. 당시 神宗이 즉위하고 哲宗이 즉위한 상태였다. 『續資治通鑑長編』권359, 元豊 8년 8월 己巳 참조.

韓維

翰林學士承旨에 除授되어 延和殿에서 入對하게 되었다.[17] 당시 京師에 가뭄이 계속되고 있었다. 신종이 말했다

"오랫동안 비가 내리지 않아 朕은 밤새도록 노심초사하였소. 어찌 생각하오?"

한유가 대답하였다.

"폐하께서 가뭄을 걱정하셔서 식사하실 때 음식의 종류를 줄이시고 궁전을 옮기신 것은 전례에 따른 것입니다. 하지만 이것만으로는 天變에 대응하는 것으로 부족합니다. 『書經』에서는, '먼저 王을 바르게 한 다음 만사를 바로잡으라'[18]고 말하고 있습니다. 원컨대 폐하께서는 통렬히 자신을 責하시고 널리 직언을 구하는 詔를 내림으로써 言路가 막힌 것을 풀어 주십시오. 또 大恩赦令을 내려 조세를 감면함으로써 人情이 화합하게 하십시오."

그 며칠 후 한유는 상소를 올렸다.

"요즈음 畿內의 諸縣에서는 青苗錢을 심히 급하게 독촉하여 왕왕 매질하면서 완납을 강요하기까지 합니다. 그래서 백성들이 뽕나무를 베어 땔감으로 팔아서 돈을 구하기도 합니다. 가뭄의 재난이 닥친 때에 백성들은 이중으로 고통을 받고 있는 것입니다. 또한 조정에서 전쟁을 일으켜[19] 士民들을 위험에 빠트리고 재화를 거친 오랑캐의 땅에서 허비하고

---

17 神宗 熙寧 7년(1074) 3월의 일이다. 『九朝編年備要』 卷19 참조.
18 『書經』 「商書」 「高宗肜日」에 나온다.
19 神宗 熙寧 6년(1073) 여름 이래로 전개된 王韶 주도의 河湟地區 개척을 위한 전투를 가리킨다. 10월까지 宋側은 이 전투로 5州를 정복하고 2,000여 리의 강역을 확보하

있습니다. 그러면서도 조정에서는 아무런 망설임 없이 강력히 전쟁을 추진하고 있습니다. 나아가 조세를 감면한다거나 밀린 조세에 대해 관용을 베풀어 줌으로써 백성들의 근심을 덜어주는 데 있어서는 지지부진하기 짝이 없습니다. 바라건대 폐하께서는 英斷을 내려 주십시오."

아울러 한유는 신종을 面對하여 다시 강력히 건의하였다. 이에 신종이 뉘우치고, 시역법과 免行錢法의 得失을 철저히 조사하라는 詔令을 내렸다. 또 方田法 및 보갑법의 編排를 잠시 정지하였으며 사천 지방에서 시역법을 추진하는 작업도 중지시켰다. 신종은 한유에게 명하여 직언을 구하는 詔令을 起草하게 했다. 한유는 대략 다음과 같이 적었다.

"朕이 간언을 받아들이는 데 무언가 부적절한 것이 있었는가? 獄訟의 판결에 부당한 것이 있었는가? 조세의 부과가 적정하지 않았는가? 충언과 직언이 받아들여지지 않고 아첨이 횡행하지는 않았는가?"

이러한 詔令이 나가자 사람들은 크게 기뻐하였으며 그 날로 비가 내렸다.

또 신종은 한유에게 知開封府 孫英과 함께 京師內 諸行의 상황을 조사하라 명했다. 얼마 후에는 呂嘉問에게 동일한 명령을 내리고, 한유 등이 파악한 내용을 呂嘉問에게 넘겨 주라고 명하였다. 한유가 상주문을 올렸다.

"폐하께서 臣을 대하시기를 呂嘉問의 아래에 두고 계십니다. 臣은 비록 재주가 없으나 先帝께서는 폐하가 潛邸에 계실 때 臣으로 하여금 보필하라 명하신 바 있습니다.[20] 臣은 나이가 60이지만 아직까지 一身의

였다. 하지만 이듬해인 熙寧 7년(1074) 2월 이후 靑唐의 木征 등이 재차 宋을 공격해 왔다. 이들의 저항은 4월 王韶가 木征을 패퇴시킴으로써 평정되었다.

20 이처럼 神宗의 帝位 등극 이전에 韓維가 藩邸의 보필 관료로 근무했던 것에 대해 『宋史』에서는, "神宗封進陽郡王潁王 維皆爲記室參軍 王每事咨訪 維悉心以對"(권315, 「韓維

이익을 위해 아첨을 해본 적이 없으며, 이치에 맞지 않는 말을 함으로써 폐하의 판단을 흐리게 한 적도 없습니다. 그런데 이런 작은 일의 처리에 있어 臣을 신진의 小臣 아래에 두시니, 앞으로 무슨 면목으로 궁정을 드나들 수 있겠습니까? 파직시켜 주실 것을 간절히 바랍니다."

신종은 詔를 내려 한유를 선무하였다.

당시 知熙州인 王韶가 업무를 보고하기 위해 조정에 와 있었는데, 王韶 휘하의 장수 景思立이 패전하여 그는 表를 올려 待罪하고, '사로잡은 자들을 참수하게 해 달라'고 청하였다. 한유가 이에 대한 批答을 起草하였다.

"패전의 때를 당하여 卿은 조정에서 무슨 염치로 상주문을 올렸는가? 또 새로 來附한 무리들을 초무해야지 많이 죽이는 것으로써 功이라 여기지 말라!"

이를 읽는 자들은 두려워하였다.

이후 한유는 많은 上言을 하였으나 받아들여지지 않자 강력히 파직을 청하였다. 그러다 형인 韓絳이 재상이 되자 外任을 요구하여 端明殿 學士兼龍圖閣直學士로 知孟州로 나갔다. 그 후에는 免行錢法을 공박하다 처벌을 받아 端明殿學士로 落職되었고, 이듬해 복직되어 知許州로 옮겼다.(「行狀」)

邇英殿에서 『三朝寶訓』[21]을 進讀하다가 다음과 같은 두 부분에 이르렀다.

"天禧 연간에 두 사람이 범죄를 저질러 법에 의하면 사형에 처해지게

傳」)라 적고 있다.
21 仁宗 天聖 5年(1027) 王曾의 청에 따라 만든 책. 太祖·太宗·眞宗의 事蹟 가운데 正史에 들어가지 않은 내용을 엮은 것이다. 呂夷簡 등이 찬술하였으며 전체의 분량은 30권이었다. 현재는 亡失되어 전하지 않는다.

되었다. 진종 황제는 이를 불쌍히 여겨, '이들이 어찌 법을 알겠는가? 죽이자니 참 안타깝고 살리자니 백성들을 다스리기 힘들겠도다.' 眞宗은 사람을 시켜 이들을 데려다 笞刑을 가하고 풀어주게 한 다음 斬刑에 처했다고 보고하게 했다."

"汾陰에서 제사[22]지내던 날 진종은 길의 왼쪽에서 양 한 마리가 놓여 있는 것을 보고 괴이히 여겨 물었다. 곁에서 '오늘 尙食[23]에서 그 양을 잡았습니다'라고 대답하였다. 진종은 슬퍼져서 이후 다시는 양과 염소를 잡지 못하게 했다."

資政殿學士인 韓維가 進讀을 마친 다음 말했다.

"이는 다만 진종 황제의 작은 선행일 따름입니다. 그러나 이러한 마음을 천하에 미치게 한 즉 어떠한 일에도 적용할 수 있습니다. 진종께서는 澶淵의 盟으로 北狄을 물리치신 다음 19년 동안 軍事를 말씀하지 않아서 천하가 부유해졌습니다. 이 역시 그 근원은 그러한 마음에 있는 것입니다. 옛날에 孟子는 齊王이 벌벌 떠는 소를 차마 죽이지 못하는 것을 보고, '이 마음이야말로 王者가 될 만하다'고 얘기했습니다.[24] 은혜가 족히 금수에 미치는데 백성에게는 미치지 않는다는 것은, 불가능하기 때문이 아니라 하지 않기 때문일 뿐입니다. 오늘날 바깥 사람들은 모두, '폐하의 仁과 孝는 천성적으로 타고 나셨다. 언제나 길을 가다가 작은 곤충들을 보시면 피해 지나다니고 좌우의 사람들에게도 밟지 말라고 하신다'고 말합니다. 이 또한 仁입니다. 臣은 원컨대 폐하께서 이 마음을 백성에게까지 밀어 적용시켜 주시기 바랍니다. 그러면 천하가 큰 다

---

22 后土, 즉 토지신에게 제사지내는 것.
23 殿中省의 예하기구인 尙食局의 簡稱. '尙'이란 글자는 천자가 사용하는 물품을 관장한다는 의미이다. 尙食局은 천자의 식사를 담당하는 기구이다.
24 『孟子』「梁惠王 上」에 나온다.

행이겠습니다."

당시 蘇軾이 右史로 있었는데 上奏하여 말했다.

"臣은 금월 15일 邇英閣에서 폐하를 모시다가 資政殿學士 韓維가『三朝寶訓』을 進讀하는 것을 보았습니다. 한유는 진종 황제께서 살생을 싫어하셨던 부분에 미쳐, 폐하께서도 궁중에서 곤충들을 차마 밟아 죽이지 못하시는 것을 상기시켰습니다. 그러면서 한유는 참으로 적절하게 聖德을 밝히고 福壽를 增益하였습니다. 右史의 지위에 있는 臣은 삼가이 일을 책에 적어 한 부를 바칩니다. 폐하께서 읽어보시고 이 마음을 잃지 마셔서 생명을 존중하는 德을 넓혀 가시기 바랍니다."(『東坡集』)

傅堯兪

皇城司[25]의 吏卒이, '어느 부자가 살인했다'고 밀고하였다. 有司가 국문해 보았지만 아무 증거가 없자, 그 吏卒을 불러 정보의 출처를 캐묻고자 했다. 하지만 책임자인 내시가 허락하지 않았다. 傅堯兪가 말했다.

"臣이 생각건대 폐하께서 이 吏卒을 내보내지 않으시는 것은 향후 바깥의 정보가 보고되는 데 지장이 있지 않을까 하는 우려 때문일 것입니다. 그러나 모든 정보를 관련 기관에 하달하여 그 是非를 분별케 하고

---

25 皇城 출입시의 증명서와 열쇠를 관장하고 親從官(황제 주변에서 근무하는 관료)과 親事官(조정 각 부서에서 근무하는 관료)의 名籍을 관리함으로써 皇城을 保衛하고, 아울러 내시를 밀정으로 파견하여 臣民의 동태를 정찰하는 관서. 예하 각부서의 책임자는 공히 內侍省의 都知나 押班을 充用하였다.

그에 따라 상벌을 내린다면, 보고되는 정보가 모두 내실이 있게 될 것입니다. 이야말로 바깥의 정보를 탐문하는 것입니다. 지금처럼 虛實을 묻지 않고 내버려 둔다면 뇌물이 횡행하고 是非도 어지러워질 것입니다. 그렇게 되면 보고가 가득찰 지언정 무슨 도움이 되겠습니까?"(「墓誌」)

당시 재정이 궁핍하여 財利를 말하는 자들이 다투어 재정확보책을 제시하였다. 부요유가 상주하여 말했다.

"현재 度支의 재정이 부족한 것은 실로 중요한 문제입니다. 그 폐해를 바로잡고자 한다면 무엇보다 폐하께서 몸소 검약을 실천하시어 천하의 모범을 보이셔야 합니다. 또 농사에 지장이 없도록 하고 상행위에 장애를 주지 않으면 됩니다. 그렇지 않고 제도를 개혁하는 것은 아무 보탬이 되지 않습니다. 재원을 확보하여 세입을 늘리는 자를 등용하게 되면 천하가 위태로워집니다."(「墓誌」)

英宗은 처음 즉위했을 때 병이 있어 황태후가 수렴청정하였다. 그런데 英宗의 병이 낫자 부요유는 상서하여 天子의 親政을 요청하였다. 또 황태후에게도 上奏하여 통치권의 반환을 요청하였다. 하지만 천자가 받아들이지 않았다. 얼마 후 내시인 任守忠이 친정을 방해하는 공작을 편다는 소식이 들려왔다. 부요유는 다시 太后에게 상소하였다.

"천하를 남에게 내주는 것, 그리고 천하를 남으로부터 넘겨받는 것보다 더 큰 상호신뢰는 없습니다. 전하께서 아첨하는 자를 주살하고 유배보내신다면, 태후와 황제 사이 慈愛와 효성이 지극하다는 칭송이 천하에 자자해질 것입니다."

이에 태후는 정사를 반환하고 任守忠 등을 내쫓았다. 부요유는 다시 천자에게 상주를 올렸다.

"황태후 주변의 사람들에게 그 勤勞 여하에 따라 은혜를 베풀어 주십시오. 그리하면 위로 母后를 위로할 수 있고 아래로는 아쉬워하는 무리들을 달랠 수 있을 것입니다. 또 任守忠이 떠나갔으니 그 나머지는 일체 불문에 부치시는 것이 좋습니다."(「墓誌」)

大臣이 濮安懿王을 皇考라 칭해야 한다고 주장했다.[26] 부요유가 말했다.

"이는 人情에서나 예법에서나 큰 잘못이다. 간사한 인간이 다른 속셈이 품고 있음에 틀림없다."

부요유는 즉시 상주하여 잘못임을 논하고, 조정에서 그렇게 주장한 사람과 옳고 그름을 따져보고 싶다고 말했다. 아울러 侍御史知雜事인 呂誨 등과 10개의 상주문을 올렸다. 그 언사는 극히 통렬하였다. 議論을 제기하였던 자는 천하가 흉흉하여 어찌할 수 없음을 알고 '皇考' 대신 '皇親'이라 바꿔 칭했다. 부요유가 다시 말했다.

"皇親 역시 부모가 아니고 무엇입니까? 역시 안 됩니다. 先帝께서 폐하를 자식으로 삼으셨으니 그냥 濮王이라 칭하여 아무 문제가 없습니다. 폐하께서는 굳이 부친이라 불러야만 하겠습니까?"

부요유는 또 水災와도 관련지어 말했다.

"宗廟를 가벼이 했으니 물이 균형을 잃은 것입니다. 濮王을 皇考라 했은즉 仁宗에 대해서는 심히 가벼이 대한 것입니다."

또 그는 열 가지 일에 대해 논하였는데 모두 當世의 要務들이었다. 그러자 갑자기 부요유와 趙瞻을 거란으로 사신 보냈고 呂誨와 呂大防·范

---

26 濮議에 대해서는 본서 1책, 305쪽, 주 42 참조.

純仁 등은 모두 파직되었다. 얼마 후 부요유는 다시 侍御史知雜事에 임명되었다. 부요유는 거란에서 돌아와 다섯 차례나 상주문을 올려 강하게 문제를 제기하며 파직을 요청하였다. 英宗이 面對하여 부요유를 만류하자 이렇게 말했다.

"呂誨 등이 이미 파직되었으니 臣 또한 의리상 남아 있을 수 없습니다. 파직시켜 주십시오."

부요유가 두 번 절하고 물러나려 하자 영종이 놀라 말했다.

"정말로 남아 있을 수 없겠소?"

영종은 어쩔 수 없이 知和州로 내보냈다.(「墓誌」)

熙寧 3년(1070) 왕안석이 막 정권을 잡고 법령들을 바꿔가고 있을 때 부요유는 母喪의 服喪을 마치고 京師로 돌아왔다. 왕안석은 평소 부요유와 친했기 때문에 이렇게 말했다.

"朝野에 의론이 분분한데 다행히 公이 왔소그려. 待制로서 諫院에 복직되기로 얘기를 마쳐두었소이다."

부요유가 사례하며 말했다.

"두터운 은혜 감사합니다. 하지만 公이 주도하는 이른바 新法과는 뜻이 맞지 않습니다."

그리고 新法의 나쁜 점을 말해나갔다. 왕안석은 大怒하여 直昭文館 權同判流內銓에 임명했다.(「行狀」)

부요유가 權鹽鐵副使에 임명되었다.[27] 그가 服喪을 마치고 京師에 들

---

27 神宗 熙寧 3년(1070) 8월의 일이다. 『續資治通鑑長編』 권214, 熙寧 3年 8月 戊午 참조.

어와 아직 왕안석을 찾아가지 않았을 때 왕안석은 여러번 그를 불렀다. 왕안석을 만나자 청묘법에 대해서 언급하였고, 부요유는 좋지 않다고 말했다. 이에 왕안석이 기분 나빠 하여 점차 싫어하게 되었다. 부요유에 대한 인사 명령을 의논할 때, 왕안석은 資[28]가 아직 부족하다고 하며 權鹽鐵副使로 발령내려 했다. 반면 曾公亮은 이미 知雜御史의 경력이 있으므로 資가 부족하지 않다며 그냥 副使로 임명하였다. 왕안석은 물러나와 비밀리에 상주를 올렸다. 이튿날 부요유에 대한 인사발령이 이미 閣門에서 하달되었지만 다시 거두어 들이라는 명령이 내려졌다. 그리고 저녁에 權鹽鐵副使로 바뀌었다. 曾公이 다시 이에 항의하니 신종이 말했다.

"부요유는 知雜事職을 실제 담당한 적이 없소.[29] 더욱이 사람됨이 게으르오."

曾公은 게으른 실례가 무언지 얘기해 달라고 청했다.

"그 얼굴을 한번 보시오. 그러면 곧 게으른 것을 알게 될 것이오."(『溫公日錄』)

부요유는 황제 앞에서 매우 강렬하게 주장을 피력하다가도 일이 종료되면 다시는 거론하지 않았다.

---

28 송대 모든 差遣에 임명되기 위해서는 그에 상응한 자격이 필요했다. 이 자격을 資라 칭했는데, 資란 이전까지 담당했던 관직 경력을 의미하는 것이었다. 예컨대, "左右司諫 左右正言殿中侍御史監察御史 竝用升朝官通判資序實歷一年以上人臣"(『長編』권441, 元祐3년 辛丑)이라 하는 것이 그러한 差遣 부여와 資의 구비 사이 상관관계를 잘 보여준다.

29 英宗 治平 3년(1066) 正月 傅堯兪는 知雜事에 임명되었지만(『續資治通鑑長編』권207, 治平 3년 正月 戊寅 참조) 固辭하고 知和州로 내려갔다. 이에 대해 『宋史』에서는, "復除堯兪侍御史知雜事 堯兪拜疏 必求罷去. 英宗面留之 堯兪言. 誨等已逐 臣義不當止 因再拜辭. 英宗愕然曰 是果不可留也 遂出知和州"(권341,「傅堯兪傳」)라 적고 있다.

知和州로 재직할 때 通判인 楊洙가 틈을 보아 물었다.

"公은 직언으로 말미암아 이리로 좌천되셨는데 왜 御史로 재직할 당시의 일을 한 마디도 얘기하지 않으시는지요?"

"과거에 발언했던 것은 직책 때문이오. 어찌 그러지 않을 수 있었겠소? 하나 지금은 郡守이니 마땅히 조정의 德을 두루 알려야지, 이러쿵저러쿵 이전에 있었던 조정의 잘못을 떠들어대서야 비방과 무엇이 다르겠소?"(「行狀」)

彭汝礪

彭汝礪는 言職[30]에 있으며 堯舜과 三代에 관련지어서만 논했다. 처음 알현해서는 열 가지 일을 上言하였다. 첫째 근본을 바로 할 것, 둘째 官員을 신뢰할 것, 셋째 지방관 문제, 넷째 재정의 운용, 다섯째 백성에 대한 보살핌, 여섯째 구휼, 일곱째 업무의 추진, 여덟째 變法, 아홉째 청묘법과 모역법, 열째 鹽法 등이었다. 그는 여기서 이해득실을 상세히 분석하여 남들로부터 많은 호평을 받았다. 또 다음과 같이 말했다.

"呂嘉問은 市易司를 거느리고 이윤을 남기는 데만 혈안이 되어 있습니다. 법안의 본 뜻을 왜곡시키고 있으니 파면해야 할 것입니다. 俞充은 내시인 王中正에게 아첨하여 심지어 자기 처를 시켜 그에게 인사하게

---

30 諫官.

했습니다. 檢正中書五房公事에 除授해서는 안 됩니다."

신종은 兪充에 대한 인사 발령을 철회하고, 팽여려에게 어디서 그런 사실을 알게 되었는지 물었다. 팽여려는,

"이러한 하문은 폐하의 총명하심을 드넓히는 것이 아닙니다"라고 말하며 따르지 않았다.

당시 종실에서는 賣婚[31]이 성행하여 심지어 娼家의 子弟에게 딸을 시집보내기도 했다. 이러한 풍조가 오래 되어, 팽여려는 상주하여 근절을 요청하였다. 그는 말했다.

"皇族이라면 궁정과 관계가 소원해졌다 하더라도 宗廟의 자손입니다. 돈 때문에 여염의 賤人들과 결혼하게 내버려 두어서는 안 됩니다. 혼인법을 개정하여 주십시오."

또 내시인 王中正과 李憲이 섬서 지방에서 군대를 지휘하고 있었다. 이에 대해서도 말했다.

"환관들에게 군대를 내맡겨서는 안 됩니다."

그는 漢과 唐 시기에 禍亂이 있었던 사실을 상기시켰다. 신종은 이러한 上言에 대해 처음에는 불쾌해 하며 그를 힐난하였지만, 그는 拱手하고 움직이지 않다가 틈을 보아 다시 말했다. 신종도 결국에는 얼굴색을 바꿨다. 이 날 궁전에서 이 모습을 지켜보던 사람들은 처음에는 팽여려 때문에 마음을 졸였지만 얼마 후에는 모두 탄복하였다.(「墓誌」)

紹聖 元年(1094) 철종은 親政을 시작하면서 두세 명의 대신들을 불러 熙寧과 元豊 연간의 정치를 본받도록 하였다. 그러자 모두 제 각각 아는

---

31 재산을 목적으로 하는 혼인. 고액의 답례 재물을 조건으로 하는 혼인.

바를 上言하였지만 팽여려는 말할 줄 모르는 사람마냥 가만히 있었다. 누군가 그 까닭을 묻자,

"희녕 원풍 연간에 대해 지난날에는 아무 말들이 없더니만, 지금에 이르러서는 사람마다 말하려 드는구려"라고 말했다.

寶文閣待制로 知江州에 임명되어 철종을 뵙고 하직 인사를 올리자, 철종이 심히 자상하게 위로하며 말했다.

"卿을 오랫동안 바깥에 두지는 않겠소이다."

철종은 하고 싶은 말이 있으면 해 보라고 일렀다.

"폐하께서 지금 회복하고자 하시는 것 가운데, 그 정치에는 옳고 그름이 뒤섞여 있으며 그 사람들 중에는 賢人과 不肖者가 역시 병존합니다. 정치가 기본적으로 옳다면 그 효과 또한 좋을 것이고, 관원들이 어질다면 인망 또한 얻을 수 있을 것입니다."(「墓誌」)

권11

范純仁

范仲淹은 門下에 胡瑗·孫復·石介·李覯 등과 같은 많은 賢士들을 초치해 두고 있었다. 범순인은 이들과 함께 지내며 주야로 학업에 힘썼다. 장막 가운데 등불을 두고 밤 늦도록 잠자지 않았다. 훗날 범순인이 고관이 되고 난 다음에도 그 부인은 장막을 보관하고 있었는데 윗 부분이 마치 먹처럼 검게 되어 있었다. 부인은 가끔 그것을 자손들에게 보여주며 말했다.

"너희 부친이 어려서 공부할 때의 등불 연기 자국이란다."(『言行錄』)

부친인 범중엄이 작고했을 때 범순인의 가족은 사방 어디에도 갈 거처가 없었다.[1] 이에 조정에서 특별히 매달 돈을 지급하고 官屋을 빌려주어 許州에서 살게 했다. 범중엄은 생전에 喜捨를 좋아하여 작고할 때에는 세간도 없는 초라한 가옥만 남겼다.

범순인은 服喪할 때 형제와 자매 등 일족 70명이 모였는데 上下 가리지 않고 거친 음식을 먹였다. 누구도 불평하지 않았다. 음식이나 거처모두 형편 없었으며, 부친을 잃은 슬픔 때문에 야윌 정도였다. 그들은무덤 옆의 盧幕에서 役夫와 함께 음식을 먹고 지냈다.(『言行錄』)

襄城縣의 백성들은 본디 양잠을 몰라서 뽕나무를 심는 자가 거의 없었다. 범순인은 이를 애석히 여겨, 가벼운 죄를 지은 백성들에 대해서는처벌 대신 罪의 輕重 만큼 뽕나무를 심게 했다. 그리고 훗날 얼마나 무성히 자랐는지를 살펴서 죄를 면제해 주었다. 이로 인해 주민들이 양잠의이익을 알게 되었다. 범순인이 다른 곳으로 轉任간 다음, 주민들은 그것을 잊지 못해 지금까지 뽕나무 숲을 '著作林'이라 부른다고 한다. '著作'이란 범순인이 襄城縣의 知縣으로 있을 때의 官[2]이었다.(『言行錄』)

開封府 襄邑縣의 知縣이 되었다. 縣衙와 학교, 창고, 驛舍 등을 모두새로 지었다. 또 學田을 마련하였으며 또 향촌의 賢者를 택하여 가르치게 하였다. 범순인은 政事를 처리하다가 여가가 생기면 이따금 한 번씩학교에 들러 직접 학문을 독려하기도 했다.(『言行錄』)

襄邑縣에 牧地가 있었는데 매해 衛士들이 軍馬를 풀어 民田을 밟아

---

1 范純仁(1027~1101)은 부친 范仲淹(989~1052)이 作故하기 이전인 仁宗 皇祐 元年(1049)에 進士科에 及第하였다. 하지만 부모의 奉養을 이유로 出仕를 고사하다가, 부친상을마친 연후에야 비로소 관직에 나갔다.
2 品級의 高低를 표시하고 아울러 俸祿 수취의 기준이 되는 직함 및 관품을 말한다.寄祿官 혹은 本官이라고도 불렸다. 著作郎은 從5品上이었다.

뭉겠다. 백성들은 이에 심대한 피해를 입었으나 縣令이 감히 제지할 수 없었다. 그러던 차에 상하에 명망이 높은 범순인이 부임하자 백성들은 그에게 문제의 해결을 기대하였다. 어느 날 백성 하나가, '衛士가 농토에 軍馬를 풀어 곡식을 뜯어먹게 한다'고 호소하자, 범순인은 그 衛士를 잡아 매질을 했다. 그러자 衛士의 장교는 殿前司에 보고하였고, 殿前司에서는 樞密院에 보고하여 마침내 범순인을 탄핵하는 勅旨가 내려졌다. 범순인은 中書에 아뢰었다.

"衛士에 대해 畿邑의 小官인 제가 감히 형을 가할 수 없다는 사실을 모르는 바 아닙니다. 하지만 養兵의 비용은 양세에서 나오며, 양세는 民田에서 나옵니다. 衛士가 軍馬를 양육하며 民田을 짓밟는다면 양세는 어디에서 나올 수 있겠습니까? 저는 현령이고 따라서 養民을 직분으로 하고 있습니다. 만일 그것을 좌시하고 돌아보지 않는다면 어찌 현령일 수 있겠습니까?"

상주가 올려지자 특별히 죄를 면해주고, 畿邑 내의 목마장은 현령이 감독하게 했다. 이러한 제도는 범순인으로부터 비롯되었다.(『言行錄』)

오랫동안 비가 내리지 않자 범순인은 장래에 반드시 식량이 부족해질 것이라고 판단하였다. 그는 관내의 客舟를 모두 등록시킨 다음 그 주인들을 불러 말했다.

"백성들에게 먹고살 식량이 부족해질 듯하다. 너희 장사치들은 五穀을 사들여서 佛寺에 저장해 두도록 하여라. 식량이 부족해졌을 때 내가 주관해서 팔도록 하겠다."

상인들은 그 명령에 따라 계속 식량을 사들였다. 봄이 되자 비축한 식량이 무려 15만 석에 달했다. 그래서 이웃 縣들은 모두 기근이 들었지만 범순인이 다스리는 경내의 백성들만은 무사하였다.(『言行錄』)

범순인이 侍御史가 되었다. 당시 濮安懿王에 관한 전례 문제로 大臣
과 從官[3]들이 이견을 보이고 있었다. 범순인이 말했다.

"폐하께서는 친히 仁宗의 조령을 받아 그 아들이 되었으니 전대의 入
繼한 군주[4]들과는 다릅니다. 청컨대 從官들의 주장을 따라 주십시오."

이어 御史 呂誨 등과 함께 상주를 올렸으나 받아들여지지 않았다. 이
에 모두 告牒[5]을 반납하고 집안에 머물며 待罪하였다. 얼마 후 內宮에
서, '濮王을 높여 皇으로 하고 夫人을 后로 한다'는 내용으로 된 황태후
의 手詔가 내려졌다. 범순인이 다시 말했다.

"폐하께서는 長君[6]으로서 천하를 지배하고 계십니다. 어찌 태후로
하여금 명령을 내리게 하십니까? 훗날 權臣이 어명을 왜곡하는 용도로
악용할지도 모를 일[7]이니 천자에게 좋지 못한 일입니다."

그 무렵 이미 追尊의 논의를 중지시킨다는 詔令[8]이 내려진 상태여서
범순인 등에게 본직으로의 복귀가 재촉되고 있었다. 하지만 그는 자신
의 上言이 모두 채택된 것은 아니라는 이유로 파직을 더욱 강력히 요청
하였다. 英宗은 어쩔 수 없어 그를 安州의 通判으로 내보냈다.

---

3   從官은 侍從官의 별칭. 侍從官은 4品 이상의 淸要官을 의미한다.
4   親子가 아니면서 전대 皇帝를 繼位한 군주.
5   관직 취임 시에 수여되는 사령장. 告身 혹은 職牒이라고도 稱한다.
6   성년의 君主.
7   당시 내려진 皇太后의 手詔는 中書의 재상인 韓琦와 參知政事인 歐陽脩가 請해서 내
    려진 것이었고 그 문안 또한 歐陽脩가 草撰한 것이었다.『續資治通鑑長編』권207, 英
    宗 治平 3년 正月 壬午 참조.
8   英宗 治平 3년 正月에 취해진 조치이다(『續資治通鑑長編』권207, 英宗 治平 3년 正月
    壬午 참조). 이때의 詔令에서는 아울러 濮安懿王에 대한 典禮를 曹太后의 手詔에 의
    거하여 집행할 것이라는 지침을 포함하고 있다.

범순인은 臺職에 있으면서 남들이 쉬이 할 수 없는 발언을 자주 했으며, 濮王의 일과 관련해서는 경전을 인용하며 대신들을 더욱 통렬히 공박하였다. 이 때문에 천하에 이름이 떨쳐지게 되었다.(曾肇 撰, 「墓誌」)

權成都府路轉運使兼農田水利差役事가 되었다. 범순인은 新法이 백성들에게 불리하다고 판단하여 계속 상주문을 올려 반대하는 한편, 관내 州郡에 통지하여 신법을 실행에 옮기지 못하게 했다. 왕안석은 범순인이 신법을 방해하는 것에 노하여, 門下의 사람을 시켜 죄에 얽어매게 하였으나 끝내 성공하지 못했다.(『言行錄』)

環慶路에 큰 가뭄이 들어 帥守[9]가 직무 부실로 파면되고 그 대신 범순인이 임명되었다. 범순인은 부임하기 전 궁궐에 들러 入對하였다. 신종은 그를 보고 매우 기뻐하며 말했다.

"卿의 부친인 범중엄은 慶州에 있을 때 심히 威名이 높았소이다. 卿또한 틀림없이 병법에 조예가 깊을 것이오."

범중엄이 대답했다.

"臣은 본디 儒家입니다. 병법을 공부한 적이 없습니다."

"설령 卿이 병법을 공부하지 않았다 하더라도 陝西에서 오랫동안 부친을 곁에서 모시지 않았소? 그러니 변경의 일에 대해 잘 알 것이 틀림없소."

"臣이 부친을 따라다닌 것은 어렸을 때의 일이니 잘 기억이 나지 않습니다. 더우기 지금의 사세는 옛날과 다르며 臣은 재주가 없습니다. 만

---

9 安撫使의 別稱. 安撫·帥臣·連守·部使者 등으로 칭해지기도 한다.

일 폐하께서 城壘를 보수하고 백성들을 愛養하라 하신다면 臣은 駑鈍하나 스스로 채찍질하여 감히 그 뜻에 부응하려 노력하겠습니다. 하지만 臣으로 하여금 변경을 개척하고 夷狄을 침공토록 하려 하신다면 다른 인물을 선택해 주시기 바랍니다."

이어 범순인은 강력히 環慶路安撫使職을 고사하였으나 신종은 불허하였다.

범순인이 慶州에 도임하니 굶어 죽은 시체가 길에 가득 차 있었으되 관아에는 곡식이 없어 진휼을 못하는 상태였다. 그는 상평창 및 비상용 粟麥을 풀어 구휼에 나서려 했으나, 州郡에서는 모두 주청하여 재가를 받아야 한다고 주장하였다. 범순인이 말했다.

"사람은 7일 동안 먹지 못하면 죽는데 어떻게 재가를 기다린단 말이오? 그대들은 간여하지 마시오. 내 혼자 책임지겠소."

당시 路 전체에 기근이 들어 耕牛까지 모두 잡아먹은 상태였으며 五穀의 종자도 소진되었다. 관아의 비축도 한계가 있어 더 이상 구휼이 불가능하였다. 그런데 마침 가을이 되어 쑥이 자라 들을 가득 덮었으며 각종 먹을 수 있는 열매도 허다하게 맺혔다. 백성들이 식용으로 한 나머지에 대해 관아에서 매입하라 명하니 이루 다 대금을 지불하지 못할 정도로 양이 많았다. 이밖에 이웃 路에서 耕牛와 종자를 매입해 와서, 漢族 및 소수 민족 人戶에 대해 戶口를 헤아려 대여해 주었다. 개간을 장려하기도 했다. 이렇게 해서 드넓게 파종한 결과 이듬 해에 풍년을 거두었다.

그런데 누군가 범순인의 기근 구제에 대한 보고가 과장되었으며 백성을 살려낸 것도 아니라 주장하였다. 이에 조정에서는 사신을 보내 실상을 조사하게 했다. 민간에서는 이 소식을 듣고 다투어 官에 증언하겠다고 아우성이었다. 사자가 오자 모두 실상대로 말하며 범순인을 저버

리는 사람이 없었다. 사자들은 邠州와 寧州 사이 死者를 집단 매장한 무덤을 찾아냈다. 그리고,

"사람을 살려냈다는 허위 보고의 증거를 여기서 찾았다"고 말했다.

사자들은 무덤을 파헤쳐 많은 해골들을 발굴하고 조정에 그 숫자를 보고하였다. 하지만 자세히 조사한 결과 그 무덤들은 실상 前安撫使인 楚建中의 재임시에 만든 것들이었으며 범순인과는 무관하였다. 조정에서는 이제 楚建中에게 화살을 돌려 죄를 물으려 했다. 이에 범순인은 거듭 상주문을 올려 말했다.

"楚建中은 기근이 발생한 당초 법령에 따라 대처해 나갔습니다. 하지만 그동안 어쩔 수 없이 아사자가 발생했던 것입니다. 臣이 도임한 이후에도 그가 입안한 조치에 따라 진휼을 하여 流亡을 방지할 수 있었습니다. 더욱이 楚建中은 이미 처벌을 받아 파면된 상태입니다. 그런데 臣을 조사하다가 다시 楚建中에게 벌을 주는 것은, 한 가지 죄에 대해 두 번 처벌하는 것입니다."

이러한 범순인의 상주에도 불구하고 楚建中은 결국 銅 30근의 贖刑에 처해졌다.(『言行錄』)

知齊州로 轉任되었다. 齊州는 山東에서도 거친 지방으로서 屠販과 劫盜가 그칠 날이 없었다. 누군가 범순인에게 말했다.

"公의 정치는 본디 관대합니다. 그런데 齊州의 백성들은 흉포하고 성질이 난폭해서 엄하게 다스려도 잘 통제가 안 될텐데, 관대하게 해서야 어떻게 다스려질 수 있을지 걱정입니다."

"관대함은 내 천성에서 나오는 것이오. 억지로 엄하게 다스리려 해도 오래 가지 못할 것이오. 엄하게 해서 오래 가지 못한다면, 거친 백성들

을 다스릴 때 노리개감이 되기 십상이오."

齊州에는 司理院[10]이 두 개나 있었지만 늘 갇힌 죄수들로 만원이었다. 그 대부분은 屠販과 劫盜가 되었다가 督察을 받는 자들이었다. 이를 보고 범순인이 말했다.

"왜 이들을 바깥으로 풀어놓아 隣保制를 통해 감시하지 않고 가두어 두는 게요?"

通判이 범순인에게 보고했다.

"그것을 모르는 바 아닙니다. 다만 이들이 흉포한 까닭에 풀어놓게 되면 그 즉시 관아를 귀찮게 하기 때문입니다."

"그래 결국에는 어떻게 되오?"

"저절로 옥중에서 죽기까지 기다립니다. 이 또한 백성에 대한 해악을 제거하는 방법이라 할 수 있습니다."

범순인은 불쌍히 여겨 말했다.

"법으로는 사형에 해당되지 않는데 관리들이 자의적으로 죽여서야 되겠소?"

범순인은 감옥에 갇힌 자들을 모두 밖으로 불러내 마당에 주욱 세운 후 엄히 깨우쳐 말했다.

"너희들은 잘못을 저지르고도 뉘우치지 않아 官에서 석방하려 하지 않았던 것이다. 양민들을 해칠까봐 관사에 가두어 두었다. 만약 너희가 잘못을 반성하고 새로이 마음을 다잡는다면 풀어주겠다."

그러자 모두 머리를 조아리며 말했다.

"저희가 어찌 감히 가르침에 따르지 않겠습니까?"

---

10 州의 刑獄 관할기구로 司理參軍이 관할하였다. 大郡으로서 獄事가 繁多한 곳은 左右司理院이 설치되어 각각 左司理參軍과 右司理參軍으로 하여금 담당토록 하였다.

이에 모두 풀어주니 환호하며 나갔다. 그들은 서로 범순인의 깨우침을 상기시켰고, 그리하여 이 해 齊州의 범법자는 평소의 절반으로 줄었다. (『言行錄』)

錄事參軍 宋儋年이 독물에 의해 갑자기 죽었다. 범순인은 죄인을 체포하여 법에 따라 처리하였다.

宋儋年은 연회를 열었다가 손님들이 돌아간 이후 밤중에 갑자기 죽었고 이에 집안 사람들이 변고가 생겼다고 보고해 왔다. 범순인은 휘하의 子弟들을 보내 그 장사를 보살피게 하였다. 그런데 宋儋年을 염할 때 보니 입과 코에서 피가 흘러나와 비단 바깥으로 흥건히 적셨다. 범순인은 그의 죽음이 무언가 석연치 않다고 판단하고 조사한 결과, 愛妾과 서리가 간통하여 살해한 것이 드러났다. 범순인은 有司로 하여금 수사하게 했고, 그들은 연회 때 자라탕 속에 독을 집어넣었다고 자백했다. 범순인이 말했다.

"자라탕은 몇 번째 요리였던가? 중독되었다면 어떻게 연회가 끝날 때까지 자리를 지킬 수 있었는가?"

범순인은 다시 수사를 명했고, 그 결과 宋儋年은 자라탕에 든 독을 먹은 것이 아니라는 사실이 밝혀졌다. 손님들과 함께 앉아 있다가 연회가 파하고 모두 자리를 뜬 후, 취한 채 집에 돌아와 독이 든 술잔을 마시고 살해되었던 것이다. 죄인들은 이렇게 말했다가 훗날 재판 때 진술을 번복하고 사형을 피해 갈 심산이었다.

사람들은 모두 범순인이 귀신처럼 간사한 죄상을 밝혀내었다고 생각했다. 범순인이 아니었다면 宋儋年은 地下에서도 원통함을 풀지 못했을 것이라고들 말했다.(『言行錄』)

범순인이 留臺[11]로 있을 때 당시의 원로 가운데 많은 사람들이 洛陽에 있었다. 범순인과 사마광은 모두 손님맞이를 좋아하였지만 빈한하였다. 그래서 서로 의논하여 '眞率會'를 만들고, 脫粟[12]으로 지은 밥 한 그릇과 술 몇 순배로 서로를 맞되 매일 돌아가며 만나기로 하였다. 낙양 사람들은 이를 멋진 일이라 자랑스러워 했다.(「行狀」)

給事中에 임명되었는데 당시 哲宗과 宣仁太后가 함께 政事를 펴고 있었으며 사마광이 재상이 되어 무엇보다 먼저 差役法을 개정하려 시도하고 있었다. 범순인은 그 소식을 듣고 곁에 있는 사람에게 말했다.

"이 일은 신중히 판단하여 서서히 시행해야 한다. 그렇지 않으면 백성들에게 더욱 큰 병폐가 될 것이다. 또 재상의 본분은 人事를 관할하는 데 있으며 變法은 급무가 아니다."

범순인은 조정에 들어와 사마광에게 이런 뜻을 강력히 전했다. 이후 사마광이 무언가 발의하자 범순인은 또 말했다.

"재상은 마땅히 겸손하게 여론을 들어야지 자신의 판단을 앞세우면 안 됩니다. 자신의 판단을 앞세우게 되면 아첨하는 무리들이 그 틈을 타고 끼어들게 되며 바른 선비들이 물러나 피하게 됩니다."

범순인은 사마광과 동지였으나 政事에 임하여 이처럼 많은 잘못을 지적해 주었다. 이로 인해 사람들은 범순인의 공정하고 강직함에 탄복하게 되었으며, 전에 왕안석을 대했던 것 역시 근본적인 차이 때문이 아

---

11 管勾西京留守御史臺를 가리킨다. 西京留臺라 칭해지기도 했다. 宋初부터 설치되었으나 사실상 직무가 없어 초기에는 전직 執政의 休老養病 용도로 쓰였다. 그러다 神宗 熙寧 2년(1060) 12월 이후 정원을 늘려, 新法을 비판하다가 落職된 監司 이상의 관원에게 주어지는 관직이 되었다. 司馬光이 17년간 西京留臺로 있었던 것이 그 대표적인 예이다.
12 껍질만 벗기고 精白하지 않은 粟.

니라는 것을 알게 되었다.(「墓誌」)

 사마광이 진사과 지망자들에게 朝官[13]의 보증을 받은 연후에 과거에
응시할 수 있도록 개혁하려 했다. 아울러 과거제도도 바꾸려 했다. 범순
인이 말했다.

 "擧人들은 조정의 관원들을 알기가 쉽지 않습니다. 더욱이 京師에 가
까이 살고 있는 士族들이라면 또 몰라도 먼 벽지에 사는 사람들에게는
쉽지 않은 일입니다. 또 오늘날의 朝官이 꼭 京官이나 選人[14]보다 나은
인물들이 아니며, 京官이나 選人 또한 반드시 布衣의 선비보다 낫지 않
습니다."

 사마광은 이 말에 따랐다.(『言行錄』)

 前宰相 蔡確이 詩를 통해 선인태후를 비방했다[15] 하여, 臺諫들이 다
투어 章奏를 올리며 그를 단호히 처벌하려고 별렀다. 宰執과 侍從들도
이에 대해 당연하다고 여겼으나 범순인만은 그래서는 안 된다고 생각
했다. 범순인은 선인태후 앞에서 말했다.

---

13 唐代의 常參官. 당대에는 1품 이하 朝班에 常參하는 관료들을 일컬어 京官, 혹은 常
  參官이라 했는데, 宋代에 들어서는 이를 朝官, 혹은 升朝官이라 불렀다. 이에 대해
  未常參者를 唐代에 未朝參官이라 했고 송대에는 京官이라 불렀다.
14 文臣 가운데 京朝官 이외의 저급 寄祿官. 幕職州縣官이라고도 부른다. 북송 초기 京官
  이상의 差遣은 中書에서 관할했음에 비해 選人(幕職州縣官)의 差遣은 吏部銓選에서
  담당하였다. 元豊 改制 후에는 尙書省 吏部侍郞左選에 귀속된다. 選人과 京朝官 사이
  에는 커다란 격차가 있어서 選人이 京朝官으로 오르기 위해서는 복잡한 근무평가(磨
  勘)와 절차(保擧 등)가 필요했다. 이러한 京朝官으로의 승진을 改官이라 칭했다.
15 이 前後의 사정에 대해 『邵氏聞見錄』에서는, "元祐三年 范忠宣公爲尙書右僕射 有吳處
  厚者 以蔡確題安州 車蓋亭詩來上 以爲謗訕. 宣仁太后 得之 怒曰 蔡確以吾比武后 當重
  謫. 呂汲公爲左丞 不敢言. 忠宣乞薄確之罪 不從. 初議貶確 新州 忠宣謂汲公曰 此路荊棘
  已七八十年 吾輩開之 恐自不免. 汲公又不敢言 忠宣因乞罷政"(권14)이라 전하고 있다.

"모름지기 政事에 임해서는 寬厚한 태도를 취하셔야 합니다. 語言文字의 애매하고 불명확한 과실을 가지고 대신을 처벌해서는 안 됩니다. 현재의 움직임은 반드시 훗날의 모범이 될 것입니다. 이런 일이 전례가 되게 해서는 안 됩니다."

그러자 宰臣이 상주하였다.

"蔡確을 따르는 黨人들이 매우 많습니다. 아무 지적 없이 불문에 부쳐서는 안 됩니다."

범순인이 面對하고 말했다.

"朋黨이란 분별하기 어렵고 따라서 그 이유로 처벌하다가는 자칫 善人에게까지 화가 미칠 수 있습니다. 이런 일이야말로 신중히 해야지 경솔히 처리해서는 안 됩니다."

그는 계속하여 상주하였다.

"생각건대 붕당이란 취향이 다르기 때문에 발생하는 것입니다. 나와 같으면 正人이라 부르고 나와 다른 사람에 대해서는 邪黨이라 하는 것입니다. 나와 다른 것을 싫어하게 되면 귀에 거슬리는 말을 잘 듣지 않게 되며, 나와 같은 것을 좋아하게 되면 영합하여 아첨하는 것을 날로 좋아하게 대하는 것입니다. 그리하여 옳고 그른 것을 알 수 없게 되고 賢人과 어리석은 자가 뒤바뀌니, 국가의 환란 그 어느 것이 이로부터 생기지 않겠습니까? 王安石의 경우 다름 아니라 같은 의견을 좋아하고 다른 것을 싫어 했기 때문에 마침내 黑白을 분별할 수 없게 된 것입니다. 그 여파로 인해 지금까지도 관망하는 것을 능사라 여기는 풍조가 자리잡았습니다. 훗날의 대신들은 이를 영원히 감계로 삼아야 할 것입니다. 지금 蔡確의 사건에서는 그 黨人으로까지 확대하여 주변의 인물들을 처벌할 필요가 없습니다. 孔子는, '곧은 사람을 등용하여 그를 굽은 사람 위에 놓으면 굽은 사람을 곧게 만들 수 있다'[16]고 하셨습니다. 正直을 들어 사용함으로써 바르지 못한 자를 善人으로 바꿀 수 있으며 그리하여 不仁한 자가 자취를 감추게 될 것이라는 뜻입니다. 어찌 군이 黨人을 분별하여 仁化를 손상시키려 하십니까?"

범순인이 諸公과 함께 蔡確의 문제를 의논할 때 오직 左丞인 王存만이 같은 의견이었다. 이 날 선인태후 앞에서 논란을 벌일 때 諸公들은 강력한 처벌이 옳다고 하며 범순인을 돌아보지 않고 먼저 나갔다. 범순인은 남아서 王存과 함께 더욱 강하게 반론을 폈다. 선인태후는 노기를 거두지 않고 끝내 蔡確을 新州로 좌천시켰다. 이후 범순인을 두고 蔡確의 일파라 공격하는 章奏가 빗발치자, 범순인은 병을 핑계로 外任을 요청했고, 그날로 그는 知潁昌府로 나가게 되었으며 王存은 知蔡州로 발령났다.(『言行錄』)

황하 연변 지역 주민에게 할당되던 夫役[17]에 대해 免夫錢을 내는 대신 실제 노역을 면제해 주기로 하는 조치가 취해졌는데, 이를 두고 관원 모두가 좋다고 여겼다. 하지만 범순인만은 근심하며 말했다.

"백성들이 이로 인해 더욱 고달파 질 것이다."

곁에 있던 사람이 말했다.

"매해 夫役으로 1丁이 동원되면 그 비용만 萬錢입니다. 그런데 7,000 錢만 받고 1丁을 면제해주는 데다가 백성들은 이리저리 사역되는 고초

16　『論語』「顔淵篇」에 나오는 말이다.
17　관아에서 민간을 勞役에 동원하는 것. 工役, 差夫라 칭하기도 했다. 송대 지방관아의 勞役은 廂軍이 주로 담당하였지만 民夫를 調發하여 각종 노동과 공사에 충당시키는 사례도 적지 않았다. 매년 봄 황하의 제방공사에 동원하는 夫役은 春夫라 칭하였으며, 비상시에 긴급하게 民夫를 조발하는 것은 急夫라 불렀다.

에서 벗어나게 되니 편한 것 아닙니까?"

"매해 夫役으로 동원되면 비록 萬錢이 든다고 하지만 실세로 드는 비용은 3,000錢을 넘지 않는다. 더욱이 그 동원된 자는 관에서 밥을 먹을 수 있지 않은가? 그런데 免夫錢으로 7,000錢을 관에 모두 내면서 백성은 또 자기 집에서 밥을 먹어야만 한다. 무릇 노동력은 몸에서 나오는 것이고 돈은 백성들에게 없는 것이다. 있는 것을 버려 두고 없는 것을 징수하는 것이니 어찌 백성들에게 병폐가 되지 않겠는가? 免夫錢을 징수하는 것은, 富民들은 직접 노역을 담당하지 않아도 되니 좋다고 여길 것이지만 노동력은 있으되 돈이 없는 窮民들에게는 나쁜 것이다. 하물며 향후 꼭 필요한 노역만을 동원하게 되면 얼마든지 백성들의 노역 부담을 줄일 수 있다. 그런데 돈을 내게 하고 부역을 면제해 주게 되면, 일감이 적어도 온전한 免夫錢을 징수하게 될 것이니 어찌 폐단이 아니겠는가? 더욱이 종래 夫役의 차출은 황하로부터 500리 안쪽에만 적용되었지만, 免夫錢은 이를 고려하지 않고 모든 주민에게 할당된다. 향후 수탈을 일삼은 관리가 생겨나면 백성들의 피해는 더욱 심해질 것이다."(『言行錄』)

범순인이 재상으로 있을 때 누군가 황하를 決潰하기 이전의 河道로 되돌리자고 청하였고 여기에 두세 명의 大臣이 동조하였다.[18] 범순인만은 반대하였다.

"물을 높은 데로 흐르게 하는 것은 성공하기가 극히 어렵습니다. 하물며 지금은 公私가 궁핍한 상태이니 이 공사를 좀 늦춰 주십시오."

---

18 朱熹는 이 條目 바로 다음에 『後山談叢』을 인용하여, "元祐執政議河爲兩說 文潞公 安 樞密燾主故道 范丞相 王左丞存主新道. 士大夫是故者見文安 是新者見王范 持兩可者 見四公也"(권2)라는 附注를 가하고 있다.

조정에서는 近臣을 파견하여 조사시키기로 했는데, 조사하고 돌아와 범순인의 말대로 보고하였다. 河道를 예전으로 되돌리는 공사를 하자고 주장했던 사람들은 불쾌히 여기며, 宣仁太后에게 은밀히 상주를 올려서 手詔로써 공사를 지시하라고 요청하였다. 이에 범순인이 강하게 반대하자 선인태후도 잘못을 깨닫고 手詔를 철회하였다.

그런데 범순인이 재상직에서 파직된 이후 황하의 공사는 결국 시작되었다. 그는 새로운 임지인 穎昌府에 이르러, 다시 상주문을 올려 강력히 반대하였다. 선인태후 역시 그의 말이 옳다고 여겼으나 끝내 공사를 중단시키지는 못했다.

이후 범순인은 다시 재상이 되자 從官과 御史를 파견하여 황하의 실상을 조사시켰다. 그들 역시 범순인의 주장에 동조하였으나, 공사를 주도하던 사람들은 끝내 완결지으려 했다. 공사 후 황하의 물길은 잠시 故道로 흘렀으나 얼마 되지 않아 다시 터져버렸다. 이 공사로 말미암아 民力은 크게 피폐해졌고, 오늘날까지도 그 영향이 미치고 있다.(「墓誌」)

"과거제로는 인재를 얻을 수 없다. 설혹 인재를 얻는 경우가 있다 할지라도, 이는 본래 豪傑之士였는데 과거를 통해 등용되었을 따름인 것이다. 門蔭制를 통해 入仕하는 것과 진사과를 통해 入仕하는 것 중 어느 것이 좋은가? 진사과가 나으며 문음제가 나쁘다고 말하는 것은 후세 流俗의 논리일 뿐이다. 사람으로 하여금 그 父祖의 은덕을 받는 것을 부끄러이 여기게 하여 아무 쓸모 없는 공부에 마음을 쏟도록 하는 것일 따름이다. 그리하여 빈한한 선비와 함께 科場에서 우열을 가리게 하여 요행 합격하는 것을 영예로 여기게 만든다. 이 무슨 억지인가? 무릇 과거란 것은 빈한한 선비가 어쩔 수 없어 입신하는 경로일 뿐이다. 어쩔 수 없는 것이 아니라면 어찌 과거를 볼 필요가 있겠는가?

范純仁은 견식이 높은 인물이었으나, 그 또한 門蔭 출신과 진사 출신 그 자체에 우열을 두어, 有出身者[19]의 관위 앞에는 '左'란 글자를, 無出身者의 관위 앞에는 '右'란 글자를 붙이자고 건의한 바 있다. 그러니 편견이 없었다고 말할 수는 없을 것이다. 그는, '公卿家의 자제로 하여금 독서하게 하려는 것이었을 뿐이다'라고 말한다. 이 의도는 참 좋다. 그러나 과거를 통해 관위를 얻은 자는 독서한 존재이므로 우대해야 한다면, 그 독서란 것은 다만 과거에 합격하여 관위를 얻는 것으로 그칠 것이다. 이 어찌 진짜 학문을 말하는 것인가?

韓維는 참으로 經國의 자질을 지닌 인물이었으며 재상으로서의 치적 또한 나무랄 데 없었다. 그가 無出身이었다 해서 재상으로서의 재목이 아니었다고는 결코 말할 수 없다. 따라서 누군가, '범순인이 차별을 주려 했던 존재는 이러한 사람이 아니었던가?'라고 힐난할 것이다. 재상은 어느 날 갑자기 임용될 수 없다. 낮은 관직으로부터 차례차례 경력을 쌓아 가야 하는 것이다.

훗날 吳坦求는 紹聖 연간에 無出身이라는 이유로 博士 자리에서 파면되었다. 그는 본디 포의의 신분에서 學行이 있다 하여 조정으로부터 발탁된 인물이다. 그런데 博士가 되고 난 다음에는 다시 無出身이란 이유로 파면하였으니 이 무슨 자가당착인가? 문음 출신과 진사 출신 중에 모두 인재가 있다. 문음 출신에게 '右'란 글자를 덧붙이는 것은 사람이 선하게 되는 것을 가로막는 행위이다."(『龜山語錄』)

---

19 과거를 통해 입사한 관원. 이에 대해 門蔭(任子)을 통해 입사한 관료는 無出身人이라 칭했다. 有出身人은 승진이나 差遣의 除授 등에서 모두 無出身人보다 우대되었다.

"紹聖 연간 초 哲宗은 친정하며 李淸臣을 中書侍郎에 임명했다. 그런데 승상인 范純仁은 그와 政論이 맞지 않아 사임을 요청하였지만 철종이 들어주지 않았다. 그러나 범순인의 의지가 너무 확고하여 철종은 어쩔 수 없이 觀文殿大學士判潁昌府로 내보냈다. 그 대신 章惇을 재상으로 삼았으나 아직 도임하지 않은 상태에서 李淸臣이 홀로 中書를 담당하게 되자 그는 재상 자리를 탐내게 되었다. 이청신은 면역법과 청묘법을 부활시키고 諸路에 常平使者[20]를 파견하였다. 그러다 장돈이 도임하자 이청신을 용납하지 않고 업무에 얽매어 낙직시켰다. 이청신은 北京知府로 나갔다.

建中靖國 초 휘종이 즉위하여 韓忠彦을 재상으로 삼고 이청신을 門下侍郎에 임용했다.[21] 그런데 한충언은 이청신과 연고[22]가 있어 그가 하자는 대로 다 들어주었다. 이청신은 다시 정국을 주도하게 되자 한충언이 천거했던 右丞 范純禮를 파직시켰으며,[23] 마찬가지로 한충언이 중시하는 인물인 劉安世와 呂希純을 조정으로부터 내쫓아 劉安世는 定武의 帥[24]로 임명하고 呂希純은 高陽의 帥[25]로 임명하였다. 또 한충언이 諫議

---

20 提擧常平廣惠倉兼管勾農田水利差役使의 簡稱. 통상 提擧常平倉·倉使 등으로 簡稱된다. 提擧常平倉은 王安石의 新法 실시와 함께 파견되는 監司로서, 남송 시대에는 提擧茶鹽官과 통합되어 各路의 役錢·靑苗錢·義倉·賑恤·水利·多鹽의 전매 등을 관장하였다.

21 元符 3年(1100) 4월의 일이다. 『九朝編年備要』 권25 참조. 본문의 서술과는 달리 당시 哲宗이 崩御하고 徽宗이 즉위한 상태였다.

22 李淸臣과 韓忠彦은 인척관계였다. 이에 대해서는 『通鑑續編』 권11, 徽宗 建中靖國 元年 10월 참조.

23 휘종 建中靖國 元年(1101) 6월의 일이다. 『資治通鑑後編』 卷94, 建中靖國 원년 6월 戊午 참조.

24 知眞定府兼成德軍路安撫使. 劉安世가 建中靖國 元年(1101) 知眞定府가 되었던 것은, 李昌憲, 『宋代安撫使考』(濟南, 齊魯書社, 1997), 163쪽 참조.

25 知河間府兼高陽關路安撫使. 呂希純이 建中靖國 元年 知河間府가 되었던 것은 위의 책, 135쪽 참조.

大夫로 천거했던 張純民도 내쫓아 眞定의 帥[26]로 임명하였다. 이청신이 지방으로 내쫓아 조정에 들어오지 못하게 했던 사람들은 모두 賢士였으며 그가 평소에 꺼려 하던 인물들이었다. 하지만 한충언은 나약하여 그들의 방패막이가 되어 주지 못했다. 그 후 曾布가 右相이 되자 范致虛를 임용하여, '하북의 세 帥가 서로 얽혀 있는 것은 사직에 좋지 못한 일입니다'라는 간언을 올리게 했다. 이로 인해 劉安世와 呂希純은 같은 날 파직되고, 이청신 또한 증포에 의해 모함되어 知北京府로 내보내졌다.

나[27]는 항상 紹聖 연간과 建中靖國 초년의 일을 떠올릴 때마다, 조정에 邪正과 治亂이 뒤섞여 있던 그 무렵 李淸臣 한 사람의 재상이 되고자 하는 욕심으로 말미암아 모든 것이 무너졌다고 생각한다. 邪說이 이기다 보니 小人들이 주욱 등용되었으며 결국 이청신 자신도 조정에 계속 남아 있을 수 없었던 것이다. 만일 이청신이 紹聖 연간 초에 范純仁과 함께 정사를 보았다든가 혹은 建中靖國 연간에 范純禮·劉安世·呂希純·張純民 등과 함께 의논하여 正論에 의거해 國事를 처리했다면 조정에는 후일의 禍가 발생하지 않았을 것이다. 그랬다면 이청신 또한 재상 자리에 올라 후세에 美名을 남길 수 있었을 것이다. 이야말로 忠臣과 義士들이 그 중요한 治亂의 시기를 놓친 것에 대해 아쉬워하며 눈물을 흘리는 대목이다."(『邵氏聞見錄』)

---

26 知中山府兼定州路安撫使. 張純民이 建中靖國 元年 知中山府가 되었던 것은 위의 책, 148쪽 참조.
27 이 條目의 원 출처인 『邵氏聞見錄』의 저자 邵伯溫. 원문에는 '伯溫'이라 되어 있다.

蘇頌

蘇頌이 江寧府 江寧縣의 현령이 되었다. 建業(江寧府)은 南唐의 李氏 政權 이래 版籍과 부세가 문란하여, 조세를 징수할 때마다 府에서 직접 명령을 내려 다그쳤으며 서리들은 체납자를 길에서 수소문하는 형국이었다. 소송은 도임하자, '조세 징수는 縣令의 직무이다. 왜 府에서 간여하는가?'라고 말하고, 조세와 刑獄에 관한 하소연이 접수될 때마다 향리의 사정을 파악하여 丁産의 다과에 대해 속속들이 알게 되었다. 어느 날 鄕民들을 소집하여 호적을 갱신할 때 사실대로 말하지 않는 자가 있었다. 이에 소송은,

"너희 집에는 丁이 몇 있고 어떤 재산이 더 남아 있는데 왜 말하지 않는가?"라고 지적했다. 이에 백성들은 서로 돌아보고 놀라며 감히 숨기려 들지 않았다. 縣에서는 모두 神明하다고 여겼다.

소송은 나아가 민폐를 제거하고 쉽고 간단한 규정을 만들어 포고했다. 이 규정은 이웃 縣들에서도 원용하였다. 얼마 후 향리의 父老들이 縣民들을 이끌고 나와 머리를 조아리며 말했다.

"우리가 縣衙의 여러 부담으로부터 벗어날 수 있었던 것은 모두 公의 덕택입니다."

주민들 가운데 분쟁이 생겨 재판을 제기하면 소송은 간절하게 말했다.

"향촌에서는 서로 좋게 지내야 한다. 만일 작은 원망으로 사이가 나빠진다면 훗날 큰 어려움이 닥쳤을 때 누구를 의지할 수 있겠느냐?"

이에 주민들은 대부분 사례하고 가면서 그의 깨우침을 서로 되뇌이기도 했다. 이리하여 縣은 아주 잘 다스려졌다. 당시 監司였던 王鼎과 王

綽・楊紘 등은 모두 서리들에게 政事를 맡기고 있었는데, 소송의 政事를 보면서 말했다.

"참 우리가 따라할 수 없는 것이다."(鄒侍郎 撰, 「行狀」[28])

소송이 審刑院에 있을 때 知金州인 張仲宣이 재물을 착복하고 법을 어겼다. 사형에 해당되었으나 담당관이 전례에 따라 사형은 면해주는 대신 杖脊하고 黥刑[29]에 처하여 섬으로 유배시키기로 했다. 소송이 상주하였다.

"옛날 大夫에게는 형벌을 가하지 않았습니다. 張仲宣은 5품관인데 형벌을 가해 徒隸[30]로 삼는 것은 衣冠의 사대부에게 욕을 가하는 것이라 생각됩니다. 사대부의 긍지를 짓밟게 되지 않을까 우려됩니다."

장중선은 이로 인해 杖刑과 黥刑을 면제받고 다만 섬으로 유배되었다. 이 후 品官들에게는 杖刑과 黥刑이 사라졌다.(「墓誌」)

元豊 초년 白馬縣의 백성이 절도를 당했으나 도둑이 무서워 감히 고발하지 못하고 縣에 익명으로 투서했다. 弓手가 이를 보았으나 글자를 모르는 까닭에 문지기한테 보여주니 그가 읽어주었다. 弓手는 그 투서에 따라 도둑을 잡았는데 문지기 또한 자기의 공이라고 우겼다. 담당 서리는, '법에 의하면 익명의 투서는 금지하고 있는데 이를 통해 도둑을 잡았으니 그 도둑을 사형에 처할 수는 없다. 익명의 투서자 또한 유배형에 처해야 한다. 하지만 정상은 경미함에 반해 법에 따른 처벌은 무거우

---

28 『道鄕集』(鄒浩 撰) 권39, 「故觀文殿大學士蘇公行狀」을 말한다.
29 杖脊은 곤장으로 등을 후려치는 것, 杖刑 가운데 가장 무거운 형벌이다. 黥刑이란
    얼굴에 검은 글자의 문신을 새기는 것으로 墨刑이라고도 한다.
30 刑徒 奴隸, 服役하여 노동을 하고 있는 犯人.

니 조정에 상주해야 할 것이다'라고 생각했다. 당시 蘇頌이 開封府尹으로 있었는데 신종 앞에서, '도둑은 사형에서 형량을 감해 주어야 하며 익명으로 투서한 자 역시 죄를 면해 주어야 한다'고 주장했다. 이에 신종이 말했다.

"정상은 비록 극히 경미하나 투서의 풍조는 막아야 할 것이다."

결국 투서자는 매질을 한 후 풀어주었다.(『東坡集』)

蘇頌이 開封府 知府로 재직할 때 國子博士 陳世儒의 모친이 群婢들에 의해 살해된 사건을 처리한 적이 있다. 사건 조사가 끝났는데 法官이 蘇頌을 공박해 왔다. 그가 陳世儒 부부를 관대히 처리하려 한다는 것이었다. 이에 신종은 소송을 다그치며 말했다.

"이 사건은 인륜을 크게 어긴 대악이오. 범죄자들을 풀어주지 마시오."

소송이 대답하였다.

"이미 안건은 有司에게 넘긴 상태입니다. 臣이 느슨히 하라, 엄히 하라 간여할 계제가 못됩니다."

얼마 후 소송은 개봉부 지부직에서 파직되었고 사건은 大理寺로 이첩되었는데, 大理寺에서는 陳世儒 妻의 모친이 大臣을 경유해서 蘇頌에게 청탁을 넣었다고 상주하였다. 이에 문제가 御史臺로 넘어가 蘇頌은 濠州[31]에서 소환되어 왔다. 御史가 취조하자 소송이 대답하였다.

"내가 누구를 무고하여 죽게 하는 일은 없었다. 하지만 내가 고의로 법 처리를 잘못하였다면 重罪에 처해지더라도 피하지 않을 것이다."

그런데 소송이 친필로 쓴 문서 가운데 수백 글자가 모두 법처리를 고

---

31 蘇頌은 당시 知開封府에서 知濠州로 轉任되어 있는 상태였다. 『道鄕集』 권39, 「故觀文殿大學士蘇公行狀」 참조.

의로 왜곡한 것이었다. 신종은 이를 살핀 다음 미심쩍어 더욱 소상히 조사하라고 명하였다. 御史가 조사한 결과 그 수백 글자는 大理丞 賈種民이 가필한 것으로서 그 초고가 獄吏의 집안에서 발견되었다. 결국 賈種民은 처벌되고 蘇頌은 무죄임이 밝혀졌다.

그 후 蘇頌은 얘기를 나누다 누군가 陳世儒의 규방 일을 언급하자, '그렇다'고 대답하는 바람에 사건과 관련된 정황을 누설하였다 하여 파직되었다.(「墓誌」)

소송은 元豊 연간 知滄州職에서 중앙으로 불리워 官制改革 업무에 관여하였다.[32] 이후 신종을 알현할 때 신종이 말했다.

"책 하나를 엮고 싶은데 卿이 아니면 안 되겠소이다. 北虜와 通好한 지 80여 년이 되었는데 盟約의 내용이나 사신 교환시의 의식 및 예물 등이 체계적으로 기록되어 있지 않소. 朕이 이를 책으로 묶고 싶소만, 근래 책을 엮는 자들이 시간을 너무 많이 소비하며 일찍 완성짓지 않고 있어 근심이오. 더욱이 이 책은 내용이 방대하오. 卿이라면 마칠 때까지 시간이 얼마나 걸리겠소?"

"아마 한두 해면 될 것 같습니다."

신종은 기뻐하며 말했다.

---

32 蘇頌은 神宗 元豊 3년(1080) 12월 知滄州에 임명되었다가(『續資治通鑑長編』 권310, 神宗 元豊 3년 12월 丁卯), 그로부터 몇 개월 후인 元豊 4년(1081) 5월에 權判吏部가 되었다(『續資治通鑑長編』 권312, 元豊 4년 5월 丁未). 이러한 급속한 중앙으로의 재발탁에 대해 『續資治通鑑長編』에서는, "中大夫集賢院學士蘇頌知滄州. 頌入辭 因言母老畏寒 須春上道. 上曰卿母誰氏? 頌曰龍圖閣直學士陳從易女. 上曰天聖間侍從耶? 頌曰臣外祖天聖間 以直昭文館知廣州罷還 不市南物 輦俸餘錢過嶺 仁宗聞之 卽日擢知制誥. 上曰 淸過於馬援矣. 頌到滄數月 召還判吏部(『續資治通鑑長編』 권310, 神宗 元豊 3년 12월 丁卯)라 적고 있다.

"참으로 卿이 아니라면 이처럼 기민하지 못할 것이외다."

책이 완성되자 신종은『華戎魯衛信錄』[33]이란 명칭을 하사하였다. 또 책이 상주되자 신종은 서문을 읽고 크게 기뻐하며 말했다.

"序卦[34]의 문장을 닮았도다."(『談訓』)

소송은 전후 吏部四選[35]에 5년 동안 재직하였다. 당시는 倉法[36]이 시행되어 서리들에게 뇌물이 없자, 選人의 改官[37] 때라든가 京朝官 및 使臣[38]들의 關陞·磨勘[39] 때 혹은 공로나 과오로 인해 관직이 오르내려질 때, 서리들은 필사적으로 허물을 찾으려 했고 이로 인해 업무 처리가 지

33　그 분량은 229권 事目 5권으로 총 200책이었으나(『續資治通鑑長編』 권339, 신종 元豐 6년 9월 丙寅), 현재는 亡失되어 전하지 않는다.

34　『周易』十翼의 하나로서 64卦의 배열 및 그 순서의 이유를 설명한 것.

35　吏部四選이란 송대 銓選을 주관하는 부서의 총칭. 元豐 改制 이전에는 審官東院과 審官西院, 流內銓, 三班院이 四選을 分掌하였는데, 改制 이후에는 銓選 관련 기구가 모두 吏部에 귀속되었다. 審官東院은 尙書省 吏部左選이 되었으며 流內銓은 吏部侍郎左選이 되어 文臣의 銓選을 주관하였고, 審官西院은 尙書省 吏部右選이 되었으며 三班院은 吏部侍郎右選이 되어 武臣의 銓選을 주관하게 되었다.

36　諸倉乞取法의 약칭. 왕안석에 의해 도입되는 新法의 하나. 神宗 시대 이전 서리들에게는 俸祿이 지급되지 않아 사무처리 시에 뇌물수수와 관영물자의 횡령이 일상화되어 있었다. 특히 京師 주변 諸倉의 서리들에게 이러한 관행이 심각하여, 熙寧 3년 (1070) 京師諸倉의 서리들(倉吏)에게 봉록을 지급하는 대신 일체의 뇌물수수와 횡령을 금지시켰다. 그럼에도 불구하고 뇌물이나 중간횡령 사실이 밝혀질 경우 엄벌에 처하도록 했던 바 이를 倉法이라 했다. 이후 이 법령은 조정의 각부서와 지방의 관아 (路 및 州縣)에 재직하는 서리에게도 확대 적용되었다. 이 단계의 법령은 倉法에 대해 重祿法이라 부른다. 重祿法은 元祐 年間 폐지되었다가 紹聖 年間에 부활되었다.

37　選人 및 改官에 대해서는 본서 2책, 268쪽, 주 14 참조.

38　使臣은 하급무관, 즉 大使臣(正8品의 武臣 寄祿階)과 小使臣(從8品 및 正9品, 從9品의 武臣 寄祿階)의 총칭.『雲麓漫鈔』에서는 使臣의 구별에 대해, "三班借職·三班奉職·左右侍禁·左右班殿直·東西頭供奉官 有司號爲小使臣 內殿崇班·內殿崇制爲大使臣"이라고 기록하고 있다.

39　關陞이란 官員 陞遷 方式의 하나. 吏部四選에서 모든 관원의 연령·出身·考數·任數·擧主 人員 등을 종합 평가하여 상응하는 資序나 差遣을 부여하는 것을 말한다. 磨勘이란 寄祿階 昇降의 근거자료를 마련하기 위해 근무실적을 평가하는 것.

체되기 일쑤였다. 蘇頌은 서리들에게 다음과 같이 명령하였다.

"어떠한 관료와 관련한 서류들은 모두 한 곳에 정리되어 있어야 한다."

그 다음 규정에 따라 누락 없이 서류를 정리하여 장부를 갖추어 두었다. 이후 서리들은 더 이상 농간을 부리지 못했다. 吏部의 처리에 이의를 지닌 관원이 오면 서류철을 내주어 스스로 살펴보게 했다. 그리하여 승복하면 물러갔으며, 만일 승복하지 않는 자가 있으면 그와 토론을 벌여서 이의를 받아들일만 하면 받아들이고, 그렇지 못할 경우에는 조정에 주청하거나 혹은 都堂[40]에 건의하였다. 이로 인해 사대부들은 유감을 갖지 않게 되었다.(「行狀」)

蘇頌은 國政에 참여하게 된 이래 前例를 지켜 가는 데 힘썼으며 有司들로 하여금 법을 받들고 직분을 지키게 하였다. 업무를 수행할 때에도 능력에 따라 職任을 주었으며, 요행이라든가 분수에 어긋난 것이 끼어들지 못하도록 하였다. 변경을 지키는 臣僚들을 단속하여 功을 바라고 문제를 일으키지 않도록 주의시켰다. 조정에서 국정을 논의할 때에는 古事를 통해 當世를 분석하였으며 경전과 史書를 늘 돌아보았다. 마땅치 않다 여겨지는 일에 대해서는 강력히 문제를 제기하면서 의연히 물러서지 않았다.

蘇頌은 천성적으로 仁厚하고 도량이 넓어 기쁘거나 노한 것이 얼굴에 나타나지 않았다. 자애로움과 효성의 덕목을 소중하게 생각하여 친족들 사이에서는 화목을 이루려 하였고 朋友 사이에서는 의로움을 지켰다. 어려서부터 스스로 절제할 줄 알았으며 禮法을 근실히 지켰다. 한가로

---

40 尙書省의 사무실.

이 지낼 때에도 반드시 衣冠을 갖추고 꼿꼿이 앉아 있어서 가족들조차 그의 흐트러진 모습을 보지 못했다. 평생 가족들이 어디에 있는지 물어본 적이 없었고, 만년에는 하사품이나 봉록을 받는 즉시 주변에 나누어 주었다. 반면 자신에 대해서는 극히 검소해서 매 끼니마다 고기 반찬이 하나를 넘기지 않도록 하였다. 작고하던 날 슬퍼 울던 사람들은 그의 침실에 가서 그 꾸밈새와 의복 등을 보고 모두 놀라며 탄복하였다. 그의 생활이 지나치리 만큼 검소하였기 때문이다. 그는 어려서 當世의 賢傑들과 사귀었으며, 顯貴하게 되고 난 다음에는 아는 자와 모르는 자를 가리지 않고 오직 正人과 善人의 앞길을 이끌어주기 위해 노력하였다.

천성이 학문을 좋아하였고 만년에는 더욱 그러하였다. 古文字學으로부터 古書 및 史書에 실려 있는 제자백가의 학설, 그리고 圖讖·陰陽·음악·천문·算法·지리학·本草·훈고학 등에 이르기까지 익히지 않은 것이 없었다. 이러한 학문은 비단 논의 과정에서 나타났을 뿐만 아니라, 문장을 통해서도 實事를 반영함으로써 世敎에 도움을 주려 하였다. 명분과 이치에 대해서는 더욱 정밀히 노력하여, 정무를 수행할 때 虛名을 깊이 경계하였고 시세와 순리에 따르려 하였으며 아래로 實利가 미치게 하였다. 그의 행적에는 모두 이러한 관념이 반영되어 있다.

그가 작고하자 누구를 막론하고 그리워하였다. 재상의 자리에 있을 때는 권세를 멀리 하고 門下에 잡스러운 빈객이 출입하지 못하게 했다. 그는 士大夫의 진퇴에 있어 조금이라도 私意가 개재되지 않도록 했다. 그렇기 때문에 사람들은 그에게 특별한 은혜를 지니지 않았지만 또 전연 원한을 지니지도 않았다.(「行狀」)

蘇頌은 일찍이 학교제에 대해 논하면서 경전에 따라 博士를 나누어 배치하고 그 재학생들에 대해 行藝[41]를 시험하여 관료로 발탁하자고 주장한 바 있다. 과거제에 대해서는, 먼저 士人들의 행동거지를 살피고 그다음으로 文藝를 따져야 하며 糊名法과 謄錄法[42]을 폐지하자고 주장했다. 州縣에서 有司로 하여금 인재를 소상히 살펴보게 함으로써 鄕擧里選制의 전통을 되살리도록 노력하자는 것이었다. 또 매해 진사과를 시행하여 일정 인원을 등용시킴으로써 制科를 통해 遺逸을 등용하는 취지를 계승하자고 말하였다. 그리고 尙書는 옛날의 天臺로서 조정 만사의 근본이 이로부터 나왔다고 말하였다. 인종 시대에 大臣이, 審官院[43]을 吏部로 귀속시키고 三班院[44]을 兵部에, 그리고 審刑院[45]은 刑部로 귀속시킴으로써 古制에 가깝게 하자고 주장한 바 있다. 이에 대해 당시의 논자들은 그 논지를 깊이 헤아려보지 아니한 채 일을 새로 추진하는 것을 꺼려 유야무야되어 버렸다. 蘇頌은 관원 두 명으로 하여금 원칙을 세우고 업무를 조정하게 한 다음 審官院 등 세 부서를 尙書로 환원시키자고 주장하였다. 이렇게 한 즉 南宮[46]을 중심으로 하는 古制가 부활되어 官制의 체계가 잡힐 것이라 말했다. 그 후 경전에 따라 博士가 나뉘어 설치

---

41 德行과 技藝.

42 糊名法이란 과거응시자가 답안지인 試券을 제출한 뒤 그 윗부분을 가림으로써 考官이 점수를 매길 때 응시자의 신원을 알지 못하게 하는 것. 太宗 淳化 3년(992)에 도입되었다. 糊名法은 彌封制 혹은 封彌制라고도 불린다. 謄錄法은 眞宗 大中祥符 8년(1015) 최초로 시행한 제도로서 필체를 통해 考官이 응시자를 알아볼 수 있는 가능성을 차단하기 위해 도입되었다. 과거응시자가 試券을 제출하면 封彌院에서 封彌한 후에 謄錄院에 이송되었다. 이어 謄錄院에서는 서리의 필치로 답안지를 그대로 옮겨 적어 부본을 만든 다음 그 부본을 채점자인 考官에게 넘겼다.

43 太宗 淳化 4(993)에 설치한 부서. 6品 이하 京朝官의 근무실적을 평가하여 人事의 초안을 작성한 후 上報하는 직임을 담당하였다.

44 太宗 雍熙 4년(987)에 설치한 부서. 三班使臣에 대한 人事의 초안을 작성하여 황제에게 보고하는 역할을 담당하였다. 元豊 改制 후에는 吏部侍郎右選으로 재편된다.

45 太宗 淳化 2년(991)에 설치한 刑獄의 중앙 覆審 기관

46 尙書省의 別稱. 唐代 이후에는 尙書省 및 그 傘下의 六部를 南宮이라 통칭한다.

되었고 三舍法[47]으로 관원을 선발하면서 行義를 함께 고려하였으며, 다시 10여 년 뒤에는 官制改革[48]이 이루어져 대체로 그의 말대로 되었다.
(「行狀」)

王珪, 元絳 등 몇 사람이 언젠가 蘇頌에게 물었다.

"公은 기억력이 대단하여 우리 宋朝의 典故에 대하여 빠트림 없이 알고 계십니다. 몇 월 며칠까지 틀리지 않으니 무슨 특별한 비법이 있으십니까?"

"방법이 하나 있지요. 나는 언제나 한 해 중의 大事를 줄기로 하여 그 해에 일어난 나머지 일들을 기억하므로 잊어먹지 않습니다. 이를테면 무슨 해에는 改元이 있었는데 그 해에는 어떤 일이 있었다든지, 무슨 해에는 황제가 즉위하여 그 해에 무슨 일이 있었으며, 무슨 해에는 황후나 황태자가 세워졌는데 그 해에는 무슨 일이 있었고, 무슨 해에는 재상이 임명되어 그 해에는 무슨 일이 있었다고 하는 식이오. 이것이 내가 일들

---

47 神宗 熙寧 4년(1071)에 도입한 新法의 한 조목. 太學生을 학업수준에 따라 上舍와 內舍·外舍 3단계로 나누어 승급시키고 그 최상급반인 上舍로부터 관원을 직접 선발하는 제도였다. 太學의 입학생은 처음 外舍에 진입하였는데 그 정원은 없었다. 外舍生은 매년 봄과 가을 두 차례에 걸쳐 시험을 치른 다음 각각 200명을 內舍로 승급시켰다. 內舍生은 마찬가지로 100명씩 上舍로 승급되었다. 三舍法의 전면적 실시와 더불어 徽宗 崇寧 3년(1104) 이후 북송 말기까지 과거제가 폐지되기에 이른다.

48 神宗 元豊 3년(1080) 이래 5년(1082)까지 단행되는 이른바 元豊 官制改革을 가리킨다. 기본적으로 宋初 이래의 官(寄祿階), 職事官(差遣), 職(고급 문관의 名譽銜)의 3본위 관제를 대대적으로 개혁하고 官과 差遣을 일치시킴으로써 唐代 3省 6部制로의 전면적 복귀를 지향하는 성격을 띤 것이었다. 이후 3省 6部 9寺 5監의 官名은 실제 職任을 지닌 칭호로 바뀌었다. 다만 이때의 개혁은 樞密院을 存置시켰으며, 초급 문관(選人)과 지방기구, 그리고 武官 계통에는 미치지 못했다는 한계를 지녔다. 元豊 官制改革은 宋初 이래 관직의 난맥상을 정리하는 데 큰 기여를 했다. 이 개혁으로 정비된 官制 및 관직명은 이후 淸末에 이르기까지 중앙정부 구성의 기본골격을 형성하게 된다.

을 기억하는 방법이라오. 나중에 『史記』를 보았더니만, '이 해에 공자가 나셨다'라든가, '이 해에 공자가 돌아가셨다'라든가, '이 해에 齊桓公이 葵丘에서 會盟을 주관하였다'라든가, '이 해에 晉文公이 처음으로 霸業을 이루었다'고 적혀 있더이다. 이것도 바로 나의 기억 방식과 같은 것이 아닌가 생각되오."

이 말을 듣고 있던 元綘이 말했다.

"그것만은 아닙니다. 公은 경전과 史書의 암기로부터 싯귀의 암송, 그리고 사대부의 家世·閥閱·名諱·혼인 등에 이르기까지 빠트리지 않고 기억하시니 이것은 또 무슨 방법에 의거한 것입니까? 참으로 대단한 기억력이십니다."(『談訓』)

"내[49]가 江寧에 있을 때의 일이다. 諫議大夫 楊告가 나한테 이런 말을 한 적이 있지.

'나는 韓非子가 한 말 한 마디를 참 좋아합니다. 그는, 흙이나 나무로 인형을 만들 때에는 귀와 코는 크게 만들고 입과 눈은 작게 만들어야 한다고 했습니다. 이 말은 참 의미심장합니다. 만일 흙이나 나무로 인형을 만들 때 코를 작게 하고 눈을 크게 했다가는 잘못 되었을 때 고칠 방법이 없습니다. 반면 큰 코는 작게 만들 수 있고 작은 눈은 크게 만들 수 있지요. 모든 일이 다 그렇다고 생각됩니다. 심사숙고하는 것을 귀찮게 여기지 말아야 합니다. 사람들은 韓非子가 가혹하였다고 비난하지만 이 말만은 참으로 귀 기울일만 합니다.'

나는 지금까지 이 말을 잊지 않고 있단다."(『談訓』)

---

[49] 蘇頌을 가리킨다.

蘇頌이 언젠가 말했다.

"사람은 모름지기 부지런해야 한다. 부지런한즉 뭐든 부족해지지 않는다. 戶樞[50]에는 좀이 슬지 않고 흐르는 물이 썩지 않는 것도 그러한 이치이다."(『談訓』)

---

50 문지도리. 문짝을 문설주에 대고 여닫게 하기 위해 쇠붙이나 나무로 만든 물건. 돌쩌귀 혹은 문돌쩌귀라고도 부른다.

권12

劉摯

왕안석은 정권을 잡은 초기에 인재를 널리 구하여 파격적으로 발탁하였다. 元絳이 수 차에 걸쳐 劉摯를 추천하자 왕안석은 한 번 만나본 다음 훌륭한 인재라 판단하고 中書檢正官으로 승진시켰다. 하지만 유지는 한 달여가 지나도록 아무 말도 하지 않으며 내켜 하지 않았다. 그러다 御史에 임명하자 기뻐하며 취임하였다.[1](「行實」)

유지는 돈을 거두고 役을 면제시킨 다음 관아에서 직접 役人을 雇募하는 것에 대해 논하며 그 10개의 폐해를 들었다.[2] 당시 御史中丞인 楊繪 역시 上奏하여 新法을 공박하였다. 유지와 楊繪의 上奏는 함께 司農

---

1   神宗 熙寧 4年(1071) 4월의 일이다.『續資治通鑑長編』권222, 熙寧 4년 4월 甲戌 참조.
2   神宗 熙寧 4年(1071) 6월의 일이다.『續資治通鑑長編』권224, 熙寧 4년 6월 庚申 참조.

寺에 내려졌고, 司農寺에서는 그것에 대해 조목조목 힐난하며 양회와 유지를 險詖欺誕[3]하며 속으로 특별한 의도(向背)를 지니고 있다고 탄핵하였다. 신종은 유지에게 勅旨를 내려 해명하라 명했다. 유지는 상주하여 말했다.

"臣은 御史이니 발언의 책무가 있습니다. 士民의 여론을 채집하여 폐하께 아뢰어야만 합니다. 이것이 臣의 직책입니다. 지금 有司가 臣의 상주문에 대해 반박하자 臣에게 명하여 해명하라 일렀습니다. 이는 是非를 논하여 승부를 가리라는 것으로서 서로 간 치열하게 언쟁을 벌이라는 얘기이니, 폐하의 耳目이 되는 御史의 직책을 욕보이는 것과 다름 없습니다. 또 이른바 특별한 의도(向背)라 하는데, 臣이 向하는 것은 의로움이요 등지는 것은 이익이며, 향하는 것은 군주이며 등지는 것은 權臣입니다. 원컨대 臣의 章奏와 司農寺의 上奏를 함께 百官 앞에 내보여 옳고 그름을 판별하게 해 주십시오. 그리하여 만일 臣의 말 가운데 취할 것이 있으면 조속히 시행하여 주시고, 그렇지 않고 만일 臣이 폐하를 欺妄하였다면 달게 멀리 쫓겨 나겠습니다."

상주문이 올려졌으나 아무 응답이 없었다. 유지는 스스로 말했다.

"主上의 天稟은 英明하시며 힘써 간언을 받아들이려 하시는데 대신의 보필이 잘못되었도다."

유지는 의분을 이기지 못하고 이튿날 다시 상소를 올렸다.

"폐하께서는 친히 德과 禮를 실천하시며 밤낮으로 노력하여 庶政을 親覽하십니다. 그런데 천하가 편안히 다스려지지 않는 것은 누구의 잘못 때문입니까? 폐하께서는 온 마음을 기울여 태평세의 도래를 바라시

3　陰險하고 不正하며 欺妄하고 虛誕하다.

며 태평세를 여는 것을 스스로의 책무라 여기고 계십니다. 하지만 근 2, 3년간 모든 것이 어지러이 동요하며 천하의 어느 것 하나 제자리에 안착된 것이 없습니다. 돌아보건대 青苗法이 시행되면서 천하 사람들은 백성에 대한 수탈이 아니냐고 의심하기 시작하였습니다. 그 청묘법에 대한 논란이 가라앉기도 전에 均輸法이 시행되었고,[4] 균수법으로 인한 혼란이 한창일 때 변경에서는 대외 전쟁이 시작[5]되었으며, 대외 전쟁으로 인한 폐해가 가시기도 전에 免役法이 시행되었습니다. 그 사이 또 農田水利法이 있었고 淤田法이 있었으며, 나아가 州縣을 병합하는 조치[6]가 취해졌습니다. 이러한 논의는 모두 재정 확보를 위한 것이었기에 市井의 도살자들이 모두 조정으로 불리워져 政事堂의 관원으로 자리 잡았습니다. 이익을 추구하는 데 있어 아래로 책력에 이르기까지 관아에서 직접 만들어 민간에 팔았습니다. 이러한 일들은 이루 더 헤아릴 수조차 없습니다. 官爵을 가벼이 수여하면서 賢人과 不肖者가 뒤섞이게 되었으며, 노장의 충후한 인물들은 무능하다고 밀쳐지는 반면 경박한 나이 어린 자들이 유능하다고 임용되었습니다. 道를 지키며 나라를 근심

---

4 劉摯의 상주문 가운데 이 대목은 사실관계에 있어 착오를 범하고 있다. 왕안석의 新法 가운데 가장 먼저 시행되는 것은 均輸法으로서 熙寧 2년(1069) 7월에 발포되었고, 이어 青苗法이 熙寧 2년 9월에 시행되기 시작하였다.

5 熙寧 3년(1070) 2월 王韶를 파견하여 이른바 熙河經略을 시작한 것을 말한다.

6 熙寧 2년(1069) 이래 熙寧 8년(1075)까지 지속된다. 그 구체적인 실적은, 熙寧 2년(1069) 廢縣爲鎭 2개, 熙寧 3년(1070) 廢縣爲鎭 10개 廢縣 7개 廢軍爲縣 2개, 熙寧 4년(1071) 廢縣爲鎭 12개 廢縣 4개 廢軍爲縣 3개 廢州爲縣 2개, 熙寧 5년(1072) 廢縣爲鎭 30개 廢縣 7개 廢軍爲縣 4개 廢州爲縣 12개, 熙寧 6년(1073) 廢縣爲鎭 38개 廢縣 4개 廢軍爲縣 1개 廢州爲縣 2개, 熙寧 7년(1074) 廢縣爲鎭 7개 廢縣 1개 廢軍爲縣 2개 廢州爲縣 1개, 熙寧 8년(1075) 廢縣爲鎭 4개 廢軍爲縣 1개 廢州爲縣 2개였다. 熙寧 2년부터 熙寧 8년까지를 합산하면, 廢縣이 122개 廢州軍 병합은 32개로서 당시 州縣 가운데 대략 10% 정도가 병합 내지 폐지된 셈이다. 이러한 조치는 주현의 지역상황을 고려하여, 주로 경제여건이나 사정에 비해 주현의 설치가 과도했던 북방 지방이나 사천 4로 등지에 집중되었다고 한다(陳振, 『宋史』, 上海人民出版社, 2003, 377・378쪽 참조).

하는 사람들은 流俗이라 매도되었고 綱常을 어그러뜨리며 백성을 착취하는 자들은 융통성이 있다고 일컬어졌습니다. 정부의 정책결정이나 인사 문제는 다만 대신과 보좌진 몇 사람에 의해 결정되었고 정작 그것을 관장해야 할 중신들은 사후에나 통보를 받았습니다. 이렇게 되자 대신의 집은 이리저리 설쳐대는 乞丐의 무리들로 문전성시를 이루었습니다. 현재 국경 지대는 創痍에 걸린 듯 피해를 당하고 있으며 流民들은 이리저리 헤매고 있습니다. 河北에는 큰 가뭄이 발생했고 각 지방에 물난리가 났으며, 백성들은 피곤하고 조정의 재정은 궁핍합니다. 폐하께서 근심하며 정치에 몰두하고 있는 때에 이처럼 政事가 무너지고 있습니다. 이는 대신이 폐하를 잘못 보필하기 때문이며 또 대신이 임용하고 있는 자들이 대신을 잘못 이끌기 때문입니다."

그 며칠 후 유지는 御史職에서 파직되었다.[7]([「行實」])

유지가 南京의 幕府[8]에 있을 때 司農寺가 새로운 법령을 발포하였다. 천하의 祠廟를 모두 팔아 坊場과 河渡의 예[9]에 따라 淨利錢[10]을 징수하는 것이었다. 南京의 閼伯廟는 매해 46貫에, 微子廟는 12貫에 매도되었다. 유지는 탄식하며 말했다.

"이 지경에까지 이르는가?"

---

7   神宗 熙寧 4년(1071) 7월의 일이다. 『宋史』「神宗紀」 2 참조.

8   神宗 熙寧 8년(1075) 劉摯는 簽書應天府判官事로 부임하였다. 『名臣碑傳琬琰之集』 下 권13, 「劉右丞摯傳」 참조.

9   면역법을 실시하면서 종래 衙前에 대한 수당의 형식으로 지급되던 坊場과 河渡의 운영권을 입찰(賣撲) 형식으로 민간에 매도한 것을 가리킨다. 坊場錢과 河渡錢에 대해서는 본서 2책 94쪽 주 24 · 196쪽, 주 3 참조.

10   점포나 업무를 관할함으로써 발생하는 이익금의 일부를 관아에 납부하는 것. 통상 坊場과 河渡, 市易務, 坑冶 등에 대해 사용된다. 淨利란 순이익금이란 의미이다.

그는 留守 張方平을 만나 말했다.

"조정에 무언가 말을 해야 하는 것 아닙니까?"

장방평은 당황해 하면서 그로 하여금 문안을 작성하게 해서 상주하였다.

"閼伯廟는 이곳 商丘[11]로 옮겨와 大火를 제사지내고 있습니다. 火는 국가의 盛德을 상징하는 것으로서 역대 큰 제사를 지내 왔습니다. 微子는 宋에 처음으로 봉해진 군주로서 이곳 商丘에 국가를 세웠으며 우리 宋朝의 국호도 바로 여기에서 유래한 것입니다. 이밖에 南京에는 雙廟가 있습니다. 唐代에 張巡과 許遠이 孤城을 지키다 순국한 것[12]을 기리는 것으로서 大患을 막는 영험이 있습니다. 만일 이러한 祠廟들을 내팔아 小人들의 장사 거리가 되게 한다면 닥치는 대로 더럽혀질 것입니다. 국가에서 걷어들일 수 있는 것은 극히 적은 반면 大體를 손상시키게 되는 것입니다. 바라건대 이 3개 祠廟를 그대로 놓아두어 숭모의 대상이 될 수 있도록 지켜 주십시오."

신종은 그날로 批答을 내렸다.

"나라에 욕되게 하고 신령을 더럽히는 것으로 이보다 심한 것은 없도다. 속히 슈을 내려 이전의 조치를 철회하도록 하라."(「行實」)

---

11 南京 應天府로서 현재의 河南省 商丘市. 본디 宋州였으나 眞宗 景德 3년(1006) '帝業所基之地', 즉 太祖 趙匡胤이 宋朝의 건립 이전 歸德軍節度使였으며 그 治所가 宋州였던 까닭에 應天府로 승격된다(『宋大詔令集』 권159, 「升宋州爲應天府詔」). 또 應天府는 眞宗 大中祥符 7년(1014) 陪都 南京으로 승격되었다.

12 張巡(709~757)과 許遠은 安祿山의 반란에 맞서 저항한 인물들이다. 이들은 함께 군대를 조직하여 수차에 걸쳐 반란군을 격파했으나, 나중에 적군 10여만에 의해 睢陽城에서 포위되었다. 성을 지키며 항전한지 수개월 만에 식량이 떨어지자 愛妾과 從僕을 죽여 군사들에게 먹이면서까지 전투를 독려하였지만 결국 패하고 말았다. 睢陽城의 함락 직후 張巡은 자살하고 許遠은 포로가 되어 洛陽으로 끌려갔지만 끝내 굴하지 않아 살해되었다.

신종이 新學制를 실시하여 천여 명에 달하는 士人을 길렀다.[13] 하지만 有司가 제정한 규정이 너무도 번쇄하여 모두 곤란하다 여기고 있었지만 오래도록 바뀌지 않았다. 유지가 상주하여 말했다.

"학교는 인재를 양성하고 교화의 모범을 보이는 곳이지 법을 집행하는 장소가 아닙니다. 비록 많은 사람들이 모여 있기에 통제를 가할 필요가 있고 또 법이 없으면 안 되지만 근본적으로는 禮義에 기초해야만 합니다. 先帝인 영종께서는 道에 따라 학제를 신설하여 漢이나 唐을 뛰어넘으며 三代에 비해서도 뒤지지 않는 養士의 제도를 만들었습니다. 하지만 근래 太學에 獄訟이 자주 발생하였던 관계로 有司가 法禁을 제정하였습니다. 그 규정은 治獄보다도 번거롭고 防盜보다도 條目이 많으며 上下로 하여금 서로 의심하게 함으로써 문제 발생을 억제하려는 것입니다. 더욱이 심히 이상한 것은, 博士와 諸生으로 하여금 서로 만나는 것을 금지하여 教諭가 실행될 수 없으며 질문도 할 수 없도록 만든 점입니다. 다만 博士가 달마다 자신 관할 하의 기숙사를 순찰할 뿐입니다. 기숙사는 숫자가 많으므로 경전에 따라 나누었기 때문에, 『역경』의 박사가 『예기』의 기숙사까지 함께 순찰하며 『시경』의 박사가 『서경』의 기숙사까지 함께 순찰해야 합니다. 순찰할 때는 禮에 따라 몇 가지를 묻고 서로 揖한 상태에서 대답합니다. 그 외는 한 마디도 나누지 않고 물러납니다. 사사로운 청탁이나 뇌물의 수수를 막기 위한 것입니다. 무릇 이와 같은 學政이 어찌 先帝께서 제정한 士人 양성의 뜻에 부응하는 것이라 하겠습니까? 천하를 다스리는 자가 남을 君子와 長者의 道에 따라 대하면, 아랫사람 또한 君子와 長者의 행동으로 윗사람에 호응하는 것입니다. 반면 小人이나 소·

돼지로 대하면 그들 역시 스스로 小人이나 소·돼지로 여기는데, 하물며 이러한 방식을 어찌 학교에서 실행할 수 있겠습니까? 바라건대 諸生들 사이 서로 교왕하는 것을 허락해 주시고, 다만 집에 다녀오며 선물을 주고받는 것만은 규정대로 단속하되, 그 나머지의 현행 규정은 太學의 長貳와 그 屬僚로 하여금 적절히 판단하여 개정토록 하십시오."(「行實」)

유지가 中書에 있을 때의 일이다. 어느 날 선인태후가 두 개의 지침을 내려보냈다. 하나는 宗室의 冗費를 裁減하라는 것이었고 다른 하나는 六曹의 서리 인원을 축소하는 것이었다. 中書의 서리가 이 가운데 서리 인원의 감축에 관한 문서는 상서성으로 이송해야 한다고 말했다. 유지가 물었다.

"통상적인 문서는 중서에서 錄黃[14]으로 처리하는데 왜 이번에는 다른 곳으로 보내야 한다는 것이냐?"

서리가 대답하였다.

"상서성에서 서리 정원과 관련한 상주를 올릴 때마다 오래 전부터 우리 중서성을 경유해 왔습니다. 그러다 보니 중서성 업무인 줄 잘못 알고 이리 보내온 것 같습니다."

"중서성에서는 다른 요소를 고려하지 말고 법령대로만 처리하도록 하라."

---

14 송대 中書省에서 기초하는 문건의 명칭. 중서성에서는 황제의 지침을 받아 詔令을 기초하고 이를 문하성으로 넘겨 심의토록 하는데, 중요 사안의 경우에는 황제에게 面奏하여 직접 지시를 받은 다음 黃紙에 기록하여 문하성으로 이송했다. 이를 '畫黃'이라 불렀다. 반면 통상적이거나 비중이 작은 사안의 경우에는 중서성에서 미리 처리 방법을 黃紙에 적어 재가를 받은 후 문하성으로 이송했다. 이를 '錄黃'이라 불렀다. 이에 대해 『宋史』「職官志」1에서는, "大事奏稟得旨者爲畫黃 小事擬進得旨者爲錄黃"이라 간결히 설명하고 있다(권161).

그리하여 중서성에서 錄黃을 작성하였다.

한편 상서성에는 令史인 任永壽란 서리가 있었는데 매우 거칠고 교활하여 다른 서리들과 잘 융화를 이루지 못했다. 宰執들로부터도 수차례나 간사하며 作弊를 일삼는다고 고발된 바 있었지만 승상인 呂大防만은 그를 신임하였다. 당시 戶部에서는 재정을 절감하려 노력하고 있었고 後省[15]에서는 서리 정원을 감축하려 했지만 해를 넘기도록 진척이 되지 않고 있었다. 여대방의 업무 처리는 독선적이며 거칠어서, 宣仁太后가 내린 지침 두 개를 모두 거두어 관할하려 했다. 그래서 상서성 내에 吏額房을 설치하고 任永壽에게 관할하도록 했다. 宰執들과는 전연 상의하지 않았다. 그런데 任永壽는 錄黃을 보고 놀라서 말했다.

"중서성과 상서성 두 기관이 아직 협의하지 않았는데 어떻게 이것이 작성될 수 있었나?"

그는 즉시 승상 여대방에게 상신하여 중서성과 상서성에서 각각 서리를 선발하여 吏額房에 배치하고 함께 업무를 처리하게 했다. 그리고 이러한 사실을 劉摯에게 보고하였다. 유지가 말했다.

"中書에서 錄黃을 관장하는 것은 법에 규정되어 있다. 또 어떻게 서리와 함께 업무를 협의한다는 것이냐? 더욱이 중서의 업무를 상서성과 함께 처리한다니 무슨 까닭이냐?"

이튿날 呂大防은 서류를 가지고 와서 劉摯에게 내보이며 강하게 말했다.

"어찌할 수 없었소이다."

이에 유지는 소란을 피하기 위해 억지로 대답했다.

"알겠소이다."

그 후 일이 끝나자 任永壽 등은 노고를 치하하는 의미로 몇 단계씩 승진하였다. 그런데 서리 인원 감축 문제를 둘러싸고 내외에서 여러 불평이 터져 나왔다. 臺諫들도 상주문을 올리며 공박하였다. 당시 유지는 이미 門下省으로 관직이 옮겨진 상태였지만, 선인태후 앞에서 서리 정원을 감축하는 문제에 대해 다음과 같이 말했다.

"이는 모두 감축 대상자들이 자기네들의 원망을 떠벌리며 소문을 확대시킨 것일 따름입니다. 업무상의 과실은 크지 않습니다."

여대방 또한 주변 사람들에게 말했다.

"太后가 오해를 풀 수 있었던 것은 다 門下侍郎인 유지 때문이다."

그렇지만 이후 여대방은 점차 유지를 시기하기 시작했고 마침내 바깥으로 내쫓기 위한 음모를 꾸몄다. 그래서 楊畏를 言官으로 발탁한 다음, '유지가 간사하며 절조가 없다'고 상주하게 했다. 이러한 상주가 10여 차례나 올려졌지만 받아들여지지 않았다. 사대부들 가운데 이익을 쫓는 자들도 어지러이 유지를 공박하고 나섰다. 이로 인해 朋黨의 우려까지 일어났다. 이에 유지가 여대방에게 말했다.

"나에게는 다른 마음이 없지만 바깥의 의론이 이처럼 시끄럽습니다. 조정에 이러한 물의가 있어서는 안 될 터이니 잠시 다른 데로 피해 있겠습니다."

그 해 8월 1일 유지는 조회가 끝나고 잠시 머무르다 상주하였다.

"臣은 오래도록 近臣의 자리에 있었습니다. 그릇에 물이 가득 차면 넘어진다 하니 이제 물러나고 싶습니다."

宣仁太后는 환관을 시켜 유지를 불러 入對하게 했다.

"門下侍郎은 아직 물러날 때가 아니오. 황제가 친정할 때까지는 조정에 남아 있다가 그 후에 물러나도록 하시오."

유지는 어쩔 수 없이 그 명령을 받아들였다. 얼마 후 여대방 역시 퇴임을 요청하였지만 받아들여지지 않았다.

이듬 해 유지가 승상이 되었다.[16] 하지만 그 해가 가기도 전에 과거 유지를 공박했던 자들이 여전히 言官으로 있으며 공격하기 시작했다. 결국 유지는 재상직에서 물러났고 朋黨의 움직임 또한 가시지 않았다.(「集序」)

哲宗의 皇后를 결정하는 문제가 결말을 짓지 못하고 있었다. 宣仁太后가 말했다.

"선정된 100여 가문을 陰陽家에 검토시킨 결과 모두 합당하지 않다 하오. 오직 한 가문만 괜찮다 하는데 거기에도 두 가지 문제가 있소이다. 하나는 그 딸이 庶出이라는 것이고 또 하나는 嫡母가 사납고 투기가 심하다는 점이오. 그 딸은 세 살 되던 해 生母가 쫓겨 나서 伯父 집안에서 양육되었소. 그렇다면 낳아준 게 부모요, 아니면 길러준 게 부모요?"

누군가 옆에서 대답했다.

"여자에게는 入繼[17]의 원칙이 없습니다. 그러니 낳아준 부모를 부모라 하여 아무 문제가 없을 것 같습니다. 또 庶出이 문제가 된다면 우리 宋朝에 이미 明德皇后의 선례가 있습니다."

유지가 앞으로 나아가 말했다.

"『春秋』의 傳에서는 正妻의 딸이나 첩의 딸 모두 간택할 수 있다고 되어 있습니다만, 『禮記』에서는 외조부의 관직을 기록한다고 되어 있으니 분명 嫡出이라야 한다는 의미입니다. 하물며 明德皇后는 태종께서

---

16 哲宗 元祐 6년(1091) 2월의 일이다. 『宋史』 권212, 「宰輔表」 3 참조.
17 다른 사람의 양자나 양녀가 되는 것.

황제에 오르시기 전인 藩邸[18]에 있을 때 妃로 삼으셨습니다. 천자가 되신 다음 皇后로 들이신 것이 아닙니다."

곁에 있던 사람들 모두 유지의 말을 거들었고, 선인태후 역시 그 말이 옳다고 생각했다.[19]('行實」)

유지가 邢恕 및 章惇의 아들들과 교왕하면서, 小人들과 연계함으로써 후일 정국이 바뀔 때를 대비했다고 言官들이 공박하였다. 유지는 속으로 그들의 공격에서 벗어나기 힘들 것이라 판단하고 해명하려 들지 아니한 채 사의를 표명했다.

"臣이 어리석어 남들의 비난을 샀습니다. 바라건대 문책하고 파직시켜 주십시오."

그는 물러난 후에 더욱 강력하게 파직을 요청하였고, 결국 재상직에서 파면되어 觀文殿學士로 知鄆州가 되었다. 이에 給事中인 朱光庭이 조정의 조치를 비난하는 상주를 올렸다.

"劉摯는 충성스럽고 의롭기 때문에 조정에서 대신으로 발탁했던 것입니다. 그런데 어느 날 갑자기 의심을 샀다 하여 파면하면 천하가 납득하려 들지 않을 것입니다."

朱光庭 또한 파면되어 知亳州로 나갔다.

이에 앞서 邢恕가 落職되어 京師를 지나다가 劉摯에게 서신을 보냈고 이에 대해 유지가 답장을 낸 적이 있었다. 그 답장에서 유지는,

"국가를 위해 몸조심하시오. 그리고 기다리며 휴식하시오"라고 적었다.

---

18 藩王의 집.

19 이때 논란의 대상이 되었던 여성은 狄諮의 女息이었는데, 이러한 논의 끝에 결국 皇后의 후보자에서 탈락되고 만다. 그 이후의 경과에 대해서는 본서 2책, 301·302쪽 참조.

그 무렵 茹東濟가 排岸官[20]으로 있으며 이리저리 뇌물을 구했으나 유지가 주지 않아 원망이 심했다. 그러던 차에 유지의 서신을 보고 그 말을 몰래 기록해 두었다가 御史中丞인 鄭雍 및 侍御史인 楊畏에게 보여주었던 것이다. 鄭雍과 楊畏는 유지를 공격하다가 뜻대로 되지 않자 그 어귀를 해석하여 선인태후에게 올렸다.

"유지가 적어보낸, '기다리며 휴식하시오'란 말은 훗날 太皇太后께서 물러나시는 것을 기다리란 의미입니다."

그리고 章惇의 아들들은 본디 유지의 아들과 친하여 서로 오가며 교유했다. 간혹 그들이 劉摯의 관사에 놀러 오면 그 역시 만난 적이 있었다. 경우에 따라서는 客들과 함께 만나기도 했다. 이를 두고 言官들은, '유지가 그들을 접대하며 미리 연계를 맺어둠으로써 후일을 도모하였다'고 말했던 것이다.(「行實」)

---

20 排岸司의 監官으로 京朝官이 임용되었다. 排安司는 각 지방으로부터 水運의 綱船을 이용하여 漕米를 京師에 送納시키는 기구였다. 주요 업무는 漕運船의 안배와 그 임대료 지급 등이었다.

王巖叟

京城內 도둑들이 집결하는 장소가 있었는데 '大房'이라 불렸다. 그 대부분 멀리 구석진 곳에 있었으며 구역마다 수십 명 내지 수백 명씩 수용할 수 있었다. 하지만 워낙 잘 엄폐된 곳이라 찾아내기가 쉽지 않았다. 王巖叟는 은밀히 명령하여 이들 지역을 급습한 다음 모두 파괴하고 도둑들을 체포해 버렸다. 도둑들은 그 정상에 따라 처벌되었으며, 이로 인해 도둑이 사라져 주민들이 문을 열어 놓고 잠잘 수 있었다.

또 供備庫使[21] 曹讀이 장사를 하여 만 緡을 벌어들였는데 장사치가 기한을 자꾸 어기다가 절반만 지급하였다. 曹讀은 온갖 방법을 써보았지만 어찌할 수 없었다. 그 후 어느 날 점포의 문을 열고 있는데 바깥에서 돈 소리가 나서 가보니, 그 장사치로부터 나머지 돈이 보내진 것이었다. 曹讀은 이상타 여겨 그 까닭을 물으니, '王巖叟 公이 오늘 知府로 발령났다고 한다'는 대답을 들었다.

왕암수는 개봉부를 다스리며 일거리가 없는 작은 고을인양 그다지 신경도 쓰지 않고 노력도 기울이지 않았다. 하지만 노회한 姦吏들은 저절로 두려워하며 감히 속이려 들지 못했다.(「墓誌」)

熙河路와 延安路로부터 捷報가 전해져 태황태후에게 보고되었다. 蘇轍이 나아가 말했다.

"근래 변경 지역으로부터 상주가 매우 잦습니다. 서하인들은 두 개의

---

21   諸司正使에 속하는 武臣의 寄祿階. 元豐 改制 이후에는 正7품으로 규정되었다.

堡壘를 얻으려 하고 있습니다. 지금은 한여름인데도 이러한데 가을이
되면 어찌될까 자못 걱정입니다. 서둘러 논의하여 방침을 정하는 것이
좋겠습니다."

소철의 내심은 두 보루를 서하에 넘겨 주자는 것이었다.

이 말을 듣고 呂大防이 말했다.

"안 됩니다. 조정에서는 매년 20만의 銀과 絹을 賜與[22]하고 있으며, 그
밖에 서하에 대비하는 데 100만을 쓰고 있습니다. 그런데 어찌 가벼이 그
들의 侵凌을 허용할 수 있겠습니까? 은혜와 위엄을 병용해야만 합니다."

왕암수가 말했다.

"두 보루는 요충지인데 어찌 가벼이 넘겨 줄 수 있겠습니까? 저들은
설사 넘겨받는다 하더라도 그 후 더 욕심을 내지 않을까요?"

태후가 말했다.

"夷狄의 욕심이 끝이 없소."

劉摯도 말했다.

"맞습니다."

왕암수가 말했다.

"계속 나약함만 보여주어서는 안 됩니다."

다음으로 師朴이 말했다.

"천천히 사세를 보아 결정하는 것이 어떻겠습니까?"

그리하여 일단 논의가 종료되었다.

蘭州의 변경 지대에 質孤와 勝如라는 두 보루가 있었는데 元祐 연간 강
화 협상을 하면서, 당연히 우리 송 측에 귀속되어야 함에도 불구하고 서

---

22 仁宗 慶曆 4년(1044) 10월에 체결된 和約에 따라 송은 매년 歲幣로 서하 측에게 絹 13
만 필, 銀 5만 냥, 茶 2만 근을 지급하고 있었다.

하인들이 강력히 반발하고 있었다. 요충지인 데다가 비옥한 곳이어서 이곳을 잃을 경우 蘭州와 熙河까지 위험해질 수 있었다. 그래서 넘겨 줄 수 없다는 의견이 대세였는데 延安路의 安撫使만은 양도를 주장하였다. 소철은 그러한 延安路安撫使의 의견에 동조하였던 것이다.(『繫年錄』)

元祐 6년(1091) 서하의 군대 수만 명이 定西寨의 동쪽과 通遠寨의 북쪽으로 침공하여 七厓巉堡를 파괴하고 주민들을 포로로 잡아갔다. 이어 10만의 군대를 동원하여 涇原路 및 河西의 鄜州와 府州를 공격해 왔다. 그 후 熙河路安撫使 范育은 서하의 일부 종족이 대대적으로 河西 지방으로 이주해 오는 것을 정탐한 다음 세 차례 상주문을 올려, '이 틈을 타서 龕谷 · 勝如 · 相照 · 定西 등의 堡壘와 성채를 수축하여 동쪽으로 隴諾城까지 연결시키자'고 주장하였다. 조정 내 이에 대한 찬반이 엇갈리고 있는 상태에서, 누군가, '七厓巉堡는 파괴되어 버렸으니 서하에 주어 버리자'고 주장했다. 이에 대해 왕암수는, '주어서는 안 된다. 저들의 노림대로 응해주면 후환이 끝이 없을 것이다. 더욱이 조정의 위엄을 잃게 되며 夷狄으로부터 가벼이 여겨질 것이다'라고 강력히 진언하였다. 나아가 왕암수는 熙河路安撫使에게 開諭의 관원을 파견하자고 청하였다. 이에 따라 戶部員外郎 穆衍이 가서, '定遠寨를 쌓아서 要害地를 확보하라. 軍馬 및 필요한 錢糧을 징발할 때 安撫使가 모두 재량적으로 처리하도록 하며 반드시 조정에 보고하지 않아도 된다'는 방침을 전달하였다. 定遠寨가 완성되자 모두들 타당한 조치였다고 여겼는데, 다 왕암수의 힘으로 된 것이었다.(「墓誌」)

당시 哲宗의 皇后를 선임하는 문제가 오랫동안 결정되지 못하고 있었다. 어느 날[23] 정무의 상주가 끝나자 태황태후가 執政에게 말했다.

"최근 狄諮의 女息이 물망에 올랐는데 年命[24]도 좋은 것 같소. 하지만 庶出인 데다가 어려서 양녀가 되었기 때문에 좀 의논해 보아야 되겠소이다."

왕암수가 나아가 말했다.

"『禮經』의 「問名篇」에 의하면 여자 집안에서, '臣의 여식은 嫡妻의 소생입니다'라고 말하며 外家의 관직과 성명을 바치고 있습니다. 그런데 어떠한 이유로 狄氏가 물망에 올랐는지 모르겠습니다."

태황태후는 그 말이 참으로 옳다고 생각했고, 그리하여 狄氏와 관련된 논의는 종결되었다.

이후 현재의 황후가 결정된 다음 태황태후가 말했다.

"황제가 어진 황후를 맞이했으니 內助의 功이 있을 것이고 이는 크게 좋은 일이오."

왕암수가 대답하였다.

"內助는 황후의 몫이라 해도, 황제께서는 모름지기 집안을 바르게 해야 합니다. 성인은, '집안을 바르게 하면 천하가 올바르게 된다'[25]고 했습니다. 처음부터 신중하게 임하셔야만 할 것입니다."

태황태후는 왕암수의 말을 황제에게 전했다.

"황제는 모름지기 집안을 바르게 해야 하오."

이렇게 두 차례나 말을 했다.

왕암수는 어전에서 물러난 후 역대 황후의 事跡으로 모범이 될 만한 것

---

23   哲宗 元祐 6年(1091) 4월의 일이다. 『續資治通鑑長編』 권457, 元祐 6년 4월 辛亥 참조.
24   사주팔자.
25   『周易』 「下經」 「家人」에 나온다.

을 간추려 1권의 책으로 만들고 『中宮懿範』이라 이름 붙여 진상하였다.

(「墓誌」)

　　劉安世

　　劉安世의 부친인 劉航(開府公)은 司馬光과 科擧 동기생이었다. 그래서 유안세는 사마광에게 배웠다. 熙寧 6년(1073) 유안세는 과거에 합격하였지만 관직에 나아가지 않고 洛陽으로 되돌아왔다. 사마광이 물었다.

　　"왜 관직에 나아가지 않았느냐?"

　　유안세는, '漆彫開가 아직 학문이 모자라다 생각하여 관직에 대해 자신이 없었다'[26]는 말로 대답했다. 이에 사마광은 기뻐했고, 유안세는 다시 몇 년간 더 공부했다. 어느 날 유안세는 사마광에게, 평생 좌우명으로 삼으며 진심을 다해 실천할 수 있는 요점을 물었다. 사마광이 대답했다.

　　"그것은 '誠'이다. 내 평생 힘써 이를 추구하며 잠시라도 잃어버린 적이 없다. 그런 까닭에 조정에서도 나 자신을 지킬 수 있었고 하늘을 우러르고 땅을 굽어보아 부끄러움이 없었다."

　　"그렇다면 무엇부터 실천해야 합니까?"

　　"스스로 망령된 말을 하지 않는 것이니라."

　　그 후 유안세는 '誠'을 종신토록 진심으로 지키려 했다.

26　『論語』「公冶長篇」에 나오는 일화. 孔子가 漆彫開에게 벼슬을 권하자 사양하며 대답한 말이다. 『論語』의 원문은, "子使漆彫開仕 對曰 吾斯之未能信. 子說"이다.

유안세가 洺州의 司法參軍으로 근무할 때의 일이다. 당시 吳守禮가 河北轉運使로 있었는데 법 집행이 엄격하여 관리들이 두려워했다. 하루는 吳守禮가 그에게 물었다.

"司戶參軍이 瀆職했다는 고발이 들어왔소. 어떻게 생각하오?"

"알지 못하는 일입니다."

吳守禮는 불쾌해했다. 이튿날 오수례는 창고를 검열하면서 司戶參軍을 불러 말했다.

"네가 貪臧을 했다는 고발이 접수되어 본래는 너를 취조하려 했다. 하지만 劉 司法參軍이 그런 일 없다고 하기에 그냥 넘어간다."

이 일을 통해 주변 사람들은 유안세가 인망을 얻고 있음을 알았다. 하지만 유안세는 마음속으로 이 일이 늘 걸렸다. '司戶參軍이 실제로는 독직을 했는데 내가 진실을 말하지 않았다. 溫公[27]의 가르침을 저버린 것 아닌가?'라고 생각했다. 그러다 훗날 揚雄의 책을 읽다가, '君子는 거리끼는 바를 피해 理에 다다른다'는 말을 보고 그 일을 떨쳐버릴 수 있었다. 언제나 진실만을 얘기할 필요는 없다고 생각한 것이다.(『言行錄』)

왕안석과 呂惠卿·蔡確·章惇 등이 차례로 정치를 주도했던 것이 거의 20년에 달하여 많은 사대부들이 그 문하에서 나와 내외에 포진하였다. 따라서 관직에 있는 자들 대부분이 왕안석이나 여혜경, 그리고 채확 및 장돈과 관계 있는 사람들이었다. 조정에 있는 관원도 열 명 가운데 5, 6명은 그러한 무리였다. 사마광이 국정을 주도할 때 간사한 소인들은 자기들이 피해를 입을까봐 온갖 비방과 소문을 만들며 서로 떠들어댔

---

27 司馬光. 사마광은 사후 溫國公으로 追封되었다.

다. 사마광이 작고한 후에는 옳은 사람들은 힘을 잃고 이들 간사한 자들이 서로 축하하며 채확과 장돈이 다시 기용될 것이라 기대했다. 宰執 등도 적지 않은 사람들이 채확과 장돈을 두려워하여 마치 독사를 대하듯 이리저리 관망하였다. 이로 인해 내외 사람들이 근심하였다. 이러한 시기 宣仁太后가 呂公著에게 물었다.

"사마광의 문하 가운데 卿하고 가까운 사람으로서 臺諫에 임용할 만한 자가 누구요?"

여공저는 일찍이 사마광이 유안세를 추천한 바 있어 그를 右正言으로 발탁하였다.(『言行錄』)

당시 요직으로 발탁되는 관원들 대부분이 조정 대신들의 친척이었다. 유안세가 말했다.

"祖宗 이래 執政과 대신의 친척·자제는 일찍이 내외의 요직에 임용된 적이 없습니다. 왕안석이 정권을 잡은 이후 이전의 제도를 모두 폐지하며 그 親黨들만 임용하였습니다. 이러기를 20여 년, 예의와 염치가 땅에 떨어져 지금까지도 조정에는 그 누습이 남아 있습니다."

이에 덧붙여 유안세는, 太師平章軍國重事인 문언박, 司空平章軍國事인 여공저, 左僕射 여대방, 右僕射 범순인, 門下侍郎 孫固, 左丞 王存, 右丞 胡宗愈 등의 자제와 친척으로서 堂除[28]된 관원이 수십 명에 달하는 사실을 지적하였다. 유안세는 말을 계속하였다.

---

[28] 송대 일반관원들은 吏部를 통해 관직이 수여되지만 특별한 功勳이 있는 자들은 政事堂(中書門下)에서 직접 인사가 행해졌다. 元豊 改制 이후에도 이런 제도는 계승되어 三省의 都堂에서 관직이 제수되었기 때문에 堂除, 혹은 堂選·堂差라 칭하였다. 堂除는 吏部銓選보다 유리하였으며 특별 승진도 많았다. 이러한 정황에 대해 『宋會要輯稿』에서는, "國家取人之路 固非一端 而大要不過有二. 曰堂除 所以爲不次之擧. 曰銓選 所以待平進之士"(職官 8之33)라 기록하고 있다.

"中書侍郎인 劉摯만은 자신의 친척을 끌어들이지 않았지만 그 역시 이리저리 눈치를 보며 잘못을 糾正하지 않은 채 침묵으로 일관하고 있으니 어찌 잘못이 아니겠습니까? 원컨대 臣의 이 章奏를 三省에 두루 회람시켜 차후 그러한 일이 없도록 하는 계기가 되게 하여 주십시오."(『言行錄』)

李常은 왕안석에게 아부하였던 까닭에 神宗이 언젠가 다음과 같이 말한 바 있다.

"李常은 좋지 않은 사람이다. 요즈음 왕안석이 金陵에 내려가 있자, 李常은 알현을 청하더니 왕안석이 賢者라고 극력 칭찬하였다. 심지어, '조정에 하루라도 왕안석이 없어서는 안 됩니다. 차라리 臣을 내쫓을지언정 왕안석을 파직시켜서는 안 됩니다'라고 말했다. 또 그는 파직되고 나서 왕안석을 찾아가 그 말을 전하며 아첨했다고 한다."

당시 李常은 이미 파직되어 있는 상태였다. 그러다 元祐 연간에 다시 御史中丞이 되어 侍御史인 盛陶와 함께 은밀히 姦黨들을 비호하자 세상에서 더욱 그를 싫어하였다. 유안세가 말했다.

"李常과 盛陶는 성품이 간사하고 마음 가짐이 올곧지 못합니다. 과거 蔡確이 정국을 주도할 때 내밀히 결탁하여 李常은 戶部尙書로 발탁되었고 盛陶는 考功郎官이 된 바 있습니다. 지금은 함께 丞雜[29]으로 있으며 아첨하면서 朋黨을 챙기는 등 公道를 지키지 않고 있습니다. 또한 蔡確은 아직 처벌을 받고 있는 상태임에도 자신의 동생인 蔡碩을 위해 상주하여 승진을 청하였고, 방자하게도 자신의 임지인 潁昌府 내에서의 재량권 부여를 요청하였습니다. 한편 章惇은 民田을 강매한 바 있습니

---

29 御史中丞 및 侍御史知雜事의 合稱.

다. 그럼에도 李常과 盛陶 두 사람은 그러한 일을 보면서도 끝내 한 마디도 말하지 않았습니다."

유안세는 이러한 일 7가지를 상주하였다. 상주문이 올라가 처리되지도 않은 상태에서 漢陽軍 知軍인 吳處厚가, 蔡確이 安州에서 지은 비방시를 조정에 올렸다. 유안세는 또 즉시 상주문을 올렸다.

"蔡確의 詩 10편은 모두 비방으로 점철되어 있습니다. 그중에서도 2편은 더욱 심하며 해서는 안 될 말을 하였습니다. 太后를 비난하는 것으로서 크게 情理를 해치며 불경죄를 범하고 있습니다. 唐을 들어 비유하면서 태후를 비방하는 것입니다. 또 '滄海에 파도를 일으키겠다(滄海揚波)'는 말이 있는데 그 내용은 더욱 悖逆스럽습니다. 그는 스스로 아직 나이가 많지 않으므로 훗날 다시 뜻을 얻을 때가 있을 것이고, 정국이 뒤바뀌어 다시 重用되면 원한을 갚겠다고 벼르고 있는 것입니다. 이러한 것을 내버려둔다면 국법을 폐기하는 것이나 마찬가지입니다."

유안세가 左諫議大夫 梁燾와 함께 延和殿에서 선인태후를 알현하자, 관련된 선례를 찾아 密奏하라는 지시가 내려졌다. 이에 유안세는 宰相 丁謂 등이 崖州의 司戶參軍으로 落職되었던 선례[30]를 上聞하였다.

이에 앞서 吳處厚가 채확의 詩를 상주하자, 李常은 가능한 한 파장을 줄이려 하였으며 盛陶는 채확에게 아무런 악의가 없었다고 변호하였다. 이에 대해 유안세와 梁燾는 함께 李常 및 盛陶의 죄를 지적하며 채확과 관련된 처리가 끝나는대로 그들 역시 내쫓을 것을 주청하였다. 당시 彭汝礪와 曾肇는 함께 中書舍人으로 있었는데 그들도 극력 채확을 비호하였다. 유안세가 말했다.

---

30 乾興 元年(1022) 7월에 있었던 일이다(『宋史』 권9, 「仁宗紀」 1). 당시는 막 眞宗이 崩御하고 仁宗이 즉위한 상태였다.

"위로는 執政으로부터 아래로는 堂吏[31]에 이르기까지 채확의 黨與는 거의 절반에 달합니다. 그들이 백방으로 채확을 구하려 사력을 다하고 있습니다. 만일 그들의 邪說이 채택되면 正論이 흔들릴 것이며, 그렇게 되면 조정은 심히 위태로워집니다. 이것이 바로 臣이 밤낮으로 두려워하는 바이며 폐하를 위해 근심하는 바입니다."

얼마 후 채확은 光祿卿[32]으로 落職되어 南京의 分司[33]가 되었다. 하지만 彭汝礪는 詞頭[34]를 封還하며 制詞를 起草하려 들지 않았다. 유안세와 梁燾, 그리고 吳安詩는 힘을 다해 반대하며 견책이 너무 가볍다고 주장하였다. 이러한 上奏가 10여 차례나 올려진 끝에 비로소 채확은 新州로 유배되었다.[35] 이어 御史中丞인 李常과 侍御史인 盛陶, 殿中侍御史인 翟思, 監察御史인 趙挺之와 王彭年 등도 같은 날 파직되어 御史臺가 텅텅 비어 버렸다. 彭汝礪도 落職되어 궁벽진 곳의 知州[36]로 나갔으며 曾肇 또한 파직되어 지방으로 나갔다.(『言行錄』)

蔡確은 비록 貶謫되었으나 오히려 章惇 등과 더불어 자신들에게 定策의 공로[37]가 있다는 등의 말을 꾸며댔다. 이로써 近臣들을 협박하여

---

31 中書의 서리.
32 從4品의 寄祿階.
33 分司에 대해서는 본서 1책, 257쪽, 주 62 참조
34 詞頭란 朝廷에서 制勅을 起草하는 詞臣들에게 내리는 摘要 내지 提要. 송대 知制誥 등이 詞頭를 封還할 수 있었던 내력에 대해『梁谿漫志』권2,「學士不草詔」에서는, "唐制 惟給事中得封駁 本朝富鄭公在西掖封還遂國夫人詞頭. 自是 舍人遂皆得封繳"이라 기록하고 있다.
35 哲宗 元祐 4년(1089) 5월의 일이다.
36 京東西路 徐州의 知州가 된 것을 가리킨다.『宋史』권346,「彭汝礪傳」참조.
37 定策이란 황제를 선임하는 것. 여기서는 元豊 8년(1085) 3월 神宗의 長子인 延安郡王 趙傭이 10살의 나이로 皇太子에 책립되었다가, 그 직후에 다시 哲宗으로 즉위한 것을 가리킨다.

內外가 모두 근심하였다. 유안세가 다시 上言하였다.

"臣은 최근 상주하여 채확 등의 黨與에 대하여 개략적으로는 아뢰었으나 소상하게는 말씀드리지 못했습니다. 이 문제는 사안이 중대한 만큼 신중히 대비해야만 할 것입니다. 臣이 듣기에, 채확과 章惇·黃履·邢恕 등 4인은 元豊 연간의 말엽에 서로 연계하여 死黨이라 불렸습니다. 章惇과 蔡確은 정사를 주도하면서 안에서 唱導하고 黃履는 御史中丞으로서 그들의 僚屬이 되어 밖에서 화답하였으며, 邢恕는 그 사이에서 연락을 맡았습니다. 그리하여 천하의 일이 이들의 손아귀에 장악되었습니다. 그리고 今上 폐하가 즉위하실 때 이들 4인은 定策의 功이 있다며 內外를 현혹시켰습니다. 만일 서둘러 辨正해 두지 않는다면 필시 훗날 조정에 큰 근심거리라 되지 않을까 우려됩니다.

臣이 듣기로 元豊 7년(1084) 가을의 연회 석상에 今上 폐하께서 群臣들 앞에 모습을 드러내셨습니다. 이 일이 都下에 두루 전해지며 盛事라 여겨졌습니다. 그 이듬 해 신종께서 붕어하시자 衆人들은, '이전에 신종 황제가 今上에게 모습을 드러내게 하신 것은 장차 太子의 자리를 주시려 했던 표시였다'고 얘기했습니다. 이것이 첫 번째 사실입니다.

先帝께서 臥病하시자 嘉王과 歧王 두 사람은 날마다 寢殿에 드나들며 병세를 물었습니다.[38] 그러다 병세가 위중해지자 태황태후께서는 즉시 두 왕에게 지시하여 모두 궁 안으로 돌아가게 하고 다시는 寢殿에 오지 못하게 하셨습니다. 聖心이 공정함을 보이시고 후사의 문제를 신중히 하려 했던 것입니다. 이것이 두 번째 사실입니다.

---

38 이러한 동태에 대해 『續資治通鑑長編』에서는, "神宗疾彌月 太子未建 中外洶洶 (趙) 顥有覬幸意. 每問疾 輒穿帷徑至皇太后所語 遇宮嬪不避 神宗數怒目視之 顥無忌憚"(권 352, 元豊 8년 3월 甲午의 注)이라 적고 있다.

태자를 결정할 때 대신들은 전연 의견을 개진하지 못했습니다. 태황태후께서 今上 황제를 내보내시어 신종 황제를 위해 기도하게 하시고, 직접 佛經을 적어 대신들에게 보이시면서 今上 황제께서 천성적으로 仁孝하심을 칭찬하셨습니다. 그리고 建儲[39]의 草詔를 적게 하여 內外에 선포하셨습니다. 따라서 일은 이미 결정되었던 것이며 다른 사람이 개입할 여지가 없었습니다. 이것이 세 번째 사실입니다.

태황태후께서는 수렴청정하시던 당초에 먼저 諸王들의 거처를 짓게 하시고 완성되자마자 두 王을 즉시 바깥의 저택으로 옮겨 가게 하셨습니다. 그리하여 천하의 사람들은 태후 폐하께서 신중하게 처리하시는 것을 보고 그 聖明하심에 탄복해 마지않았습니다. 이것이 그 네 번째 사실입니다.

이러한 사실들은 모두 태황태후께서 深遠하게 판단하시어 종묘사직을 위한 大計를 조치하셨음을 보여주는 것입니다. 그런데 저들 4인은 감히 태황태후의 功을 탐하여 자신들의 것이라 말하고 있습니다.[40] 엎드려 바라건대 대신들 및 당시 조정에 있었던 臣僚들로 하여금 함께 직접 보았던 今上 폐하 策立의 事跡을 기록하라 명하십시오. 그런 연후에 그 책을 궁중 내에 잘 보관해 두시기 바랍니다. 아울러 定策의 本末을 實錄[41]에 기록하여 四凶의 죄를 명확히 규정하고 천하에 포고하십시오.

---

39 皇太子를 冊立하는 것.

40 本文에 있는 劉安世의 발언과는 달리 元豊 8년 2월 말 神宗의 병세가 위중해져서 後嗣 문제를 결정할 당시, 宣仁太后 高氏는 延安郡王(후일의 哲宗)을 太子로 옹립하는 데 이견이 있었다. 오히려 宣仁太后는 "雅愛雍王顥"라 하듯, 新法에 적대적인 태도를 취하였던 趙顥에게 마음을 두고 있었다. 이에 대해서는, 『續資治通鑑長編』 권 352, 元豊 8년 3월 甲午의 注 참조.

41 송대에는 唐制를 沿用하여 起居注・時政記를 편찬하였다. 그다음 이들 자료에 근거하여 日曆을 편찬하고, 日曆에 기반하여 實錄을, 그리고 實錄 및 기타의 자료에 기반하여 國史를 편찬하였다. 日曆이란 송대에 새로 생겨난 제도로서 『宋史』「職官志」

채확은 최근에 이미 멀리 貶謫되었으니, 그 나머지 인물인 장돈·黃履·邢恕는 멀리 내쫓은 다음 다시는 조정에 오르지 못하게 하시기 바랍니다. 姦人의 우두머리들이 물리쳐 져야 훗날 근심이 없을 것입니다."

이로 말미암아 세 사람도 모두 처벌을 받았다.(『言行錄』)

이에 앞서 유안세가 蔡確 등의 죄를 논하여 그 결말이 나지 않았을 때의 일이다. 어느 날 二府의 대신 가운데 范純仁만 宣仁太后 앞에 남아 채확을 변호하였다. 左丞인 王存은 이미 나간 뒤였다. 이 무렵 유안세는, '채확에 대한 처벌이 매듭지어진 다음 이어 奸黨들을 차례차례 탄핵하겠습니다. 그들도 내쫓아 주십시오'라는 상주문을 올린 상태였다. 유안세는 범순인의 발언을 듣고 말하였다.

"범순인이 同知樞密院事로 재직할 때 司馬光이 오랫동안 병으로 출근하지 못하였습니다. 그러자 범순인은 국가의 재정이 부족하다는 이유로 이전대로 靑苗法을 시행할 것을 奏請하였습니다. 사마광은 이 소

를 보면, "日曆所 隸秘書省 以著作郎著作佐郎掌之. 以宰執時政記左右史起居注所書 會集修撰爲一代之典"(권164, 「職官志」4)이라 적고 있다. 『宋史』「禮文志」의 著錄을 보면, 『宋高宗日曆』1,000권, 『孝宗日曆』2,000권, 『理宗日曆』292권, 『日曆』180책 등이 있어 그 분량이 방대했음을 알 수 있다(권203, 「禮文志」2). 實錄은 기본적으로 日曆을 근간으로 하되 여기에 다시 起居注와 時政記 등을 참조하여 편찬하였다. 實錄의 편찬과 實錄院의 설치에 대해 『文獻通考』에서는, "元豐改官制 日曆隸國史案. 每修前朝國史實錄 則別置國史實錄院 以首相提擧 翰林學士以上爲修國史 餘侍從官爲同修國史 庶官爲編修官. 實錄院提擧官如國史 從官爲修撰 餘官爲檢討."(권51, 「職官考」5)라 전하고 있다. 宋朝는 북송 太祖부터 남송 理宗까지 14대 모두에 걸쳐 실록을 찬수하고 있다. 그중에는 수차의 改修를 거친 실록도 있다. 예컨대 『송사』「예문지」에서, "神宗實錄朱墨本三百卷 舊錄本用墨書 添入者用朱書 删去者用黃抹"(권203)이라 전하고 있는 것이 그러한 것이다. 이 『神宗實錄朱默本』은 여러번의 改修를 거친 판본이다. 송대에 편찬된 실록을 보면 『神宗實錄朱墨本』은 300권, 『高宗實錄』은 500권, 『孝宗實錄』은 500권, 『寧宗實錄』은 499권에 달한다. 이밖에 『仁宗實錄』『神宗實錄』『神宗實錄考異』『徽宗實錄』 등도 200권에 달하였다. 하지만 애석하게도 이들 송대의 실록은 거의 전부가 이미 亡失되고 현재는 겨우 『宋太宗實錄』20권만 전하고 있다.

식을 듣자 병중인 몸을 이끌고 나와 太后를 알현한 후 사력을 다해 반대했습니다. 또 직접 태후께, '어느 간사한 자가 폐하께 다시 이 일을 권하였습니까?'라고 아뢰었습니다. 그때 범순인은 얼굴에 땀이 흐르며 두려워하면서 감히 얼굴을 들지 못했습니다. 이후 폐하의 지시에 따라 청묘법을 부활하자는 논의는 폐기되었습니다. 그 일이 있고 난 다음 사마광은 臣에게, '范純仁은 執政이 된 이래 言行에 절조가 없이 흔들린다. 몰래 이리저리 관망하며 一身을 보전하려 할 뿐이다. 이름만 듣고 사람을 발탁하면 이러한 폐해가 생기는구나'라고 말했습니다. 이와 같은 사마광의 말은 전연 가감이 없는 것입니다."

范純仁과 王存은 모두 파직되었다.(『言行錄』)

유안세가 起居舍人兼左司諫으로 자리를 옮겼다.[42] 그 얼마 후 유안세의 집안에서 우연히 乳母를 구하게 되었는데 중개하는 노파가 안 되겠다고 말했다. 그 까닭을 물으니, '궁중에서 유모를 구하고 있다'고 대답했다. 유안세가 노하여 말했다.

"네가 감히 무슨 허튼 소리를 하는 것이냐! 금상 폐하께서는 아직 황후도 들이지 않으셨는데 어찌 그런 일이 있을 수 있단 말이냐?"

노파가 말했다.

"內東門司[43]와 開封府의 錄事參軍이 그 일을 주관하고 있다고 하더이다."

유안세는 개봉부의 녹사참군과 안면이 있어 편지를 통해 물은 결과 들

---

42 哲宗 元祐 4년(1089) 6월의 일이다. 『續資治通鑑長編』 권429, 元祐 4년 6월 辛亥 참조.
43 入內內侍省의 부속기구. 宮中의 출입 인물에 대한 검사, 기밀 상주문의 접수와 관리, 궁정내 공사·制作 및 宴會의 관리, 皇親이 소요하는 의복과 물품 확보, 궁정에서 필요한 寶貨의 확보 등을 관장하였다. 담당관인 勾當官에는 內侍가 임명되었다.

은 그대로라는 대답이 돌아왔다. 유안세는 즉시 면대를 청하고 말했다.

"최근 민간에, '궁중에서 유모를 구하고 있다'는 소문이 떠돌고 있습니다. 폐하께서 아직 춘추도 어리신데다가 황후도 들이지 않으셨는데 그런 일이 있을 거라고는 믿어지지 않습니다. 하지만 근래 소문이 더욱 커지니 자못 걱정스럽습니다. 臣은 言職에 있으니 폐하 신변의 문제가 커지기 전에 미리 간언해야만 할 것입니다.

과거 堯 임금은 오직 천하사만을 근심하시며 천자의 자리가 즐겁다 여기지 않으셨습니다. 湯 임금은 歌舞와 女色을 가까이 하지 않으셔서 두고두고 칭송을 받고 있습니다. 황제 폐하께서는 절제에 힘쓰셔야만 하고 태황태후께서는 황제께 절제를 권하셔야만 합니다. 종묘사직을 위해 학문에 정진하시며, 近臣과 함께 과거 治亂의 大要 및 현재 政事의 당면 문제 등을 논의하시기 바랍니다. 이를 통해 폐하의 학문을 높이시는 한편 다른 즐거움에 빠지지 않도록 경계하신다면 천하에 큰 다행이 겠습니다."

유안세가 진언하는 동안 철종은 고개를 푹 숙인 채 아무 말 하지 못했다. 선인태후가 말했다.

"그런 일 없소이다. 卿이 잘못 들었던 게요."

이런 얘기가 한동안 오고가다가 유안세가 말했다.

"이 문제는 훗날 다시 말씀드리겠습니다."

이튿날 兩府에서 政事를 상주하고 난 후 선인태후가 呂丞相[44]을 붙잡아 두고 말했다.

"유안세에게 그 문제를 재론하지 못하게 이르시오."

---

44 呂大防(1027~1097)을 가리킨다. 呂大防은 哲宗 元祐 3년(1088) 4월부터 紹聖 元年 (1094) 3월까지 宰相의 직위에 있었다.

呂丞相이 대답했다.

"臣은 재상이라서 言官과 만나기가 힘듭니다. 만일 그를 都堂[45]으로 부른다면 다른 사람들이 무슨 일인가 의아해 할 것입니다. 현재 給事中으로 있는 范祖禹가 유안세와 가까운 사이인데, 臣 또한 범조우와 함께 國史 편찬 작업을 하고 있으니, 여기서 물러난 후에 범조우를 만나 폐하의 말씀을 전하라 하겠습니다."

"좋소이다."

범조우는 유안세의 집무실로 찾아와 서리를 물리친 다음 말했다.

"태후의 말씀이 계셨으니 그에 따르도록 하시오."

유안세는 잠자코 얘기를 듣고 있다가 말했다.

"그대는 侍從으로서 糾諫을 직임으로 하고 있으니 폐하의 잘못을 바로잡아 드려야 할 것이오. 그런데 어찌 도리어 同列의 행동을 제지하고 나선단 말이오?"

이에 범조우는 물러갔고 그 또한 문제 제기에 참여하였다.

유안세는 다시 상소를 올렸다.

"臣은 삼가 태후 폐하의 宣諭를 듣고, 臣이 거론한 後宮의 일이 사실이 아니란 말에 기쁘기 한량없습니다. 臣이 전대 황제들을 주욱 살펴보건대 歌舞와 女色을 즐기지 않은 사람이 드뭅니다. 女色에 너무 일찍부터 가까이 하고 또 무절제하게 임하면 건강을 유지할 수 없으며 수명에도 영향을 주게 됩니다. 이는 聖賢들이 일깨웠던 바로서 절대로 경계해야 할 것입니다. 하물며 민간에서도 百金의 재산이 있는 부자라면 자손을 잘 양육하여 이상 없이 상속시키려 할 것입니다. 그런데 우리 宋朝

---

45 尙書省의 중앙청사.

130여 년간의 태평은 앞서 여섯 황제들께서 노심초사하여 이루신 업적입니다. 황제 폐하께서 이를 계승해 지키시려면 자중자애해야 되지 않겠습니까? 그래야만 종묘사직이 무궁히 이어지도록 할 수 있을 것입니다. 만일 폐하께 민간에서 떠도는 後宮 관련 일이 없었다면 臣의 간언이 諫官으로서의 직분을 지킨 일이 될 것입니다. 하지만 그러한 일이 만에 하나라도 있었다면 臣의 간언은 시기를 놓친 셈입니다. 바라건대 폐하께서는 몸을 지키시고 덕망을 키우시기 바랍니다. 학문에 더욱 뜻을 두시며 마음을 깨끗이 하고 욕망을 제어하심으로써 훗날의 福을 늘려 가십시오. 臣은 愛君의 마음을 어찌 다 표현해야 할지 모르겠나이다."

선인태후는 애초 사정을 전연 모르고 있다가 유안세의 말을 듣고 일을 추궁하여 비로소 전말을 알게 되었다. 유모를 고용하려 했던 사람은 劉氏였다. 태후는 노하여 劉氏를 매질하였고 이로 인해 劉氏는 유안세를 깊이 원망하게 되었다. 훗날 劉氏는 철종의 총애를 독점하였고 孟皇后가 유폐[46]

---

46 孟皇后(1073~1131)는 元祐 7년(1092) 皇后로 冊立되었다. 당시 20살이었으며 哲宗(1077~1100)은 16살의 때였다. 孟皇后의 冊立은 철저히 宣仁太后의 揀擇에 따른 것이었다. 宣仁太后는 먼저 世家女 100여인을 入宮시킨 다음 1년여의 관찰을 통해 10명을 선발하고, 다시 그중에서 최종적으로 자신의 의중대로 따를 사람을 골랐다. 이렇게 하여 선발된 사람이 仁宗 시기 馬軍都虞候였던 孟元의 손녀였다. 孟皇后의 선발과 책립은 梁燾가, "得賢助於內 又當多進正人 輔佐聖德於外. 正人多 則政事純一 政事純一 則朝廷安靜 姦邪自銷 可以終無憂悔矣"(『續資治通鑑長編』 권472, 哲宗 元祐 7년 4월 戊午)라 말하듯 정치적 고려가 다분한 것이었다. 바로 이러한 점 때문에 이듬해인 元祐 8년(1093) 宣仁太后가 사망하고 新法黨 관료들이 권력을 잡자, 孟皇后는 이윽고 廢后되어 궁궐에서 나가 瑤華宮에 거주하게 되었다. 당시 孟皇后의 나이는 불과 21살이었다. 元符 3년(1100) 哲宗이 붕어하고 向太后가 섭정이 되어 新舊兩黨의 조화를 꾀하는 정치가 추진될 때, 孟皇后는 복권되어 元祐皇后로 불렸다. 하지만 다시 신법당 정권이 들어서고 난 다음인 徽宗 崇寧 元年(1102) 재차 廢后되어 궁궐 바깥에 거주하게 되었다. 그런데 바로 그렇기 때문에 靖康의 變 이후 皇族과 後宮들이 金軍에 의해 대거 北으로 연행될 때 禍를 면할 수 있었다. 南宋 건립의 초기 孟皇后는 신정권의 정당성과 권위를 부여하는 효용을 지니게 되어 대단히 우대되었다. 일부 論者들은 남송 초 新法에 적대적인 인사들이 대거 등용되는 것도 孟皇后의 이력과 의사 때문이라 지적하기도 한다. 또한 孟皇后는 親子가 없는 高宗에

된 다음에는 황후의 자리에 올랐다. 이가 바로 昭懷皇后이다.⁴⁷(『言行錄』)

선인태후가 섭정한 이래 祖宗의 舊法을 부활시켰다. 그런데 사마광이 작고한 다음 왕안석을 따르던 무리들은 유언비어를 날조하며 조정의 대신들을 동요시키기 시작했다. 그들은 때로 유인도 하고 협박도 하였다. 그리하여 대신들은 대부분 이리저리 눈치를 살피며 일신을 보전하려 했다. 승상인 呂大防과 范純仁이 더욱 심하여, 그들의 黨與를 등용함으로써 옛 원한을 달래려 하면서 그것을 '調停'이라 불렀다. 그와 같은 인사 명령이 내려질 때마다 유안세와 梁燾·朱光庭 등은 극력 쟁론을 벌였고 呂大防은 이를 싫어하였다. 呂大防은 熙寧 元豊 연간의 舊人인 鄧潤甫를 翰林學士로 추천하면서, 필시 言官들이 반대할 것이라 판단하고 그들을 내쫓으려 했다. 아니나 다를까 유안세가 말했다.

"鄧潤甫는 熙寧 연간 왕안석과 여혜경이 대립할 때 시종 두 사람 사이에서 이리 갔다 저리 갔다 했습니다. 그 후에는 蔡確에게 들붙어서 制詞를 起草하며 그에게 定策의 공로가 있다고 적었습니다. 파직시켜 내쫓아 주십시오."

이러한 상주문이 여러 차례 올려졌으나 받아들여지지 않았다. 유안세는 또 延和殿에서 面對하고 오랫동안 논란을 벌이기도 했다. 선인태

게 강력히 권하여 太祖의 후예를 후계자로 들이도록 하였다. 孝宗의 즉위, 그리고 남송 시대 太祖의 후예가 다시 황제 자리를 잇게 되는 데 있어서도 孟皇后는 중요한 작용을 하였다.

47 劉皇后(1079~1113)는 孟皇后의 廢后 이후 哲宗 紹聖 3년(1096) 대신 황후로 冊立되었다. 徽宗의 즉위 이후 皇太后가 되었다가 政和 3년(1113) 2월 政事에 간여하여 徽宗과 臣僚들에 의해 廢位되기 직전에 자살하였다. 劉太后 사망 전후의 사실에 대해 『宋史』에서는, "帝緣哲宗故 曲加恩禮. 后以是頗干預外事 且以不謹聞 帝與輔臣議將廢之 而后已爲左右所逼 卽簾鉤自縊而崩. 年三十五"(권243, 「昭懷劉皇后傳」)라 적고 있다.

후가 말했다.

"卿 등은 모름지기 조정의 뜻을 받들어야 하오. 천하사가 어찌 모두 臺諫으로 말미암아 결정될 수 있겠소? 정사는 궁중에서 나오는 것이기도 하오."

유안세 등은 道理를 내세우며 논박하다가, 물러나서 다시 여섯 차례나 상주문을 올렸다. 하지만 역시 받아들여지지 않았다. 이에 유안세는 바로 병을 핑계로 출근하지 않으면서 宮觀職[48]을 요청하였다. 얼마 후 中書舍人에 임명되었지만 그는 강력히 사양하였다. 門下侍郎인 劉摯 역시 상주하였다.

"鄧潤甫는 사실 왕안석의 黨人입니다. 반면 梁燾‧朱光庭‧유안세는 모두 충성되고 강직한 신하들입니다. 현재 내외에서 그들의 거취를 통해 조정의 의향을 살피는 척도로 삼고 있으며 나라를 걱정하는 신하들이 모두 우려하고 있습니다."

선인태후는 유안세에게 中使를 파견하여 宣諭하고 음식물을 하사하였다. 하지만 유안세의 사직 청구는 요지부동이어서 결국 集賢殿修撰 提擧西京崇福宮에 임명하였다.(『言行錄』)

宣仁太后가 작고하자 승상 呂大防이 山陵使가 되었다. 그리고 승상 범순인이 사직을 요청하여 李淸臣이 中書侍郎으로 되었으며 鄧潤甫가 尙書右丞으로 되었다. 그 무렵 대신들이 이른바 '調亭'의 정치를 말하여 李淸臣과 鄧潤甫가 임용될 수 있었다. 그 두 사람은 모두 熙寧‧元豊 연간의 黨與로서 元祐 시대에 여러 차례 공박을 당하여 원한을 품고, 神宗

---

48 道敎 사원인 宮觀의 책임자 직책. 녹봉만 지급받으며 사실상 退休하는 성격의 직위였다.

의 일을 들추어 哲宗으로 하여금 원우 諸公들에 대해 격노토록 하였다. 그때 마침 殿試가 행해졌는데 이청신·등윤보 두 사람은 策題를 정하며, 원우의 정치에 대해 조목조목 비판하고 신법을 부활하려는 뜻을 내비쳤으며 또 원우 시대 諸公들을 중상하였다.[49] 얼마 후 원풍 시대의 舊人들은 모두 조정으로 불려져 중용되었고 章惇이 재상 자리에 올랐다.[50] 이에 사람들은 유안세가 이전에 蔡確을 공격하여 知南安軍으로 낙직시켰으며 또 승상 여대방도 멀리 쫓겨 가도록 했기 때문에, 그 두 사람이 유안세에 대해 깊은 원한을 품고 있을 것이라고 말했다.

훗날 범순인의 門人 한 사람이 범순인의 行狀을 적으며 이렇게 썼다.

"범순인의 주장이 희녕·원풍 시대에 실행될 수 있었다면 이후의 혼란은 없었을 것이며, 또 원우 연간에 모두 채택될 수 있었다면 紹聖 연간과 같은 복수의 재앙이 생기지 않았을 것이다."

누군가 이에 대해 유안세에게 물으니 다음과 같이 대답하였다.

"여대방과 범순인 두 사람은 군자와 소인이 숯불과 얼음처럼 동시에 등용될 수 없다는 사실을 잘 몰랐다. 이청신·등윤보 두 사람을 조정에 등용하자 이들은 마치 손바닥을 뒤짚듯 손쉽게 正人들을 배척하였다. 이른바 '調亭'이란 주장이 무슨 효과가 있었는가? 과거 司馬溫公이 승상으로 있던 때 그는 훗날 필시 정국이 변환될 것이라 알고 있었지만, 마치 불을 끄고 물에 빠진 사람을 건져내듯 백성들을 재앙에서 구해내

---

49 여기서 執政인 李淸臣 등은, "今復詞賦之選 而士不知勸 罷常平之官 而農不加富 可差可募之說紛 而役法病. 或東或北之論異 而河患滋 賜土以柔遠也 而羌夷之侵未弭 弛利以便民也 而商賈之路不通. 夫可則因 否則革 惟當之爲貴 聖人亦何有必焉"(『續資治通鑑長編拾補』 권9, 紹聖 元年 3월 乙酉)이라 말하고 있다. 이러한 策題에 대해 『宋史』에서는, "主意皆紕元祐之政 策士悟其指 于是紹述之論大興 國是遂變"(『宋史』 권328, 「李淸臣傳」)이라 성격을 규정하고 있다.

50 紹聖 元年(1094) 4월의 일이다.

려 할 뿐 다른 것은 전연 고려하지 않았다. 백성들의 구제가 시급한데 어찌 훗날 一身에 닥칠 근심을 돌아볼 겨를이 있었겠는가?"

세상 사람들은 유안세의 말을 참 적절한 것이라 여겼다.(『言行錄』)

유안세가 말했다.

"내가 처음 남방에 도착했을 때 어느 高僧이 내게 가르쳐 주었다.

'남방은 땅이 뜨겁다. 술 또한 성질이 크게 뜨거운 것이어서 本草에서는, 大海는 얼지라도 술은 얼지 않는다고 말한다. 영남 지방은 煙瘴[51]의 땅인데 여기에다가 술을 덧붙인다면 큰 병이 생길 것이다. 이 지방에 있다 보면 몸 전체가 黃色으로 변하는 병이 생기는데, 이는 뜨거운 기운이 극도에 이르러 생기는 것이다.'

그래서 나는 嶺南으로 가자마자 술을 끊었다. 그로 인해 그 거친 땅과 물을 두루 돌아다니며 다른 사람들은 죽을 병에 걸리기도 했지만 나만은 전연 탈이 없었다. 이제 북방으로 돌아온 지 10년이나 되었어도 단 하루도 瘴毒으로 고생하지 않았다. 이게 모두 그 덕분이다."(『원성어록』)

紹聖 연간 초에 黨禍[52]가 일어났다. 특히 유안세는 章惇과 蔡卞의 적극적인 공격의 대상이 되어 멀리 嶺南으로 유배당하게 되었다. 뜨거운 여름 날 老母를 모시고 길을 떠나는데 길가의 사람들이 모두 불쌍히 여겼으나 그는 전연 기가 꺾이지 않았다.

---

51 煙障 혹은 瘴氣라고도 칭한다. 深山叢林에서 증발해 나오는 습하고 더운 안개. 이
   에 접촉하면 학질에 걸린다고 알려져 왔다.
52 新黨인 章惇·蔡卞·李淸臣·鄧潤甫 등에 의해 舊法黨人 司馬光과 呂公著의 贈官과
   諡號가 追奪되고 蘇轍·蘇軾·范純仁·劉安世·范祖禹·呂大防·劉摯·梁燾 등이
   落職되거나 左遷된 것을 가리킨다.

어느 날 산 속에서 모친의 가마를 나무 아래에 내려놓고 쉬고 있는데 커다란 뱀 한 마리가 유유히 다가왔다. 주변의 풀들은 모두 쓸렸고 이를 본 가마꾼들은 달아나 버렸다. 하지만 유안세는 전연 움직이지 않았다. 뱀은 한동안 유안세를 쳐다보더니 가버렸다. 이를 본 村民들은 줄지어 유안세에게 절하며 말했다.

"나리는 貴人이십니다. 뱀은 우리 산의 神인데 나리가 오시는 것을 보고 기뻐서 영접한 것입니다. 나리께는 앞으로 아무 탈이 없을 것입니다."

사마광 문하에서는 많은 선비들이 나왔다. 그중에서 유안세는 평생 禍福이 아무리 엇갈려도 늠름히 사마광의 가르침을 지켰다. 그는 평생 『맹자』를 즐겨 읽었기 때문에 강직한 불굴의 기상이 『맹자』와 닮았던 것이다.(『邵氏聞見錄』)

章惇과 蔡卞은 권세를 잡고 난 후 백방으로 유안세를 死地에 몰아넣으려 했지만 뜻을 이루지 못했다. 하지만 반드시 죽게 하려고 별러서, 廣東 지방으로 유배 보냈다가 곧이어 廣西로 옮겨 가게 했으며, 廣西에 가면 또 바로 廣東으로 가게 하였다. 兩廣 地方의 거칠고 험하다 일컬어지는 지역은 아니 가본 곳이 없을 정도였다. 비록 한여름일지라도 감독하는 州郡에 명하여 날마다 거처를 옮기게 하거나 혹은 바다 건너 다른 유배지로 가게 했다. 사람들은 그러다 유안세가 필시 죽고 말 것이라 했지만 정작 그는 7년 동안 단 하루도 병에 걸리지 않았다. 그의 나이는 거의 80살이 다 되었어도 건강하기 그지없었다. 이는 人力으로 그리 된 것이 아니라 모두 하늘의 도움 때문이었다. 누군가 그에게 어떻게 그러할 수 있었느냐고 묻자 그는, '誠일 따름이다'라고 대답하였다.(『言行錄』)

이전에 文及甫가 孟州에서 부친상에 服喪하고 있을 때 邢恕가 바로 이웃한 懷州에 있었다.[53] 文及甫는 劉摯가 御史中丞으로 있을 때 邢恕를 탄핵하여 左司郞에서 파직시켰던 일이 있어, 형서가 劉摯에게 큰 원한을 지니고 있을 것이라 여기고 편지를 보냈다.

"나는 다음 달이면 禪祭[54]를 치르게 되는데 外任으로 나갈까 합니다. 조정에 들어가는 것은 피할 생각입니다. 當塗[55]의 인물이 鷹揚[56]에 대해 매우 심하게 시기하고 있으며 그 무리들도 매우 繁多하기 때문입니다. 그가 三國魏 시기 司馬昭의 마음을 지니고 있다는 사실은 누구나 잘 알고 있는 사실입니다. 더욱이 粉昆과 朋類[57]를 어지러이 세워 두고 기필코 眇躬[58]으로써 마음을 통쾌하게 만들려 하고 있으니 참으로 가슴이 떨립니다."

紹聖 연간의 말엽에 蔡確의 아들인 蔡渭는 한림학사 蔡京으로부터 지시를 받아 이 서신을 조정에 바쳤다. 大臣의 의도에 영합하여, 劉摯와 劉安世 등이 자신의 부친인 蔡確을 모함했으며 나아가 사직을 뒤엎으려 했던 음모의 증거라 말했던 것이다. 이에 조정은 발칵 뒤집혀서 蔡京으로 하여금 조사하게 하고 사건을 同文館[59]에 관할시켰다. 文及甫도 체포되어 취조를 받았다.[60] 문급보는 다음과 같이 말했다.

---

53 당시의 정황에 대해 『忠肅集』에서는, "初及甫持喪在洛陽 邢恕謫永州未赴 亦以畏在懷州"(「原序」)라 적고 있다.

54 服喪을 마치는 제사.

55 정권을 잡고 있다는 의미. 當道・當路・當途와 동일하다.

56 매가 하늘 높이 날아오르듯 雄偉한 모습. 특출한 인물을 가리킨다.

57 粉昆이란 형제의 의미. 송대에는 駙馬(女婿)를 粉侯라 칭했다.

58 높은 신분의 몸.

59 본디 四方館의 하나로서 靑唐과 高麗의 사절을 접대하는 기구였다. 그런데 元豊, 紹聖 연간에 蔡確과 章惇・蔡卞 등은 同文館으로 하여금 刑獄을 처리하게 했다. 특히 紹聖 연간 구법당 인사에 대한 대대적 심문은 '同文館獄'이라 불린다.

60 哲宗 元符 원년(1098) 3月의 일이다. 『宋史紀事本末』 권10, 「宣仁之誣」 참조.

"鷹揚이란 나의 부친인 文彦博을 가리키는 말이고, 當塗란 劉摯를 말하는 것이다. 그 무리들이 繁多하다는 것은 梁燾·王巖叟·劉安世·孫升·韓川 등을 가리킨다. 司馬昭의 마음이란, 劉摯가 神宗의 顧命宰相인 蔡確을 내쫓은 다음 당시 국가가 심히 위태로운 틈을 이용하여, 司馬昭가 魏의 황제를 폐위시켰듯이 그 자신도 宋朝를 뒤흔들 생각을 지녔던 것이 아닌가 의심했던 것이다. 粉昆과 朋類란, 粉은 王巖叟의 얼굴이 脂粉 같음을 가리키는 것이고, 昆이란 梁燾를 가리킨다. 梁燾의 字가 昶之인 바 昶을 兄으로 바꾸었고 또 兄이란 昆이기 때문이다. '眇躬으로써 마음을 통쾌히 만들려 하고 있으니 참으로 마음이 떨린다'는 말에서 眇躬이란 主上을 가리킨다. 劉摯가 마음속으로 主上을 없애려 하고 있으며, 또 그 이전 蔡確의 무리에 대해 그를 내쫓아 마음을 통쾌히 한 적이 있으니, 이제는 다시 主上으로써 마음을 통쾌히 하고자 한다는 의미이다. 그러한 까닭에 憂國의 마음을 지닌 자가 마음이 떨린다는 것이다."

文及甫에게 물었다.

"증거가 있는가?"

"선친인 文彦博이 사람을 물리치고 하신 얘기이므로 정확한 증거는 없다."

당시 劉摯와 王彦霖은 이미 작고한 상태였다. 하지만 이러한 음모를 꾸며낸 蔡京은 취조 사실을 철종에게 상주하며 취조 내용이 사실이라 강력히 주장하였다. 三省이 말했다.

"劉摯 등이 逆心을 지니고 있었다는 채경의 상주는 文及甫가 元祐 시기에 쓴 편지에 나온다는 점에 비추어 틀림없는 사실이라 생각됩니다. 당시 무리지어 정권을 장악하고 있던 그들이 서로 음모하여 무슨 일이라 하여 하려 들지 않았겠습니까? 마땅히 법에 따라 九族을 처벌해야 할 것입니다. 이밖에 劉安世는 일찍이 궁중에서 乳母를 구했을 때, '폐하께서 이미 女色을 가까이 하신다'고 말했으며 經筵에 나가지 않으신 일을 비판한 바 있습니다. '폐하께서 이미 酒色에 빠져 있다'고 말하며 폐하를 무단히 비방하기도 했습니다. 이러한 사실은 그의 章奏에 다 적혀 있습니다. 이 모두 무슨 마음에서 비롯된 것일까요? 지금 劉摯와 그 자손들을 처벌하면서 劉安世는 불문에 부친다는 것은 처벌에 균형을 잃은 것입니다."

이에 詔令을 내려 范祖禹를 化州에 安置시켰으며, 劉安世는 梅州에, 그리고 王巖叟와 朱光庭의 아들들은 관직에서 파면하고 향후 영원히 관료로 등용되지 못하게 했다. 유안세는 당시 服喪을 마치지 않은 상태였지만 바로 유배 장소로 가라고 명하였다.(『言行錄』)

建中靖國 元年(1101) 유안세와 蘇軾은 유배지 嶺南으로부터 함께 돌아오면서 金陵을 거쳤다. 당시 金陵에 吳默이란 서리가 있었는데 두 사람에게 시를 바쳤다. 이를 보고 소식은 칭찬하면서 시의 뒤에 몇 마디 跋文을 적어 주었으며, 유안세 역시 그 다음에 跋文을 적어 그의 학문을 격려하였다.

이후 내시 梁師成이 총애를 받아 권세를 쥐게 되었는데 그 스스로 蘇軾의 遺腹子라 말하였으며, 소식의 한두 친척과도 친하게 지냈다. 吳默은 그 얘기를 듣고 소식과 유안세가 跋文을 적어 주었던 詩를 梁師成에게 바쳤다. 양사성은 대단히 기뻐하며 오묵에게 관직을 주었다.

宣和 연간이 되자 양사성의 권세는 더욱 커져서 太傅가 되었으며 三省과 樞密院 업무까지 간여하게 되어 실로 그 권력이 한 시대를 풍미하게 되었다. 蔡京과 童貫이라 할지라도 권세가 그에 못 미쳤다. 이 무렵

吳默은 吳可로 개명한 상태였는데, 양사성이 吳可에게 京師로부터 南京으로 가서 유안세를 모셔오라 일렀다. 유안세를 데려다 중용할 생각이었던 것이다. 양사성은 吳可에게 편지도 지참시켰다. 吳可는 남경에 도착한 지 3일 만에 유안세에게 와서 자신이 오게된 까닭을 말했다. 유안세의 자손에게 관직이 없음을 말하면서 그를 유인하였다. 유안세는 사양하였다.

"내가 만일 자손들에게 관직이나 주려 했다면 지금 이 상태로 있지 않았을 것이다. 현재까지 나는 조정에서 버림을 받은 지 거의 30년이 되었으나 조정의 권력자들에게 서신 한 장 보내 청탁을 해본 적이 없다. 나는 철두철미한 元祐 시대 사람이 되고 싶다. 뜻을 더럽히지 않으련다."

유안세는 그 서신을 돌려주고 아무 답장을 보내지 않았다. 사람들은 이에 걱정하였으나 정작 그 자신은 태연자약하였다.[61] (『言行錄』)

선생님[62]이 물으셨다.

"왕안석의 이른바 '三不足說'을 들어본 적이 있느냐?"

"못 들어 보았습니다." 내가 대답했다.

선생님이 다시 말했다.

"왕안석이 정국을 주도할 때 조정의 동료들이 모두 반대하자 그는 다른 사람들을 물리친 다음 신종에게 진언하였다.

'天變을 두려워할 필요가 없고, 祖宗을 모범으로 삼을 필요가 없으며, 사람들의 말에 거리낄 필요가 없습니다(天變不足畏 祖宗不足法 人言不足卹).'

이 세 마디는 비단 宋朝 황실에 재앙이 될 뿐만 아니라 萬世에 재앙이

---

61 趙善璙의 『自警編』 권2에도 동일한 내용이 나온다.
62 이 조목 가운데 선생님은 劉安世이며 '나'는 『元城語錄』의 編者인 馬永卿이다.

될 만한 말이다. 나의 스승이신 司馬溫公(司馬光)은 일찍이 이렇게 말씀하셨다.

'君主의 권세는 천하에 대적할 것이 없다. 만일 군주에게 과실이 있어 臣僚가 그것을 고쳐주려 한다면, 더 큰 것을 부여잡아야만 가까스로 가능해 진다.'

그런데 군주에게, '天變을 두려워하지 말며 祖宗을 모범으로 삼지 말고 사람들의 말에 거리끼지 말라'고 한다면, 도대체 무슨 일을 할 수 있겠는가?"

이 말을 듣고 내가 말했다.

"그 말이 만세의 재앙이 될 것이라면, 어떻게 그 말을 없애 버려서 후세에 전해지지 않게 할 방도가 있을까요?"

"어찌 없애 버릴 수 있겠느냐? 이 말이 한 번 나오자 천하의 사람들 모두 들어버렸느니라. 따라서, '이는 대대로 천하에 재앙이 될 말이다. 본받아서는 안 될 것이다'라고 분명히 분별하여 반박해야만 한다. 예를 들자면 독약은 없애버릴 수 없다. 하지만 神農氏 및 역대 名醫들이. '이는 독약이다. 어떻게 생겼고 무슨 색깔이다. 먹으면 반드시 죽게 된다'라고 말한 까닭에 후세인들이 이를 식별하여 먹지 않는 것이다. 만일 왕안석의 말을 없애 사람들에게 말해 두지 않다가, 없애지지 않아 사람들이 잘못 받아들이면 죽게 될 것이다."(馬永卿 編, 『語錄』)

유안세가 왕안석의 학문에 대해 얘기했다.

"왕안석 역시 보통 사람은 아니다. 그의 일상 생활은 나의 스승이신 司馬溫公과 대략 비슷하다. 質朴하고 검소했으며 종신토록 학문을 좋아했다. 또 관직에 연연해 하지 않았다. 이러한 점들이 공통점이다. 하지만 학문에는 옳고 그름이 있는 것이고, 두 사람은 각각 배운 바를 실행에 옮기려 했던 것이다. 그런데 사람들이 왕안석에 대해 지나치게 공박했고, 이로 인해 神宗이 그 비판을 신뢰하지 않았으며 천하의 선비들 역시 지금에 이르도록 그것을 못 미더워 한다. 그 비판이 공정하지 않았던 까닭에 왕안석을 깎아내릴수록 더욱 믿지 못하는 것이다. 옛날 漢代의 大臣들은 군주 앞에서 남의 장단점을 말할 때 있는 그대로 얘기했다. 이를테면 匡衡[63]이 朱雲[64]을 두고 말할 때, '朱雲은 용맹함을 좋아하는 성격이라서 여러 차례 범법 행위를 했지만 망명해서는 『易』을 배우는 등 학문도 좋아했습니다'[65]라고 말하는 것이 그 예이다. 무릇 모든 사람에게는 좋은 점도 있고 나쁜 점도 있다. 따라서 비방하는 사람도 있을 수 있고 칭찬하는 사람도 있을 수 있다. 그런데 좋은 점은 말하지 않은 채 온통 나쁘다고 깎아내린다면, 남들은 그 나쁘다는 말을 믿을 수 없을 것이다. 따라서 왕안석을 비판하는 사람들이 다만, '그의 학문은 편벽되어 그것을 채택하면 천하가 어지러워 질 것이다'라고 말했다면 군주가 틀림없이 그말을 믿었을 것이다. 그렇지 않고, '桑弘羊처럼 財利로써 군주를 옭아맸고, 李林甫처럼 남의 말을 가로막으면서 자리를 지키려 했으며, 盧杞[66]

---

63 전한 시대의 인물. 빈한한 가문 출신이지만 고용살이를 하며 공부하여 宣帝 때 射策甲科로 出仕하였다. 元帝 초에는 郎中이 되었으며 博士와 給事中을 역임하였다. 이어 光祿勳와 御史大夫 등을 거쳐 元帝 建昭 3년(기원전 36)에는 丞相이 되어 樂安侯에 봉해졌다.

64 젊어서는 任俠을 좋아했으나, 나이 40에 白友子에게 『周易』을, 蕭望之에게 『논어』를 배웠다. 元帝 때 少府 五鹿充宗과 논쟁을 벌여 연달아 꺾고 博士가 되었다. 사람됨이 강직하여 조정 대신들이 尸位素餐하는 것을 비판하였다가 결국 禁錮를 당하고 元帝 때에 풀려났다. 만년에는 학생들을 가르치며 보냈다. 이름난 제자로 박사가 된 嚴望과 嚴元 등이 있다.

65 前漢 元帝 시기 朱雲이 御史大夫로 추천되어 公卿에게 그에 대한 의견을 구했을 때 太子少傅로 있던 匡衡이 발언한 내용이다. 이에 대해서는 『漢書』 권67, 「朱雲傳」 참조.

66 盧杞는 唐 중기의 관료로서 蔭補로 출사하였다. 말재주가 좋았으나 거친 외모에 얼굴빛이 푸르스름하고 성격이 음험하였던 것으로 유명하다. 시기심이 많아 현능한

처럼 간사하고 王莽처럼 위선적이었다'고 말한다면 남들이 믿지 않는다. 왕안석은 평소 德行이 있어 천하 사람들이 존경했는데, 군주에게 그러한 일이 없다 했으니 비판하는 말을 모두 믿지 않게 되었던 것이다. 이는 進言하는 자가 크게 거울로 삼아야 할 일이다."(『語錄』)

유안세는 宣和 7년(1105) 정월 초하루 이후 賓客을 사절하고 사방으로부터 온 편지도 뜯어보지 않았으며 家事에도 큰 일이나 작은 일을 불문하고 일체 물어보지 않았다. 그리고 말했다.

"차후 내가 죽거들랑 평상복 그대로 염하고 관 속에는 아무 것도 넣지 말도록 해라."

이에 가족들은 점차 걱정하기 시작했다.

6월 丙午日에 갑자기 강한 바람이 불어 기왓장이 날아가고 비가 억수처럼 쏟아졌으며 낮인데도 캄캄하였다. 또 유안세가 거처하는 곳으로 번개가 내리쳐 사람들이 모두 놀라 달아났다. 비가 그치고 날이 다시 환해졌을 때 유안세는 이미 숨을 거둔 상태였다. 이 얘기를 들은 사람들은 모두 기이하다 여겼다. 그는 開封府 祥符縣 樂安鄕 邊村의 들판에 묻혔다. 楊時는 弔文에서 유안세를 두고, '劫火[67]가 몰아쳐도 타지 않을 玉'과 같은 인물이라고 적었다. 搢紳들은 이를 傳誦하며 참으로 적절한 표현이라고 말했다.

유안세는 南京에서 지내는 동안 두문불출하며 바깥 사람들과 교왕

인재를 핍박하였으며 권력을 농단하며 많은 사람을 죽였다. 楊炎과 杜佑, 顔眞卿 등이 그의 모함을 받아 곤란을 당하였다. 德宗 建中 4년(783) 涇原의 병사들이 들고 일어나 京師가 함락되자 朔方節度使 李懷光이 상주하여 그의 죄를 성토하니 新州司馬로 폄적되었다. 이후 灃州別駕로 갔다가 죽었다.

67 佛敎 용어로서 세상이 破滅하고 開闢할 때 일어난다는 대화재.

하지 않아 사람들이 거의 그 얼굴을 보지 못할 정도였다. 하지만 田野의 父老들이나 市井의 細民들은, '南京을 지나다가 劉待制를 보지 못하면 泗州를 지나치다 공자님을 뵙지 못하는 것과 마찬가지다'라고 말했다. 그가 죽자 耆老와 士庶, 그리고 부녀자를 불문하고 향을 들고 불경을 외우며 그를 위해 울었다. 매일 수천 명씩 몰려들어 심지어 안으로 들어가지도 못하고 주욱 문을 에워쌀 지경이었다. 그래서 그의 집안에서는 마루 아래에 커다란 향로를 설치하자 사람들이 그리로 몰려들어 다투어 향을 살랐다. 이로 인해 향 가격이 등귀할 정도였다고 한다.

그로부터 2년 후 여진인들이 침공하여 무덤을 허물고 관을 꺼냈다. 그런데 유안세의 얼굴이 마치 살아 있는 것처럼 여전했다. 모두 놀라, '특별한 사람임에 틀림없다'고 말했다. 그리고 누구의 묘인지 물어 주변 사람들이 대답하자, 여진인들은 더 이상 아무 짓도 하지 않고 무덤을 원래대로 해놓은 채 가버렸다.(『言行錄』)

권13

范祖禹

熙寧 3년(1070) 사마광은 歷代 君臣의 事迹을 편찬[1]하며 范祖禹를 불러
업무에 동참토록 하고 秘省[2]에 근무하게 했다. 당시 왕안석이 정국을
주도하고 있어 다른 사람들 모두 그 비위를 맞추려 하고 있었지만 범조
우는 한 번도 찾아가지 않았다. 왕안석의 동생인 王安國이 범조우와 친
하여 왕안석의 의중을 전하며 찾아가 보라 하였지만 그는 끝내 응하지
않았다. 결국 그는 고위직으로 발탁되지 못하였다.(「家傳」)

사마광은 또 劉攽과 劉恕를 불러 편찬 작업에 참여시킨 바 있다. 그런

1 　司馬光이 英宗으로부터 歷代 君臣의 事迹을 편집하라는 명을 받은 것은 治平 3年
　　(1066) 4月의 일이었다.『續資治通鑑長編』권208, 治平 3년 4월 辛丑 참조.
2 　秘書省의 약칭. 元豊 改制 이전까지 秘書省은 일반제사의 祝文을 撰寫하는 기구에
　　불과하였으나, 이후 三館秘閣의 모든 업무를 이관받은 중요부서가 된다.

데 사마광이 洛陽으로 돌아간 이후[3] 조정에서는 그 屬僚들에게 각각 편한대로 하라는 명령을 내렸다. 이에 劉攽과 劉恕는 京師의 근무실에 남고 범조우만 낙양으로 갔다. 사마광은 편찬 작업의 실무를 범조우에게 맡겼고, 그리하여 이 책의 완성에 그의 공헌이 매우 컸다. 당시 富弼이 은퇴하여 낙양에 거주하고 있었는데 평소 성격이 엄격하여 남들과 잘 왕래를 하지 않았다. 하지만 범조우에게만은 따뜻하게 대했다. 부필은 병세가 깊어지자 범조우를 불러 密疏를 부탁했다. 대략 왕안석이 나랏일을 그르치고 있으며 新法이 잘못이라는 내용인데 언사가 매우 통렬하였다. 부필이 죽자[4] 사람들은 범조우가 상주하지 않는 것이 아닌가 의심하기도 했으나 전연 망설임 없이 조정에 올렸다.(「家傳」)

범조우는 『자치통감』의 편찬시 唐史를 분담하였다. 이후 政事의 성패와 治亂의 得失을 고찰하고 그 대요를 간추려 책을 완성하였다. 그는 여기에 『唐鑑』이란 이름을 붙여 神宗에게 바치려 했으나 이미 와병한 상태라서 결국 올리지 못했다. 元祐 元年(1086)에 表를 올리고 『唐鑑』을 진상하였다.(「家傳」)

元祐 연간의 초엽 程頤가 崇政殿說書에 除授되었다. 당시 범조우는 著作佐郎實錄院檢討의 직위에 있었는데, 程頤가 사마광에게 말했다.
"범조우가 經筵官이 되면 참 좋겠습니다."
사마광이 대답했다.

---

3   神宗 熙寧 4년(1071) 4월의 일이다. 『資治通鑑後編』 권79, 熙寧 4년 4월 癸酉 참조.
4   富弼(1004~1083)은 元豊 6年(1083) 8월 80살의 나이로 死去한다. 『宋史』 권313, 「富弼傳」 참조.

"그는 이미 修史職에 있소이다. 관직은 조정에서 판단하여 적절히 除授하는 것이오."

"그 말이 아닙니다. 經筵에 그가 필요하다는 얘기입니다."

사마광이 그 까닭을 물으니 정이는 다음과 같이 대답했다.

"나는 스스로 판단하기에도 부드럽고 따뜻한 면이 부족합니다. 그런데 범조우는 안색이 온화하고 성격도 부드러워, 是非를 원만히 개진하면서 천자의 마음을 움직일 수 있습니다."

그 후 범조우는 侍講에 임명되었다.(「遺事」)

겨울이 되어 몹시 추워지자 궁중에서 10만 관을 풀어 빈민들을 구제하였다. 범조우가 말했다.

"嘉祐 연간 이전 조정에서는 諸路에 모두 廣惠倉을 설치해 두고 孤貧者를 구휼하였습니다. 또 京師에는 東西福田院을 두어 노인과 유아, 廢疾者를 收養하였습니다. 嘉祐 8년(1063)에는 南北의 福田院을 증치하여 모두 4院이 되었습니다. 이는 고래의 遺法입니다. 하지만 각각의 院마다 300명을 정원으로 하고 있는데, 京師內의 고아와 窮民이 어디 1,200명만 되겠습니까? 한겨울에 추위가 엄습해 올 때마다 조정에서는 조치를 내려 구휼하지만, 그때는 이미 窮民들이 춥고 굶주려 죽거나 병들은 자가 많은 상태입니다. 臣이 판단하기에 네 福田院의 건물을 증축하여 인원에 제한 없이 빈민들을 수용하게 하고, 左右廂[5]의 提擧使臣에게 위

---

5   廂이란 宋代 도시의 행정구획이다. 宋은 唐制를 계승하여 도시에 坊이라는 최말단 조직을 설정하였는데 일부 대도시의 경우에는 坊 위에 廂이 설치되었다. 수도 開封의 경우 眞宗 말기에 城內를 8廂으로 나누었으며 城外에는 9廂이 있었다. 廂 아래 坊의 숫자는 동일하지 않았다. 수도 開封 이외의 도시에도 왕왕 廂이 개설되어, 예컨대 高宗 연간의 福州에는 左·右·南·北의 4廂이 있었으며, 理宗 寶慶 연간의 慶元府에는 東南·東北·西南·西北의 4廂이 있었다. 廂에는 廂官이 설치되었으며, 이

임하여 미리 방략을 세워 구제하게 하는 것이 좋겠습니다. 구제 방법 또한 동전의 지급에만 의존할 필요도 없습니다. 겨울이 지난 후 貧民들의 死活 숫자를 헤아려 그것으로 提擧使臣들에 대한 考課를 행하도록 하십시오. 아울러 천하의 廣惠倉도 다시 시행하고, 관리들에게 명하여 振恤에 성실히 임하도록 함으로써 빈민들에게 실질적인 혜택이 미치도록 해야 할 것입니다."

선인태후는 이 발언을 받아들였다.[6] (「家傳」)

宮中에서 開封府를 경유하여 유모 10명을 구하였다. 범조우는 복통으로 출근하지 못하고 있다가 이 얘기를 듣고 즉시 哲宗에게 상주하였다.

"폐하께서는 아직 中宮도 들이지 않으셨는데 좌우의 後宮들을 가까이 하여 好色으로 건강을 해치고 있습니다. 이렇게 너무 빨리 女色을 가까이 하면 聖德을 헤칠 것이며 聖體에 무익합니다. 이것이 바로 臣이 심히 우려하는 바입니다. 폐하께서는 올해로 14살이라지만 12월생이니 실제로는 13살에 불과합니다. 그러니 어찌 벌써 女色을 가까이 할 나이이겠습니까? 폐하는 무거운 종묘사직을 계승하여 祖宗 130여 년의 聖業을 지키셔야 하며 억조 蒼生의 부모가 되어야 합니다. 그러니 聖體를 아끼셔야만 되지 않겠습니까?"

또 태황태후에게도 상주문을 올렸다.

"千金을 지닌 가문에서도 13살 짜리 아들이 있다면 女色을 가까이 하지 못하게 할 것입니다. 하물며 萬乘의 天子야 두 말할 나위가 있겠습니까? 폐하께서 자손을 사랑하시며 여기에는 유의하지 않는다면 진정 자

밖에 廂典·書手·都所由·所由·街子·行官 등의 吏役도 배치되었다.

6   哲宗 元祐 3년(1088) 正月의 일이다. 『續資治通鑑長編』 권408, 元祐 3년 正月 庚戌 참조.

손을 사랑하는 길이 아닙니다. 비유하자면 美木이 한창 자랄 때 사람들은 뿌리에 흙을 북돋아 주며 장차 그 나무가 해를 가리고 구름을 넘어설 정도로 장성하기를 기대합니다. 그런데 그때에 뿌리를 잘라 버린다면 어찌 나무에 해가 되지 않겠습니까? 臣은 일찍이 사마광이, '章獻明肅太后[7]께서 인종황제를 보호하시는 방법이 가장 훌륭했다. 즉위 이후 황후를 들이기 이전까지는 황제의 거처가 자신의 주변을 떠나지 못하게 하셨다. 그렇게 聖體를 보호하셨기 때문에 재위 기간이 가장 길 수 있었다. 章獻太后는 인종에게 이런 점에서 功이 매우 크다'라고 말하는 것을 들은 적이 있습니다. 또 臣이 『國史』를 살펴보건대 인종께서 강보에 있을 때부터 章獻太后는 章惠太后[8]로 하여금 지키게 하셨습니다. 章獻太后가 수렴청정하게 된 이후에는 인종의 기거와 음식에 대해 章惠太后로 하여금 반드시 함께 하게 하셨습니다. 그렇게 인종의 聖體를 지켜내셨던 것입니다. 지금 폐하께서는 臨朝稱制하시며 매일 만사를 처리하십니다. 그런데 황제를 보호하는 데 있어서 章惠太后와 같은 인물을 세워두고 있으신지요? 바라건대 폐하와 皇太后, 皇太妃께서는 章惠太后를 본받아 이 일을 신중히 논의하시어 처리하기 바랍니다. 만일 그렇지 않으면 황제 주변으로 女色이 다투어 나아가 몇 년 후에는 聖德을 무너

7　章獻太后는 眞宗의 두 번째 황후인 劉皇后(969~1033). 眞宗의 첫째 황후인 郭皇后(976~1007) 사후인 大中祥符 5년(1012) 황후로 冊立되었다. 아들이 없어 李宸妃(987~1032)의 소생인 훗날의 仁宗을 자신의 아들로 삼아 양육하였다. 天禧 4년(1020) 이래 眞宗과 와병하자 사실상 朝政을 주도하였으며, 眞宗의 사후에는 遺詔에 따라 皇太后로서 軍國重事를 處分하게 되었다. 章獻太后의 垂簾聽政은 이후 11년간 지속되었다. 章獻太后는 자신의 생전 仁宗으로 하여금 그 生母가 李宸妃란 사실을 철저히 모르게 하였다.

8　眞宗의 妃인 楊太妃(984~1036). 章獻太后 사후 皇太后가 되어 인종과 더불어 軍國事를 同議하라는 遺詔가 있었으나, 朝臣들의 반대에 부딪쳐 皇太后位에만 오르고 遺詔 가운데 "同議軍國事"는 刪去되었다. 卒後 莊惠太后란 諡號가 붙여졌다가, 慶曆 4년(1044) 章惠로 改諡되었다. 仁宗이 어렸을 때 근실하게 보살폈던 것으로 유명하다.

뜨리고 정치를 어지럽힐 것입니다. 폐하께서 그때가 되어 후회해도 무슨 소용이 있겠습니까?"(「家傳」)

범조우는 다음 날 侍講 차례가 되면, 그 하루 전 날 衣冠을 바르게 하고 마치 천자가 앞에 있는 듯 엄숙한 자세를 취한 다음 子弟들로 하여금 앞에 앉게 하여 먼저 進講을 해 보았다. 그는 평상시 어투가 조용하여 마치 입 밖으로 말소리가 나가지 않는 듯하였다. 하지만 進講時에는 古義를 나열하며 여기에 당시의 일을 덧붙이고, 나아가 송조의 典故까지 언급해 가며 천자를 勸勉하였다. 그 말소리도 낭랑하여 듣는 사람들이 감동하였다.(『談記』)

宣仁太后가 세상을 떠났다.[9] 범조우가 상주하였다.

"太皇太后께서 세상을 하직하시어 이제 폐하께서 庶政을 總攬하게 되었습니다. 宋室이 盛衰의 갈림길에 있고 사직의 安危가 달려 있으며, 천하의 治亂과 生民의 안녕이 걸려 있는 중요한 시기입니다. 또한 군자와 소인의 진퇴가 엇갈리는 시기이며 天命과 인심의 거취가 결정되는 때이니 신중하셔야 할 것입니다. 태황태후께서는 안으로 定策하시어 폐하를 옹립하셨습니다. 그리고 수렴청정하시던 초기에 詔令을 반포할 때마다 백성들이 춤추며 반겼습니다. 至公無私하셨으며 노심초사하며 全心을 다해 폐하를 保佑하셨습니다. 간사한 무리들을 내쫓고 僥倖의 무리를 억제하시기를 9년 동안 시종여일 하셨습니다.

따라서 백성에 대한 덕택이 심히 두터웠으나 小人 가운데는 원망하는

---

9 哲宗 元祐 8년(1093) 9월의 일이다.

자 또한 적지 않았습니다. 최근 어느 小人이 進言하여, '태황태후는 부당히 先帝의 政事를 改變시켰고 또 先帝의 신하들을 내쫓았다'고 말했습니다. 이는 폐하와 태황태후를 이간시키려는 말이니 잘 헤아려 판단하셔야 합니다. 폐하께서 즉위한 초기 내외의 臣民으로서 政令이 불편하다고 上書했던 자가 만 명이 넘었습니다. 이에 태황태후께서는 천하 사람들의 바람에 따라 폐하와 함께 新法을 고쳤던 것입니다. 결코 태황태후의 私意에 의거하여 고친 것이 아닙니다. 법령을 고쳤으니 만큼 그 법령을 만들었던 사람이나 그 실시를 주도했던 사람들은 당연히 처벌을 받아 내쫓겨났습니다. 이 역시 태황태후께서 폐하와 더불어 여론에 따라 내쫓으신 것입니다. 당시 내쫓겼던 사람들은 위로 先帝를 저버리고 아래로 만민을 저버려 천하 사람들이 싫어하며 내쫓으려 했던 자들입니다. 태황태후의 사적인 애증이 어찌 그 사이에 개재할 수 있었겠습니까? 이러한 사정을 돌아보지 않으신다면 천하가 불안해질 것입니다.

바라건대 폐하께서는 깨끗한 마음으로 이치를 판단하시고 是非를 헤아려서, 당치 않은 말로 폐하를 현혹시키는 자를 분명히 처벌하여 주십시오. 그 죄를 분명히 하여 有司에게 맡기고 엄하게 懲治하심으로써 간사한 무리들을 경계하신다면 아무 문제가 발생하지 않을 것입니다. 만일 그렇지 아니한다면, 臣은 삼가 姦言이 잇따라 폐하를 잘못된 길로 이끌 것이라 걱정됩니다. 그렇게 되면 천하의 민심을 잃게 될 것이니 미리 예방해야만 하는 것입니다. 저들은 위로 先帝를 잘못되게 하였을 뿐만 아니라 이제 다시 폐하를 잘못되게 하려는 것이니, 어찌 저들 뜻대로 되게 하여 天下事를 小人으로 하여금 다시 파괴하게 할 수 있겠습니까?"

이에 앞서 범조우는 蘇軾과 약속하여 함께 상주문을 올리기로 하였다. 蘇軾도 상주문의 초고를 완성하였지만 범조우의 상주문을 보고 나서, 그 아래 함께 이름을 적어 올리기로 하고 자신의 초고는 내보이지 않았다. 그리고 범조우에게 말했다.

"그대의 문장이야말로 經國의 문장이오. 내 문장은 과도한 내용을 담고 있어서 그대의 말처럼 시행하기에 적절치 못하오."

범조우는 또 상주하여 祖宗의 創業이 심히 어려웠던 사실을 지적하며, 철종으로 하여금 근심하고 노력함으로써 大業을 지켜야 한다고 말하였다. 나아가 또 다음과 같이 말했다.

"元豊 연간의 말엽 時運이 위태로워 先帝께서 세상을 떠나셨습니다. 폐하께서 그 뒤를 이으셨는데, 다행히 태황태후께서 공정한 마음가짐으로 왕안석과 여혜경 등이 만든 新法을 폐기하시고 祖宗의 舊法을 채택하셨습니다. 그리하여 사직이 다시 안정될 수 있었으며 이반된 민심이 다시 돌아올 수 있었습니다. 심지어 거란의 군주조차 재상에게, '송조에서 仁宗의 정치를 다시 채용했다 하니 燕京[10]의 留守에게 일러, 변경의 관리들로 하여금 宋朝와의 약속을 지키며 부질없이 문제를 일으키지 말게 하라'고 말했다고 합니다. 夷狄조차도 이렇게 하였을진대 中國의 민심이야 어떠했겠습니까? 태황태후께서는 폐하를 위해 태평의 기틀을 다지셨습니다. 이제 그 효과가 나타나기 시작하고 있습니다. 臣은 삼가 폐하께서 태황태후의 政事를 조용히 지키며 바꾸지 말기를 바랍니다. 그리고 삼가는 마음을 지니고 허심탄회하게 대처해 가시기 바랍니다. 左右의 대신들에게 詔令을 내려 반드시 祖宗의 법도를 지키게 하신 다음 폐하께서는 그 위에서 친히 總攬하십시오. 그리하여 善道를 자문하고 옳은 말을 받아들이신다면 群臣의 邪正과 萬事의 是非가 聖

---

10 遼의 南京 析津府, 현재의 北京市.

心 안에서 다 명확히 분별될 것입니다."(「家傳」)

勅旨가 내려져 內臣 10여 인을 중용하였는데 그 가운데는 李憲·王中正의 아들이 모두 들어 있었다.[11] 범조우가 상주하여 말했다.

"폐하께서 처음 政事를 펴는데, 아직 어느 하나 美政을 펴셨다거나 혹은 어느 하나 賢臣을 등용했다는 애기를 들은 적이 없습니다. 그런데 무엇보다 먼저 내시들을 이처럼 進用하시니, '폐하께서 近習者들에게 사사로운 마음을 지니고 있다'는 애기가 이리저리 나돌지 않을까 삼가 걱정됩니다."

하지만 받아들여지지 않았다.

범조우는 다시 入對를 청하여 小人과 환관을 등용해서는 안 된다고 極言하며 古今의 사례를 들었고, 아울러 呂惠卿과 蔡確·章惇·李憲·王中正 등의 죄상을 열거하였다. 당시 章惇과 呂惠卿은 모두 관직에 복귀된 상태였으며 철종은 장돈을 승상으로 임용하려는 뜻을 지니고 있어 민심이 매우 흔들리고 있었다. 하지만 대신들은 아무 말 없이 잠자코 있었으며 臺諫들 또한 감히 이의를 제기하지 못하고 있었다. 범조우 혼자 계속하여 상주문을 올리고 있었던 것이다. 이에 그의 친구들이 찾아와, '이제 사세는 되돌릴 수 없게 되었다. 이러다 큰 禍를 만날 것이다'라며 그를 제지하였다. 범조우가 말했다.

"그렇지 않다. 나는 經術을 進讀함으로써 천자를 모시는 사람이다. 따라서 천자를 잘 輔導하는 것이 내 직분이다. 일이 이 지경에 이르렀는데 어찌 침묵할 것이냐?"

---

11 哲宗 元祐 8년 10월의 일이다. 『九朝編年備要』 권23 참조.

철종은 政事에 임하여 매우 위엄이 있어 群臣들은 감히 마주 보지도 못할 지경이었다. 하지만 범조우에게는 극히 온화한 태도를 취했다. 범조우의 상주에 대해서도 매우 부드러운 얼굴로 받아들였다. 범조우가 말했다.

"폐하께서 臣의 말을 받아들이셨으니, 이 章奏를 執政들에게 보여 그들을 책망하여 주십시오."

당시 范純仁이 아직 재상의 자리에 있었다. 철종이 말했다.

"잠시 기다리시오. 朕이 다시 한 번 읽어보고 싶소."

철종은 재삼 칭찬을 거듭하였고, 범조우는 사례한 후 물러났다.(「家傳」)

蘇軾은 희롱을 좋아하였는데 말이 조금 지나치면 범조우가 보고 있다가 늘 지적하였다. 그래서 소식은 다른 사람과 장난치다가도 언제나, "范十三이 모르게 해!"라고 말했다. 범조우의 行第[12]는 13이었다.(「遺事」)

철종이 즉위하고 宣仁太后가 수렴청정할 때 群賢들은 빠짐없이 조정에 다 모였다. 그들은 忠厚함으로 政事를 펴고 夷狄과 융화하며 군사적인 분쟁을 피하였으며, 백성과 식량을 중시하였다. 그리하여 嘉祐 연간의 政事로 거의 되돌아갔다. 하지만 賢者들 역시 끼리끼리 모이는 것은 어쩔 수 없어서 洛黨・川黨・朔黨이라는 말이 나돌았다. 洛黨이란 侍講인 程頤를 영수로 하여 朱光庭・賈易 등이 그 羽翼이었으며, 川黨이란 內翰 蘇軾을 영수로 하여 呂陶 등이 그 羽翼이었고, 朔黨이란 劉摯・梁燾・王巖叟・劉安世 등이 영수로서 그 羽翼은 매우 많았다. 이들 諸黨

---

12 排行의 순서. 배행이란 일족의 兄弟姊妹를 나이에 따라 배열한 순서이다.

은 서로 끝없이 공박을 벌였다. 특히 程頤는 古禮를 자주 말하여 소식은, '왕안석이나 마찬가지로 常情에서 벗어난다'고 공격하며 매우 싫어했다. 때로 蘇軾은 程頤를 조롱하고 모욕하기도 했다. 그래서 朱光庭과 賈易은 못마땅해하며 소식을 비방하고 모함하였다. 大臣들은 이들을 다 독거려야 했다. 당시 元豊의 대신들은 각처로 쫓겨가 뼈 속 깊이 원한을 갈며 은밀히 틈을 살피고 있었다. 하지만 元祐의 諸賢들은 깨닫지 못한 채 黨與를 나누어 서로 헐뜯었다. 紹聖 연간의 초에 이르러 章惇이 재상이 되어, 諸賢들을 모두 元祐의 黨與라 하며 嶺南의 바다 바깥으로 내쫓았다. 참 슬픈 일이로다. 呂大防은 陝西 사람으로서 고지식하여 아무 黨에도 가담하지 않았으며 范祖禹는 사천 사람으로서 사마광을 스승으로 모셔 역시 黨與에 간여하지 않았다. 하지만 이들 역시 쫓겨나 죽게 되는 것을 면치 못했으니 더욱 슬픈 일이다.(『邵氏聞見錄』)

陳瓘

紹聖 연간의 초엽 章惇이 철종에 의해 재상으로 불리워져 越州 山陽縣을 지나게 되었다.[13] 이때 陳瓘도 여러 사람들과 함께 그를 만났다. 장돈은 평소 진관의 이름을 듣고 있었던지라 그 혼자만 배에 오르게 하여

---

13 章惇이 재상에 임용되는 것은 哲宗 紹聖 元年(1094) 4월의 일이다. 『宋史』 권212, 「宰輔表」 3 참조. 당시 陳瓘은 越州簽判으로 재직 중이었으며 蔡卞이 越州 知州로 있었다. 이 무렵 陳瓘과 蔡卞의 관계에 대해 『宋史』에서는, "(陳瓘)簽書越州判官 守蔡卞察其賢 每事加禮 而瓘測知其心術 常欲遠之"(권345, 「陳瓘傳」)라 적고 있다.

함께 뱃놀이를 하며 當世의 急務에 대해 자문하였다. 진관이 말했다.

"우리가 타고 있는 배로써 비유하겠습니다. 배 위에 짐이 한 쪽으로만 몰리면 갈 수 있겠습니까? 짐이 몰려 있다 하여 왼쪽에 있던 것을 죄다 오른쪽으로 옮기면 치우쳐 있기는 매한가지입니다. 이러한 이치를 잘 헤아리시면 문제가 없을 것입니다."

장돈은 아무 말 없이 잠자코 있었다.

진관이 다시 말했다.

"폐하께서 지금 마음을 비우고 公을 기다리고 계십니다. 公 또한 이러한 폐하의 뜻에 잘 부응해야 할 것입니다. 제가 감히 장차 어떤 일들을 시행하려 마음먹고 있으신지 물어봐도 되겠습니까? 무슨 일을 먼저 하고 무슨 일을 뒤로 늦추시겠습니까? 무슨 일을 천천히 해야 하며 무슨 일을 서둘러 해야 합니까? 누가 君子이고 누가 小人입니까? 만일 평소 마음 먹고 있는 것이 있다면 대강 말씀해 주십시오."

장돈은 오랫동안 생각하다 말했다.

"사마광이 간사하니 먼저 그에 대한 처리를 해야 할 것이오. 그것보다 급한 것은 없소이다."

"승상은 잘못 생각하고 계십니다. 그것은 배의 균형을 잡기 위해 왼쪽에 있는 것을 모두 오른쪽으로 옮기는 것과 마찬가지입니다. 그렇게 하신다면 천하의 인망을 잃을 것입니다."

장돈은 화난 얼굴로 진관을 쳐다 보며 말했다.

"사마광은 母后를 보좌하며 거의 혼자 정권을 장악하다시피 했소. 그러면서 先帝의 유업을 계승하기는커녕 멋대로 그것을 뜯어 고쳤소. 이처럼 나라를 잘못 이끌었으니 간사한 것이 아니고 무엇이오?"

"그의 마음을 헤아리지 않고 그의 행적만 살펴본다면 죄가 없다 할 수 없을 것입니다. 하지만 그를 간사하다 판단하고 그가 취한 조치를 모두 바꾸려 하신다면 나라를 더욱 잘못 이끄는 것이 되고 말 것입니다.”

진관은 이어 熙寧·元豊 연간과 元祐 연간의 일에 대해 조목조목 논한 후 다음과 같이 말했다.

“원풍 연간의 정치는 이미 희녕 연간과는 많이 달랐습니다. 先帝의 뜻이 이미 변해 있었던 것입니다. 다만 사마광은 先帝의 뜻을 제대로 헤아리지 못하고, 모친이 아들의 잘못을 고친다는 명분 아래 너무 급격히 바꾸어 버렸습니다. 이 때문에 분분한 논란이 생겨 지금까지 이어지고 있는 것입니다. 지금은 先帝의 臣下였다는 私情을 버리고 祖宗의 善意를 조화시켜 붕당을 없애고 中道를 지키셔야 합니다. 그래야 가히 폐단이 없어질 것이라 여겨집니다. 만일 또다시 희녕·원풍이 맞는가 원우가 맞는가 하는 논란을 일으키게 되면 公論이 분분해져서 끝이 없게 되지 않을까 우려됩니다.”

진관의 논리는 깊이가 있으면서도 정연하였다. 비록 그의 말은 장돈의 비위에 거슬렸으나, 장돈 또한 진관이 유능하다 여기게 되었다. 그리하여 마침내 장돈은, ‘元祐의 정치도 兼取하겠다’고 말하였고, 진관을 잡아 두고 함께 식사를 한 후 헤어졌다.

장돈은 조정에 이르자 진관을 太學博士로 발탁하였다. 그런데 이후 장돈이 蔡卞과 일을 함께 하기 시작했다는 말이 들려왔다. 이에 진관은 장차 필시 正論을 해치게 될 것이라 여기고, 집안의 혼사를 핑계로 낙향하였다.(「遺事」)

朝會가 파한 다음 진관이 살펴보니, 蔡京이 오랫동안 태양을 쳐다보며 눈조차 깜빡이지 않았다. 그 후 진관은 다른 사람에게 이렇게 말했다.

"채경의 기개가 이와 같으니 훗날 필시 顯貴한 인물이 될 것이다. 하지만 자신의 능력을 뽐내며 감히 태양과 맞서겠다 하고 있다. 그러니 내 생각하기에 이 사람이 뜻을 얻게 되면 군주도 아랑곳하지 않고 멋대로 할 것이다."

얼마 후 진관은 諫省[14]으로 옮겨 가자 채경의 악함을 공박하기 시작했다.(「遺事」)

진관은 紹聖 연간의 史官들이 오로지 『荊公日錄』[15]에만 의거하여 『神宗實錄』을 撰修함으로써 옳고 그름을 뒤집어버려서 그대로 후세에 전해지게 해서는 안 되겠다고 판단했다. 그래서 諫官으로 있으면서 무엇보다 먼저 이 사실을 지적하였다. 또 『日錄辯』을 저술해 올리고 『신종실록』을 改修할 것을 요청하였다. 이로 말미암아 廣西의 合浦縣으로 유배가서는 다시 『尊堯集』을 저술하고, 誣妄된 얘기를 통렬히 반박하면서 君臣間의 의리를 분명히 하였다. 여기서 진관은 모든 잘못의 책임자로 蔡卞을 지목하였다. 진관은, 王安石은 이미 작고하였으나 그 학설을 따르는 자들이 私黨을 부식하고 있는 바 그 수괴는 채변이니, 그 時弊를 혁파하기 위해서는 마땅히 채변을 먼저 제거해야 한다고 생각했다. 또 근원을 뿌리 뽑으면 그 덩굴들을 제거하기가 용이해 질 것이며, 邪說이 크게 행해지도록 그냥 놓아두면 장차 어찌할 도리가 없어질 것이라 여겼다. 그래서 왕안석의 잘못을 직접 공격함으로써 禍의 근본을 명확히 규명하려 했다. 이것이 바로 『四明尊堯』를 또 저술하게 된 동기였다.

14　諫省은 諫院의 별칭. 諫署라 칭해지기도 했다. 陳瓘은 哲宗의 親政 시기 좌천되어 通判 滄州, 知衛州 등의 지방관으로 전전하다가 徽宗의 즉위 직후 중앙관으로 불려져 右正言이 되었으며 또 그 얼마 후 左司諫으로 옮겨졌다. 『宋史』 권345, 「陳瓘傳」 참조.
15　王安石의 일기. 『淸波雜志』에서는 전체 80권이었다고 적고 있다(권2).

두 저술은 宗廟를 尊崇하고『신종실록』의 잘못을 바로잡는다는 점에서는 동일한 성격을 지니고 있었으나, 후자인『四明尊堯』에서는 아무 거리낌 없이 논의를 더욱 적극적으로 펴고 있었다.(「遺事」)

　진관이 台州에 도착하고 몇 달 후 조정에서는 石悈를 台州 知州로 임명했다. 이에 士論이 흉흉해지며, '이는 모두 진관을 懲治하기 위한 조치이다'라고 여겼다. 石悈는 도착하자 과연 말을 흘리면서 진관을 위협하였다. 도임한지 이틀 후 그는 갑자기 관리와 병사들을 파견하여, 진관이 앞으로 밖으로 출입할 수 없으며 그것을 이웃 사람들로 하여금 감시하게 한다는 명령을 전했다. 또 포졸들의 순찰 초소를 몇 군데나 만들어 두고 앞뒤로 순찰시키면서, 진관의 집에 드나드는 賓客 및 왕래하는 書簡들을 감시하게 했다. 그러자 친척도 더 이상 찾아오지 않게 되었으며 가족들 사이의 편지 내왕도 끊겼다. 그 얼마 후에는 다시 관리와 병사를 갑자기 파견하여 진관의 짐을 수색하는 한편 그도 붙잡아 관아로 데려갔다. 台州의 청사는 마치 죄인을 심문하는 듯 꾸며져 있었으며 獄具도 모두 갖춰져 있었다. 당시 조정으로부터『尊堯集』의 副本들을 압수하라는 지시가 내려와 있었던 것인데, 石悈는 이를 기화로 진관을 위협하려 했던 것이다. 진관은 이러한 사정을 알고 물었다.

　"오늘 이러한 일에 무슨 지시가 있었던 것인가?"

　石悈는 갑자기 질문을 받으니 당황하여 얼떨결에 대답했다.

　"尙書省으로부터 공문서가 와 있다."

　석계는 그 문서를 진관에게 보여주었다. 문서의 내용인즉『尊堯集』이 황제를 비방하는 서적이니 그 副本들을 압수해 조정에 바쳐서 폐기토록 하라는 것이었다. 진관이 말했다.

"그러니 결국 조정의 지시는 『尊堯集』을 압수하라는 것일 뿐이다. 나를 잡아서 이리로 끌고 온 것은 또 어쩌자는 속셈인가?"

진관은 이어 물었다.

"그대는 『尊堯集』의 書名이 무슨 뜻인지 아는가? 神宗 황제를 堯 임금이라 하고 主上을 舜 임금이라 하는 것이다. 그러니 무슨 폐하에 대한 비방일 수 있는가? 현재 재상의 학술 수준이 낮아 名分의 의리를 잘 이해하지 못하는 것이다. 그래서 남의 부추김을 받아 제대로 알지도 못하고 『尊堯集』의 죄를 다스리게 되었던 것이다. 저들은 이를 통해 黨與를 결속시키고 또 폐하의 총애를 공고히 하려 한다. 그대는 또 저들로부터 무엇을 받았는가? 그대 역시 公議를 두려워하지 않고 명분의 의리를 저버릴 셈인가? 나의 이 말을 그대로 보고하도록 하라. 그러면 내가 당당히 나가 誅戮을 당하겠다. 형구를 갖추어 날 위협할 필요가 없다."

석계는 진관의 말이 채 끝나기도 전에 수차례나 揖하고 되돌려 보냈다. 그리고 주변 사람들을 돌아보며 말했다.

"이럴 지경이니 참으로 두려운 존재이다."

석계는 그 얼마 후 진관을 사찰에 유폐시키고 서리를 보내 감시하게 했다. 서리는 진관 앞에서 앉았다 누웠다 하며 백방으로 모욕을 주었다. 남들은 두려워하며 무언가 끔찍한 일이 벌어지는 것 아닌가 걱정하였으나 진관은 전연 개의치 않고 편안하게 지냈다. 결국 석계는 진관에게 아무 해도 입히지 못했다.(「遺事」)

진관은 비록 蔡氏 형제[16]로 말미암아 처벌을 받았으나 이에 굴하지

---

16 蔡京(1047~1126)과 그의 實弟인 蔡卞(1058~1117)을 가리킨다.

않고『신종실록』의 잘못을 논박하고 왕안석을 강력하게 비판하였다. 그러자 왕안석·蔡京의 黨與인 薛昻·蹇序辰·何執中·鄧洵仁·洵武·蔡嶷 등과 같은 무리는 서로 협력하며 그를 극력 탄압하였다. 그를 죽이려 했던 자는 蔡京 형제만이 아니었던 것이다. 蔡嶷는 처음 진관과 안면이 없었다. 진관이 재상에게 서신을 보내 淮東의 海陵縣으로 쫓겨갈 때, 蔡嶷는 太學生 신분으로 장문의 편지를 보내 天下事를 논했다. 그 내용은 모두 천하의 公議에 부합하는 것이었다.

"公의 諫疏는 부드러우면서도 조리가 있는 것이 마치 陸贄와 같고, 강직하며 불굴의 기상을 지니고 있는 것이 마치 狄仁傑과 같으며, 문장에 깊이가 있고 正道를 밝혀 가는 것이 마치 韓愈와 같습니다."

그런데 이듬 해 殿試의 對策으로 장원이 되었는데 거기서 時局에 대해 개진한 내용은 입장이 완전히 달라진 것이었다. 蔡嶷는 이에 수치심을 느끼며 진관을 죽여 없앰으로써 입을 봉하려 했다. 그래서 은밀하게 채경을 도왔던 것이다.(「遺事」)

진관은 말 술을 마실 수 있는 주량을 지니고 있었으나 언제나 술을 마실 때면 다섯 잔으로 그쳤다. 간혹 친척을 만나 기분이 아주 좋을 때조차 큰 술잔으로 가득 마시는 정도였다. 술로 인해 실수할까 하는 우려 때문이었다.

또 매일 학업에 분량을 정해 두었으며, 아침에 닭이 울면 일어나 종일토록 글을 쓰고 책을 읽으며 서재를 떠나지 않았다. 그러다 피곤해지면 잠자리에 들었고 눈이 떠지면 바로 일어났다. 결코 침상에서 빈둥거리지 않았다. 밤에는 침상 곁에 들고 다니는 등 하나를 놓아 두었다가, 잠에서 깨면 여기에 불을 켜서 책상머리로 들고 갔다. 누군가,

"公은 왜 심부름꾼을 부르지 않습니까?"라고 물었다.

이에 대해 진관이 대답했다.

"내 일어나는 때가 정해져 있지 않다. 춥거나 더울 때라도 되면 심부름꾼이 얼마나 힘들겠느냐? 그래서야 안 될 일이지. 내 다행히 이런 생활에 편안해 졌으니 남을 힘들게 하지 않으련다."(「遺事」)

徐俯는 자신의 재능을 자부하며 조금이라도 남에게 머리 숙이려 하지 않았다. 그렇지만 언제나 다음과 같이 말했다.

"黃魯直[17]은 나의 外叔이지만 그에 대해 약간의 아쉬움을 지니고 있다. 그러나 진관에 대해서만큼은 마음속 깊이 존경한다."

그는 진관을 만날 때, 설령 한 달이고 열흘 동안일지라도 언제나 공손히 절했다.

范純仁은 만년 天下事에 대해 더욱 근심하며 인재 판단에 유의하였다. 누군가 그에게, 평소 눈여겨 둔 인재로서 가히 今日에 쓸 수 있는 자가 누구인지 물었다. 그러자 범순인이 대답했다.

"진관이다."

그 다음은 누구냐고 물었다. 그러자,

"진관 하나로 족하다"라고 대답했다. 진관 혼자 능히 천하를 담당할

---

17 黃庭堅(1045~1105). 魯直은 字. 英宗 治平 연간의 進士出身으로서 哲宗 元祐 연간에 『神宗實錄』의 檢討官이 되었다. 이후 紹聖 연간 新黨으로부터 修史에 있어 '多誣'라는 명목으로 처벌되어 유배되었다. 詩文과 서예에 능하여서, 서예의 경우 이른바 북송 4대가(蔡襄・蘇軾・米芾・黃庭堅)의 하나로 칭해진다. 젊은 날 蘇軾으로부터 文章과 詩詞를 배웠으며, 張末(1054~1114)・晁補之(1053~1110)・秦觀(1049~1100) 등과 더불어 '蘇門四學士'라 불렸다. 특히 그의 詩作은 후대에 지대한 영향을 미쳐서 명청 시대까지 이어지는 이른바 江西詩派의 개창자이자 宗師라 존중되었다. 著作으로『豫章黃先生文集』이 남아 있다.

수 있다고 말했던 것이다.

宣和 연간의 말엽 사람들이 국가의 위기에 대해 근심할 때 누군가 游
酢에게, 현재의 난국에서 국가를 구할 수 있는 사람이 누구냐고 물었다.
游酢가 말했다.

"四海의 인재에 대해 내가 다 알지는 못한다. 하지만 내가 아는 바로
는 진관이야말로 그럴 만한 인물이다."

劉安世 또한 언젠가 진관이 병에 걸리자 사람을 보내 약을 건네 주면
서 말했다.

"천하가 장차 公에게 의지할 날이 올 것이오. 그러니 몸을 잘 보전하
며 그때를 기다리도록 하시오."

진관이 인망을 모으고 있던 것이 이와 같았다.(「遺事」)

진관은 파직되어 유배간 이래 이르는 곳마다 작은 서재를 지었다. 그
리고 거기서 종일토록 佛經을 寫經하거나 經史를 읽었다. 이러하기를
20여 년, 조금도 게으름을 피우지 않았다. 훗날 抄錄한 것을 묶어서『知
恩』이란 이름을 붙였는데 거의 천여 두루마리가 되었다. 또 醫藥이나
占卜에 이르기까지 百家의 서적을 두루 읽었다. 그러다가 무언가 좋은
부분이라 생각되면 그 또한 종이에 옮겨 적어 벽에 붙여 두었다. 그러한
종이가 방안을 가득 메우게 되자 모아서 책으로 엮고『壁記』라 이름 붙
였다. 이러한 것이 수십 책에 이르렀다.(「遺事」)

권14

陳襄

陳襄은 어려서 고아가 되었으며 잔병치레도 잦았다. 하지만 늘 선친이 남긴 말을 생각하며 스스로 채찍질했다. 위로 계모에 대해 효성을 다해 섬기고 아래로는 동생들을 올바르게 되도록 가르쳤다. 그러는 한편 어진 선비를 구하여 친구로 삼았다. 특히 동향의 陳烈·周希孟·鄭穆과 친하게 지냈다. 이들 네 사람은 기개가 높고 행동거지가 高雅하여 서로 절차탁마하며 천하의 중요한 인재가 되기로 격려하였다. 당시 士人들은 자질구레한 문장의 彫琢 기술에 탐닉하여, 天理와 人性의 학문에 대해서는 迂闊하다고 손가락질하며 공부하려 들지 않았다. 陳襄과 세 친구들은 福建의 작은 지방에서 이 학문을 부르짖었다. 이러한 얘기를 들은 사람들은 처음에는 모두 놀라워하면서도 비웃었지만 네 사람은 흔들리지 않고 더욱 굳건히 학문에 열중했다. 그리하여 집안 내에서 직접 실천하고 이후 이를 바탕으로 州縣에 나아가게 되자, 다른 사람들이 마침내 이를 본받아 모두 자기 자식들로 하여금 이들을 따라 공부하게 했다. 이로 인해 福建의 士人들이 이들을 우러르면서 '四 先生'이라 부르게 되었다. 방종하고 거친 무리라 할지라도 이들 四 先生 주변에서는 감히 禮를 잃지 않았다. 얼마 후 이들 四 先生의 이름은 천하에 두루 퍼졌고 이들을 따라 공부하는 사람도 날로 늘어갔다.(葉祖洽 撰, 「行狀」)

진양이 建州 浦城縣의 主簿로 있을 때 知縣이 闕席이어서 그는 홀로 縣의 정무를 모두 담당하였다.[1] 浦城縣은 영역이 넓고 世族이 많아, 이전의 知縣들이 효과적으로 통어하지 못하고 통상 청탁에 휘말려 지냈었다. 진양은 밤 늦게 잠자리에 들고 아침 일찍 일어나 그 폐해를 없애려 노력하였다. 이리저리 뒤얽혀 있어 처리가 지체되어 있던 獄訟들에 대해 근본을 파헤치며 모두 말끔히 정리하였다. 청탁을 하는 자에 대해서는 그들 대부분이 士類인 사실을 감안하여 곧바로 법대로 처벌하지는 않았다. 하지만 獄訟을 처리할 때마다 몇 사람을 앞에 주욱 둘러 세워서 사사로이 청탁할 기회를 주지 않았다. 이로 인해 사람들은 진양에게 청탁할 수 없다는 것을 깨닫고, 노회하고 간교한 자들이라든가 혹은 貪臟하던 무리들이 의기소침해졌다. 하지만 백성들은 한편으로 두려워하면서도 매우 좋아하여, 다투어 그의 초상화를 그려 神으로 모셨다. 이러한 풍조는 지금까지도 계속되고 있다. 진양은 먼저 縣內에 학교를 세우기로 하고 邑內의 부자들로 하여금 자금을 내어 校舍 건축비를 보조하게 했다. 학교가 완성된 다음에는 읍내의 子弟들을 유치하고, 그 스

---

1   陳襄은 仁宗 慶曆 3年(1042) 進士科에 급제하고 이어 浦城縣의 主簿로 부임하였다. 『閩中理學淵源考』 권10, 「忠文陳古靈先生襄」 참조.

스로도 틈나는 대로 가서 직접 가르쳤다. 멀리서부터 찾아오는 士人들도 수백 명에 달하였다.(「行狀」)

진양이 建州 浦城縣의 知縣으로 있을 때 누군가 물건을 잃어버린 일이 발생했다. 몇 사람을 용의자로 붙잡았지만 정확히 누구인지는 알아낼 수 없었다. 진양이 말했다.

"어느 祠廟에 종이 하나 있는데 아주 신령해서 도둑을 가려낼 수 있다고 한다."

그는 사람을 보내 종을 가져 오게 해서 관아 뒤에 잘 걸어 두었다. 그다음 용의자들을 종 앞에 주욱 세웠다.

진양이 다시 말했다.

"도둑질하지 않은 자는 만져도 아무 소리가 나지 않지만, 도둑질한 자가 만지면 큰 소리가 난다."

진양은 먼저 관리들을 이끌고 종 앞으로 가서 짐짓 정성을 다해 기도했다. 그 후 종 주변에 휘장을 둘러치고 몰래 사람을 시켜 종에 먹칠을 하게 했다. 그러고 나서 용의자들을 데리고 한 사람씩 휘장 안으로 들어가 종을 만지게 했다. 그들이 나온 다음 손을 조사해 보니 모두 먹이 묻어 있는데 한 사람만 그렇지 않았다. 그 자를 심문하니 도둑질한 것을 자복하였다. 종소리가 날까봐 만지지 못했던 것이다. 이는 옛날부터 전해져 내려오던 방식으로 小說에도 적혀 있다.(『筆談』[2])

진양이 台州 仙居縣 知縣으로 있을 때의 일이다. 仙居縣은 궁벽진 곳

---

2   『夢溪筆談』을 가리킨다. 본문의 내용은 권13에 실려 있다.

이라 사람들이 교육을 몰랐다. 진양은 정월에 耆老들이 하례하러 왔을 때 「勸學文」 한 편을 지어 門人인 管師復으로 하여금 縣庭에서 읽게 하였다. 그 다음 이렇게 깨우쳤다.

"나는 임기가 끝나면 여기를 떠난다. 하지만 너희는 子弟들을 서둘러 공부시켜야 한다."

그러자 耆老들은 서로 감격하여 울면서 기쁘게 그 말에 따랐다. 이후 사직묘라든가 공자묘 앞을 지날 때는 반드시 말에서 내려서 천천히 걸어갔다. 이로부터 縣內 사람들로 학문을 배우는 자가 날로 늘었다.

縣衙 서쪽에는 채마밭이 하나 있었는데 오랫동안 방치하여 황폐해진 상태였다. 진양은 백성들로 하여금 그곳에 농사를 짓게 했다. 또 진양이 어떠한 토목 공사를 시작하면 그것이 언제나 백성들에게 이익이 되는 것을 깨닫고, 주민들에게 기와나 목재의 자금을 할당하지 않아도 자진하여 기꺼이 염출하였다. 부자들 뿐만 아니라 돗자리를 짜는 하층민들도 벌어들인 돈의 일부를 기부하였다.

진양이 仙居縣을 떠나던 날, 주민들은 어른 아이 할 것 없이 그가 탄 수레를 부여잡고 길을 막아서는 바람에 가까스로 빠져나왔다.(「行狀」)

진양이 知常州가 되었을 때[3] 常州의 학교는 협소하여 생도들을 다 포용할 수 없었다. 진양은 학교 증설 공사를 시작하여 얼마 후 완성시켰는데, 그 규모나 기품이란 면에서 인근 지방에서 제일이었다. 진양은 아침 일찍 학교로 가서 학생들을 자리에 앉힌 다음 經義를 강의하였다. 정무는 그 틈틈이 결재하였다. 이로 인해 常州의 學風이 兩浙의 으뜸이 되었다.

---

3   陳襄은 仁宗 嘉祐 6년(1061) 祠部員外郎知常州에 임명된다. 『古靈集』 권25, 「附錄」의 「先生行狀」 참조.

治平 연간의 초엽 조정에 불려져 장차 이임하려는데, 관원을 시켜 州의 재정을 결산시킨 바 항목이 불분명한 수백만 貫의 잉여가 남아 있었다. 진양은 이를 여러 해 동안 관아에 채무를 지고 있는 자들 가운데 정상이 가련한 자들을 골라 나누어 주었다. 그가 宴樂을 즐기지 않았기 때문에 이처럼 잉여가 생길 수 있었던 것이다.(「行狀」)

진양이 知杭州가 되었다. 杭州는 여행자들이 자주 왕래하는 요충지여서 조정에서 각처에 사자를 파견할 때마다 이곳을 거쳐 갔다. 진양은 밖으로 이들 사자를 접대하면서도 안으로 士民들을 잘 다스려 州가 사자 접대의 번거로움을 잘 모를 지경이었다.

또 항주는 비록 水鄕이라 일컬어지지만 그 토질에 염분이 많아 마실 수 있는 물이 부족하였다. 이에 唐代에 승상 李泌이 六井을 만들고 이리로 西湖의 물을 끌어서 주민들의 식수로 사용하게 했다.[4] 그런데 이 六井이 오랫동안 보수되지 않은 채 방치되다 보니 더 이상 마실 수 없게 되었다. 진양은 인부를 불러 그 水源을 개착하게 한 후 주변에 담을 쌓았다. 이렇게 해서 우물 물을 다시 먹을 수 있게 되었고, 주민들은 가뭄이 닥쳐도 물 걱정을 안 하게 되었다.(「行狀」)

---

4 이와 관련하여 『乾道臨安志』에서는 "李泌 字長源 代宗朝爲杭州刺史 引湖水入城爲六井 以利民 爲政有風績"(권3)이라 적고 있다.

劉恕

英宗 황제는 歷史를 좋아하여 이전 시대 정치의 得失을 두루 살펴봄으로써 龜鑑으로 삼고 싶어했다. 그래서 사마광에게 歷代 君臣들의 활동을 엮으라 명령하고 이렇게 말했다.

"館閣의 영재들 가운데 일을 도와줄 만한 사람을 卿이 직접 골라 보시오."

사마광이 대답했다.

"館閣에 文學으로 뛰어난 인재는 실로 많습니다만, 역사에 정통한 사람은 臣이 알기로 오직 和川縣의 知縣인 劉恕 한 사람밖에 없습니다."

"좋소. 그를 데려다 쓰도록 하시오."

사마광은 물러나 그 즉시 유서를 불러다 함께 편찬 사업에 종사했다. 그러기를 몇 년, 역사 사실로서 복잡하여 두서를 잡기 힘든 문제는 모두 유서에게 맡겼다. 사마광은 실로 그의 도움이 있어 『資治通鑑』을 완성지을 수 있었다.(司馬光 撰, 「十國紀年序」)

왕안석은 劉恕와 이전부터 알고 지내며 그 재능을 매우 아꼈다. 熙寧 연간에 왕안석은 권세를 장악하자 劉恕를 制置三司條例司에 참여시키고 싶어 했지만, 유서가 재정 문제에 익숙치 않다며 固辭하였다. 그리고 말했다.

"天子께서 이제 公에게 政事를 맡기고자 하시는데, 公은 마땅히 堯舜의 道를 본받으며 英明한 군주를 보필해야 될 것이오. 재정 확보를 서두르면 안 될 것입니다."

왕안석은 그의 의견을 듣지 않았으나 화를 내지도 않았다. 이후 유서는 왕안석을 만날 때마다 성의를 다해 조언하려 했다. 呂誨가 처벌을 받아 知鄧州로 落職되자 유서는 왕안석을 찾아가 말했다.

"公이 남들로부터 이러쿵저러쿵 비판을 받는 것은 신중한 고려와 판단이 부족하기 때문입니다."

이어서 그는 新法 조항들이 여론과 합치되지 않으니 마땅히 舊法으로 복귀해야 될 것이며, 그렇게 한다면 議論이 저절로 가라앉을 것이라고 말했다. 왕안석은 大怒하여 마침내 그와의 관계를 끊었다. 얼마 후 사마광이 知永興軍으로 나가게 되자[5] 유서가 말했다.

"나는 직언하다가 대신의 노여움을 샀는데 이제 직속 상관마저 外任으로 나가니 어찌하면 좋습니까? 나 또한 兩親이 연로하시니 京師에 오래 머물 수 없겠습니다."

그는 즉시 상주문을 올려 南江軍監酒의 직위를 요청하였고 그대로 받아들여졌다.(「十國紀年序」)

유서는 학문을 좋아하여, 독서할 때 집안 사람들이 밥 먹으라 불러도 국과 고기가 다 식기까지 돌아보지 않았다. 밤이면 자리에 누워 古今의 일들을 생각하다가 새벽까지 잠들지 못하는 경우도 있었다. 和川縣의 知縣으로 근무할 때 그는 공무를 처리하러 들에 나갔다가 劉總의 太宰 劉雄碑를 본 적이 있었다. 그는 여기서 嘉平 5년(315)에 建元으로 改元했다는 사실을 알아내어 舊史의 잘못을 바로잡았다. 낙양에 있을 때에는 사마광과 함께 萬安山에 간 적이 있다. 길 옆에 비석이 하나 있었는데

---

5   神宗 熙寧 3년(1070) 9월의 일이다. 『續資治通鑑長編』 권215, 熙寧 3년 9월 癸丑 참조.

읽어보니 五代의 장수들에 관한 것이었다. 하지만 누구도 아무런 설명을 하지 못하는데 그 혼자서 전후 사실들을 소상히 말했고, 돌아와 史書를 살펴본 결과 모두가 그대로 들어맞았다. 宋敏求가 知亳州로 재직할 당시 집에 책이 많아, 유서는 멀리서 찾아가 살펴보기를 청했다. 宋敏求는 매일 주안상을 차리게 하고 주인으로서의 禮를 갖추었지만, 유서는 거절하며 말했다.

"내가 여기 온 것은 대접을 받고자 함이 아니오. 내가 일을 볼 수 있게 이것들을 모두 걸어 주시오."

그는 혼자 방안에서 밤낮을 가리지 않고 책을 읽고 베껴 적었다. 그렇게 열흘 동안 머물다 책을 다 본 다음 떠났는데 너무 책을 열심히 본 까닭에 눈이 침침해졌을 지경이었다.(「十國紀年序」)

왕안석이 정국을 주도할 때 그의 일거수일투족이 타인들에게 재앙이 되기도 하고 또 복이 되기도 했다. 그의 조치는 천하 사람 누구도 막을 수 없었다. 천하의 이름 있는 선비들 모두 처음에는 비방했지만 나중에는 모두 그에게 부회하였다. 거의 대부분 면대해서는 칭찬하고 나서 돌아서서 비난했으며, 입으로는 옳다고 말하고 마음속으로만 그르다 여겼다. 하지만 유서만은 망설임 없이 사안을 곧바로 지적하며 옳은 것은 옳다고 하고 그른 것은 그르다고 하였다. 때로는 왕안석의 얼굴색이 얼음장 같이 얼어붙을 정도로 몰아세우기도 했다. 드넓은 자리에 사람들이 빼곡이 앉아 있으되 그 모두가 왕안석의 黨與일지라도 유서는 거리낌 없이 비판하였다. 그리하여 그를 싫어하는 자는 눈을 흘겼고, 좋아하는 사람들은 가슴 조이다가 심지어 귀 막고 자리를 피하기까지 했다. 하지만 그 자신은 전연 개의치 않았다. 그는 품성이 高雅한 자를 보면 형제

처럼 아꼈으나 간사하고 아첨이나 하는 자에 대해서는 원수처럼 싫어
하였다. 이로 인해 곤란을 겪었지만 끝내 후회하지 않았으니 진실로 보
통 사람과는 격이 달랐던 것이다. 저 옛날, '申棖은 욕심이 많아 굳세지
못하며 微生高는 식초를 빌려서 정직하지 못하다'[6]고 말해졌다. 하지만
유서야말로 가히 굳세면서도 정직한 선비였던 것이다.(「十國紀年序」)

유서는 가난하여 맛난 음식을 먹을 수도 없을 정도였으나 전연 남으
로부터 망령되이 취하지 않았다. 그가 낙양에서 남쪽으로 낙향할 때 계
절은 이미 10월에 접어들었지만 방한 용구가 없어 사마광이 옷과 버선
한두 개 및 모피로 만든 요를 선물로 주었다. 유서는 이를 固辭하였지만
사마광이 억지로 주었다. 하지만 潁州에 다다르자 모두 싸서 되돌려 보
냈다. 이처럼 사마광으로부터도 받지 않았으니 남들에게야 두말할 나
위가 있겠는가?

그는 불교를 불신하여 이렇게 말했다.

"인생은 나그네와 같아 어느 물건 하나 부족해서는 안 된다. 하지만
죽으면 다 버리고 가는 것이다. 어찌 죽으면서 가져갈 수 있겠는가?"

그의 말은 명확하면서도 단호했다.(「十國紀年序」)

다음은 范祖禹의 말이다.

"왕안석은 유서가 역사에 탐닉하며 경전을 공부하지 않는 것을 놀렸
다. 그를 만나면 언제나,

'이제 漢나라 8년 째에 접어들었나, 어쩼나?'라고 조롱하였다.

---

6   『論語』「公冶長篇」에 나오는 말. 原文은 "子曰 吾未見剛者 或對曰 申棖. 子曰 棖也慾
     焉得剛?"과 "子曰. 孰謂微生高直? 或乞醯焉 乞諸其鄰而與之"이다.

유서는 왕안석의 학문을 강력히 비방하여 『三經新義』를 얘기하는 선비라도 볼라치면 얼굴에 노기를 가득 띄고,

'이 책을 쓴 자는 입만 열면 요사스런 말을 하고 얼굴에는 妖氣를 띄고 있다'라고 말했다."

범조우는 이 이야기를 할 때면 언제나 웃었다.(『范太史遺事』)

徐積

冠禮를 치른 후 徐積은 胡瑗을 따라 공부했다. 胡瑗의 문하에는 1,000명을 넘는 학생들이 있어서 방을 나누어 거주하며 婢女로 하여금 음식과 세탁을 담당하게 했다. 한겨울에도 기운 이불 한 채만 덮고 살았으며, 식사는 쌀을 넣은 죽만 먹었다.(「行狀」)

모친이 병으로 돌아가시자 서적은 울며 부르짖다 피를 토했다. 그러다 의식을 잃기까지 했으며 하도 울어 목소리가 나오지 않을 정도였고, 7일 동안 아무 것도 입에 대지 않았다. 장사 지낸 뒤에는 3년간 오두막을 짓고 服喪했다. 그동안 거적자리를 깔고 흙 덩이를 베고 자면서 상복을 벗지 않았다. 눈 내리는 겨울 밤에는 애처롭게 울부짖었고 묘에 엎드려 모친을 부르면서 생시와 마찬가지로 춥지나 않은지 물었다. 구르고 넘어져서 손발이 모두 갈라졌으나 아랑곳하지 않았다. 服喪 기간에 한림학사 呂溱이 오두막 아래 찾아왔다가 그 조악한 음식과 울부짖는 소리

를 듣고 눈물을 흘리며 말했다.

"신령이 한밤중에라도 이 소리를 듣는다면 아들 때문에 울 것이 틀림없다."

서적이 기거하는 오두막은 비바람도 막을 수 없을 정도였다. 이러한 모습을 보면서 농부나 나무꾼들은 마치 신을 보듯 우러러 보았다. 爭訟하는 자들도 그한테 찾아왔으며, 그가 義理대로 판결해주면 모두 기뻐하며 돌아갔다. 만족하지 않고 다시 관아에 찾아가는 자는 없었다.

서적이 기거하는 무덤 주변에는 해마다 한 달 이상이나 甘露가 내렸다. 이에 인근 지역의 관리며 백성들이 노소를 가리지 않고 매일같이 이곳을 바라보고 향을 피우며 치성을 드렸다. 이로 인해 성 안이 텅 빌 정도였다. 주민들은 다투어 음식과 비단, 약재 등을 보내왔으나, 그는 일체 받지 않았다. 이웃 州縣의 사람들도 길을 메울 정도로 무덤 주위로 몰려왔다. 이러한 상태는 甘露가 내리는 기간이 지나서야 끝이 났다. 服喪이 끝나고 太守는 서적을 州學의 教授로 모셨는데 그 후로도 해마다 4월이면 그가 기거하는 가옥에 甘露가 내렸다. 모친의 무덤 왼쪽으로는 은행나무 한 그루가 서 있었다. 그 나무에 가지가 둘 있었는데 몇 년이 지난 어느 날, 그 두 가지의 끝이 홀연히 서로 향하더니 한참 후 하나로 합쳐져 버렸다. 그 나무는 지금도 남아 있다.

서적은 州學의 교수동에 살면서도 여전히 양친의 자리를 마련해 두고 아침 저녁으로 문안 인사를 드렸다. 또 생전이나 똑같이 음식을 지어 바치고 그릇을 씻어드렸다. 겨울에는 불을 때고 따뜻한 이부자리를 펴드렸으며 여름에는 부채를 부쳐 모기를 쫓았다. 또 매일 제사를 드리며 하루도 술을 바치지 않은 날이 없었다.(「行狀」)

서적은 어려서부터 살생을 피하여 개미들을 보면 혹시라도 밟을까 걱정하였다. 또 佛書를 읽은 적이 없으나 불교에 대해 논할 때 살펴보면 그 大要를 정확히 이해하고 있었다. 평일에는 마치 세상만사를 잃어버린 듯 방 안에서 고요히 지냈으나, 天下事를 논할 때에는 大河가 흐르듯 쉬임없이 말을 하였다. 언젠가 廣東에서 왔다가 돌아가는 사자가 서적의 집에 들러서 그와 함께 변경 문제를 얘기한 적이 있었다. 그때 서적은 兩廣 지역 山川의 형세로부터 寨柵의 배치에 이르기까지 마치 하나둘 세어가듯 줄줄 얘기하였다. 이를 보고 사자가 탄복하였다.

"徐公이야말로 문 밖을 나가보지 않고 天下를 아는 사람이로다."(「行狀」)

인명

ㄱ

ㄴ